Mein perfekter Liebes-Notfallplan

Bibliografische Information der Deutschen Nationalbibliothek
Die Deutsche Nationalbibliothek verzeichnet diese Publikation in der Deutschen Nationalbibliografie; detaillierte bibliografische Daten sind im Internet über http://dnb.d-nb.de abrufbar.

MIX
Papier aus verantwortungsvollen Quellen
FSC® C006701
FSC www.fsc.org

Titel der Originalausgabe: The Art of Lainey
Die Originalausgabe ist 2014 bei HarperTeen (HarperCollins Publishers), NY, erschienen.

Text: Paula Stokes
Übersetzung: Antje Kuhlmeier
Covergestaltung: Grafisches Atelier arsEdition unter Verwendung von Bildmaterial von Thinkstock

ISBN 978-3-8458-0759-1

www.bloomoon-verlag.de

Paula Stokes

Mein perfekter Liebes-Notfallplan

Aus dem amerikanischen Englisch von Antje Kuhlmeier

bloomoon

Für die Stadt, die mich großgezogen hat,
die Musik, die mich gerettet hat,
und diejenigen, die davongekommen sind

1

»Die Kunst des Krieges ist für den Staat von entscheidender Bedeutung. Sie ist eine Angelegenheit von Leben und Tod, eine Straße, die zur Sicherheit oder in den Untergang führt.«

Sun Tzu, Die Kunst des Krieges

Wenn ich meiner Mutter und ihren Teeblättern etwas mehr Glauben geschenkt hätte, hätte ich die ganze Geschichte vielleicht kommen sehen.

Doch so sehe ich nur Jason kommen, meinen Freund, mit dem ich seit zweieinhalb Jahren zusammen bin. Das dunkle Uniform-T-Shirt spannt über seinem muskulösen Rücken und den breiten Schultern, als er die Tür des Rettungswagens zuschlägt. Er fährt in diesem Sommer mit Notärzten auf Tour, weil er nach dem Schulabschluss vielleicht Rettungssanitäter werden will.

Ich vergesse die Bestellung, die ich gerade aufnehme, und beobachte, wie er über die Straße schlendert. Schnell ziehe ich mir eine rotblonde Haarsträhne in die Stirn, um den Sommersprossenfleck zu verbergen, der wie New Jersey geformt ist und von meinem unvorsichtigen Besuch im Solarium stammt. Beim nächsten Mal werde ich stark bleiben, wenn eine meiner Freundinnen behauptet, meine blasse, sommersprossige Haut würde bald bronzefarben schimmern, wenn ich es nur »langsam angehe«. Lügen, alles Lügen. Bei manchen Leuten funktioniert eben schlicht und einfach nur Bräunungsspray.

Die Tür zum Coffeeshop meiner Eltern gibt ein eigenartiges hölzernes Klimpern von sich, als Jason sie öffnet. Der Klang kommt von den Kokosnuss-Windspielen meiner Mutter, die sie von einem ihrer letzten Hippie-Urlaube mitgebracht hat. Tahiti? Tuvalu? Wer kann sich das schon merken.

»Ich hab gesagt, ich hätte gerne einen fettarmen Chai-Eistee und einen Schoko-Brownie. Hast du das mitgekriegt?« Das Mädchen auf der anderen Seite der Theke wedelt mit der Hand vor meinem Gesicht herum. Sie ist eine unserer Stammgäste, aber ich kann mir ihren Namen einfach nicht merken. Sie hat Kunst oder so was als Hauptfach und zieht sich gerne einfarbig an. Heute trägt sie einen langen himmelblauen Rock, eine marineblaue Tunika und hat sich einen blauen Schal um den Kopf gewickelt.

»Hab ich«, sage ich, lege den Brownie auf einen bunten Keramikteller und knalle ihn vor ihr auf die Theke. Ich fülle einen Becher halb mit Eis, kippe etwas Chai-Konzentrat und Milch darüber und rühre zum Abschluss einmal halbherzig um. »Bitte schön.« Schnell ziehe ich ihre Kreditkarte durch den Kartenleser und schlängele mich hinter der Theke hervor.

»Hey, ist das auch wirklich fettarme Milch?«, will sie wissen.

»Ja«, behaupte ich und füge leise hinzu: »Schätze ich mal.« Dann gehe ich quer durch den Raum zu Jason. Er hat sich mit dem Rücken zu mir an die lange hölzerne Bar gesetzt und wippt mit seinem schwarzen Lederschuh im Takt zur Musik, die über unseren Köpfen aus dem Lautsprecher dröhnt. Komisch – er sitzt sonst nie an der Bar.

»Was kann ich dir bringen, Schatz?« Ich beuge mich vor und spiele mit seinen blonden Locken, die unter der Mütze hervorschauen.

Er sieht mich an und schenkt mir sein typisches Grübchen-Lächeln. Allerdings sieht man heute keine Grübchen. Eine innere Stimme warnt mich leise. *Irgendwas stimmt nicht.*

Ich sage der Stimme, sie soll die Klappe halten. Alles ist mehr als in Ordnung. Ich habe mein vorletztes Jahr an der Highschool mit ordentlichen Noten abgeschlossen und muss nur ein paar Tage pro Woche im *Denali*, dem Coffeeshop meiner Eltern, arbeiten. Außerdem ist mein großer Bruder Steve mit einem Studien-Austauschprogramm den Sommer über in Irland und hat mir den Schlüssel zu seinem kleinen, aber zuverlässigen Honda Civic dagelassen. Und mein Freund – der wahnsinnig gut aussehende, rattenscharfe Typ, der mir gegenübersitzt – hat seit Kurzem eine eigene Wohnung. Na ja, eigentlich gehört sie seinem Vater, aber der ist ständig auf Dienstreise, also hat Jason sie meistens für sich.

»Ich nehme ein Wasser«, sagt Jason.

Ich ziehe die Augenbrauen hoch. »Sicher? Gestern haben wir diesen unglaublichen Madagaskar-Gewürztee ...«

»Einfach nur Wasser, Lainey«, unterbricht er mich. »Alex wartet im Wagen auf mich.«

Ich spähe durch das große Fenster, doch der Krankenwagen parkt auf der gegenüberliegenden Seite und ich kann diesen Alex nicht sehen. »Du musst ihn doch nicht draußen lassen wie einen Hund. Hast du wenigstens das Fenster ein Stück aufgemacht?« Ich lächle über meinen eigenen Witz.

Aber Jason lächelt nicht. Mist. Irgendwas ist da faul. Oder bin ich einfach nur paranoid? Ich hole ein Glas Wasser für ihn und eine Tasse Madagaskar-Tee für mich und stütze mich mit den Ellbogen neben ihm auf der Bar auf.

Hinter mir übernimmt meine beste Freundin Bianca die verlassene Theke. Eigentlich sollte ich sie nicht allein lassen. Aber ich brauche ein paar Minuten, um sicher zu sein, dass alles in Ordnung ist – nur ein paar Minuten mit Jason, um die leise Stimme in meinem Kopf verstummen zu lassen. Es ist ja nicht so, dass jemand sterben würde, wenn er ein paar Minuten auf seinen Mocca-Frappuccino mit extra Sahne warten müsste.

»Was ist los, Jay? Alles okay bei dir?« Ich streichle seine Schulter, wobei ich aufpassen muss, dass ich mit meinen frisch manikürten Fingernägeln nicht an seinem rauen Poloshirt hängen bleibe. Jason hat sich eingebildet, die Fahrten mit dem Krankenwagen wären total spannend und aufregend. Vielleicht hat er inzwischen gemerkt, dass die Notärzte sehr viel Zeit damit verbringen, auf Arbeit zu warten. Andererseits glaube ich nicht, dass Jason wirklich Probleme mit einem Job hätte, bei dem man nichts tun muss.

Er dreht sich vom Fenster weg und sieht mich an. Keine Grübchen. Kein Lächeln. »Ich brauche eine Pause«, sagt er.

»Ist die Arbeit zu anstrengend?« Vielleicht hatte ich doch unrecht, was die Notärzte angeht.

»Nein.« Er verschränkt langsam seine Finger vor dem Bauch. »Es ist bloß – ich glaube, wir sollten uns nicht mehr sehen.«

Der Tee schwappt aus meiner Tasse, als ich anfange zu zittern. »Wie bitte … was?« Ich registriere vage Biancas Stimme, die die Kunden bittet, kurz zu warten. Sie kommt mit einem Lappen angelaufen und wischt den Boden, während ich immer noch Jason anstarre. »Machst du mit mir Schluss?«

Ich bin nicht schwer von Begriff. Ich bin einfach bloß fassungslos. Jason und ich sind seit der neunten Klasse zusammen. Vor weniger als einer Woche haben wir sämtliche Zimmer in der neuen Wohnung seines Vaters »eingeweiht« – ihr wisst schon, was ich meine. Er hat mir erzählt, was wir in diesem Sommer so treiben würden. Pool-Partys. Hauspartys. Wir wollten sogar in einem gemischten Fußballteam mit ein paar Freunden aus der Schulmannschaft spielen. Jason hat nie den Eindruck gemacht, als wäre er unglücklich mit mir.

»Tut mir leid, Kumpel.« Jason steht auf. Sein unberührtes Glas Wasser lässt er auf dem Tresen stehen.

Kumpel? Nach all den Jahren, in denen wir praktisch unzertrennlich waren, bin ich jetzt nur noch ein »Kumpel«? Als wären wir nie etwas anderes gewesen als Saufkumpane! So ein Schwachsinn. Ich lege ihm die Hand auf den Arm, um ihn aufzuhalten. »Du kannst doch nicht einfach bei meiner Arbeit auftauchen und mit mir Schluss machen. Das geht nicht.«

Eigentlich meine ich damit: So was darf einfach nicht passieren, wenn alles andere perfekt ist. Im April wurde ich aus über hundert Mädchen ausgewählt, um in einem Werbefilm für die *Hazelton Forest Universität* mitzumachen. Im Mai habe ich das entscheidende Tor bei der Fußball-Bundesmeisterschaft geschossen. Und alles sah so aus, als würde es ein legendärer Sommer werden.

Also was zur Hölle ist schiefgelaufen?

Jason blickt in alle Richtungen, nur mich sieht er nicht an. »Bitte mach es mir nicht noch schwerer.«

Ich hab's dir doch gesagt, flüstert die Stimme in meinem Kopf. Ich will sie zum Schweigen bringen. Das hier passiert nicht wirklich. Der Coffeeshop verschwimmt vor meinen Augen und ich schwanke in meinen Plateauschuhen. Ich packe Jasons Arm fester, um nicht hinzufallen, aber er macht sich los, sodass wir uns nicht mehr berühren. Plötzlich fällt mir das Gesicht meiner Mutter ein, wie sie gestern auf den Grund ihrer Teetasse gestarrt hat. »*Trennung*«, warnte sie mich. »*Trauer.*«

Scheiße. Das hier ist die Wirklichkeit. Ich klammere mich an den nächsten Barhocker und starre das Metallschild über Jasons Kopf an: *Parken nur für Hundeschlitten. Widerrechtlich parkende Fahrzeuge werden angepinkelt.* »Ich – ich versteh das einfach nicht«, stammle ich.

Er sieht mich mitleidig an. »Ich muss einfach mal eine Weile alleine sein. Tut mir leid, Lainey.« Er geht auf die Tür zu.

Im Denali ist es totenstill, auch die Musik ist nur noch als leises Summen zu hören. Es ist so still, dass ich meinen Atem hören könnte, wenn ich nicht die Luft anhalten würde. Ich kann nur noch Jasons muskulösen Rücken anstarren, als er nach draußen in die Hitze verschwindet.

Die Windspiele klackern so laut, dass es wie Donner klingt, und die Tür schließt sich. Langsam drehe ich mich um und bete, dass niemand im Laden unser Gespräch mit angehört hat. Bianca hält einen Lappen in der Hand, aus dem Madagaskar-Gewürztee tropft. Ihre Augen sind dunkel und ihr Gesicht ist ernst. Sie sieht aus, als wäre sie diejenige, die verlassen wurde. Hinter ihr starren mich zwei Tische voller College-Studenten und der Hilfskoch Micah an.

»Hat euch die Show gefallen?«, frage ich mit einem aufgesetzten Lächeln. »Er ist mir sowieso auf die Nerven gegangen.« Einige der Studenten klatschen. Das einfarbig blaue Mädchen sieht mich genauso traurig an wie Bianca. Micah fummelt am Saum seines schwarzen T-Shirts herum und gießt sich eine Tasse kolumbianischen Kaffee ein.

»Ich mache kurz Pause, Ebony.« Ich gehe nach hinten, ohne die Antwort meiner Chefin abzuwarten.

Ebony sitzt in einer Nische und schreibt den Dienstplan für den nächsten Monat. Sie sieht gelangweilt auf. »Hast du heute überhaupt schon etwas getan?«

Bianca mischt sich ein. »Ich kann die Theke übernehmen.«

»Danke, Bee«, sage ich. Meine Stimme fängt an zu zittern.

Das aufgesetzte Lächeln ist auf meinem Gesicht eingefroren, während ich hinter die Theke gehe, aber sobald ich die Küchentür erreiche, beginnt es zu bröckeln. Ich muss mich irgendwo verstecken, und zwar schnell. Leider sind die einzigen Toiletten vorne, und mir fällt kein Ort ein, an dem ich wirklich allein sein kann.

Höchstens …

Ich drehe mich um und sehe, dass die Tür des Chefbüros einen Spalt breit offen steht. Ebony mag es nicht, wenn wir uns dort herumtreiben, aber sie wird es schon nicht merken. Außerdem gehört der Laden meinen Eltern, also was soll sie schon m

Mich feuern? Träum weiter.

Ich schaffe es gerade so durch die Tür, bevor die Tränen kommen – viele heiße Tränen. Von Schluchzern geschüttelt, kollabiere ich auf dem Schreibtischstuhl vor Dads Dinosaurier von einem Computer. Ich fühle mich, als wäre ich in einem dieser Katastrophenfilme gefangen, wo alles in Dunkelheit und Asche versinkt. Sonnenblumen werden aus der Erde gerissen. Hundewelpen werden platt getrampelt. Ganze Städte stürzen in sich zusammen.

Ich schiebe die Tastatur zur Seite und lege den Kopf auf den Schreibtisch. Am liebsten würde ich alle Lichter und alle Geräusche ausschalten – und die Luft gleich dazu. Ich sehe immer noch die Gesichter der Studenten vor mir, die hinter ihren umweltfreundlichen Kaffeetassen kichern. Und das einfarbige Mädchen mit den traurigen Augen.

So mies habe ich mich nicht mehr gefühlt, seit ich in der Mittelstufe aus dem Fußballteam geflogen bin. In der siebten Klasse saß ich als Ersatzspielerin auf der Bank, immer in der Hoffnung, in der Achten richtig zum Team zu gehören. Stattdessen habe ich das Probespiel komplett vermasselt und wurde als einzige Spielerin nicht aufgenommen. Als ich von den anderen wegging, die es geschafft hatten, fühlte ich mich wie eine totale Versagerin. Meine früheren Teamkollegen klopften mir entweder ungeschickt auf den Rücken oder taten so, als wäre ich nicht da. In diesem Moment schwor ich mir, alles zu tun, um nie wieder solche Gefühle zu erleben.

Irgendjemand klopft leise an die Tür.

»Geh weg«, sage ich und hoffe, dass derjenige den Hinweis versteht und später wiederkommt.

Pech gehabt. Die Tür öffnet sich langsam und ich sehe auf. Micah späht durch den schmalen Spalt. Er macht den Eindruck, als wäre er lieber im Wartezimmer eines Zahnarztes mit Aussicht auf mehrere Wurzelbehandlungen anstatt in meiner Nähe.

»Was willst du?«, murmele ich schniefend.

Er kommt in das kleine Zimmer und schließt die Tür. »Tut mir leid, ich muss nur schnell das Rezept für die Karibu-Cookies holen.« Er langt hinter meinem Rücken nach dem Ordner, in dem Dad die Gebäckrezepte aufbewahrt. Seine Kleider riechen nach Rauch – vielleicht kommt er gerade aus der Zigarettenpause. Langsam blättert er den Ordner durch und zieht eine laminierte Seite heraus.

Aber er geht nicht weg.

»Was ist los? Macht es dich an, wenn Mädchen weinen?« Ich wische mir mit dem Rand meines T-Shirts die Augen. Der blaugrüne Stoff ist nun mit dunkler Wimperntusche verschmiert.

Micah lacht leise vor sich hin und stellt den Ordner zurück ins Regal. »Ich hoffe, das denkst du nicht wirklich von mir.«

Irgendwas an der Art, wie er das sagt, brennt wie Zitronensaft direkt auf meiner frischen Wunde. Mitleid. Ich *hasse* Mitleid.

»Ich denke gar nichts von dir«, antworte ich.

Micah nickt. »Das passt.«

Ich weiß, dass ich schrecklich zickig bin, aber ich kann nichts dagegen machen. Jay ist einfach nicht lange genug geblieben, als dass ich ihm hätte sagen können, wie ich sein Verhalten finde. Nun steigt die Wut in mir hoch und trifft jeden, der das Pech hat, in meiner Nähe zu sein. Besser es ist Micah als Bianca. Er kann es vertragen. Ich meine, er hat Tattoos und einen Irokesenschnitt. Ihm ist es ganz offensichtlich egal, was die Leute von ihm denken.

»Hey«, versuche ich eine Art Entschuldigung. »Es wäre cool, wenn du meinem Dad nichts davon erzählst.«

Micah fährt sich mit der Hand durch die stacheligen Haare. Sie sind schwarz gefärbt, nur an den Wurzeln wachsen sie dunkelbraun nach. »Dein Dad redet nicht mit dem Küchenpersonal«, antwortet er. Dann senkt er die Stimme und flüstert: »Ich glaube, er hat Angst vor uns.«

Ich presse die Lippen zusammen. Fast hätte ich gelacht, denn das stimmt ganz genau. Dad denkt, die Köche würden im Kühlraum koksen und auf dem Parkplatz Satansmessen feiern. Manchmal erfinde ich irgendwelche Geschichten, um ihm Angst zu machen. Das hat er davon, wenn er eine kahl geschorene Frau, die in einer Band spielt, das ganze Personal einstellen lässt. Fair ist was anderes. Ich musste bitten und betteln, bis Bianca einen Sommerjob an der Theke bekommen hat, aber Ebony kann die ganze Küche mit Typen füllen, die sie vor dem *Devil's Doorstep* aus der Gosse fischt. Das Devil's Doorstep ist Hazeltons bester (und einziger) Club, in dem Lifemusik gespielt wird.

»Ich kann ihn umbringen lassen, wenn du willst«, sagt Micah übertrieben ernst. »Jason, nicht deinen Dad. Ich wette, C-4 kennt Leute, die es wie einen Unfall aussehen lassen würden.«

C-4 heißt eigentlich Cal und ist ein weiteres Mitglied der Drogenbande in der Küche vom Denali. Er faselt ständig von seiner Sammlung selbst gebastelter Waffen und erzählt allen, dass er eine Sprengfalle in seinem Schließfach hat. Neben dem Typen wirkt Micah fast normal.

»Danke, nicht nötig«, antworte ich. Warum ist er so nett zu mir? Um das Thema zu wechseln, zeige ich auf seine Hand, mit der er gerade Mehl von seinem T-Shirt wischt. »Warum trägst du keine Schürze?«

»Schürzen sind für Loser.« Micah wischt weiter an seinem Shirt herum. Am linken Handgelenk trägt er ein Armband, das aussieht wie aus Stacheldraht. Es ist ebenfalls voller Mehl.

»Handschuhe anscheinend auch«, sage ich.

»Niemand trägt Handschuhe, wenn ihn die Kunden nicht sehen«, entgegnet er und geht zur Tür. Dort hält er kurz inne und sieht mich an. »Meine Freundin und ich haben uns vor ein paar Wochen getrennt. Ich weiß, wie beschissen sich das anfühlt.«

Ich werde wieder sauer. Noch mehr Mitleid! »Warum versuchst du eigentlich, mich aufzumuntern? Seit der Grundschule hast du nicht mehr als fünf Worte mit mir gesprochen.«

Er zuckt die Achseln. »Bee hat gesagt, ich soll mal nach dir schauen. Außerdem hat mir Ebony angedroht, ich müsste hinter die Theke, wenn du nicht zurückkommst. Und du weißt doch, wir vom Küchenpersonal verschrecken die Kunden.«

Inzwischen kann ich wieder normal atmen. Ich trockne mir die Augen und versuche, so zu tun, als wäre nichts passiert. Als hätte Jason nicht mit mir Schluss gemacht wie mit einer kompletten Versagerin. Es passt mir nicht, dass ein Kollege gesehen hat, wie ich zusammengeklappt bin, aber es hätte schlimmer kommen können. Micah und ich kennen uns, seit wir klein sind, doch wir haben uns immer in unterschiedlichen Kreisen bewegt. Er hängt meistens mit den Kollegen herum, während es mir ziemlich egal ist, was die schrägen Typen aus der Küche vom Denali über mich denken. »Und warum kann unsere kahle Schönheit sich nicht hinter die Theke stellen?«, motze ich. »Der Dienstplan läuft schon nicht weg.«

»Warum bist du so eklig zu ihr?«, will Micah wissen.

»Weil sie faul ist? Und kahl.«

Außerdem war sie vom ersten Tag an eklig zu *mir*. Ich bin mir ziemlich sicher, dass sie Angst hat, ich könnte ihr den Job wegnehmen. Als ob ich meinen Highschool-Abschluss machen und dann direkt meine Familienverbindungen nutzen würde, um ihr die Position im Denali streitig zu machen.

Micah verdreht die Augen. »Das ist einfach ihr Stil, Lainey.«

»Das ist kein Stil, das ist stillos.« Ich fahre mir mit dem kleinen Finger unter den Augen entlang, um etwas von der verschmierten Wimperntusche wegzuwischen. »Wieso kann sie nicht mal für fünf Minuten aushelfen? Schließlich bricht meine Welt nicht jeden Tag zusammen.«

Micah sieht sich beim Hinausgehen noch einmal um. Sein Gesicht zeigt eine Mischung aus Mitleid und Abscheu. »Dieser Vollidiot war deine ganze Welt? Das tut mir wirklich leid für dich.«

»Ich brauche dein Mitleid nicht«, fahre ich ihn an. Etwas zu grob, aber ich meine es genau so. Ich bin Lainey Mitchell, Fußballstar im Schulteam. Ich habe in einem Werbefilm mitgespielt. Ich bin keine Versagerin. Ich bin cool – das weiß ich. Und was auch immer Jason für ein Problem hat, ich bin mir sicher, dass er es auch weiß. Ich muss ihn nur irgendwie dazu bringen, sich daran zu erinnern.

2

»Überlege dir jede Bewegung ganz genau.«

Sun Tzu, Die Kunst des Krieges

Nach der Arbeit gehen Bianca und ich direkt zu mir nach Hause. Wir lassen uns auf meine Bettdecke mit Zebramuster fallen und ich lehne den Kopf an ihre Schulter.

»Mom hat geahnt, dass das passiert«, jammere ich. »Sie hat gesagt, die Teeblätter zeigen große Veränderungen und eine Trennung. Ich dachte, sie meint Kendall!« Jasons Zwillingsschwester, meine andere beste Freundin, hat gerade für den Sommer die Stadt verlassen.

Bianca legt mir den Arm um die Schulter und drückt mich. »Du hast doch noch nie an die Teeblätter deiner Mutter geglaubt. Warum fängst du jetzt damit an?«

Tatsächlich habe ich immer gedacht, dass an den Prophezeiungen meiner Mutter etwas Wahres dran ist. Ich behaupte nur immer, ich würde nicht daran glauben, denn – gelinde gesagt – Teeblätter sind alles andere als cool. Aber Mom erzählt gerne, dass der Arzt ihr in der Schwangerschaft gesagt hat, sie würde einen Jungen bekommen, doch sie glaubte ihm nicht, denn sie hatte von einem Mädchen geträumt. Als dann auch noch ihre beste Freundin – eine superalternative Hippie-Frau – etwas Weibliches in Moms Teeblättern entdeckte, war die Sache entschieden. Sie wünschte sich von allen Leuten rosa Babysachen. Natürlich

Hugendubel.de

Die Welt der Bücher

Hugendubel am Westpark
Am Westpark 6
85057 Ingolstadt
Tel.: 089 - 30 75 75 75

24 Stunden für Sie geöffnet
www.hugendubel.de

RECHNUNG

Stokes, Paula; Kuhlmeier, Antj
Mein perfekter Liebes-Notfallplan

978-3-8458-0759-1	12,99	1
Total: 1	**12,99 EUR**	

Gutschein:	12,99 EUR
DGC9923013391976	12,99 EUR
Zurück:	0,00 EUR

Typ	MWSt	Netto	Brutto
1: 7,00%	0,85	12,14	12,99

Steuernummer: 147/241/10089
17.04.2015 19:01:31 131-1-1203
01

Vielen Dank für Ihren Einkauf!

Heinrich Hugendubel GmbH & Co.KG
Buchhandlung und Antiquariat
Hilblestrasse 54 | 80636 München

Hinweis: Ich kann innerhalb von acht Wochen, beginnend mit dem Belastungsdatum, die Erstattung des belasteten Betrages verlangen. Es gelten dabei die mit meinem Kreditinstitut vereinbarten Bedingungen.

Adressweitergabe
Ich weise mein Kreditinstitut unwiderruflich an, bei Nichteinlösung der Lastschrift dem Unternehmen sowie der Credit & Collections Service GmbH auf Anforderung meinen Namen und meine Anschrift zur Geltendmachung der Forderung mitzuteilen.

(Unterschrift) www.payment-services.ingenico.com

Datenschutzrechtliche Information
Meine Zahlungsdaten (Kontonummer, Bankleitzahl, Kartenverfallsdatum, Kartenfolgenummer, Datum, Uhrzeit, Zahlungsbetrag, Terminalkennung, Ort, Unternehmen und Filiale) werden zur Kartenprüfung und Zahlungsabwicklung an Ingenico weitergegeben. An Ingenico wird ferner gemeldet, wenn eine Lastschrift nicht eingelöst wurde (Rücklastschrift). Wenn Sie im Zusammenhang mit einem Widerruf einer Lastschrift erklärtermaßen Rechte aus dem zugrundeliegenden Geschäft (z.B. wegen eines Sachmangels bei einem Kauf) geltend gemacht haben, wird die Meldung umgehend gelöscht. Zudem werden die Zahlungsdaten zur Verhinderung von Kartenmissbrauch und gemeinsam mit den Rucklastschriftdaten zur Begrenzung des Risikos von Zahlungsausfällen gespeichert und genutzt. Ingenico erteilt insoweit auch an andere Händler, die an ihrem System angeschlossen sind, Empfehlungen, ob eine Zahlung mit girocard und Unterschrift akzeptiert werden kann. Soweit eine Zahlung mit girocard und Unterschrift nicht akzeptiert wird, besteht die Möglichkeit, eine positive Autorisierung durch das kartenausgebende Kreditinstitut vorausgesetzt, mittels Eingabe der PIN die Zahlung bargeldlos vorzunehmen.

Einzugsermächtigung
Ich ermächtige das oben / umseitig genannte Unternehmen sowie die Ingenico Payment Services GmbH, Am Gierath 20, 40885 Ratingen („Ingenico"), den heute fälligen, umseitigen Betrag von meinem Konto per Lastschrift einzuziehen.

SEPA-Lastschriftmandat
Ich ermächtige das oben / umseitig genannte Unternehmen sowie die Ingenico Payment Services GmbH, Am Gierath 20, 40885 Ratingen („Ingenico"), Gläubiger-ID DE16E0100000020245 einmalig eine Zahlung von meinem Konto mittels Lastschrift einzuziehen. Zugleich weise ich mein Kreditinstitut an, die von obigem Unternehmen auf mein Konto gezogene Lastschrift einzulösen.

Hinweis: Ich kann innerhalb von acht Wochen, beginnend mit dem Belastungsdatum, die Erstattung des belasteten Betrages verlangen. Es gelten dabei die mit meinem Kreditinstitut vereinbarten Bedingungen.

Adressweitergabe
Ich weise mein Kreditinstitut unwiderruflich an, bei Nichteinlösung der Lastschrift dem Unternehmen sowie der Credit & Collections Service GmbH auf Anforderung meinen Namen und meine Anschrift zur Geltendmachung der Forderung mitzuteilen.

dachten Dad und ihre Freundinnen, sie wäre verrückt geworden, und kauften zur Sicherheit alles in Grün und Gelb. Dann kam ich als süßes kleines Mädchen heraus, und Mom rannte herum und grinste: »Hab ich's doch gewusst!« Na ja, vielleicht war es ein bisschen anders, aber seitdem liest Mom jedenfalls in Teeblättern. Und *manchmal* höre ich auch zu.

Allerdings ist das nicht gerade eine exakte Wissenschaft. Sie kann in eine Tasse voller Pampe starren und mehr oder weniger sehen, was sie sehen will. Und da sie wie jeder andere weiß, dass Kendall gerade nach New York geflogen ist, nachdem sie für eine Teenager-Modelshow ausgewählt wurde, war ich wegen der Trennung, die Mom prophezeit hat, nicht allzu besorgt.

»Ich weiß nicht. Diesmal hat Mom den Nagel auf den Kopf getroffen. Was machen wir denn jetzt?«

Okay, eigentlich ist das mein Problem und nicht Biancas, aber meine Krise ist ihre Krise und umgekehrt. So funktioniert das eben bei uns.

Bianca zieht ein Paar Essstäbchen aus ihrem Haarknoten und schüttelt die dicken dunklen Latino-Haare. »Vielleicht solltest du Kendall anrufen und sehen, ob sie etwas Genaues weiß.«

»Oh ja, gute Idee.« Kendall steht Jay nicht nur näher als jeder andere, sie weiß auch, wie man sich in schwierigen Situationen verhält, wie sie selber gerne sagt.

Ich schicke ihr eine schnelle Notfall-SMS, aber anders als sonst antwortet sie nicht sofort. Kein Problem, sage ich mir, sie wird bestimmt gerade fotografiert, ist über und über mit Körperbemalung bedeckt oder bekommt einen superschicken Kurzhaarschnitt. Trotzdem, eine unbeantwortete SMS tut weh.

Ich warte ganze fünf Minuten und sehe dann noch einmal auf mein Handy. »Ich glaube, sie hat mich vergessen«, sage ich halb im Spaß, halb im Ernst.

»Wahrscheinlich darf sie nicht telefonieren«, entgegnet Bianca.

»Hast du nicht erzählt, dass sie während der Filmaufnahmen keine Nachrichten verschicken darf?«

»Ja, stimmt.« Ich finde es nett von Bee, dass sie Kendall in Schutz nimmt, denn eigentlich mögen sich die beiden nicht besonders. Was echt bescheuert ist, denn wir spielen alle Fußball in der Schulmannschaft, und es wäre schön, wenn wir mehr zu dritt unternehmen könnten. Bianca war schon immer meine beste Freundin, aber wenn man mit Kendall zusammen ist, fühlt sich das an, als würde man von einem Tornado weggefegt – auf eine gute Art. Sie und Jason haben bis zur achten Klasse in Los Angeles gelebt, bis ihre Mutter hierher versetzt wurde, und irgendwie hat sie etwas Glamouröses und Unvorhersehbares. Wenn wir zusammen weggehen, weiß ich nie, wo wir landen.

Kendall hat außerdem einen guten Einfluss auf mich. Wenn sie mir nicht geholfen hätte, hätte ich nie das entscheidende Tor bei der Fußballmeisterschaft geschossen. Und wahrscheinlich wäre ich auch nicht mit Jason zusammengekommen. Sie bringt mich dazu, Dinge zu tun, die ich mich allein nicht trauen würde. Bianca findet sie »ein bisschen überheblich«.

»Wahrscheinlich hast du recht«, stimme ich Bee zu. »Vielleicht macht sie sich gerade für ein Fotoshooting fertig. Bestimmt hat sie irgendein irres Kleid an und ist von Designern umgeben, die den Mund voller Nadeln haben und angestrengt die Stirn runzeln.« Kendalls Mom ist Bezirksleiterin einer Kette von Modeläden, und sie lässt ihre Tochter alle Kleider anprobieren, bevor die Kunden sie bestellen können. Kendall zickt zwar immer rum, dass sie sich wie eine menschliche Barbiepuppe fühlt, aber sie darf die ganzen Probeklamotten behalten. Ratet mal, wer die beste Garderobe der ganzen Schule besitzt.

Was mich angeht: Meine Mutter ist Professorin für Anthropologie, also habe ich höchstens die beste Sammlung unheimlicher Stammesmasken. Früher hingen sie in meinem Zimmer an der

Wand, aber letztes Jahr hatte ich die Nase voll von ihnen und habe sie in den Coffeeshop ausquartiert. Ihr ahnt nicht, wie es sich anfühlt, wenn man mit seinem Freund herummacht und dabei von einer Horde angemalter afrikanischer Krieger beobachtet wird. Ein echter Stimmungskiller!

Inzwischen habe ich Bilder und Poster an den Wänden hängen. Meine Unterlippe fängt an zu zittern, als mein Blick auf ein gerahmtes Foto von mir und Jason fällt. Es ist vom Schulball im letzten Jahr. Jason trägt einen Smoking und ich ein langes blassblaues Kleid. Wir sind beide groß, gebräunt und lächeln strahlend in die Kamera. Wir sehen aus wie die kleinen Figuren auf einer Hochzeitstorte.

»Ich kann mir einfach nicht erklären, was passiert ist.« Meine Stimme schwankt. »Letzte Woche war noch alles in Ordnung.«

»Gab es denn gar keine Warnung?«, will Bianca wissen.

Ich schüttle heftig den Kopf. Von allen Seiten werde ich mit Erinnerungen an Jason bombardiert. Bilder von ihm hängen an den Wänden; die DVDs, die er mir ausgeliehen hat, liegen auf meinem Schreibtisch verstreut, und die drei Flaschen Parfüm – eine für jeden Valentinstag – stehen aufgereiht auf dem Nachttisch. Eins seiner alten Fußballtrikots, in dem ich manchmal schlafe, liegt zusammengeknüllt auf dem Boden. Als ich es aufhebe und in Richtung Wäschekorb schmeiße, fällt mein Blick auf mein Schmuckkästchen, das auf dem obersten Regalbrett liegt. Ein paar Halsketten liegen darin – eine davon ist der goldene Fußball-Anhänger, den Jason mir zu meinem sechzehnten Geburtstag geschenkt hat.

Er und Kendall organisierten an diesem Tag eine Pool-Party für mich. Die Party war legendär – es waren bestimmt hundert Leute da. Als alle gegangen waren, lenkte Kendall ihre Mutter ab und Jason schmuggelte mich in sein Zimmer. In dieser Nacht habe ich zum ersten Mal mit ihm geschlafen, und obwohl es genauso war, wie alle sagten – furchterregend und ungeschickt und etwas schmerzhaft –, war Jason so unglaublich süß, dass ich keine Angst hatte. Ich … vertraute ihm einfach. Ich wusste, er würde mir nicht wehtun. Ich habe nie geglaubt, dass er mir wehtun würde.

Bis jetzt.

Ich versuche, die Tränen zurückzuhalten. In dieser Nacht hat er mir auch zum ersten Mal gesagt, dass er mich liebt. Er hat fast ein Jahr dafür gebraucht, aber das machte mir nichts aus. Denn das zeigt doch, dass er es wirklich so meinte, oder?

Ich schniefe und sehe Bianca an. »Was hab ich bloß falsch gemacht?«

Bianca gibt mir ein Taschentuch. »Das hat nichts mit dir zu tun.«

Ich möchte ihr ja glauben, aber das ist schwierig. Ich weiß, es klingt bescheuert, aber ein kleiner Teil von mir dachte, Jason könnte der »Richtige« sein. Meine Eltern lernten sich kennen, als Mom 20 und Dad 22 war, und das ist ja kein großer Unterschied dazu, sich an der Highschool zu begegnen. Und obwohl ich die Hoffnung habe, mit einem Fußballstipendium aufs College zu gehen, wollte ich nie so weit weggehen, dass meine Beziehung mit Jay gefährdet wäre.

»Er ist bloß verwirrt«, fährt Bee fort, während ich mir die Augen wische. »Vielleicht hat es damit zu tun, dass er zum ersten Mal seinen Vater getroffen hat.«

»Kann schon sein.« Allerdings machte er nicht gerade einen traumatisierten Eindruck, als sein Dad letzten Monat in der Stadt auftauchte. Besonders weil es dessen erste Tat war, Jay den Schlüssel für seine schicke Wohnung zu geben. Jasons Eltern hatten sich schon entfremdet, bevor er und Kendall geboren wurden, und Kendall weigert sich immer noch, mit ihrem Dad zu sprechen. Wenn du nichts über deinen Vater weißt, außer dass er als Fotograf arbeitet und immer aus dem Koffer lebt, ist es wahrscheinlich schon eine große Sache, wenn er plötzlich auftaucht und sich eine Wohnung in der Stadt kauft. Keine Ahnung, vielleicht hat es Jason doch mehr mitgenommen, als er gezeigt hat.

»Weißt du was? Ich schreib ihm mal schnell.« Bevor Bianca mich aufhalten kann, habe ich mir mein Handy geschnappt und schreibe: »Ist es wegen deinem Dad?«

Bianca kaut auf ihrer vollen Unterlippe. »Ich weiß nicht, ob –«

Ich bringe sie mit einer Handbewegung zum Schweigen. Dreißig Sekunden. Fünfundvierzig Sekunden. Eine Minute. Es kann einfach nicht sein, dass er mir nicht antwortet. Er antwortet mir *immer.*

Eine weitere Minute verstreicht. Bianca merkt, dass ich kurz vor dem Durchdrehen bin, und versucht, mich abzulenken. »Wir brauchen einen Plan«, verkündet sie und holt sich meinen Laptop vom Schreibtisch. Ungefähr acht Fenster sind geöffnet – die meisten sind Fußball- oder Klatschseiten. Und natürlich *CalebWaters.com.* Bianca ist sofort abgelenkt. »Oooooh, Caleb«, haucht sie. Sie vergrößert ein Foto, das ihn auf dem roten Teppich bei einer Premiere zeigt, und dreht den Laptop zu mir. »Schau mal, das wird dich aufmuntern.«

Ich lächle halbherzig. Caleb Waters ist ein ehemaliger Fußballspieler und der Star in den Filmen *Siegestanz* und *Nur ein Schuss.* Im Moment dreht er den Film *Helden der Lüfte* in mehreren Städten im Mittleren Westen. Ich sehe dauernd auf seiner Webseite nach, falls einige Szenen in der Nähe von St. Louis gedreht werden sollten. Caleb Waters zu treffen, ist eines meiner großen Ziele im Leben.

»Glaubst du, *Helden der Lüfte* wird genauso gut wie die anderen Filme?«, fragt Bianca. »Diesmal spielt er ja nicht Fußball.«

»Bestimmt wird es toll.« Ich wische mir die Augen mit einem Taschentuch. »Vielleicht wird er jetzt ein ernsthafter Schauspieler.«

»Hoffentlich nicht.« Sie schielt auf den Bildschirm. »Wie soll ein Film mit Caleb Waters gut sein, wenn er sich nicht total verschwitzt sein T-Shirt auszieht?«

Obwohl ich vollkommen fertig bin, muss ich ein bisschen kichern. Bianca tut immer so vernünftig und anständig, aber wenn es um Caleb Waters geht, ist sie genauso besessen wie ich. Ich zwinge mich, wieder ernst zu werden. »Schluss mit dem Fan-Getue. Wir müssen uns um einen anderen Fußballstar kümmern, hast du das vergessen? Ich dachte, du hast einen Plan, um mein Leben wieder in Ordnung zu bringen.«

»Stimmt. Tut mir leid. Ein Lebensrettungs-Plan.« Bianca öffnet in einem neuen Fenster eine Suchmaschine. »Ich glaube, das haben wir nicht mehr gebraucht, seit du dir in der siebten Klasse Strähnchen färben wolltest und danach aussahst wie ein räudiges Stinktier.«

Ich schüttle mich bei der Erinnerung. »Zum Glück hat dieser Haarentfärber funktioniert.« Dann lehne ich mich über Biancas Schulter, während sie verschiedene Stichworte für »Wie man seinen Freund zurückgewinnt« eintippt. Ungefähr hunderttausend Treffer erscheinen.

»Wow. Sieht so aus, als würden jede Menge Leute verlassen werden.« Ich fühle mich ein winziges bisschen besser. Irgendwie tröstet es mich, dass ich nicht die Einzige bin.

»Ja. Aber ich weiß nicht, ob wir hier was Nützliches finden.« Bee klickt sich durch jede Menge Webseiten, die für 30 Dollar E-Books mit »geheimen Psycho-Tricks« verkaufen wollen. Manche wurden offensichtlich von Leuten geschrieben, über deren Beherrschung der englischen Sprache sich streiten lässt.

Unerschrocken klickt Bee weiter. Eine rosa-graue Seite erscheint. »Diese hier sieht gut aus.« Sie knabbert am Nagel ihres kleinen Fingers. »Tipps vom Flirt-Experten Maverick, Diplom in Liebeswissenschaft«.

»Nicht schlecht. Wahrscheinlich ist er ein dreißig Jahre alter

Junggeselle, der noch nie eine Freundin hatte und bei seiner Mama im Keller wohnt – aber was habe ich zu verlieren?« Maverick listet mehrere DOs und DON'Ts auf.

- Lebe weiter. Auch wenn du traurig bist, musst du zur Schule oder zur Arbeit gehen.

- Schwelge nicht in Selbstmitleid. Das ist peinlich, und schließlich möchtest du ja nicht, dass er merkt, wie schlimm die Trennung für dich ist.

»Das kann ich schaffen«, verkünde ich. »Meine Eltern würden sowieso nicht zulassen, dass ich meine Arbeit im Denali vernachlässige. Und peinlich will ich auch nicht sein.«

Der nächste Tipp lautet: *Versuche nicht, ihn zu erreichen. Keine Mails, keine SMS, Anrufe oder Briefe, kein Vorbeifahren an seinem Haus – für mindestens drei Wochen. Männer begehren von Natur aus das, was sie nicht haben können. Wenn du dich von ihm fernhältst, wird er sich wundern. Und schon bald vorbeikommen, um herauszufinden, was los ist.*

Ein erstickter Laut kommt aus meiner Kehle. »Drei Wochen keinen Kontakt zu Jason? Das ist für mich wie ein ganzes Leben. Vergiss es«, sage ich zu Bianca. »Such eine andere Seite.«

Vom Boden kommt ein Rattern und ich zucke zusammen. Bees Rucksack vibriert. Während sie nach ihrem Handy wühlt, klicke ich mich mit wachsender Verzweiflung durch die Seiten der sogenannten Beziehungsexperten, aber alle sagen dasselbe: Wenn man einen Mann zurückerobern will, muss man ihm aus dem Weg gehen – wochenlang!

»Das *muss* auch anders gehen«, sage ich.

Bianca überfliegt ihre SMS und legt das Handy weg, ohne zu antworten. Sie hält ein zerlesenes schwarz-rotes Taschenbuch hoch. »Vielleicht gibt es wirklich eine andere Möglichkeit.«

3

»Jede Kriegsführung gründet auf Täuschung.«
Sun Tzu, Die Kunst des Krieges

»*Die Kunst des Krieges*?« Ich ziehe eine Augenbraue hoch. Irgendwie kommt mir das bekannt vor, als hätte ich es schon einmal in einem Film gehört. Außerdem klingt es steinalt. »Was willst du mit dem Buch?«

»Ist das dein Ernst? Es steht auf unserer Literaturliste für die Ferien. Machst du denn nie Hausaufgaben?« Bee schlägt mich mit dem Buch aufs Bein. »Es ist von einem chinesischen General, Sun Tzu. Eigentlich handelt es vom Krieg, aber man kann es auch für andere Sachen anwenden – im Beruf, in der Rechtsprechung, an der Uni, im Sport und in Beziehungen.«

Ich schiele auf das Cover. Typisch, dass die schlaue Bianca sich ausgerechnet ein staubiges Schulbuch als Ratgeber aussucht. »Und du glaubst, ein toter Chinese kann mir helfen, Jason wiederzukriegen?«

»Ein toter chinesischer *Kriegsherr*«, berichtigt sie.

Ich ziehe die Augenbrauen noch weiter hoch. »Meine Welt bricht in sich zusammen und du rufst deinen inneren Krieger zur Hilfe?«

Bianca lächelt. »Lass mich ausreden.« Sie dreht das Buch um und liest vor, was auf der Rückseite steht. »*General Sun Tzus militärische Abhandlung ist Pflichtlektüre auf dem Schlachtfeld und im*

Sitzungssaal. Unzählige Menschen auf der ganzen Welt haben von seiner Weisheit profitiert.« Sie wirft mir das Buch zu.

Ich fange es auf. »Das wird niemals etwas bringen.« Auf dem Cover sieht man Symbole, die wie Käsekästchen-Spielfelder auf Droge aussehen. Ich überspringe die Einleitung und fange auf der ersten Seite an zu lesen.

»*Die Kunst des Krieges wird von fünf konstanten Faktoren bestimmt, die alle berücksichtigt werden müssen.*« Ich verdrehe die Augen. »Was auch immer das bedeuten soll.«

»Lies sie«, sagt Bianca. »Die fünf Faktoren.«

»*Das Gesetz der Moral, Himmel, Erde, der Befehlshaber, Methode und Disziplin.*« Ich räuspere mich. »Das sind sechs Dinge, nicht fünf. Ich soll einen Rat annehmen von einem toten Typen, der nicht mal zählen kann?«

Bianca geht nicht darauf ein. »Das bedeutet Loyalität, der richtige Zeitpunkt, Hilfsmittel, Führung und Organisation. Das alles brauchst du, wenn du Erfolg haben willst.«

»Super. Wenn ich Jason zurückgewinnen will, muss ich wie meine Mutter werden.«

»Also echt, Lainey. Gib dem Buch eine Chance. Millionen Leser können sich nicht irren.«

»Und Millionen Fans von Boygroups können sich auch nicht irren«, murmele ich, aber ich überfliege noch ein paar Seiten. Sie sind voller Wörter, die ich noch nie gehört habe – *Bollwerk* zum Beispiel und *Verschanzung*. Doch auch die Wörter, die ich kenne, ergeben nicht viel Sinn. Meine Augen werden glasig. »Gibt es denn keine Übersetzung?«

»Das *ist* eine Übersetzung.«

»Dann eben eine Übersetzung der Übersetzung? *Die Kunst des Krieges* für Dummies?«

»Du schaffst das schon.« Bee beugt sich über meine Schulter und liest. »*Jede Kriegsführung gründet auf Täuschung.*« Sie zeigt auf die nächste Seite. »*Lege Köder aus, um den Feind zu verführen … Greife ihn an, wo er unvorbereitet ist, tauche auf, wo du nicht erwartet wirst.*«

Ich starre auf den Text. »Und wie soll ich das bei Jason anwenden? Mich anschleichen, wenn er in der Sporthalle ist, und ihm ein Protein-Smoothie mitbringen?«

»Zuerst musst du das Buch lesen«, sagt Bianca. »Dann machen wir einen Plan.«

»Gibst du mir im Ernst Hausaufgaben auf?«, frage ich. »Ehrlich gesagt habe ich gerade keine Lust, ein Buch zu lesen. Ich will Jason suchen und ihn zwingen, mir zu sagen, was ich falsch gemacht habe.« Ich seufze dramatisch. »Nämlich nichts. Wenn ich ihn davon überzeugen kann, dass alles in Ordnung ist und er sich alles nur einbildet, muss er mich zurücknehmen, oder?«

»Ja«, antwortet Bee. »Ja, ich gebe dir Hausaufgaben auf. Die Antwort auf die anderen Fragen lautet Nein, tut mir leid. Du musst wenigstens ein paar Tage Abstand halten. Gib ihm Zeit und versuche, nicht zu klammern.«

»Ich klammere nicht!«, sage ich empört. Oder tue ich das doch? Mist, inzwischen weiß ich gar nichts mehr. »Na schön. Du hast recht. Ich halte Abstand.« Ich überlege. »Aber vielleicht sollte ich noch schnell anrufen und ihn fragen, ob wir trotzdem zusammen in dem gemischten Fußballteam spielen. Darüber haben wir beim letzten Treffen geredet und man muss sich bald anmelden.«

Bianca schüttelt den Kopf. »Was soll das denn für ein Gespräch werden? ›Ja, ich weiß, du hast öffentlich mit mir Schluss gemacht, aber ich wollte nur wissen, ob wir noch zusammen Fußball spielen.‹ Das würde Sun Tzu nicht gutheißen.«

»Okay. Blöde Idee«, gebe ich zu. »Aber ich habe noch seine Collegejacke und sein Sportshirt und mehrere DVDs. Das Zeug kann ich ja nicht einfach behalten …« Ich verstumme hoffnungsvoll.

Bianca ist zu nett, um mich auszulachen, aber ihr Gesichtsausdruck zeigt deutlich, was sie denkt. »Behalte die Sachen noch für eine Weile. Wie Sun Tzu sagt: Greif an, wenn der Feind es am wenigsten erwartet. Im Moment erwartet Jason wahrscheinlich, dass du ihm hinterherläufst.«

»In Ordnung.« Ich schneide dem Buch eine Grimasse. »Und ich werde das Buch lesen, wenn du glaubst, dass es was hilft.« Normalerweise lese ich nur Fußball- und Klatschzeitschriften, deshalb wird es bestimmt ziemlich hart, mich durch *Die Kunst des Krieges* zu quälen. Wie ein freiwilliger Sommerkurs. Aber hey, wenigstens ist es kurz. Und wenn es für Armeen und Sportler funktioniert, kann es vielleicht auch mir helfen. Ich glaube nämlich daran, dass man für das kämpfen sollte, was man will.

Am nächsten Tag ruft Kendall an. »Laineykins!«, schreit sie ins Telefon, als ich drangehe. »Ich vermisse dich so!«

»Ich dich auch.« Im Hintergrund höre ich Stimmengewirr. »Wie läuft es bei dir?«

»Tja, was soll ich sagen ...«, schnieft sie. »Ich muss mit drei anderen Mädchen in einem Zimmer schlafen, und alle behandeln mich wie einen *Bauern*, bloß weil ich aus dem Mittleren Westen komme.«

»Oje, wie ätzend.« Kendall hat immer schreckliche Angst, wie eine Hinterwäldlerin behandelt zu werden, denn sie und Jason sind immerhin in Los Angeles aufgewachsen.

»Du kannst es dir gar nicht vorstellen«, fährt sie fort. »Hier gibt es so schrecklich viele Regeln. Ab elf Uhr abends muss man auf dem Zimmer bleiben. Um sieben gibt es Frühstück für alle. Wie beim Militär!«

»Auch ätzend«, antworte ich. »Kannst du nicht einfach nach Hause kommen?«

»Das würde ja bedeuten, dass ich verliere, und Verlieren ist was für Loser«, entgegnet sie. »Wenn ich diese Sache gewinne, bekomme ich hundert Dollar. Wenn ich jetzt gehe, wird meine Mom echt angepisst sein. Und ich muss mich mit dem nutzlosen Typen rumschlagen, der behauptet, mein Vater zu sein.«

Ich hatte immer schon den Verdacht, dass Kendall sich bei der Modelshow angemeldet hat, um für eine Weile von ihren Eltern wegzukommen, doch nun gibt sie es zum ersten Mal selber zu. Natürlich findet sie es toll, im Fernsehen zu sein, aber ich glaube nicht, dass sie wirklich in der Modebranche arbeiten will. Ihre Mom hat in der Haute Couture gemodelt, bevor sie mit Kendall schwanger wurde, und anscheinend soll Kendall unbedingt da weitermachen, wo sie aufgehört hat. Kendall musste für verschiedene Kataloge für die Boutique ihrer Mutter posieren und angeblich fand sie es schrecklich. Anscheinend zerren und zupfen die Designer und Fotografen immer an ihr herum, als wäre sie eine Außerirdische. Und sie tun so, als wäre es ihre Schuld, wenn sie mal eine Sommersprosse oder – Gott bewahre! – einen Pickel bekommt.

Ich bin mir ziemlich sicher, dass sie es nur in die Show geschafft hat, weil ihre Mutter die Leute angerufen hat, die sie von früher kennt. Andererseits ist Kendall wirklich wahnsinnig hübsch und hat genau die richtige angriffslustige Art für solche Reality-TV-Serien.

»Ähm, Lainey? Bist du noch da?«

»Ja, ich hab bloß über-«

»Na toll. Eine meiner Mitbewohnerinnen redet gerade über mich«, flucht Kendall leise. »Sie lästert irgendwas mit einem Produktions-Assistenten.«

»Also …«, fange ich an. »Ich weiß nicht, ob du es schon gehört hast …«

»Warte mal.« Ich höre eine streng klingende Männerstimme im Hintergrund, und dann fährt Kendall supergenervt fort: »Ich muss in zwei Minuten aufhören. Was soll ich gehört haben?«

Mein Blick streift wieder das Foto von Jay und mir auf dem Schulball. »Ist nicht so wichtig. Wir telefonieren bald wieder, okay?«

»Na klar. Drück meinen Bruder von mir.«

Ich höre ein leises Klicken im Telefon, als sie auflegt. Warum habe ich ihr nichts gesagt? Man braucht nicht mehr als zwei Minuten, um »Jason hat mit mir Schluss gemacht« zu sagen. Vielleicht habe ich es für mich behalten, weil sie keine Zeit mehr gehabt hätte, mir einen Rat zu geben. Oder ich wollte sie nicht mit meinen Problemen belasten, wo sie sowieso schon so genervt war.

Oder vielleicht wollte ich auch einfach nicht schon wieder anfangen zu heulen.

4

»Zwar haben wir von dummer Hast im Kriege gehört, doch Klugheit wurde noch nie mit langen Verzögerungen in Verbindung gebracht.«
Sun Tzu, Die Kunst des Krieges

Ein paar Tage später träume ich, dass Jason in einem Graben liegt und um Hilfe ruft. Es ist vier Uhr morgens. Ich setze mich im Bett auf und bin plötzlich sicher, dass er in Schwierigkeiten steckt. Ich muss ihn anrufen. Was ist, wenn er wirklich verletzt irgendwo liegt?

Ich überlege fünf Minuten hin und her und beschließe dann, stattdessen Bianca anzurufen. In der fünften Klasse hatte sie mal eine Phase mit nächtlichen Albträumen. Sie rief mich zu den unmöglichsten Zeiten an, weil sie aufgewacht war und nicht mehr einschlafen konnte. Wir redeten über Filme und die süßesten Jungs in unserer Klasse, bis sie sich besser fühlte, und am nächsten Tag nickten wir beide ständig in der Schule ein. Sie hat schon jahrelang nicht mehr nachts angerufen, aber es macht ihr bestimmt nichts aus, wenn ich sie dieses eine Mal aufwecke.

Sie hebt beim dritten Klingeln ab. »Alles in Ordnung bei dir?«

»Geht so.« Ich erkläre ihr das Problem.

»Mach das nicht, Lainey.« Bee gähnt. »Nichts macht so einen verzweifelten Eindruck wie eine SMS mitten in der Nacht.«

»Aber wenn er nun einen schrecklichen Unfall hatte«, widerspreche ich. »Wenn er jetzt wirklich in einem Graben liegt – und nur ich kann das spüren, weil ich eine innere Verbindung zu ihm habe?«

Bianca murmelt etwas auf Spanisch, aber sie bleibt am Telefon, während ich im Internet nachsehe, ob es in der letzten Zeit Unfälle oder Verbrechen gegeben hat. Das Polizeirevier von Hazelton hat in den vergangenen zwölf Stunden genau zwei Vorfälle aufgezeichnet: ein geknacktes Auto und eine demolierte Hundehütte.

»Wer zerstört denn eine Hundehütte?«, seufze ich.

»Katzen?«, schlägt Bee vor und gähnt wieder. Ich muss lachen. Ich liebe sie einfach. Sie bleibt noch eine halbe Stunde am Telefon und wir reden über Fußball-Strategien und über unsere Lieblingsserie *Undead Academy*. Wir überlegen, welche Zombies die beste Frisur haben und welche Mädchen aus dem Mittelstufenteam es in das Fußballteam der Oberstufe schaffen. Es fühlt sich fast so an wie in der fünften Klasse. Kurz wünsche ich mir, die Dinge könnten wieder so einfach sein wie damals.

Schließlich sagt Bianca: »Du solltest ein bisschen Schlaf kriegen, Lainey.«

Ich seufze. »Ich weiß genau, dass ich nicht mehr einschlafen kann. Aber ich sollte dich nicht wach halten, bloß weil ich durchdrehe.«

»Es gibt keinen Grund zum Durchdrehen«, sagte Bee. »Hast du *Die Kunst des Krieges* gelesen?«

»Ich hab es überflogen«, antworte ich. »Ein bisschen reingelesen.« Dazwischen habe ich wieder und wieder jede einzelne Mail gelesen, die Jason mir jemals geschickt hat – und Trübsal geblasen.

»Dann lies es jetzt richtig«, schlägt Bianca vor. »Stell dir vor, dass wir beide eine Armee sind, Jason ist die gegnerische Armee, und eure Beziehung ist das Land, um das ihr kämpft. Ich komme so gegen acht vorbei, dann können wir laufen gehen und Pläne schmieden.«

»Na gut. Danke, Bee.«

»Bis bald«, sagt sie.

Ich lege auf und ziehe *Die Kunst des Krieges* unter einem Stapel Zeitschriften hervor. Dann öffne ich das Buch und fange beim Licht meines Handys an zu lesen.

Der erste Teil klingt noch ganz sinnvoll – die fünf Faktoren, Planung und dass alle Kriegsführung auf Täuschung beruht. Aber im zweiten Teil geht es um Kriegswagen und darum, wie viel es kostet, eine Armee aufzustellen. Was zur Hölle hat das mit mir zu tun? Ich blättere weiter, bis ich etwas finde, was mich interessiert: *Dein großes Ziel im Krieg sollte der Sieg sein und kein langwieriger Feldzug.*

Ich lese weiter. Im dritten Teil geht es darum, wann man angreifen und wann sich zurückziehen sollte. *Wenn du den Feind und dich selbst kennst, brauchst du den Ausgang von hundert Schlachten nicht zu fürchten.* Das klingt vielversprechend. Mich selbst kenne ich, und nach fast drei Jahren kann ich auch Jason ziemlich gut einschätzen. Langsam glaube ich, dass Bees Idee doch nicht so verrückt ist. Ich blättere noch ein paar Seiten weiter. In Teil fünf schreibt Sun Tzu über direkte und indirekte Manöver. *Die richtige Entscheidung gleicht dem wohlberechneten Herabstoßen eines Falken.* Ich strecke die Hand aus und stelle mir meine sorgfältig manikürten Fingernägel als Klauen vor. Ich sehe schon vor mir, wie ich herabstoße und mir Jasons Liebe schnappe. *Deshalb ist ein guter Kämpfer schrecklich im Sturm und rasch in seiner Entscheidung.* Ich blättere zum nächsten Teil. *Marschiere rasch zu Orten, an denen du nicht erwartet wirst.* Das klingt so, als sollte ich schnell angreifen – was mir sehr viel besser gefällt, als herumzusitzen und nichts zu tun.

Jetzt habe ich das Buch erst zur Hälfte durchgelesen und fühle mich schon viel besser. Heute werde ich alles mit Bee besprechen und dann werde ich in die Schlacht ziehen.

Bianca kommt pünktlich um acht, während ich mir gerade einen Pferdeschwanz mache. Sie folgt mir von der Haustür in mein Zimmer.

»Bist du stark geblieben und hast ihm keine SMS geschickt?«, will sie wissen.

»Ja, bin ich. Und ich habe sogar einen Teil von *Die Kunst des Krieges* gelesen.«

Sie lässt sich auf mein Bett fallen. »Da wird dein Englischlehrer aber positiv überrascht sein!«

Ich stecke die herabhängenden Haarsträhnen fest. »Rede nicht von Schule.« Kurz stelle ich mir vor, nicht mehr als Jason Chases Freundin zurückzukehren. Mein Herz beginnt zu rasen. Wer wäre ich dann überhaupt? Ich will es gar nicht wissen.

Bianca verbringt ein paar Minuten damit, das neueste Poster von Caleb Waters anzuhimmeln, das über meinem Bett hängt.

»Na los, komm«, sagt sie dann.

»Bin gleich so weit.« Ich starre meinen Sommersprossen-Fleck an. »Das verstehst du nicht. Du siehst schon gut aus, sobald du aufgestanden bist.«

Sie schnaubt. »Nein, stimmt nicht.«

»Ich habe erst ungefähr hundertmal bei dir übernachtet. Ich weiß, wovon ich rede.« Ich drehe mich um und drücke Biancas dicken Zopf. »Bei mir ist leider etwas mehr Pflege nötig.«

»Wie schick musst du denn sein, um laufen zu gehen?« Sie zeigt auf mein Poster. »Oder hoffst du, ganz zufällig auf Caleb zu stoßen?«

»Oh ja, das wäre cool. Dann könnte ich sogar Jason für mindestens einen Tag vergessen.« Ich lege die restlichen Haarklammern zurück auf die Kommode. »Okay, ich bin so weit.«

»Also, wie viel hast du gelesen?«, will sie wissen, als wir nach draußen gehen, um unseren üblichen Drei-Meilen-Lauf durch die Straßen von Hazelton zu starten.

»Ich bin erst halb durch«, gebe ich zu. »Aber da steht immer wieder, dass man entschlossen sein und schnell handeln soll. Ich glaube, ich sollte doch mal langsam etwas tun.«

»Na schön. Aber du hast bestimmt auch gelesen, dass unüberlegte Hast eine schlechte Idee ist.« Bianca läuft um die Ecke, ihre Füße trommeln einen gleichmäßigen Rhythmus auf dem Asphalt. »Du darfst nicht einfach aus dem Bauch heraus handeln.«

»Wer? Ich?« Ich weiß, was sie meint, denn ich handle eigentlich immer aus dem Bauch heraus. »Ich werde nicht weinend zusammenbrechen und Jason anbetteln, mich zurückzunehmen. Meine erste SMS war vielleicht zu früh, aber jetzt bin ich so weit.«

Als wir am *Devil's Doorstep* vorbeikommen, laufe ich neben Bianca. Der Laden ist unter der Woche eine Bar, am Wochenende wird dort Livemusik gespielt, meistens von lokalen Punk- oder Hardrockbands. An den Fenstern kleben überall Plakate, die das nächste Konzert ankündigen: eine Frauenband namens *Hannah in Handcuffs*, von der ich noch nie gehört habe. Die Mädels auf dem Poster sehen aus wie eine Mischung aus Clowns und Dominas.

Vor den zugeklebten Fenstern hocken zwei Typen im Schneidersitz. Sie rauchen und blättern durch die *Riverfront Times*, die alternative Zeitung von Hazelton. Entweder haben sie es gestern Nacht nicht mehr nach Hause geschafft, oder sie sind ganz früh hier aufgeschlagen, um die Band von heute Abend zu treffen, wenn sie zum Soundcheck kommt. Zusammen haben sie einen Augenbrauenring, zwei Lippenringe und mindestens acht sichtbare Tattoos.

»Die werden vielleicht mal unsere Kollegen«, sage ich mit Blick auf die beiden Typen. »Wenn Ebony nicht lesbisch wäre, könnte man denken, sie stellt sich einen Harem von Rockern ein, die sie verführen kann.«

Bee lacht. Ich beschleunige meine Schritte und konzentriere

mich darauf, wie sich meine Füße auf dem Asphalt anfühlen, wie der Wind mit meinen Haaren spielt und meinen Pferdeschwanz hinter mir herflattern lässt wie eine Fahne. Normalerweise stehe ich nicht vor neun auf und das Laufen am frühen Morgen fühlt sich anders an als sonst. Stiller. Bessere Luft. Nicht schlecht.

Auf der Hälfte unseres üblichen Rundwegs biegt Bee in eine Seitengasse ein.

»Wo willst du hin?«, frage ich.

Sie grinst mich über die Schulter hinweg geheimnisvoll an. »Überraschung.«

»Du hasst doch Überraschungen«, antworte ich, aber ich lasse sie voranlaufen.

Die Straße wird von einigen kleinen Läden gesäumt und endet in einem verlassenen, von Unkraut überwucherten Grundstück. Bianca verlässt den Bürgersteig und joggt über den holprigen Boden. Sie trampelt durch das hohe Gras und verschwindet schließlich in einem kleinen Wäldchen. Ich hätte es wissen müssen: Bianca ist ein echter Naturbursche. Sie geht ständig mit ihrer Familie wandern und zelten und so was.

Ich bleibe stehen. Ich bin kein großer Fan von Wäldern und den ganzen Viechern, die darin leben. »Wo wollen wir hin, Bianca?«

Sie ignoriert mich, und so bleibt mir keine andere Wahl, als ihr in den Wald zu folgen. Wir schlängeln uns zwischen den Bäumen hindurch, bis wir an einen Pfad kommen, der sich um den großen Hügel im Norden von Hazelton windet. Ich sehe Biancas dicken Zopf vor mir wie den Schwanz eines Pferdes schwingen. Irgendwo in den Bäumen zwitschert ein Vogel und ein heller Schmetterling fliegt mit wild schlagenden Flügeln vorbei. Plötzlich höre ich das Rauschen von Autos. Bee hält an einem steilen Abhang an der Seite des Hügels an.

Ich bleibe neben ihr stehen. Mein Herzschlag beschleunigt sich, als ich nach unten sehe. Wir sind weiter oben, als ich gedacht hatte. Unter uns saust ein riesiger Lastwagen über den Highway. Der Fahrer hat keine Ahnung, dass wir ihn beobachten.

»Von hier werfen diese Autobahn-Gangster bestimmt immer Steine auf die Windschutzscheiben«, sage ich.

Bianca atmet tief aus. »Du siehst dauernd nur die schlechten Seiten. Ich finde es toll hier. Es ist, als könnte man die ganze Welt von oben sehen.«

»Mag sein, wenn deine ganze Welt aus einer Autobahn, einem Einkaufszentrum und einem mit Graffiti bedeckten Flughafengebäude besteht«, murmele ich. Hinter dem hohen Zaun des Flughafens ist ein kleiner Wald zu sehen. Diese Aussicht passt genau zu dem, was ich mir unter Hazelton vorstelle. Ein bisschen Natur. Ein bisschen Industrie. Von allem zu wenig.

»So schlecht ist Hazelton nicht«, sagt Bee.

»Warum willst du dann hier weggehen?«

»Weil die Uni von Missouri den günstigsten Medizin-Studiengang im ganzen Staat hat«, erinnert sie mich. »Außerdem erkennen sie alle meine Scheine an. Ich kann in sieben Jahren mit dem Studium fertig sein, vielleicht sogar in sechseinhalb, wenn ich auch in den Sommerferien studiere. Außerdem ist Columbia doch nur zwei Stunden von hier entfernt.«

Sie hat mir das alles schon öfter erzählt, aber ich finde den Gedanken, dass sie nicht mehr ständig in meiner Nähe ist, trotzdem komisch. »Vielleicht sollte ich mich auch da bewerben. Sie haben eine Fußballmannschaft in der ersten Liga.«

Mein Traum wäre es, für die Northwestern Universität Fußball zu spielen, wie Caleb Waters es getan hat. Sowohl die Männer- als auch die Frauenmannschaft dort sind fast jedes Jahr bei der US-Meisterschaft dabei. Außerdem – Chicago! Ich würde in einer großen Stadt wohnen und könnte trotzdem am Wochenende mit der Bahn zu Jason fahren. Der Gedanke daran lässt mein Herz schneller schlagen. Aber meine Chancen, an die Northwestern zu kommen, sind ungefähr so groß wie die, in Harvard zugelassen zu werden – nämlich gleich null.

»Das solltest du unbedingt«, sagt Bianca. »Vielleicht bekommst du ein Stipendium.«

»Ich weiß nicht. In der letzten Saison war kein einziger Talent-Scout meinetwegen da. Und die Uni von Missouri vergibt immer nur wenige Fußball-Stipendien an Erstsemester.«

»Dann kannst du sicher einen Studenten-Kredit bekommen«, sagt sie.

»Ja, aber warum soll ich mich verschulden, wenn ich umsonst ans College gehen könnte, an dem meine Mom unterrichtet?« Ich starre in die Ferne. »Außerdem weiß ich nicht, ob ich gut genug für eine Fußballmannschaft bin, die in der ersten Liga spielt.«

»Natürlich bist du gut genug.« Bianca sitzt am Abhang und lässt die Beine über den Abgrund baumeln. Bei manchen Leuten würde ich annehmen, dass sie nur sagen, was ich hören will, aber Bianca meint es wirklich so. Meine Augen werden feucht.

»Danke.« Ich drehe mich um und wische eine Träne weg. »Wie hast du diesen Ort gefunden?«, wechsle ich das Thema.

Sie klopft auf den Platz neben sich und ich setze mich zögernd. Große Höhen machen mir ein bisschen Angst. »Der Neue bei der Arbeit hat gesagt, dass er gerne hier langläuft«, sagt sie.

»Welcher Neue?«

»Leo. Du hast ihn bestimmt schon gesehen, er ist auf unserer Schule. So ein schicker Typ.«

»Ach ja.« Ich erinnere mich, wie Dad jemanden im Denali rumgeführt hat, der angezogen war wie ein Golfer. »Hat Ebony den etwa eingestellt? Er sieht doch viel zu normal aus, um ihr aufzufallen.« Ich ziehe vielsagend eine Augenbraue hoch. »Oder vielleicht hat er seine Tattoos und Piercings an etwas geheimeren Stellen.«

»Du hast eine dreckige Fantasie«, kichert Bianca. »Ich glaube, Micah hat ihn empfohlen.«

Ich schnaube. »Er sieht auch zu normal aus, um *Micah* aufzufallen.«

»Sie wohnen im selben Haus. Ich sollte ihm gestern die Kasse erklären, da haben wir uns unterhalten.« Bianca macht eine Pause und schaut auf die Autos hinunter. »Schön, dass du wieder Witze machst, Lainey. Ich habe schon angefangen, mir Sorgen um dich zu machen.«

Ich lege ihr einen Arm um die Schulter. »Tut mir leid, dass ich gestern Nacht so ein Drama gemacht und dich so lange am Telefon festhalten habe. Das war echt uncool.«

»Du bist nicht uncool«, sagt Bianca. »Mit oder ohne Jason ist dein Leben immer noch ziemlich cool, weißt du das?«

»Ja, mag sein.« Aber seit dem Tag, als Jason mich verlassen hat, bin ich mir da immer weniger sicher. So ungefähr jeder, der hart trainiert, kann im Sport erfolgreich sein. Und Beliebtheit hat mehr damit zu tun, wen man kennt und weniger damit, wer man ist. Als ich noch Jasons Freundin war, war alles anders. Ein Junge, der jede haben konnte, hat *mich* ausgesucht. Mit ihm zusammen fühlte ich mich wie ein Teil von etwas Größerem. Genau wie Kendall gab er mir das Gefühl, unbesiegbar zu sein – so als könnte mir alles gelingen. Wenn man dieses Gefühl einmal hatte, möchte man es nicht mehr aufgeben.

Bianca und ich beenden unsere Laufrunde in dem Park gegenüber von meinem Haus. Wir trinken Wasser aus einer Löwenkopf-Fontäne, dann läuft Bee zu ihrem Auto und holt einen Fußball aus dem Kofferraum. Ich stöhne.

»Was denn? Kannst du nicht mehr?«, fragt sie. »Du wolltest doch gestern noch darum betteln, in Jasons gemischtem Team zu spielen. Willst du nicht mit mir trainieren?«

»Ich weiß nicht. Ich bin irgendwie erschöpft von dem ganzen Drama in den letzten Tagen.«

»Kann ich verstehen«, sagt Bee. »Aber ich weiß auch, wie gern du ein Stipendium hättest. Die Geschichte mit Jason kannst du gerade nicht kontrollieren. Aber das Fußballspielen kann dir niemand nehmen – wenn du es nicht zulässt.«

»Wie bist du denn so schlau geworden?« Ich schnappe mir den Ball und drehe ihn zwischen den Fingern.

»Ich beobachte die Leute. Da erfährt man so einiges.«

Ja, so ist Bee. Eine Beobachterin. Jemand, der erst denkt und dann handelt.

»Ich meine nur, man sollte sich auf das konzentrieren, was man kontrollieren kannst, anstatt sich über die Dinge aufzuregen, die man nicht in der Hand hat«, fügt sie hinzu.

»Okay.« Ich werfe ihr den Ball zu und wische mir den Schweiß von der Stirn. »Aber mach dich darauf gefasst zu verlieren.«

In der nächsten halben Stunde spielen wir gegeneinander und jagen uns quer über das Feld. Ich schieße das erste Tor und schlage spontan ein paar Räder bis zurück zur Mittellinie.

»Das ist die Lainey, die ich kenne«, sagt Bee, als ich kichernd zusammensacke.

Sie schlägt zurück und schießt das Ausgleichstor, wobei sie ein paar hübsche Manöver ausführt, um an mir vorbeizukommen.

»Oh, da hat jemand ohne mich trainiert.« Ich hetze sie über das Feld.

»Zwei Brüder«, ruft sie zurück.

»Das ist nicht fair. Mein Bruder hat noch nie Fußball gespielt.« Ich konzentriere mich wieder auf das Spiel und schieße noch zwei Tore. Als wir schließlich genug haben, liege ich immer noch mit 3:1 in Führung, aber wir lächeln beide. Mir fällt auf, das ich während unseres Spiels zum ersten Mal seit gestern nicht an Jason gedacht habe.

Nach einer kurzen Pause übt Bianca Einwürfe und geht dann ins Tor, damit ich Elfmeter trainieren kann.

Ich fühle mich so euphorisch, dass ich den ganzen Tag weitermachen könnte, aber ich sehe, dass meine Arme langsam rosa werden. Die Sonne steht genau über dem Fußballfeld und ich habe mir nur das Gesicht eingecremt.

»Oh nein, ich werde ein Hummer«, sage ich, schieße den Ball zu Bianca und hechte in den nächsten Schatten. Wir lassen uns unter einer alten Eiche auf den Boden sacken. Ich fühle, wie sich mein Bauch mit jedem Atemzug hebt und senkt.

»Also«, Bianca wischt sich mit ihrem Ärmel über die Stirn, »bist du wirklich so weit, dass du ihn sehen willst?«

»Ja, bin ich«, antworte ich. »Und danke für das Training. Das hat Spaß gemacht.«

»Vielleicht könnten wir zusammen in einer Freizeitmannschaft spielen.« Sie wirft den Ball hoch in die Luft und fängt ihn mit den Fingerspitzen.

Bianca wollte uns beide in dem Fußballverein ihrer Kirche eintragen. Aber ich habe abgelehnt, weil ich vorhatte, in Jasons gemischtem Team zu spielen und auch die Wochenenden mit ihm zu verbringen.

»Ich glaube nicht«, antworte ich. »Aber wir können weiter zusammen trainieren. Außerdem fängt im August schon wieder das Training für die *Archers* an.« Die St. Louis Archers sind der Verein, für den ich in der Nebensaison spiele. »Du solltest dich auch dort bewerben.«

»Nö, ich spiele im Frühling genug Fußball«, sagt Bee. »Im Herbst stehen jede Menge Leistungskurse auf dem Stundenplan, da brauche ich die freie Zeit zum Lernen.«

»Klingt langweilig.« Ich boxe sie in die Rippen. »Denk drüber nach. Du würdest es bestimmt schaffen.«

»Na gut, ich überleg's mir.« Sie springt auf die Füße, hebt ein Bein nach hinten und presst die Ferse an den Po. Dann macht sie dasselbe mit dem anderen Bein und zieht den Fuß danach bis fast zum Kopf hoch. Ich beobachte sie neidisch – ich bin lange nicht so gelenkig. »Also, wie ist jetzt der Plan für Jason?«, will sie wissen.

»Ich habe mir gedacht, ich warte bis Montag«, fange ich an. »Dann ist eine Woche seit unserem Gespräch vergangen. Ich weiß, dass er eine Schicht mit dem Rettungswagen hat, und ich kann ihn einfach morgens bei der Wohnung seines Vaters abpassen.«

Bianca lehnt sich gegen einen Baum und fängt an, die Oberschenkelmuskeln zu dehnen. »Meinst du nicht, dass er sich dann verfolgt fühlt?«

»Tja, er hätte mir eben nicht seinen Dienstplan für den ganzen Juni verraten sollen, wenn er am Anfang des Monats mit mir Schluss macht«, gebe ich zurück. »Außerdem, wenn ich ihn anrufe, geht er einfach nicht dran. Ich muss wie ein Falke herabstoßen, oder? Unerwartet. Kühn. Oder so.«

»Du hast recht. Soll ich Sonntag bei euch übernachten und dir helfen, dich fertig zu machen?«

»Das wäre fantastisch.« Ich sehe sie an. »Du kannst mich davon abhalten, einen Rückzieher zu machen.«

»Wie lange kennen wir uns jetzt schon, zehn Jahre? Ich habe noch nie gesehen, dass du einen Rückzieher gemacht hast«, antwortet Bee. »Wenn jemand das schaffen kann, dann du.« Sie gibt mir die Hand und zieht mich hoch.

»Mit deiner Hilfe«, erinnere ich sie.

»Mit meiner Hilfe.« Sie lächelt. »Na gut. Ich muss los. Ich soll auf meine Brüder aufpassen, damit Mom schlafen kann.«

Bees Mutter ist Krankenschwester und arbeitet oft Nachtschichten und ihr Vater ist beruflich viel auf Reisen. Ihre kleinen Brüder, Elias und Miguelito, sind süß, aber echte Rabauken.

»Passt deine Grandma nicht manchmal auf sie auf?«, frage ich.

»Ha«, sagt Bee. »Eher muss jemand auf Grandma aufpassen. Neulich hat sie nachts um drei einen Kuchen gebacken. Als ich gefragt habe, was sie da macht, hat sie behauptet, sie hätte Hunger.«

Ich lächle. »Mir geht's gut. Fahr los, deine Mom hat eine Pause verdient.«

Das Training hat mich beruhigt, und das Plänemachen gibt mir das Gefühl, als hätte ich die Kontrolle über mein Leben zumindest teilweise zurück. Vielleicht hat Bianca recht und *Die Kunst des Krieges* kann die Dinge wieder in Ordnung bringen.

Es wird Zeit, meinen Plan in die Tat umzusetzen.

5

»Greife ihn an, wo er unvorbereitet ist, tauche auf, wo du nicht erwartet wirst.«

Sun Tzu, Die Kunst des Krieges

Es dauert ewig, bis es Montag wird. Ich stelle meinen Wecker auf fünf Uhr, damit ich genug Zeit habe, mich fertig zu machen. Jason muss um sieben bei der Arbeit sein, also wird er wahrscheinlich um sechs aufstehen.

Morgens kann ich nichts essen. Meine Hände zittern, aber das kommt sicher nicht daher, dass ich nicht gefrühstückt habe.

»Vielleicht ist es doch eine schlechte Idee«, sage ich. »Ich sollte ihm wenigstens eine SMS schreiben, dass ich komme.«

»Das wäre dann aber nicht unerwartet«, entgegnet Bee. »Gib ihm keine Chance, sich vor einem Treffen mit dir zu drücken.«

Sie wiederholt nur das, was ich gestern Abend gesagt habe, als mir ein unerwartetes Treffen wie ein guter Plan erschienen war. Ich meine, es steht wörtlich so in der *Kunst des Krieges*: *Die Stelle, an der wir kämpfen wollen, darf nicht bekannt werden*. Aber nun ist die leise Stimme in meinem Kopf wieder da und flüstert Worte wie *Gefahr* und *schlechte Idee*. Ich reibe einen Knubbel an meinem linken Wangenknochen, der gestern noch nicht da war. Mist. Kriege ich etwa einen Pickel? »Ich glaube, ich muss mich übergeben.«

»Geht nicht. Du hast ja gar nichts gegessen«, sagt Bianca. »Entspann dich. Und übrigens, du siehst toll aus.«

Sie hat recht. Jedenfalls was das Entspannen angeht. Und hoffentlich auch, was mein Aussehen betrifft. Ich habe lange an meinem Outfit herumgebastelt: abgeschnittene Jeans-Shorts und ein petrolblaues Tanktop, das meine aufgesprühte Bräune und meine grünen Augen betont. Natürlich wird er mir kaum in die Augen sehen, denn durch ein technisches Meisterwerk namens Push-up-Wonderbra scheinen meine Brüste (normalerweise Körbchengröße B) der Schwerkraft zu trotzen. Prüfend betrachte ich mich im Spiegel. Ich scheine nur aus Armen, Beinen und Ausschnitt zu bestehen. »Zu viel Haut«, beschließe ich. »Ich sehe aus wie eine Barbie-Nutte.«

Bianca angelt eine schwarze Strickjacke mit Spitzen aus meinem Schrank. »Probier's mal damit.«

Ich lege mir die Jacke um die Schultern. »Besser. Danke.« Mein rotblondes Haar ist glatt und glänzend, nachdem ich es eine halbe Stunde mit dem Glätteisen bearbeitet habe. Das Make-up ist sexy, aber nicht zu offensichtlich – heller Lippenstift, brauner Eyeliner, ein Hauch Wimperntusche. Die meisten meiner Sommersprossen sind unter einer dünnen Schicht Grundierung versteckt. Ich reibe wieder über den Knubbel an meiner Wange.

»Lass das«, sagt Bianca und runzelt die Stirn. »Du machst es nur noch schlimmer.«

»Du hast leicht reden mit deinen unsichtbaren Poren. Wahrscheinlich ist es für dich medizinisch unmöglich, einen Pickel zu bekommen.« Ich tupfe etwas Abdeckcreme auf den Pickel und drehe mich zu Bianca um. »Was meinst du?«

»Perfekt«, sagt sie ohne einen Funken Neid. »Unwiderstehlich.«

Ich nicke und hole tief Luft. Zusammen schleichen wir auf Zehenspitzen durch den Flur in die Küche. Ich durchwühle den Kühlschrank, aber dort finde ich nur Hummus und anderes Biozeug – nichts, was Jason gerne essen würde.

»Lass uns am Denali vorbeifahren«, schlage ich vor. »Wenn ich

Frühstück mitbringe, muss er mich reinlassen – sonst wäre das sehr unhöflich. Oder?«

Bianca nickt. »Gute Idee. Du kannst ein paar von Micahs berühmten Chocolate Chip Muffins holen. Damit bestichst du den Feind, genau wie Sun Tzu es vorschlägt.«

Wir springen in den Civic und sind ein paar Minuten später am Denali. Ich summe zu der schrägen Indie-Rockmusik, die Ebony immer auflegt, bevor mein Vater kommt, und nehme mir ein paar Muffins von der Theke. Dann schnappe ich mir einen Beutel Honig-Oolong-Tee aus der Kiste neben der Kasse und fülle meinen Thermosbecher mit heißem Wasser.

Ebony sitzt an ihrem üblichen Platz und schaut auf, als sie mich kommen sieht. »Hast du vor, die Sachen zu bezahlen?«

»Zieh es von meinem Lohn ab.« Ich gehe zurück zu Bianca, die an der Tür gewartet hat. Ein paar ältere Männer sehen von ihrem Schachbrett auf und mustern unangemessen lange meinen Aufzug.

Im Geist gehe ich noch einmal meinen Plan durch. Ich habe beschlossen, Jays Trikot und Jacke noch zu behalten, aber ich habe alle DVDs dabei, die er bei mir gelassen hat. Das ist der offizielle Grund, warum ich vorbeikomme. Die Muffins sind dazu da, ihn zu erinnern, wie süß ich sein kann, und um ein paar Minuten Zeit zu gewinnen, in denen ich ihm *zeigen* kann, wie süß ich bin. Der tote chinesische Kriegsherr wäre bestimmt stolz auf mich.

Jetzt darf ich nur nicht in letzter Sekunde kalte Füße kriegen. Denn wenn man einmal einen Kurs eingeschlagen hat, gibt es kein Zurück. Man muss wie die Flut hereinbrechen und wie der Blitz zuschlagen oder so ähnlich. Außerdem, wenn er mich beim Vorbeifahren an seinem Haus erwischen würde, wäre alles zu spät. Dann müsste ich sofort die Schule wechseln.

»Soll ich mitkommen?«, fragt Bianca.

»Nein. Was ist, wenn er schon draußen ist und dich sieht?«, sage ich. »Oder wenn sich die Dinge so gut entwickeln, dass er seine Schicht absagt, um heißen Versöhnungs-Sex mit mir zu haben? Das wäre etwas ungünstig, wenn du solange warten müsstest.«

Ehrlich gesagt denke ich eher daran, was passieren würde, wenn er mich auslacht oder einfach an mir vorbeigeht, ohne mich zu beachten. Das kann ich aber nicht sagen, sonst würde ich wieder anfangen zu weinen, und das habe ich nun wahrlich genug getan.

Bee tätschelt mein seidiges glatt geföhntes Haar. »Ich bin den ganzen Morgen hier. Vielleicht helfe ich hinter der Theke aus, wenn es voll wird. Komm nachher vorbei und berichte mir alles, okay?«

»Mach ich. Danke.« Ich werfe ihr die Arme um den Hals und drücke sie fest. Dann drehe ich mich zum Gehen um. Ich öffne die Tür halb und halte dann inne. Die Windspiele tanzen über meinem Kopf. »Und was ist, wenn es nicht funktioniert?«, frage ich so leise, dass nur Bee mich hören kann.

»Das wird es«, sagt sie. »Und wenn nicht – na ja, ich habe schon immer gedacht, dass du einen besseren Freund als Jason verdient hättest.«

Besser? Jason mag im Moment Probleme haben, aber er liebt mich – das weiß ich. Und er macht mich stark. Außerdem ist er heiß, beliebt und super sportlich. Wir passen so gut zusammen, als wären wir zwei Hälften derselben Person. Für mich gibt es niemanden, der besser ist. Bee will bloß eine gute Freundin sein und mich aufheitern.

Das gibt mir die Zuversicht weiterzumachen.

Auf der Fahrt zu Jays Wohnung kommt das schlechte Gefühl zurück. Ich versuche es abzuschütteln, während ich die Häuser vorbeizischen sehe. Vielleicht liegt es nur daran, dass Bianca nicht hier ist, um mich anzufeuern. Ich stelle sie mir in einem Cheerleader-Outfit vor, wie sie singt: »Los geht's, Lainey, schnapp ihn dir!« Aber das ist natürlich lächerlich. Bianca würde sich wahrscheinlich eher ein Brustwarzen-Piercing zulegen oder den ganzen Arm tätowieren lassen, als Cheerleader zu werden. Sie mag es nicht, wenn Leute sie anstarren. Auch beim Fußball gibt sie den Ball lieber ab, anstatt aufs Tor zu schießen.

Ich war genauso, bevor ich mich mit Kendall angefreundet habe.

Mein Magen fühlt sich an, als würden wütende Kolibris darin herumschwirren. Ich überlege, was Kendall wohl sagen würde, wenn sie hier wäre. Wahrscheinlich, dass Jason doch bloß ein Junge ist, dass ich meine weiblichen Reize spielen lassen und ihn ins Bett locken sollte. Allerdings habe ich das so gemacht, seit ich sechzehn bin. Und wenn es seit einiger Zeit nicht mehr funktioniert, wird es das auch heute nicht.

Aber warum funktioniert es plötzlich nicht mehr?

Die Ampel vor mir springt auf Rot. Ich stehe eine Ewigkeit an der Kreuzung. Zuerst schalte ich durch die Radiokanäle, die mein Bruder eingestellt hat. Rot. Ich überprüfe mein Gesicht im Rückspiegel. Immer noch Rot. Wahrscheinlich ist die Ampel kaputt. Das Universum hat sich verschworen, um mich und Jason zu trennen. Plötzlich brauche ich mehr als ein paar aufmunternde Worte. Ich brauche göttliche Hilfe. Wenn bloß Mom da wäre, um in den Teeblättern zu lesen!

Mein Blick fällt auf meinen schwarzen Plastik-Thermobecher. Ein Versuch kann nicht schaden. Ich ziehe den Becher aus dem Getränkehalter und fange an, den Tee aus dem Fenster zu gießen. Plötzlich wird es Grün.

Ich fahre weiter und halte um die Ecke von Jasons Wohnung. So kann ich ihn sehen, aber er mich nicht – hoffe ich. Der durchweichte Teebeutel klebt am Boden des Bechers. Ich reiße ihn auf und drücke die nassen Teeblätter heraus. Dann schüttle ich den Beutel, damit sich die Teeblätter in dem letzten Schluck Flüssigkeit verteilen. Ich kippe die ganze Matsche in den Deckel, wobei mir der Tee auf die bloßen Beine spritzt.

Ich fluche leise. Es sieht so aus, als wäre meine Tasse voll von Skeletten und Totenschädeln. Ich lege den Deckel vorsichtig auf den Beifahrersitz und versuche, nicht noch mehr auszukippen. Dann bete ich, dass ein Glückssymbol auftaucht. Vielleicht eine Glocke oder eine Taube. Oder ein Drachen, denn das bedeutet, dass sich ein Wunsch erfüllt. Ich blicke auf die Teeblätter hinunter, die noch im Becher kleben, und sehe – nasse Blätter. Ich schwenke den Becher langsam herum und versuche, etwas zu erkennen. Mist. Das typische Problem aller Jugendlichen – ich hätte meiner Mutter besser zuhören sollen.

Ich höre, wie sich eine Tür öffnet, und sehe auf. Die Teeblätter sind vergessen, als Jason in der Haustür erscheint. Meine Brust fühlt sich an, als würde mir eines dieser Blutdruckmessgeräte, das alte Leute immer benutzen, die Luft abdrücken. Als er über den Rasen geht, bleibt mir die Luft weg. Kurz kommt mir der Gedanke, ich könnte tatsächlich mit siebzehn einen Herzinfarkt haben. *Nicht. Sehr. Wahrscheinlich.*

Ich hole tief Luft, schnappe mir die Tüte mit den Muffins vom Beifahrersitz und will aus dem Auto steigen. Da öffnet sich die Haustür wieder und ein Arm in einer blauen Uniformjacke erscheint. Jason ist nicht allein. Das muss der Sanitäter sein, der ihn ausbildet. Alex hieß er, glaube ich. Ich denke an einen kleinen, leicht pummeligen Mann in den Dreißigern. Doch als Alex schließlich ganz auftaucht, ist es kein langweiliger alter Kerl.

Es ist ein Mädchen.

6

»Jede Armee zieht hohes Gelände niedrigem vor.«
Sun Tzu, Die Kunst des Krieges

Die Packung mit den Muffins gleitet mir aus der Hand und fällt mit einem Knall zu Boden. Oder vielleicht war das mein Herz, das gebrochen ist? Ich komme zu mir und merke, dass Jason und Alex mich nicht gesehen haben. Schnell setze ich mich wieder ins Auto und ziehe vorsichtig die Tür zu. Hoffentlich schaut keiner von beiden in meine Richtung. Ich ducke mich tief in den Sitz und spähe aus dem Seitenfenster.

Alex ist ein paar Zentimeter kleiner als ich. Ihre Haare sind so lang und glänzend, dass meine daneben wahrscheinlich wie Flachs aussehen. Sie sind knallrot wie bei einem Filmstar, definitiv gefärbt, aber trotzdem umwerfend. Obwohl sie eine Uniformhose und ein hochgeschlossenes T-Shirt trägt, sieht man, dass sie die Figur eines Unterwäsche-Models hat. Plötzlich kommt mir mein Wonderbra gar nicht mehr so wunderbar vor.

Mir fällt auf, dass ich das Steuer so fest umklammere, dass meine Knöchel weiß werden. Ich zittere am ganzen Körper und der Kriegsherr in mir scheint dauernd *Angriff* und *Tod* zu brüllen. Ich muss mich beruhigen, bevor ich ein Fenster einschlage und sie mich bemerken. Ich versuche, wie Bianca zu denken.

Vielleicht haben sie eine Fahrgemeinschaft. Bestimmt hat sie einen Freund. So ein hübsches Mädchen wird doch wohl kaum Single sein!

Ich löse die Hände vom Steuer und schüttle die Finger aus. Alles wird sich aufklären. Biancas Stimme in mir wird recht behalten. Er fährt doch erst seit ein paar Wochen mit dem Rettungswagen mit. Niemals würde er mich für ein Mädchen verlassen, das er gerade erst kennengelernt hat.

Ich habe mich schon fast überzeugt, als Jason und Alex zu Jasons Mustang Cabrio gehen. Er drückt sie aus Spaß an das Auto und sie lacht. Und dann küsst er sie.

Ich presse die Augen fest zu. »Bild gelöscht«, flüstere ich. Aber das Bild verschwindet nicht. Es ist wie ein Film vor meinen geschlossenen Augen. Jason und Alex küssen sich. Jason und Alex küssen sich. Ich presse die Augen fester zusammen, bis sich mein ganzes Gesicht verzieht und ich höre, wie ein Auto anspringt. Wahrscheinlich der Mustang, doch ich kann mich nicht darauf verlassen. Ich könnte es nicht ertragen, sie noch eine Sekunde zusammen zu sehen. Deshalb bleibe ich zusammengekauert auf dem Sitz hocken und zähle bis hundert. Als ich die Augen öffne, sind Jason und Alex weg.

Bianca sitzt im Denali an unserem Lieblingsplatz, dem großen runden Tisch neben dem Bücherregal. Sie trinkt etwas aus einem von Dads bemalten Keramikbechern. Wahrscheinlich Chai-Tee mit fettarmer Milch. Bianca liebt Chai.

Sie hebt den Kopf, als sie mich kommen sieht, und runzelt besorgt die Stirn. »Wollen wir zu dir nach Hause fahren?«, fragt sie.

An der Hippiemusik, die aus den Lautsprechern kommt, erkenne ich, dass mein Dad da sein muss. Er steht total auf afrikanische Trommeln und Mönchsgesänge und solches Zeug. Angeblich schafft das Atmosphäre.

»Nein, lass uns hierbleiben. Meine Mom ist zu Hause und schreibt. Und selbst wenn Dad herkommt … du kennst ihn doch. Aus Mädchengeschichten hält er sich heraus.«

»Okay«, fängt Bianca an, als ich mich auf einen Stuhl setze.

»War Jason sauer, dass du auf ihn gewartet hast?« Sie spielt mit dem Ende ihres Zopfes.

»Keine Ahnung. Ich habe gar nicht mit ihm gesprochen.«

»Warum nicht?«

Ich senke die Stimme. »Er ist losgefahren, als ich kam.« Ich seufze dramatisch. »Und er war nicht allein.«

»Was?« Bianca verschluckt sich an ihrem Chai. Ihr Gesicht läuft rot an und sie hustet mindestens drei Minuten lang.

»Sein Partner vom Rettungswagen war bei ihm«, erkläre ich. »Alex. Tja, Alex ist ein Mädchen. Und sie kamen zusammen aus seiner Wohnung – morgens um halb sieben. Also ...«

»Bist du sicher, dass sie nicht bloß zusammen zur Arbeit gefahren sind?« Bianca schlürft einen Schluck Tee.

Ich warte, bis sie ihn hinuntergeschluckt hat. »Er hat sie geküsst.«

Sie schnappt nach Luft. »Nein.«

»Doch.« Die Realität holt mich allmählich ein. Mein Leben. Mein fantastischer Sommer. Es ist vorbei. Ich bin wieder in der achten Klasse und habe es nicht ins Fußballteam geschafft. Und diesmal ist es noch schlimmer, weil ich es nicht selber verpatzt habe. Ich bin nicht im Probespiel auf die Nase gefallen. Ich ... habe einfach verloren. Ich bin ein Loser.

Mühsam halte ich die Tränen zurück. Ich will nicht schon wieder im Coffeeshop durchdrehen.

Mein Dad kommt aus dem Hintergrund angestiefelt. »Was gibt's bei euch? Eine Konferenz?«

»Frauensachen.« Ich bemühe mich, locker zu klingen.

»Aha«, sagt er. »Geheime Geschäfte. Dann macht nur weiter, Ladies.« Er dreht eine Runde durch das Café, wischt ein paar Tische ab und fragt einige Studenten, wie ihre Getränke schmecken. Als er sicher ist, dass alle zufrieden sind, verschwindet er wieder in Richtung Büro.

Bianca wartet, bis er außer Sichtweite ist. »Du weißt, was das bedeutet, oder?«

Dass ich eine Versagerin bin? »Dass Jason ein Arschloch ist?«

»Ja, vielleicht. Aber vor allem, dass du dich noch mehr anstrengen musst, wenn du ihn zurückhaben willst.« Sie macht eine Pause. »Willst du ihn zurück?«

Ich senke die Stimme. »Ja. Ist das schlimm? Wir haben die letzten zweieinhalb Jahre miteinander verbracht, Bianca. Ich weiß nicht einmal, wer ich ohne ihn wäre.«

»Du wärst meine tolle Freundin Lainey«, sagt Bianca bestimmt. »Derselbe Mensch, der du seit der zweiten Klasse bist. Ehrlich, du brauchst doch Jason nicht, um zu wissen, wer du bist.«

»Glaubst du nicht? Denk doch nur daran, wie sie im Fußballteam Witze gemacht haben, dass auf meinem Trikot nicht ›Mitchell‹ stehen sollte, sondern ›Chases Freundin‹, denn so kennen mich alle.« Ich sacke auf meinem Stuhl zusammen. »Aber es ist nicht nur das. Ich kann mir mein Leben nicht ohne ihn vorstellen. Alles war perfekt und jetzt ist alles Mist. Ich muss ihn zurückhaben. Es soll wieder so sein wie vorher.«

Bianca spitzt die Lippen. Ich weiß, dass sie nicht meiner Meinung ist, aber sie widerspricht mir nicht. »Okay«, sagt sie. »Dann brauchen wir einen besseren Plan.« Sie trommelt mit den Fingernägeln auf den Tisch und starrt die an der Wand hängenden Stammesmasken an.

Sie starren zurück. Grinsend. Sie lachen mich aus.

Ihre Miene hellt sich auf. »Ich hab's. Wo ist dein Buch?«

»*Die Kunst des Krieges*? Ich dachte nicht, dass ich das bei Jason brauchen würde.« Ich hatte nicht einmal angenommen, dass ich die Muffins brauchen würde. Stattdessen hatte ich ernsthaft erwartet, dass Jason mich nach einer Woche Trennung vermissen würde. *Himmel noch mal, wer ist diese Alex, und was hat sie, was ich nicht habe?*

»Ich wusste, dass du das sagen würdest. Deshalb habe ich es mir auf mein Handy runtergeladen.« Bianca holt ihr Handy heraus und fängt an, über den Bildschirm zu wischen.

»Ich weiß nicht, ob ich im Moment Lust auf alte chinesische Literatur habe.« Ich sinke noch weiter auf meinem Stuhl zusammen.

»Komm schon, Lainey. Ich kenne dich. Du fühlst dich bestimmt besser, wenn du einen Plan hast.«

»Kann sein.« Ich bin nicht wirklich überzeugt, aber wenn ich jetzt nach Hause gehe, ende ich sicher heulend im Bett, und davon werde ich mich bestimmt nicht besser fühlen. »Na schön, aber zuerst brauche ich ein Eis.« Ich schiebe meinen Stuhl zurück und gehe nach vorn an die Theke. Dort lade ich einen dicken Klecks cremiges Karamelleis auf ein Schälchen, bedecke es mit Sahne und streue schokoladenüberzogene Espressobohnen darüber. Dann schnappe ich mir einen Löffel und gehe zurück zum Tisch.

Bianca starrt meinen Monster-Nachtisch an. »Erwartest du noch jemanden?«

Ich schlucke einen großen Löffel luftige Sahne hinunter und muss husten. »Natürlich nicht. Wahrscheinlich werde ich mein Leben lang allein sein.«

Bianca antwortet nicht, sondern öffnet *Die Kunst des Krieges*. Sie scrollt zu Teil IV und legt ihr Handy vor mir auf den Tisch.

»*Die Armee auf dem Marsch*?«, schnaube ich verächtlich. Doch ich überfliege ein paar Seiten. »Ich soll Jason also nicht in einem Fluss oder einem Salzsumpf angreifen?«

»Lies weiter.«

»Und auch nicht vom Fuß eines Berges aus.« Ich nehme einen Löffel Eis.

»Genau«, sagt sie.

»Genau was?«

»In dem ganzen Abschnitt geht es darum, dass man auf einer Ebene sein sollte, wenn man kämpfen will. Oder noch besser ist es, wenn du diejenige auf dem Berg bist. Es ist eigentlich wie beim Fußball. Wenn das Feld uneben ist, kann man von oben besser ein Tor schießen als von unten.«

»Ach, jetzt verstehe ich es! Jason hat eine neue Freundin, also ist er derjenige, der in der besseren Position ist.«

»Und deshalb müssen wir dir bloß einen Jungen zum Ausgehen suchen, und schon seid ihr wieder auf einer Ebene.« Sie lächelt. »Jason sieht euch, wird eifersüchtig, und voilà – schon hast *du* die Oberhand.«

»Einen Jungen zum Ausgehen«, wiederhole ich langsam. Ich habe Lust, die ganze Schüssel Eis auszulöffeln und mir dann neues zu holen. Ich habe Lust, in mein Bett zu kriechen, mir die Decke über den Kopf zu ziehen und mich in den Schlaf zu heulen. Ich habe ganz bestimmt *keine* Lust, mit einem Jungen auszugehen.

»Ja.« Bianca sieht sich im Denali um, als ob einer der Studenten, die dort mit ihren Laptops sitzen, sich plötzlich umdrehen und freiwillig melden würde.

»Moment«, sage ich. »Was ist, wenn der Typ sich dann in mich verliebt und mich verfolgt, so wie der schwedische Austauschschüler es letztes Jahr mit Kendall gemacht hat?« Eigentlich denke ich aber eher daran, was passieren würde, wenn ich mit einem Jungen flirte und er mir einen Korb gibt. Dann müsste ich dieses grässliche Gefühl der Ablehnung noch einmal erleben.

Bee zieht mein Eis zu sich heran, sodass ich es nicht mehr erreichen kann.

»Hol dir selbst welches«, motze ich und lange nach der Schüssel.

»Nein. Das machst du nicht«, verkündet sie, die Finger fest um die Eisschüssel geschlossen. »Ich werde nicht zulassen, dass du dich in Eis ertränkst. Wenn du zehn Pfund zunimmst, wird es dir sicher nicht besser gehen.«

»Wenn ich mich mit einem Jungen treffe, wird es mir auch nicht besser gehen«, sage ich. »Lass mich zuerst das Buch zu Ende lesen. Vielleicht habe ich dann noch eine andere Idee.«

»Na gut«, antwortet sie. »Morgen arbeitest du, oder? Dann reden wir weiter.« Sie stopft ihr Handy in die Tasche und umarmt mich kurz. »Komm, wir verschwinden hier, bevor dein Dad wieder auftaucht und uns zur Arbeit einteilt.«

Als wir durch die Eingangstür gehen, kommen Micah und der Neue, Leo, gerade vom Parkplatz. Sie sehen komisch zusammen aus: Micah mit seinem Irokesenschnitt, Leo mit Basecap und Poloshirt. Micah hebt eine Hand und winkt und Leo murmelt »Hiya«. Beide lächeln Bee an, keiner von ihnen sieht in meine Richtung. Normalerweise würde es mir nichts ausmachen, von den Verrückten aus der Küche ignoriert zu werden.

Heute schon.

»Schön zu sehen, dass mein Unsichtbarkeits-Umhang noch funktioniert«, murmele ich. Ich weiß nicht, wann ich mich das letzte Mal so allein gefühlt habe.

7

»Die Schwierigkeit besteht darin, das Ungezielte in das Gezielte zu verwandeln, das Unglück in den Sieg.«

Sun Tzu, Die Kunst des Krieges

Als wir am nächsten Tag mit der Arbeit fertig sind, besetzen Bianca und ich wieder den Tisch neben dem Bücherregal.

»Ich habe uns eine Pizza mit gegrilltem Hähnchen bestellt«, kündigt sie an, als ich mich ihr gegenübersetze. »Ich dachte, wir könnten das Buch noch einmal zusammen durchgehen und eine Liste machen.« Sie hat den Text schon auf ihrem Handy geöffnet.

Ich ziehe mir einen dritten Stuhl heran und lege meine Füße darauf. »Zeig mir den Weg, Kriegsherrin.« Ich hole das Buch aus meiner Tasche. »Ich habe letzte Nacht die zweite Hälfte gelesen. Dass man die Schwächen des Feindes herausfinden soll, fand ich ganz sinnvoll, aber das ganze Zeug über Spione und Verbündete war nicht so spannend.«

»Na gut. Lass uns Strategien überlegen.«

Ich blättere die zerfledderten Seiten durch und lese einige Passagen vor, während Bianca Notizen macht.

Ich bin gerade beim siebten Teil über Manöver, als Ebony mit unserer Pizza aus der Küche kommt. Sie trägt eine Tarnhose, ein schwarzes ärmelloses T-Shirt und um den Hals ein Lederband mit Nieten, das wie ein Hundehalsband aussieht. Am liebsten hätte ich ihr gesagt, dass ihr kahler Kopf heute ganz besonders glänzt, aber ich widerstehe der Versuchung. Sie schaut missbilligend auf meine Füße, die auf dem Stuhl liegen. »Mach nicht alles dreckig, okay?« Sie stellt die Pizza auf den Tisch und verschwindet wieder nach hinten, ohne eine Antwort abzuwarten.

Ich schnappe mir ein Stück Hähnchen von der Pizza und blättere zu Teil acht, *Taktische Varianten.*

»*Es gibt fünf gefährliche Fehler, die jeder General begehen kann*«, lese ich laut. »*Unbekümmertheit, Feigheit, ein ungezügeltes Temperament, übergroße Sorge.*« Ich mache eine Pause. »Aber was soll *Empfindliches Ehrgefühl* heißen?«

»Stolz«, übersetzt Bianca und nimmt sich ein Stück Pizza. »Jedenfalls so ungefähr, für unsere Zwecke reicht es. Alle diese Gefühle musst du vermeiden, wenn du deinen Plan ausführst.«

Ich knabbere an einem Stück Hähnchen. »Diese Gefühle habe ich in ungefähr 85 Prozent der Zeit, besonders in letzter Zeit.«

Bianca wischt sich den Mund an einer Serviette ab. »Niemand hat behauptet, es wäre einfach.«

Wir gehen die letzten Teile zusammen durch, und dann setze ich mich neben Bianca, um ihre Liste zu lesen.

1. Plane deinen Angriff.
2. Kenne deinen Feind.
3. Sei flexibel, unberechenbar, trügerisch und entschlossen.
4. Ergreife die Gelegenheiten, wenn sie sich ergeben.
5. Greife aus einer überlegenen Position heraus an.
6. Greife direkt und indirekt an.
7. Sei nicht zu aggressiv.
8. Erkunde die Schwächen des Gegners.
9. Trenne die gegnerischen Truppen und bezwinge den Feind.
10. Nutze Spione und Verbündete.

»Das ist eine Top-Ten-Liste«, sagt sie stolz. »Ein Zehn-Punkte-Plan, um deinen Exfreund zurückzugewinnen.«

Ich lese die Liste noch einmal. »Aber was bedeutet das alles für mich und Jason?«

Bianca isst ein Stück Pizza, bevor sie antwortet. »Erstens, dass wir jetzt deinen Angriff planen. Punkt Nummer zwei: Kenne deinen Feind. Wir kennen Jason, aber wir müssen mehr über das Rettungs-Mädchen wissen.«

»Rettungs-Mädchen. Das klingt wie eine Superheldin. Wie kann ich jemals mit ihr konkurrieren?«

»Wie heißt sie noch gleich?«, will Bee wissen.

»Jay hat erzählt, dass er mit einem Arzt namens Lance fährt und einem Sanitäter namens Alex. Wenn er mich nicht wochenlang angelogen hat, heißt sie also Alex.«

»Weiß du sonst noch etwas über sie?«

Ich sehe sie vor mir, wie sie aus Jasons Haus kommt. Die einfach geschnittene Uniform schmeichelt ihrer perfekten Figur und ihr roter Pferdeschwanz reflektiert das Sonnenlicht. »Die Haare sind gefärbt. Die Brüste sind wahrscheinlich künstlich.«

»Sehr hilfreich«, kommentiert Bianca trocken. »Und weißt du, für welches Unternehmen sie arbeitet?«

»Für die Feuerwehr. Ich habe den Rettungswagen an dem Tag gesehen, als Jason mit mir Schluss gemacht hat. Ich kann mich auch an alle anderen entsetzlichen Einzelheiten erinnern – sogar, welche Socken er anhatte.«

»Dann müssen wir eine kleine Recherche bei der Feuerwehr machen.«

Ich verschlinge ein Stück Pizza, während Bee die Webseite der städtischen Feuerwehr untersucht. Die Grillsauce im Denali enthält jede Menge Zwiebeln und Chili. Sie ist köstlich, aber nach ein paar Bissen brennt mir der Mund. »Hast du was gefunden?«, frage ich. »Einen Blog über Sex? Nicht jugendfreie Fotos in Sanitäter-Uniform?«

Bee runzelt konzentriert die Stirn. »Hier sind keine Vornamen, aber es gibt A. Malincheck. Da steht: Rettungshelfer – Qualifikation über das Community College.«

Jason hat mir erzählt, dass am Community College die Ausbildung zum Rettungshelfer nur ein Jahr dauert und die zum Notfallsanitäter zwei Jahre. Das heißt, es ist möglich, dass Alex erst neunzehn ist. Ein neunzehnjähriges Mädchen und ein siebzehnjähriger Junge? Klingt schräg, aber nicht unmöglich. »Okay, sagen wir mal, sie ist es. Alex Malincheck. Und jetzt? Was machen wir nun?«

Bianca schüttelt den Kopf. »Ich kann gar nicht glauben, dass sich ein älteres Mädchen für Jason interessiert. Er macht so einen unreifen Eindruck.«

»Findest du? Ich dachte immer, er ist viel reifer als die meisten seiner Freunde.«

»Vielleicht, aber das heißt nicht viel. Wurden ein paar seiner Freunde nicht vorübergehend vom Unterricht ausgeschlossen, weil sie beim Schulfest in die Cola eines Mädchens gepinkelt hatten?« Sie wartet meine Antwort nicht ab, sondern googelt weiter. »Ich kann sie bei keinem sozialen Netzwerk finden«, murmelt sie. »Es gibt nicht mal eine Adresse von ihr.«

»Stell dir mal vor, wie schwer es zu Sun Tzus Zeiten war, jemanden zu finden«, sage ich. »Wie hat *er* es geschafft, seine Feinde zu kennen?«

»Wahrscheinlich hat er Spione benutzt«, vermutet Bianca.

Stimmt, Spione. Punkt 10 auf der Liste.

»Ich wette, wir könnten sie feuern lassen.« Ich nehme mir ein zweites Stück Pizza. »Sie sollte sich nicht an den Schuljungen vergreifen, die sie ausbildet. Überhaupt, wenn sie neunzehn ist, ist das nicht eigentlich illegal?«

Biancas dunkle Augen werden groß. »Keine Ahnung. Aber es ist auch egal, denn das wäre wirklich gemein.«

»Gemeiner, als mir den Freund auszuspannen?«

»Außerdem wäre es kontraproduktiv«, fügt sie hinzu. »Denk dran, wir müssen die Feinde entzweien. Wenn du sie verpetzt, sodass sie gefeuert wird, werden sich die beiden nur gegen dich verbünden.«

Mein Mund brennt immer noch von der Grillsauce. »Was haben wir dann davon, dass wir etwas über sie wissen?«

»Kommt drauf an, was wir herausfinden. Ich kümmere mich um die Spionage.« Sie lächelt hinterhältig.

»Du?« Ich bin überrascht. »Ich dachte, so was findest du unmoralisch und kriminell.«

Bee zwinkert mir zu. »Für dich werde ich eine kriminelle Karriere anfangen, Lainey Mitchell.«

»Hab ich dir in letzter Zeit gesagt, wie toll du bist?«, frage ich. »Willst du sie stalken?«

»Hast du«, nickt Bee. »Stalken ist ein hartes Wort.« Sie grinst immer noch. »Du solltest dich da lieber raushalten, denn wenn Jason dich sieht, wirft uns das alle Pläne über den Haufen.«

Ich stelle mir vor, wie ich Alex von der Feuerwache bis zu ihrem Haus verfolge und mich dann in den Büschen verstecke, um zu sehen, ob Jason sie besucht. Es wäre typisch, wenn ich niesen müsste oder mein Handy im entscheidenden Moment klingelt, und Jason selbst mich aus meinem Versteck zerren würde. Vor Scham sterben ist nicht nur so ein Ausdruck. Wenn ich beim Beschatten von Jason und seiner neuen Freundin erwischt würde, wäre ich auf der Stelle tot.

»Okay«, stimme ich zu. »Du kümmerst dich um die Spionage. Was die anderen Punkte angeht: Ich kann versuchen, unberechenbar und flexibel und trügerisch und entschlossen zu sein. Aber wie komme ich nahe genug an Jason heran, um das alles auszuprobieren?«

»Du musst dir überlegen, wie du ihn zufällig treffen kannst. Am besten, wenn Alex nicht dabei ist.«

Es gibt tatsächlich ein paar Orte, wo Jason regelmäßig hingeht. Dort könnte ich ihm »zufällig« über den Weg laufen. Ich nicke. »Gut. Ich bin dafür, Gelegenheiten zu ergreifen. Und ich werde nicht zu aggressiv vorgehen.« Den Punkt mit der mächtigen Position erwähne ich nicht, sonst wird Bianca mir wieder vorschlagen, mich mit einem anderen Jungen zu treffen.

»Finde die Schwächen des Feindes heraus«, lese ich. »Welche Schwächen mag Alex haben? Jüngere Männer, ganz offensichtlich.«

»Ich bin satt.« Bianca schiebt mir den Pizzateller hin. »Und was meinst du, was sind Jasons Schwächen?«

»Sex?«, schlage ich vor.

»Was noch?« Sie spricht nicht aus, was wir beide denken – dass Sex keine Schwäche ist, wenn er ihn mit einem anderen Mädchen haben kann.

Ich zähle an den Fingern ein paar weitere Punkte auf. »Alkohol. Essen. Die Fußball-Weltmeisterschaft.«

»Ist er eifersüchtig?«

»Hm ... Ich glaube nicht.« Ich sacke ein bisschen in meinem Stuhl zusammen.

»Wie war das in der 10. Klasse?«, hakt sie nach. »Die Sache mit dir und Matt Clifton nach dem Spiel gegen *Aquinas*?«

»Ach ja.« Wir hatten das Spiel verloren, nachdem ich einen Elfmeter verschossen hatte. Nach dem Spiel weigerte ich mich zu gehen, bevor ich nicht zwanzig Schüsse in jede der oberen Ecken des Tores versenkt hatte. Der Torwart der Jungenmannschaft sah mich, als er auf dem Weg zu seinem Auto war, und bot an, für mich ins Tor zu gehen. »Es war ja nicht so, dass Matt mich angemacht hat. Wahrscheinlich hat es ihm leidgetan, dass ich den Ball nach jedem Schuss wieder holen musste. Aber du hast recht. Jason hat noch Wochen später Sprüche gemacht, dass Matt ein talentfreier Angeber ist.«

»Wenn du dich mit jemand anderem treffen würdest, wärst du mindestens wieder auf einer Ebene mit ihm. Es könnte dich sogar in eine überlegene Position bringen ...« Bianca macht eine vielsagende Pause.

Herrje, sie hat sich wirklich in diese Idee verrannt. »Vergiss es, Bee. Es wäre einfach nicht fair, mit jemand anderem etwas anzufangen, wenn ich die ganze Zeit nur an Jason denken muss.«

»Dann tu nur so, als würdest du mit jemandem etwas anfangen«, sagt sie. »Ein bisschen Täuschung kann nicht schaden.«

»Und wo finde ich jemanden, der sich darauf einlässt? *Falsche Dates Dotcom?*«

»Nein, nicht im Internet.« Bianca schüttelt heftig den Kopf. »Ich rede von einem Jungen, nicht von einem Axtmörder, der auf der Suche nach dem nächsten Opfer ist. Lass mich mal überlegen.«

Die Windspiele klackern und klimpern, als Micah und Leo das Café betreten. Ich sehe auf die Uhr. Es ist fast halb vier, Zeit für die Abendschicht. Die Jungs gehen an unserem Tisch vorbei, ohne uns auch nur einmal anzusehen. Micah wischt auf seinem Handy herum, und plötzlich beginnt eine großartige Idee in meinem Kopf Gestalt anzunehmen.

»Micah«, sage ich zuckersüß.

»Nein.« Er sieht sich nicht einmal um.

»Komm schon«, bettle ich. »Rede mit uns.«

Er bleibt vor dem Eingang zur Küche stehen. »Ich muss Leo mit den Vorbereitungen helfen, Lainey.«

»Oh, tut mir leid. Ich habe nur eine kurze Frage zu deiner Freundin.« Ich räuspere mich. »Ich meine, zu deiner Exfreundin.«

Bianca atmet tief ein. Sie sieht von mir zu Micah und zurück. Sie hat meinen Plan durchschaut. »Also, *das* wäre wirklich unerwartet«, sagt sie.

Und eine Täuschung.

Und flexibel.

Micah sagt etwas zu Leo, der zustimmend nickt und in der Küche verschwindet. Dann dreht er sich zu Bianca und mir um. Er hat ein neues Augenbrauenpiercing: eine kleine silberne Hantel über dem rechten Auge. Es ist wahrscheinlich nur ein Erstschmuck, der bald durch etwas Schwarzes und Stacheliges ersetzt wird. Jedenfalls sieht es seltsam filigran aus und bildet einen Kontrast zu seinen männlichen Gesichtszügen.

»Also?«, sagt er. »Was gibt's?«

»Sie hat *dich* verlassen, oder? Hättest du sie gern zurück?« Ich lächle ihn gewinnend an und ziehe mein Denali-T-Shirt glatt.

Er erstarrt. Irgendetwas – Zweifel oder Schmerz – scheint in seinen braunen Augen auf.

Seine Aufmerksamkeit habe ich. Nun muss ich ihn nur noch überzeugen. »Ich habe einen todsicheren Plan.«

Er stützt sich auf der Lehne eines leeren Stuhls auf. »Was denn für einen? Hast du im Internet einen esoterischen Liebeszauber gefunden? Du brauchst nur eine Haarsträhne und drei Tränen, und schon wird alles wieder wie früher?«

»Nein, das hier ist die Wirklichkeit«, sage ich. »Sie wird denken, dass du über sie hinweg bist. Dann wird sie eifersüchtig und fragt sich, ob sie einen Fehler gemacht hat.«

»Ach ja?« Micahs Stimme klingt skeptisch, aber ich merke, dass er darüber nachdenkt. »Und wie machen wir das?«

»Wir tun so, als würden wir miteinander ausgehen.« Seit ich Jason und Alex zusammen gesehen habe, habe ich mich zunehmend unattraktiv gefühlt. Aber komischerweise gibt mir selbst der Gedanke an ein vorgetäuschtes Date etwas von meinem Selbstbewusstsein zurück.

»Ein Pseudo-Date«, präzisiert Bianca. »Es könnte euch beiden helfen, eure Expartner zurückzugewinnen.«

Micah dreht den Stuhl um und setzt sich mit gespreizten Beinen verkehrt herum darauf. »Ich weiß nicht«, sagt er übertrieben ernsthaft und sieht von mir zu Bianca. »Na klar vermisse ich Amber – aber mit Lainey ausgehen? Auch wenn es nur vorgetäuscht ist – ich weiß nicht, ob es das wert ist.«

»Haha«, sage ich. »Denkst du wirklich, dass ich so schrecklich bin?«

Micah grinst. »Ich denke gar nichts über dich.«

Treffer. Autsch. Ich weiß, dass ich ihm exakt dieselben Worte ins Gesicht geschleudert habe, an dem Tag, als Jason und ich uns getrennt haben. Ich wusste nicht, dass sie so wehtun würden.

»Es würde sowieso nicht funktionieren«, fährt Micah fort. »Amber würde niemals glauben, dass wir beide was miteinander haben.«

Ich drehe meine Haare zu einem Pferdeschwanz zusammen und werfe ihn über die linke Schulter. »Warum nicht? Weil sie weiß, dass du nicht auf hübsche, sondern auf ausgeflippte Mädchen stehst?«

Micahs Blick wandert für eine Sekunde zu meinen Haaren, dann grinst er wieder. »Eher auf etwas zierlichere Mädchen.«

Ich schnappe nach Luft. »Du Arschloch. Das sind alles Muskeln!« Er duckt sich, als ich ihn in die Seite boxen will. »Nimm das sofort zurück, sonst bekomme ich eine Essstörung!«

Micah schnaubt. »Von einer Essstörung wirst du auch nicht kleiner, Blödmann.«

Oh. Das meint er. Daran habe ich gar nicht gedacht. Mit meinen 1,76 bin ich fast so groß wie er.

»Wow«, sagt Bianca. »Das klingt ja, als wärt ihr schon ewig zusammen.«

Wir sehen sie finster an, doch sie hat nicht ganz unrecht. Micah und ich saßen in der vierten und fünften Klasse nebeneinander, doch dann wurde ich in die In-Clique aufgenommen und er wurde ein freakiger Rocker. Obwohl wir seit Jahren nicht mehr als »Entschuldigung« und »Sind noch Karibu-Cookies da?« miteinander gesprochen haben, habe ich das Gefühl, ihn gut zu kennen. Mein Herz klopft. Dieser Plan könnte tatsächlich funktionieren.

Ich sehe ihn bittend an. »Ich werde flache Schuhe tragen. Komm schon. Mach es für Amber.«

Micah steht auf und geht in die Küche. Bevor er verschwindet, dreht er sich noch einmal um. »Ich denke darüber nach.«

8

»Schnelligkeit ist eine wichtige Eigenschaft im Krieg.«

Sun Tzu, Die Kunst des Krieges

Nachdem er mich ein paar Tage hat zappeln lassen, ruft Micah schließlich an. »Wie soll das denn überhaupt funktionieren?«, will er wissen.

Ich lasse mich auf mein Bett fallen. »Wir tun so, als wären wir zusammen, und treffen uns dort, wo wir wissen, dass unsere Exfreunde uns sehen.« Ich drücke mir selbst die Daumen, während mein Blick über die vielen Dinge schweift, die mich an Jason erinnern. Micah muss zustimmen – er muss einfach. Ich kann nicht einfach irgendjemanden fragen, ob er mit mir zu einem vorgetäuschten Date geht. Micah braucht mich auch. Es ist, als ob das Schicksal ihn mir im richtigen Moment zugespielt hätte.

»Und du glaubst, das geht so einfach?«

»Es wäre auf jeden Fall ein Anfang.« Ohne *Die Kunst des Krieges* zu erwähnen, erkläre ich ihm das mit dem ebenen Spielfeld.

»Und wie lange sollen wir dieses Theater spielen?«

»Gute Frage? Vielleicht fünf Dates für jeden?«, schlage ich vor.

Er stößt einen langen Pfiff aus. »Das ist eine Menge Zeit zusammen.«

»Wir können ja ausmachen, dass jeder die Sache beenden kann, wenn es nicht klappt«, sage ich. »Ich will nicht, dass wir den ganzen Sommer über schlechte Laune haben.«

»Und was ist mit Regeln?«, fragt er. »Dinge, die wir tun oder nicht tun dürfen?«

»Regeln. Gute Idee. Ich finde, jeder von uns kann Regeln aufstellen, aber so weit habe ich noch gar nicht gedacht. Heißt das, du bist dabei?« Er schweigt mindestens eine Minute lang, und ich habe das Gefühl, ihn noch etwas überzeugen zu müssen. »Du kannst das erste Date haben«, biete ich an. »Wenn es eine Katastrophe wird, lassen wir die ganze Sache.«

»Du bist ja wirklich fest entschlossen.« Er lacht leise. »Sicher, dass dein Exfreund den ganzen Aufwand wert ist?«

Zweieinhalb Jahre voller Küsse, nächtlicher SMS und einem nahezu perfekten Leben als Jasons Freundin ziehen in meinem Kopf vorbei. Und dann der Gedanke an das ruinierte Abschlussjahr, in dem ich vom Rande des Spielfelds aus beobachte, wie Jason mit unseren gemeinsamen Freunden Spaß hat.

»Auf jeden Fall«, antworte ich.

Am Ende der Woche hole ich Micah zu unserem ersten offiziellen »Date« in seiner Wohnung ab. Sein Zimmer sieht genau so aus, wie ich es mir vorgestellt habe: Bandposter an den Wänden, bergeweise dreckige Wäsche und schwarze Laken vor den Fenstern.

»Weißt du, es gibt diese Dinger, die Vorhänge heißen.« Ich stehe mit dem Rücken zur Wand. Auf keinen Fall werde ich mich hier irgendwo hinsetzen.

Micah liegt auf seinem ungemachten Bett. Er sieht gerade lange genug vom Fernseher auf, um die Augen zu verdrehen. »Also, was ist jetzt mit den Regeln? Du bist doch bestimmt so ein Mädchen, das jede Menge Regeln einführen will.«

»Es sind nur ein paar.« Ich räuspere mich. »Erstens: Niemandem von dem Plan erzählen.«

Micah nickt. »Okay.« Er sieht wieder auf den Bildschirm. Eine Episode von *Happy Cheetah* läuft im Comic-Kanal.

»Zweitens: Wir berühren uns nicht. Und drittens werden wir uns auf keinen Fall küssen.«

»Ich würde mich ja gerne von dir und deinem Bräunungsspray fernhalten, um nicht selber orange zu werden«, sagt Micah. »Aber ich fürchte, wir müssen uns ab und zu berühren. Sonst glaubt uns keiner, dass wir ein richtiges Date haben.«

»Na schön. Wir berühren uns so wenig wie möglich.« Ich strecke den Arm aus und bewundere die leichte Bräune. »Außerdem ist das keine Orange, sondern Wüstenglanz.«

»Wahrscheinlich leuchtet es im Dunkeln.« Er gähnt. »Waren das alle deine Regeln?«

Ich nicke. »Und was sind deine?«

»Ich bin nicht so ein Regel-Typ.« Er dreht sich zu mir um und ein Lächeln breitet sich langsam auf seinem Gesicht aus. »Aber ich bin neugierig. Was willst du deinen Freunden erzählen? Und deinen Eltern? Dass Jason dich verlassen hat und du dich nun aus Verzweiflung mit der dunklen Seite einlässt?«

»Na ja, Bianca weiß es und Kendall ist nicht in der Stadt. Das sind die beiden, mit denen ich am meisten zu tun habe. Und meine Eltern sind entspannt, solange ich abends rechtzeitig nach Hause komme, also muss ich ihnen nichts weiter erzählen. Sie werden sowieso denken, dass wir uns als Kollegen treffen.«

Micah schnaubt, als ob das ein vollkommen absurder Gedanke wäre. »Keine anderen Regeln?«, fragt er. »Gar keine?«

Er sieht mich so an, dass ich das Gefühl habe, ich sollte noch tausend andere Regeln aufstellen. Aber mir fällt nur eine ein. »Du erfindest keine nichtjugendfreien Geschichten über mich.«

Er fährt sich mit der Hand durch die abstehenden Haare. »Wie wär's mit Geschichten ab sechzehn?«

»Allerhöchstens ab dreizehn.«

»Teenager können heutzutage ganz schön zur Sache gehen.« Micah leckt sich vielsagend die Lippen.

»Redest du über deine Schwester?«, frage ich zuckersüß.

»Unsinn«, sagt er und wirft mit einem Kissen nach mir. »Uh, dieses Jahr kommt sie schon in die Highschool.«

Als ob sie geahnt hätte, dass wir über sie reden, steckt Micahs Schwester den Kopf durch die Tür, ohne anzuklopfen. »Oh, hi«, sagt sie. »Ich bin Trinity. Ich wollte nur mal Hallo sagen.«

»Hallo, ich bin Lainey.« Ich lächle sie an und winke wie ein Model auf dem Laufsteg. Sie ist mir schon mal im Denali begegnet, aber heute treffen wir uns zum ersten Mal offiziell. Sie hat dunkelbraune Haare wie Micah, mit blauen und grünen Strähnchen hinter dem linken Ohr. Sie trägt ein geblümtes Kleid, eine Schirmmütze und komische schwarze Schuhe, die wie Katzen aussehen. Ihr Aufzug ist eine Mischung aus weiblich und männlich und freakig, mit der ich nie durchkommen würde. Aber bei ihr funktioniert es.

»Ich weiß, wer du bist«, kichert sie. Micah dreht den Ton am Fernseher lauter. »Cool, *Happy Cheetah.* Ist das die Folge, wo Cheetah und der manisch-depressive Hase in den Zoo gehen, um das ängstliche Zebra zu ärgern?« Ihr Blick wandert zwischen Micah und mir hin und her.

»Keine Ahnung«, antworte ich.

»Lainey steht nicht so auf *Happy Cheetah.*« Micah wechselt den Sender zu einer Folge von *Celebrity Sightings*. »So was ist eher ihr Ding.«

Er hat recht. Ich höre gespannt zu, wie Klatschreporterin Ashton Leigh die neuesten Nachrichten über Caleb Waters und *Helden der Lüfte* verkündet.

»*Helden der Lüfte* ist die Geschichte von zwei Air-Force-Piloten, die wegen einer Unbesonnenheit aus der Armee geworfen werden und nun versuchen, sich als normale Piloten durchzuschlagen«, zwitschert Ashton. Sie wirft ihr schnittlauchglattes blondes Haar über die Schulter zurück. »Im Moment dreht die Crew in

Chicago.« Die Kamera zeigt verschwommene Aufnahmen von Caleb Waters, wahrscheinlich aus einem Hotel.

»Ohmeingott«, sage ich, während Micah wieder zu *Happy Cheetah* zurückschaltet. »Chicago! Das ist ja gar nicht weit. Vielleicht kommt Caleb Waters *hierher*!«

»Ohmeingott«, macht Micah mich nach. »Da werde ich schon ganz scharf, wenn ich nur daran denke!«

Ich ziehe die Nase kraus. »Sag nicht so was, wenn deine Schwester dabei ist.«

»Sag nicht so was, wenn dein Date dabei ist«, fällt Trinity ein.

Es hört sich komisch an, als Micahs Date bezeichnet zu werden.

Trinity klatscht in die Hände, und ich sehe, dass ihre Fingernägel grün und blau lackiert sind, in den gleichen Farben wie die Haarsträhnen. »Lainey«, sagt sie und lächelt. »Ich wollte dir schon immer sagen, wie toll ich deinen Werbespot finde.«

Micah tut so, als müsste er sich übergeben, ohne vom Fernseher aufzublicken. »Ich kann es gar nicht erwarten, auf die Hazelton Forest Universität zu gehen«, sagt er mit hoher, alberner Stimme. »Als Hauptfächer studiere ich Fußball und Stars, als Nebenfach Bräunungswissenschaft. Das wird bestimmt total cool!«

Trinity lacht. Ein lautes Lachen, bei dem man ihr Zahnfleisch und ihre Zähne sehen kann. Ich habe früher auch so gelacht, bis Kendall mich aufgeklärt hat, dass das uncool ist, besonders wenn man solche großen Pferdezähne hat wie ich.

»Das wären die besten Fächer, die man sich denken kann«, gebe ich zu und lächle Trinity an. Sie ist so begeistert von allem, das ist wirklich süß. »Ich mag deine bunten Strähnen«, sage ich, weil es ihr sicher viel bedeuten wird, ein Kompliment von einer beliebten Zwölftklässlerin zu bekommen.

Trinitys Augen werden so groß, dass sie wie ein Mädchen aus einem dieser Mangas aussieht, von denen mein Bruder immer so besessen war. »Echt? Ich kann dir auch eine machen.«

»Ich, ähm –« Mist. Das hat man davon, wenn man nett sein will.

»Ich mache sie mit einer Klammer fest anstatt mit Kleber, dann kannst du sie rausnehmen, wenn es dir nicht gefällt.« Sie schaut mich so hoffnungsvoll an, dass es kaum zu ertragen ist.

Micah ist weniger zögerlich. »Lass sie, Trin. Bei Lainey würde das komisch aussehen.«

»Würde es nicht.« Ich drehe mich zu Trinity um. »Probier's mal. Bestimmt sieht es cool aus.«

Sie grinst wieder ihr breites Grinsen. »Krass. Bin gleich wieder da!« Sie holt eine tarnfarbene Angelkiste. Als sie sie öffnet, sehe ich, dass sie voller Schmuck, Make-up und künstlicher Haarsträhnen ist.

»Such dir eine Farbe aus.« Sie hat Strähnen in allen Farben des Regenbogens.

Ich entscheide mich für petrolblau. »Das passt zu meiner Arbeitskleidung.«

Trinity legt den Kopf schief und spielt mit einer ihrer eigenen Strähnen, während sie mich mustert. Sie berührt meinen Haaransatz und dann die Stelle hinter dem linken Ohr, während sie konzentriert die Stirn runzelt. Ich fühle mich irgendwie unsicher, obwohl das vollkommen bescheuert ist. Schließlich ist sie noch ein Kind! Trotzdem würde ich zu gerne wissen, wie sie mein Outfit findet. Micah wollte mir nicht verraten, wo wir hingehen, deshalb habe ich mich so rockermäßig wie möglich angezogen. Gar nicht einfach, denn in meinem Kleiderschrank befinden sich hauptsächlich Secondhand-Designerklamotten und pastellfarbene Tanktops. Schließlich habe ich mich für ein schwarzes Shirtkleid entschieden und den größten, metallischsten Schmuck, den ich besitze. Meine Haare sind extra glatt geföhnt und glänzen so, dass sie das Licht reflektieren.

»Ich finde, du sieht toll aus«, sagt sie. »Aber mit einer Strähne wirst du noch cooler aussehen. Dann passt du super zu dem Ort, wo ihr hingeht.«

Ich sehe Micah an. »Wohin gehen wir denn?«

»Wirst du schon sehen.« Er summt leise vor sich hin. »Das wird die reinste Folter für dich.«

Trinity zieht mich vor den großen Spiegel, der an der Schranktür hängt. Mit dem spitzen Ende eines Kamms teilt sie die Haare, dann befestigt sie eine winzige silberne Spange an einer Strähne. Ich fühle es kaum, denn meine Gedanken kreisen um alle schrecklichen Orte, zu denen Micah mich mitnehmen könnte. Mir fällt absolut nichts ein. Hazelton ist der kleinste Vorort von St. Louis und ich war dort schon so ziemlich überall. Selbst wenn wir in die Stadt fahren, kann ich mir wenige Orte vorstellen, die man als Folter bezeichnen könnte.

Glaube ich zumindest.

»Ihr geht doch zu *Mizz Creant's*, oder?« Trinity tritt einen Schritt zurück, um ihre Arbeit zu bewundern. Mit den Fingern kämmt sie meine Haare.

»Yep.« Micah lächelt über seine Schwester oder mein Unbehagen. Oder über beides.

»Es wird dir gefallen«, sagt Trinity und geht zur Tür. »Warte mal, ich bin gleich wieder da.«

»Vielleicht sollten wir ein paar Regeln darüber aufstellen, wo wir hingehen und wo nicht«, sage ich, kaum dass sie außer Hörweite ist.

Micah lässt die Fernbedienung auf den Boden fallen und sieht mich an. »Ach, komm schon. Lass mich doch ein bisschen Spaß an der Sache haben.«

»Ich habe jedenfalls keine Pläne, dich zu foltern«, sage ich und merke, wie kläglich meine Stimme klingt.

»Das denkst du«, antwortet er. »Vielleicht ist es für mich schon unerträglich, mit dir zusammen zu sein.«

»Haha. Was ist *Mizz Creant's?*«, frage ich. Der Name erinnert mich an einen Voodoo-Buchladen in New Orleans, in dem mein Bruder und ich mal heimlich während eines Familienurlaubs waren.

»Ein Restaurant in der Stadt.« Micah springt auf und kommt quer durchs Zimmer auf mich zu. Ohne Vorwarnung streckt er die Hand nach meinen Haaren aus.

Instinktiv weiche ich zurück und stoße mit dem Rücken an den Türgriff.

»Entspann dich, Lainey.« Er hebt entschuldigend die Hände. »Ich wollte nur sehen, ob meine Schwester ordentlich gearbeitet hat.«

Das mögliche Ziel des heutigen Abends hat mich so abgelenkt, dass ich Trinitys Strähne ganz vergessen habe. Ich drehe mich um und mustere mich in dem fleckigen Spiegel: Ein blaugrüner Streifen verläuft hinter meinem linken Ohr. Ich muss zugeben, es gefällt mir ganz gut.

Trinity kommt mit einem Nasenstecker wieder und befestigt ihn am Ansatz der bunten Strähne. »Jetzt kann sie nicht herausfallen«, erklärt sie. »Jedenfalls sollte es für eine Weile halten.«

»Trin, bist du fertig? Ist sie schön genug?«, fragt Micah. »Ich sterbe gleich vor Hunger und man muss dort immer eine Weile warten.«

»Ja, außer wenn Lainey meine Schuhe ausleihen möchte.« Trinity kickt einen klobigen Katzenschuh in die Luft. An der Ferse hat er sogar einen winzigen geflochtenen Schwanz. »Ich glaube, wir haben die gleiche Größe.«

»Danke, ich brauche keine Schuhe«, sage ich. Hat Micah eben gemeint, dass ich schön bin? Oder dass ich ohne die Hilfe seiner kleinen Schwester *nicht* schön wäre?

Herrje, seit Jason mit mir Schluss gemacht hat, fange ich wirklich an zu spinnen.

Trinity nickt. Sie packt ihre Anglerbox voller Haarsträhnen ein. »Viel Spaß euch beiden!«, ruft sie und verlässt das Zimmer.

Micah stellt den Fernseher aus. Er greift nach einer Tube und drückt sich etwas von dem Inhalt in die Hand. Dann kämmt er sich die Haare mit den Fingerspitzen, bis sie stachelig abstehen. Es sieht cool aus. Schräg, aber cool.

Die Zimmertür springt wieder auf. Eine Frau mit blondierten Haaren und vollständig tätowierten Armen kommt herein. »Was ist hier los, Micah?«, fragt sie.

»Hey Mom. Nichts ist los.« Er fummelt an seinem Stacheldraht-Armband herum. »Was machst du hier?«

»Ich wohne hier«, antwortet seine Mutter. »Mein letzter Termin ist ausgefallen. Was machst du mit einem Mädchen in deinem Zimmer?«

»Ähm, ich bin nicht –« Ich versuche Mrs Foster zu erklären, dass Micah und ich nur Freunde sind.

Doch er unterbricht mich. »Das ist Elaine aus der Grundschule«, sagt er. »Sie zählt nicht als Mädchen.«

»Micah! Sei nicht unverschämt.« Mrs Foster sieht mich entschuldigend an.

»Keine Sorge, ich bin das gewohnt«, sage ich. »Ich werde übrigens inzwischen Lainey genannt.«

Sie sieht mich an, scheint mich aber nicht zu erkennen ohne die schiefen Zähne und die abstehenden Haare, die ich mit acht Jahren hatte. »Meine Güte, bist du hübsch«, sagt sie nach einer Weile.

»Sag so was nicht, sonst bildet sie sich noch was darauf ein«, sagt Micah.

Mrs Foster blinzelt. »Ist das ein T-Shirt von deinem Vater?«

Micah trägt ein schwarzes Shirt, wie immer. Auf diesem sind vier graue Balken zu sehen, darunter steht BLACK FLAG. Wahrscheinlich der Name einer Band.

»Und wenn schon?«, fragt er. »Ich habe viele T-Shirts von ihm.«

»Schon in Ordnung. Ich wusste nur nicht, dass du sie trägst.«

Seine Mutter schnuppert. Sie kneift die Augen zusammen und runzelt die Stirn. »Hast du hier etwa geraucht?«

»Nein, Mom.« Er seufzt. »Gott, langsam wird es peinlich.«

Mrs Foster dreht sich zu mir um. »Hat er?«, fragt sie. »Hat er *jemals* in deiner Gegenwart geraucht?«

Nö, nur jeden einzelnen Tag bei der Arbeit. »Nein, Ma'am«, antworte ich schnell.

Ihre Augen sehen wieder normal aus, aber völlig überzeugt wirkt sie nicht. »Wohin geht ihr denn?«

»Nur zum Essen.« Micah zieht sein Portemonnaie unter einem Stapel dreckiger Klamotten hervor und hakt es an seiner Gürtelschlaufe fest.

Sie nickt. »Aber komm nicht so spät wieder, okay? Ich muss bis Mitternacht im Restaurant arbeiten, und wenn ich wiederkomme, will ich dich zu Hause sehen.«

»Jaja.« Micah packt mich am Arm und zieht mich an seiner Mutter vorbei den Flur entlang. »Komm, wir verschwinden hier.«

Ich lächle Micahs Mutter zum Abschied an, während er mich aus der Wohnung zerrt. Als wir die Treppen hinunter zur Haustür gehen, starre ich seine Frisur an. Ein paar Strähnen haben sich gelöst und hängen seitlich hinunter. Ich würde zu gern wissen, wie die Haare sich anfühlen. Weich? Oder stachelig? Vielleicht sollte ich sie einfach mal anfassen? Schließlich hat er auch gerade versucht, meine Haare zu berühren. Doch nach kurzem Nachdenken entscheide ich mich dagegen. Er könnte es falsch verstehen.

9

»Die richtige Entscheidung gleicht dem wohlberechneten Herabstoßen eines Falken.«

Sun Tzu, Die Kunst des Krieges

»*Das* ist dein Auto?« Wir stehen vor einem neongrünen Haufen Metall, der vage an ein Auto erinnert. »Wie kann es sein, dass mir dieses Monster noch nie auf dem Denali-Parkplatz aufgefallen ist? Fährt es überhaupt?« Ich betrachte eine große rostige Stelle über einem der Reifen. Ich will ja nicht zickig sein, aber dieses Auto sieht wirklich nicht aus, als könnte es einmal um den Block fahren – geschweige denn fünfzehn Meilen bis in die Stadt.

»Es fährt ganz wunderbar«, antwortet Micah missbilligend. »Es ist ein Mustang.«

Ich lache. »Welches Baujahr? 1950?«

Er kneift die Augen zusammen. »1965. Er ist Kult.«

»Sorry. Es ist bloß, weil Jason auch einen Mustang fährt – und der sieht völlig anders aus.«

»Ja, die Weicheier-Extras habe ich nicht dazugenommen.« Micah hält mir die Tür auf. »Steig ein.«

Die Wirklichkeit holt mich mit einem Schlag ein, als ich mich auf den Beifahrersitz setze. Ich bin noch nie im Auto eines anderen Jungen mitgefahren. Noch bevor Micah eingestiegen ist, bekomme ich einen Schweißausbruch. Worüber sollen wir auf der Fahrt zum Restaurant reden? Über die neuen Kaffeebohnen im Denali? Oder die Heavy-Metal-Bands, die im *Devil's Doorstep* spielen?

Verzweifelt suche ich nach einer Ablenkung. Sobald der Schlüssel im Zündschloss steckt, drehe ich das Radio an und stelle es auf K-HOT, den Hip-Hop-Kanal, den Jason immer im Auto hört.

»Vergiss es.« Micah drückt auf die 1, und ein Geräusch, das eher ein Kreischen als Gesang ist, dröhnt aus den Lautsprechern. »Ich bin der Fahrer. Ich suche die Musik aus.«

Ich stecke mir die Finger in die Ohren. »Dann höre ich lieber nur Rauschen.«

»Na schön. Wir machen einen Kompromiss.« Er verbindet sein Handy mit dem Radio und dreht daran herum. Ein fröhlicher Punksong ertönt.

»Was ist das?« Meine Stimme klingt vor lauter Anspannung hoch und schnippisch.

»Eine Playlist mit verschiedenen Sachen.« Er legt den Gang ein. »Nicht zu hart. Hör es dir einfach mal an, okay?«

»Okay.« Danach weiß ich nicht mehr, was ich sagen soll, also hole ich mein Handy heraus und checke meine Mails. Ich habe eine Nachricht von meinem Bruder mit Fotos von seinem Schlafraum in Irland und ein Update der Webseite von Caleb Waters mit ein paar Aufnahmen von *Helden der Lüfte*, auf denen er in Pilotenuniform im Cockpit posiert. Ich schicke die Fotos weiter an Bianca. Ob Caleb wohl lieber Schauspieler als Fußballer ist? Er war ein Stürmer, genau wie ich, aber er musste aufhören zu spielen, nachdem er sich bei einem Entscheidungsspiel vor ein paar Jahren die Achillessehne gerissen hat.

Ich finde Schauspielern toll, aber ich kann mir nicht vorstellen, das Fußballspielen aufzugeben. Es ist ja nicht so, dass das das Einzige wäre, was ich kann – ich habe durchaus ordentliche Noten in der Schule –, aber wenn ich über das Feld jage, fühle ich mich stark und unbesiegbar. So ähnlich fühlt es sich auch an, wenn ich mit Kendall zusammen bin.

Oder mit Jason.

Ich hole *Die Kunst des Krieges* aus meiner Tasche und blättere panisch durch die Seiten, die ich mit Eselsohren markiert habe. Ich suche nach einem Satz, an dem ich mich festhalten kann, der mich davon überzeugt, dass diese ganze Idee nicht völlig wahnsinnig ist. »*Die richtige Entscheidung gleicht dem wohlberechneten Herabstoßen eines Falken*«, murmele ich vor mich hin.

»Was?« Micah wirft mir einen Seitenblick zu. »Liest du etwa?«

»Ja, ob du es glaubst oder nicht«, antworte ich, ohne aufzusehen. »Eins meiner vielen Talente.«

»Soll ich jetzt beleidigt sein, dass du zu unserem falschen Date ein Buch mitgebracht hast?« Er klingt amüsiert.

Aus irgendeinem Grund habe ich keine Lust, ihm die Wahrheit zu sagen. Vielleicht weil ich es gerade nicht ertragen kann, dass er sich über mich lustig macht. »Es steht auf der Ferien-Lektüreliste.«

Der nächste Song ist langsam und düster und passt genau zu meiner Stimmung. Es ist ein Instrumentalstück mit Klavier und Geige, im Hintergrund hört man Rockgitarren und Bässe. Die Melodie hat etwas, das mein Herz schneller schlagen lässt, und plötzlich habe ich Tränen in den Augen. Ich drehe mich zum Fenster und schlucke, um den Kloß im Hals loszuwerden.

Micah wechselt die Spur und bremst, um von der Autobahn abzufahren. »Ist es ein trauriges Buch?«

Er sieht wieder zu mir herüber. Seine Stimme klingt jetzt anders. Freundlich und weich, wie Regen, der auf bunte Glasfenster fällt. Was für ein merkwürdiges Bild – diese Musik macht mich anscheinend verrückt.

»Ich habe nur über etwas nachgedacht«, antworte ich.

Er hat den Blick wieder auf die Straße gerichtet. »Ich dachte schon, du fängst hier im Auto an zu heulen.«

»Keine Sorge.« Ich versuche, so sarkastisch wie möglich zu klingen. »Bei unserem falschen Date zusammenzubrechen, ist das Letzte, was ich vorhabe. Ich bin total professionell.« Der verträumte Instrumentalsong ist zu Ende, der nächste ist etwas schneller. Er hat einen einprägsamen Refrain, aber die Gitarren sind etwas zu schrill für meinen Geschmack. »Von der Musik kriege ich Kopfschmerzen«, murmele ich.

»Und ich kriege Kopfschmerzen von dir«, sagt Micah, aber er dreht das Radio etwas leiser.

Die Nachmittagssonne blendet mich. Eigentlich trage ich nie eine Sonnenbrille, weil man davon so hässliche rote Flecken an der Nase bekommt, aber jetzt wünschte ich, ich hätte eine. Ich drehe mein Gesicht zum Fenster, um die Augen vor der Sonne zu schützen. Knallig bunte Reklametafeln säumen die Straße. BIS ZU 50 % RABATT. NUR HEUTE. DIE BESTEN SCHNÄPPCHEN DER STADT. Lügen. Alles Lügen.

»Früher waren hier überall Felder«, sage ich und bereue es im gleichen Moment. Ich klinge wie mein Opa.

Doch ausnahmsweise nutzt Micah die Gelegenheit nicht, sich über mich lustig zu machen. »Ich weiß«, sagt er. »Mein Dad hat hier mit uns gezeltet.«

»Wow«, antworte ich – überrascht, dass er seinen Dad erwähnt hat. Micahs Vater war Gitarrist bei einer lokalen Rockband. Er wurde bei einem Überfall auf einen Laden erschossen, als Micah und ich in der fünften Klasse waren.

Damals war das in Hazelton eine große Sache. Überall in der Schule standen die Leute zusammen und redeten darüber, wie schrecklich es für Micah gewesen sein muss. Er hatte im Auto gewartet, während sich der Überfall ereignete. Dann war er in den Laden gegangen und hatte gesehen, wie sein Dad verblutete. So jedenfalls besagten die Gerüchte. Keiner wagte nachzufragen, ob sie wahr waren.

Was sagt man zu jemandem, dessen Vater erschossen wurde? Nicht viel, wenn man in der fünften Klasse ist. Man schleicht um denjenigen herum und versucht, ihn nicht zu berühren – als ob »toter Vater« eine ansteckende Krankheit wäre. Man grüßt ungeschickt und lächelt schüchtern, bis derjenige ausrastet, in der Klasse ein paar Tische umschmeißt, den Sicherheitsmann attackiert und bis zum Beginn des nächsten Schuljahres von der Bildfläche verschwindet.

In der Mittelschule haben wir nicht viel miteinander geredet. Micah redete überhaupt nicht viel. Plötzlich würde ich mich gerne entschuldigen, weil ich ihn damals so mies behandelt habe, aber ich finde keine Worte.

»Ich habe noch nie gezeltet«, sage ich schließlich. Ich lecke mir die Lippen und schiele zu Micah hinüber.

Er bemerkt meinen Blick und scheint zu glauben, ich würde mich wegen unseres Dates unbehaglich fühlen. »Wenn das hier nicht klappt, tickst du aber nicht aus, oder?«, fragt er. »Für mich ist es okay, egal was passiert.«

Der Moment ist vorbei. Wahrscheinlich ist es das Beste so. Vielleicht erinnert er sich gar nicht mehr daran, wie wir ihn in der 5. Klasse behandelt haben. Und wenn doch, ist er sicher nicht unbedingt scharf darauf, dass ich jetzt davon anfange. Ich starre durch das dreckige Fenster. Ein Einkaufszentrum. Ein elektronisches Reklameschild. Noch mehr leere Versprechungen. Ich stecke mein Buch wieder in die Tasche.

»Für mich ist es auch okay«, antworte ich, ohne ihn anzusehen. Es klingt kein bisschen überzeugend, aber Micah widerspricht mir nicht. Wie soll ich ihm auch erklären, dass es für mich *nicht* okay ist, wenn unser Plan nicht funktioniert? Dass ich ohne Jason nicht weiß, wer ich eigentlich bin?

Kendall wird wahrscheinlich auch ausrasten, wenn sie hört, dass Jason mit mir Schluss gemacht hat. Jason hat ihr sicher noch nichts gesagt, sonst hätte sie mich angerufen. Im letzten Jahr haben wir viel Zeit zu dritt verbracht, weil Kendalls Freund Nicholas nach Kalifornien ans College ging. Als sie sich ein paar Monate später offiziell trennten, beschloss Kendall, dass Jungs von der Highschool langweilig wären und College-Studenten nur Sex wollten. Mir tat es leid, dass sie allein war, deshalb nahmen Jason und ich sie überallhin mit – ins Kino, zum Fußballspielen, zu Partys. Jay machte es nichts aus und Kendall fand es toll. Wenn sie den Sommer über in New York bleibt, kann ich ihn vielleicht zurückgewinnen, bevor sie überhaupt etwas von unserer Trennung hört. Ich möchte nicht, dass sie sich für einen von uns entscheiden muss, denn dann würde ich sicher verlieren.

Micahs Stimme unterbricht meine Gedanken. »Hey. Danke, dass du meiner Mom nicht verraten hast, dass ich rauche.«

»Dachtest du, ich würde dich bei unserem ersten falschen Date verpfeifen?« Ich versuche zu lächeln. »Meinst du nicht, dass sie es schon gemerkt hat?«

»Ja, vielleicht, aber ich versuche, es zu verheimlichen. Meine Grandma ist an Lungenkrebs gestorben, und wenn Mom denkt, dass ich nach Rauch rieche, rastet sie aus. Ich will ja aufhören … irgendwann. Aber die letzte Zeit war einfach hart.«

Micah fährt von der Autobahn ab. Hier im Außenbezirk von St. Louis stehen nur Industriegebäude und leere Grundstücke. Wir fahren auf den Fluss zu, vorbei am Bahnhof und am Hockeystadion. Links ist eine Wiese mit ein paar modernen Skulpturen, auf der viele Penner herumhängen. Vor uns liegt das Gerichtsgebäude.

»Gleich sind wir da«, sagt Micah.

Ich starre auf meine Knie und wünsche mir, ich könnte die Zeit zurückdrehen bis zu dem Moment, als Bianca und ich uns diesen dämlichen Plan ausgedacht haben. Der chinesische Kriegsherr muss mit dem Gerede von Täuschung und dem ebenen Schlachtfeld etwas anderes gemeint haben als das hier. Es ist so, als würde ich meine Waffen niederlegen und mit einem dahergelaufenen Nomaden, der zufällig in die Kampfzone gewandert ist, einen Happen essen gehen.

Ich muss mich zusammennehmen. *Sei kein Feigling. Mach dir nicht zu viele Sorgen.* Ich denke an die fünf tödlichen Fehler, die ich vermeiden sollte. Wahrscheinlich bin ich nur nervös, weil ich noch nie mit einem anderen Jungen ausgegangen bin.

Micah biegt nach links in eine Einbahnstraße ab. Er wechselt die Spur, um an einem parkenden Lieferwagen vorbeizufahren, und weicht dann einem großen Schlagloch aus. Er ist ein wirklich guter Fahrer, aber von dem ganzen Hin und Her wird mir etwas schlecht. Ich sehe aus dem Seitenfenster und beobachte die vorbeiziehende Stadt. Durch Lücken in der Skyline sieht man den riesigen Bogen des *Gateway Arch*, der in der Sonne schimmert. Jason und ich sind dort letztes Jahr auf einem Ausflug mit dem Geschichtskurs gewesen. Unten ist ein Museum, und von dort aus führt ein winziger Fahrstuhl zu einer Aussichtsplattform, von der man einen Blick über die ganze Stadt hat. Wir sind mit den meisten anderen aus der Klasse bis ganz nach oben gefahren und haben uns jedes Mal geküsst, wenn die Lehrerin nicht hinsah.

Micah fährt durch eine ziemlich schäbige Gegend, in der die roten Backsteinhäuser so dicht beieinanderstehen, dass man wahrscheinlich von einem Fenster direkt in das Haus des Nachbarn greifen könnte – wenn die Fenster nicht vergittert wären. Vor einem Haus sitzt ein Mann und trinkt Whiskey direkt aus der Flasche. Neben ihm läuft ein Pitbull hin und her. Ich ducke mich in meinem Sitz und zucke zusammen, als in der Ferne das Pfeifen eines Zuges ertönt.

Als Micah anhält, spähe ich aus dem Fenster und sehe ein zweistöckiges Haus, das direkt aus einem Horrorfilm zu stammen scheint. Die Ziegel sind mit weißer Farbe bedeckt, die überall abblättert. Mein Herz hämmert gegen meine Rippen, als ich die verbarrikadierten Fenster und das meterhohe Gras vor dem Haus sehe.

»Haben wir uns verfahren?«, frage ich hoffnungsvoll und prüfe noch einmal, ob meine Tür abgeschlossen ist. »Oder hast du mich hergebracht, um mich umzubringen?«

Micah grinst und schüttelt den Kopf. Er zeigt auf ein hölzernes Schild, halb verborgen im hohen Gras. Ich kann gerade so lesen, was darauf steht: MIZZ CREANT'S FOLTERKAMMER.

10

»Bei jedem Kampf kann die direkte Methode angewendet werden, wenn die Schlacht beginnt, doch indirekte Methoden sind nötig, um den Sieg sicherzustellen.«

Sun Tzu, Die Kunst des Krieges

»Folterkammer?«, sage ich durch meine zusammengebissenen Zähne.

Micah lacht, ein lautes Lachen wie seine Schwester. »Lies das Kleingedruckte«, sagt er.

Ich schiele auf das Schild. Unter dem großen, blutigen Wort »Folterkammer« steht etwas mit schwarzer Tinte: »Und Pfannkuchen-Restaurant«, lese ich vor. Dann drehe ich mich zu Micah um. »Ernsthaft?«

»Vertrau mir, wir sind nur zum Essen hier«, sagt er. »Es sei denn, du stehst auf –«

Ich boxe ihn und treffe ein Pyramiden-Tattoo auf seinem rechten Arm.

Er krümmt sich vor Schmerzen. »Aua. Das Tattoo ist brandneu.«

»Nein, ist es nicht.« Ich kneife die Augen zusammen. »Das hast du bestimmt schon seit einem Jahr.«

Er schnappt mit gespieltem Staunen nach Luft. »Oha, Lainey. Ich dachte, du interessierst dich nicht für mich.«

Ich werde rot. »Tu ich auch nicht«, sage ich, aber es klingt, als müsste ich mich verteidigen. »Wie viele Tattoos hast du eigentlich?«, frage ich dann. »Findet deine Mutter das okay?«

»Drei Stück. Als ich sechzehn wurde, hat sie gesagt, ich kann mir jedes Tattoo machen lassen, das ich will, wenn ich es bei ihr machen lasse.«

Außer der Pyramide sehe ich drei sich durchdringende Kreise an seinem Hals. Kurz überlege ich, wo das dritte Tattoo ist, aber das ist wahrscheinlich eine Frage, die man nicht stellen sollte, wenn man die Antwort nicht wirklich hören will. »Wow«, sage ich. »Deine Mutter ist echt cool.«

Micah spielt an seinem Stacheldraht-Armband herum. »Ich glaube, sie sieht das als halbwegs harmlose Selbstzerstörung an. Sie findet es besser, sich Tattoos machen zu lassen, als Drogen zu nehmen, wenn man sich beschissen fühlt.«

Ich würde gerne wissen, ob es außer dem Tod seines Vaters noch etwas gibt, was ihn zur »halbwegs harmlosen Selbstzerstörung« verleiten könnte. Sein Augenbrauenring ist neu. Hat er ihn machen lassen, weil er wegen Amber verletzt war? Bevor ich entscheiden kann, ob ich ihn fragen will, öffnet er die Autotür und steigt aus. »Komm schon. Jetzt hast du mich lange genug hingehalten.«

Wir gehen auf einem Weg aus zerbrochenen Spiegelscherben durch das hohe Gras auf die Haustür zu. Jemand hat eine rote Linie auf eines der verbarrikadierten Fenster gesprüht. Darunter steht mit Filzstift: *Mindestgröße für das Betreten der Folterkammer (zum Pfannkuchen-Essen)*. Ich spähe durch einen kleinen Schlitz in dem verzogenen Sperrholz, doch ich sehe nichts als Dunkelheit. Vielleicht hat Micah mich in eine Drogenhöhle geschleppt.

Widerwillig lasse ich mich von ihm die Treppe heraufzerren. Die halb verrotteten Stufen knarren unter meinen Füßen. In der sanften Sommerbrise klimpert ein Windspiel aus (hoffentlich) falschen Knochen und kaputten Ketten.

»Bestimmt wurde hier jemand ermordet«, murmele ich.

»Ich werde gleich ein paar Pfannkuchen ermorden«, sagt Micah. Die Tür quietscht entsetzlich, als er sie öffnet und für mich aufhält.

Das Restaurant ist voller Schüler und Studenten, die wie Statisten aus *Undead Academy* aussehen.

»Hier ist ja was los«, sage ich. Als sich meine Augen an die Dunkelheit gewöhnt haben, sehe ich, dass wir unter einem angelaufenen Kronleuchter voller schiefer roter Kerzen stehen. Der schwarz-weiß gekachelte Boden ist mit roten Wachsflecken bedeckt – es sieht aus wie ein Tatort. Man erwartet fast, gleich von so einer bildschönen Ermittlerin im hautengen grauen Overall begrüßt zu werden, wie sie in der Serie *CSI* mitspielen. Stattdessen trägt die Kellnerin Netzstrumpfhosen, ein trägerloses Lackleder-Kleid und einen gelangweilten Gesichtsausdruck. Sie hat es nicht nötig, uns zu begrüßen, sondern steht hinter einem Podium, das wie eine Guillotine aussieht, summt eine Melodie und klopft mit ihren schwarzen Fingernägeln im Takt auf das Holz.

»Hey, Lyla.« Micah geht auf sie zu, als wären sie alte Freunde. »Ist Phoenix heute da?«

Die Kellnerin leckt sich die Lippen, als hätte Micah etwas Perverses gesagt. »Willst du hier essen oder was anderes?«

»Nur Essen.« Micah schüttelt sich.

»Wartezeit ungefähr 15 Minuten.« Lyla kritzelt Micahs Namen auf einen Notizblock voller unleserlicher Daten. »Ich sehe mal nach, ob Phoenix Zeit hat.« Sie kommt hinter dem Podium hervor und geht zur Küche.

»Wer ist Phoenix?«, frage ich.

»Ambers Schwester.« Micah lehnt sich mit der Schulter an die Wand. Die weinrote Tapete löst sich an mehreren Stellen ab, dahinter sieht man den blanken Zement.

»Aha. Also ist Amber selber nicht hier?«

»Sie hat keinen festen Job, deshalb ist es schwer, sie irgendwo rein zufällig zu treffen.« Er pult ein Stück Tapete ab. »Außerdem dachte ich, der indirekte Weg wäre vielleicht weniger auffällig.«

Der indirekte Weg – er klingt schon fast selber wie ein chinesischer Kriegsherr. »Wow, du bist ja richtig gut. Fast so, als hättest du so was schon einmal gemacht.« Ich sehe zu, wie die rotbraunen Tapetenschnipsel auf den Boden fallen.

Micah hört auf, die Tapete zu zerreißen. »Habe ich nicht, aber ich weiß, dass Phoenix Amber alle Einzelheiten berichten wird.« Er zwinkert mir zu. »Du kannst also ruhig mit mir rummachen.«

»Haha«, sage ich. »So wenig wie möglich berühren, weißt du noch?« Ich spähe an der Guillotine vorbei in den Raum hinein. Zwischen den Esstischen stehen überall Nachbildungen altertümlicher Folterinstrumente – eine Streckbank, ein Galgen, ein Tauchbecken. Es sieht aus wie eine Art verkommenes Fitnessstudio. »Wo zur Hölle hast du mich hier hingeschleppt?«

»Komm, ich zeig dir was.« Micah geht auf zwei Türen zu, über denen SADISTEN und MASOCHISTEN steht. Wahrscheinlich die Toiletten, aber ganz sicher bin ich mir nicht. Ich beschließe, nicht zu viel zu trinken, damit ich es nicht herausfinden muss. Micah zeigt auf einen silbernen Kasten, der wie ein altmodisches Telefon aussieht. Ich schiele an ihm vorbei, um die Anweisungen zu lesen, die auf einem Schild über dem Kasten stehen, doch Micah steckt schon eine Münze in den Schlitz.

»Halt das mal.« Er reicht mir zwei kupferne Griffe, an denen Kabel befestigt sind.

»Was ist –«, doch bevor ich die Frage beenden kann, zuckt ein elektrischer Schlag durch meinen Körper. *Autsch!* Ich lasse die Griffe fallen. »Was zur Hölle …?«

Micah lacht. »Das Gerät erzeugt elektrische Schläge. Das war eben so stark wie ein Zitteraal.«

»Mann! Warum machst du das?«

Er lacht wieder und packt mein Handgelenk, als ich auf ihn losgehen will. »Manchmal bist du ganz schön brutal, weißt du das?«

Ich sehe ihn schockiert an. Jason hat mich manchmal »Brutalo« genannt, und das hat mich schrecklich geärgert. Ich konnte noch so viele mädchenhafte Sachen machen – wenn ich ihn einmal boxte oder rülpste oder ihm ein Tor reinbretterte, gab er mir jedes Mal das Gefühl, total unweiblich zu sein.

Micah lässt meine Hand fallen. »Was ist denn? Ich hab doch nur Spaß gemacht, Lainey.« Er tritt einen Schritt zurück und sieht mich an, als wäre ich eine Bombe, die jeden Moment explodieren könnte.

»Ich zeig dir, wie brutal ich bin«, sage ich und zwinge mich zu einem Lächeln. Dann reiche ich ihm die Kupfergriffe. »Ich bin dran.«

»Okay«, sagt Micah. »Aber nimm nicht *Elektroschocker*, sonst mache ich mir vielleicht in die Hose.«

»Iih.« Ich beuge mich zu der Anzeigetafel hinunter. Es gibt fünf Stärken: 1. Nervenfunktionstest, 2. Baby-Zitteraal, 3. Hundehalsband, 4. Viehtreiber, 5. Elektroschocker.

»Das ist nicht wirklich so stark wie ein Elektroschocker, oder? Sonst würden die Leute hier ja reihenweise zusammenbrechen.«

»Keine Ahnung. Ich hab mich noch nie getraut, es auszuprobieren.«

Ich weiß nicht, ob ich gerade einen netten Moment habe oder nur keine Lust darauf, dass Micah sich in die Hose macht, jedenfalls stelle ich die Stärke auf »Baby-Zitteraal« ein.

Er schnappt nach Luft, dann grinst er. »Du gehst ja sanft mit mir um.«

Bevor ich antworten kann, hustet Lyla bedeutungsvoll und gibt uns ein Zeichen mit einer ihrer glitzernden Krallen. »Euer Tisch ist frei.«

Wir folgen ihr zu einer Nische an der hinteren Seite des Raumes. Auf dem Tisch steht eine Topfpflanze – eine Venusfliegenfalle.

»Auch eine Möglichkeit, Ungeziefer loszuwerden.« Ich starre die kleinen Zähne an, die die Blätter säumen, und frage mich, ob sie so piksig sind, wie sie aussehen.

»Hast du das schon gesehen?« Micah zeigt auf etwas hinter meinem Rücken.

Ich drehe mich um. An der gegenüberliegenden Wand steht ein altmodischer Projektor. Es läuft ein unscharfer Schwarz-Weiß-Film aus der Zeit vor meiner Geburt, in dem ein Mann mit Elektroschocks behandelt wird. Sein Körper zuckt und krampft sich zusammen, wenn der Strom hindurchläuft. Mir wird schon vom bloßen Zusehen ganz kribbelig.

»Muss man ein bestimmtes Alter haben, um hier reinzukommen?«, frage ich.

»Nur eine bestimmte Größe – bis zum Strich am Fenster draußen. Aber ich glaube nicht, dass das jemand überprüft«, sagt Micah. »Für das interaktive Foltermuseum im Keller musst du allerdings über achtzehn sein.« Er macht Anführungszeichen in der Luft bei dem Wort »interaktiv«.

»Was kann man denn da machen?« Ich versuche, nicht rot zu werden.

»Ich weiß es nicht, ich war noch nie da. Allzu abwegig wird es schon nicht sein.« Er sieht mich bedeutungsvoll an. »Willst du es dir ansehen? Ich schätze, Phoenix würde uns auch ohne Ausweis reinlassen.«

»Nein«, antworte ich schnell. Die drei Mädchen am Nebentisch drehen sich zu mir um. Sie haben neonfarbene Haare und tragen große Sonnenbrillen. Eine von ihnen kichert und ich verstecke mich hinter der Speisekarte.

Bei *Mizz Creant's* gibt es nicht nur Pfannkuchen, sondern auch Waffeln, Omelettes und andere ausgewählte Frühstücksgerichte.

Die Speisekarte ist laminiert und hat die Form einer Piratenflagge. Ich lese, was bei Pfannkuchen steht: Schock-oladen-Chips, Erdbeer-Massaker, Blaubeer-Blut.

Ein Mädchen mit kurzen weißblonden Haaren, einem schwarzen Gummirock und einem Tanktop, das aus Sicherheitsnadeln zu bestehen scheint, schiebt sich an unseren Tisch heran. Sie trägt ein Stachelhalsband und hat sich schwarze Ringe um die Augen geschminkt. »Sieh an, wer aus seinem Schneckenhaus gekommen ist. Was gibt's, Baby?«

»Hey, Phoenix.« Micah nickt in meine Richtung. »Das ist –«

»Interessiert mich nicht.« Das Mädchen fährt sich in einer eindeutigen Geste mit der Hand über den Hals. »Ich schätze, du bist nicht hier, weil du heute mein Sexsklave sein willst. Also, was wollt ihr essen?«

»Ich mag Mädchen, die schnell zur Sache kommen«, sagt Micah. »Ich nehme ein Zerstörer-Omelett. Mit Bacon-Speeren und Rösti.«

Phoenix holt ein kleines Notizbuch heraus. Die Metallspirale ist halb aufgebogen und zu einem Nadelöhr geformt. Sie nickt Micah zu, schreibt aber nichts auf. »Die Rösti in Käse erstickt?«

»Klar. Immer los, erstick sie«, sagt er.

Sie knallt mit ihrem Kaugummi. »Und was will dein Ersatzmädchen?«

Ich keuche entsetzt auf, doch Phoenix sieht nicht einmal in meine Richtung.

»Sie kann selbst bestellen«, sagt Micah.

»Ui. Ich werde Amber erzählen, wie unterwürfig du geworden bist.« Phoenix sieht mich mit einem gewollt gelangweilten Ausdruck in ihren schwarz umrandeten Augen an.

Ich versuche zu bestellen, doch aus meiner Kehle kommt kein Laut. Ich räuspere mich. »Ich nehme die Erdbeer-Massaker-Pfannkuchen. Mit Bacon-Speeren.«

»Fantastisch.« Sie dreht sich auf dem Absatz um und geht zurück in die Küche. Zwischen den Trägern ihres Tanktops sehe ich ein großes Flügel-Tattoo auf ihrem Rücken.

»Sie ist echt nett«, sage ich.

Micah starrt mich an, dann bricht er in Lachen aus. Ich lache auch. Er streckt die Hand aus und fährt mit dem Finger die blaue Strähne in meinem Haar entlang. »Das war cool von dir, Trinity die Strähne machen zu lassen. Wenn du willst, nehme ich sie nachher wieder raus.« Er streicht mir die Haare aus dem Gesicht, um die winzige Spange zu untersuchen.

»Eigentlich gefällt es mir.« Ich lächle. »Es fühlt sich – alternativ an.«

Er kichert. »Du bist ungefähr so alternativ wie fettarme Milch, Lainey.« Er lässt meine Haare los und streicht mit dem Finger über die stacheligen Blätter der Fliegenfalle.

»Na vielen Dank«, sage ich. Ich meinte gar nicht alternativ wie Micah. Oder – Gott bewahre – wie Phoenix. Sondern eher das Gefühl, jemand anderes zu sein. Hier kennt mich niemand. Ich kann tun, was ich will, ohne mir Sorgen zu machen, was die anderen denken könnten.

»Hey. Wo wir gerade über Trinity reden. Ich möchte doch eine Regel aufstellen.«

»Lass hören.«

Micah sieht von der Pflanze auf. »Sie hat so was angedeutet, dass die Schule für sie nun erträglicher werden könnte, wenn ihr Bruder mit dem Fußballstar Lainey Mitchell ausgeht. Ich wusste nicht, was ich dazu sagen sollte. Aber wenn sie dich im Flur begrüßt, versprich mir, sie nicht zu ignorieren. Sei nicht fies zu meiner Schwester.«

Tatsächlich ist es in Hazelton eine große Sache, mit einer Spielerin der Oberstufenmannschaft befreundet zu sein – besonders wenn man neu in der Highschool ist. Bis jetzt bin ich nie auf den

Gedanken gekommen, dass unser kleines Täuschungsmanöver jemanden außer mir und Micah verletzen könnte. »Regel akzeptiert. Ich würde sie niemals ignorieren.«

»Cool«, antwortet er. »Ich will nur nicht, dass sie sich schlecht fühlt. Mich darfst du allerdings gern ignorieren. Ich habe einen Ruf zu verlieren, und dazu passt es nicht, mit einer Fußballerin abzuhängen.«

»Stimmt. Nicht dass deine Freunde denken, du wärst plötzlich normal geworden.«

»Normal wird allgemein überschätzt.« Er zeigt auf meine blaue Strähne. »Hast du gerade selbst gesagt.« Dann nickt er zu den Mädchen am Nebentisch, die mit den bunt gefärbten Haaren. »Die versuchen anscheinend nicht, normal zu sein. Also, was sind sie?«

»Ähm – Spinner?«

»Genauer. Ich glaube, sie sind Mitglieder einer Frauen-Rockband, die so berühmt ist, dass sie Sonnenbrillen tragen müssen, damit sie keiner erkennt.«

»Ach so.« Ich werfe noch einen Blick auf die Mädchen. Eine von ihnen hat ein *Happy Cheetah*-Pflaster am Daumen. »Ich glaube, sie sind alle Nutten, die von ihrem Zuhälter geschlagen wurden. Deshalb die Sonnenbrillen.«

»Nicht schlecht.« Micah nickt langsam und ich muss lächeln. Ich hatte nicht erwartet, dass es so lustig sein würde, mit ihm auszugehen.

Wir beobachten die anderen Gäste und denken uns Geschichten über sie aus, während wir auf unser Essen warten. Als Phoenix mit den Tellern kommt, haben wir Schulbus-Fahrer, Satanisten, ein heimliches Liebespaar, Ballerinas und einen Gerichtsmediziner identifiziert. Phoenix knallt uns wortlos das Essen auf den Tisch.

Meine Pfannkuchen sind rosa und herzförmig, mit Erdbeersoße darauf, die wie Blut aussieht. In dem Stapel steckt ein gezacktes Messer. Ich ziehe es zögernd heraus und schneide ein Stück von der Spitze des Herzens ab.

Die Pfannkuchen sind köstlich, weich und süß. Sie schmecken, als wären sie erst in Butter, dann in Erdbeersoße getränkt. Sie schmelzen praktisch im Mund.

»Ohmeingott«, sage ich. »Die sind ja der Hammer!«

»Ich weiß.« Micah schließt kurz die Augen. »Verstehst du jetzt, warum selbst normale Menschen hierherkommen und sich wie Dreck behandeln lassen?«

Ich stecke noch einen Bissen in den Mund und erlebe wieder die süß-säuerliche Geschmacksexplosion. »Hier sind doch keine illegalen Substanzen drin, oder?«, frage ich. »Ich fühle mich plötzlich so … euphorisch.«

Micah schluckt einen Bissen Käse-Rösti hinunter, bevor er antwortet. »Nö. Das ist bloß gutes Essen.« Er lacht leise. »Aber dieses Gefühl haben Mädchen öfter in meiner Gegenwart.«

»Sicher.« Ich knülle das Papier von meinem Strohhalm zusammen und werfe es nach ihm. Doch ich ziele ungefähr einen halben Meter daneben und hätte fast Phoenix getroffen, die auf dem Weg zu einem anderen Tisch ist.

Ich beobachte sie aus dem Augenwinkel. Ihre Haut ist unglaublich weiß, abgesehen von den Tattoos auf ihrem Rücken. Sie ist so dünn, dass man die einzelnen Wirbel sehen kann, und ihr Schlangenarmband rutscht ihr dauernd über den Ellbogen.

»Ist Amber ihrer Schwester ähnlich?«, frage ich. Micahs Ex geht auf eine andere Schule und ich habe sie noch nie im Denali gesehen. »Viele Tattoos, schlechte Manieren?«

»Nein«, antwortet Micah. »Obwohl ich gerne hier esse, bin ich nicht scharf darauf, mies behandelt zu werden.« Seine Stimme wird leiser und er sieht auf sein Omelette hinunter. »Amber ist toll. Sie ist lustig und cool und unglaublich talentiert. Ich fand immer, dass ich großes Glück hatte, mit ihr zusammen zu sein.« Er sieht kurz auf. »Als ob sie zu gut für mich wäre.«

Ich nicke. »Ja, das dachte ich auch immer über Jason. In den ersten sechs Monaten unserer Beziehung habe ich ständig darauf gewartet, dass er Schluss macht. Aber dann – je mehr Zeit wir miteinander verbrachten, desto besser schienen wir zusammenzupassen.«

»Wirklich? Ich dachte immer, er ist ein Vollidiot.«

»Du kennst ihn nur so, wie er in der Schule ist. Mit mir war er anders.«

»Na, wenn du meinst.« Micah zuckt die Schultern. »Aber einfach so in der Öffentlichkeit mit dir Schluss zu machen? Das würde ich nie tun.«

»Bestimmt hatte er seine Gründe«, sage ich scharf, obwohl ich mir keinen Grund vorstellen kann. Ich sehe auf meinen Teller hinunter und konzentriere mich darauf, die restlichen Pfannkuchen in kleine Quadrate zu schneiden.

»Vergiss, was ich gesagt habe.« Micah fährt wieder mit dem Finger über die Blätter der Fliegenfalle. »Ich wollte dich nicht ärgern.«

Ich kaue an einem Pfannkuchen-Stück herum und schlucke hart. »Kein Problem.« Ich tue so, als würde ich mir den Schwarz-Weiß-Film ansehen, bis der Moment vorüber ist.

Als unsere Teller leer sind, kommt Phoenix angeschlichen und legt die Hand in Micahs Nacken. Er sieht mich an und schneidet eine Grimasse, als sie mit den Fingernägeln durch sein Haar fährt. »Seid ihr sicher, dass ihr nicht die interaktive Tour machen wollt?«, grinst sie und lässt die Rechnung mitten auf den Tisch fallen. »Wir könnten einen flotten Dreier schieben.«

Micah zeigt ihr den Stinkefinger und schnappt sich die Rechnung.

»Ich kann –«, fange ich an, doch er tritt mich unter dem Tisch.

»Ich bezahle.«

»Danke, *Süßer.*« Ich lächle ihn übertrieben an, während ich mir unter dem Tisch die schmerzende Stelle reibe. Phoenix macht ein Würgegeräusch.

Micah schiebt ein paar Scheine in das schwarze, nietenbesetzte Etui. »Behalt den Rest.«

Phoenix ist anscheinend zufrieden mit dem Trinkgeld, jedenfalls schenkt sie Micah einen Luftkuss. »Komm mich bald mal wieder besuchen«, flötet sie, als wir aufstehen. Mit mir spricht sie nicht.

Wir gehen durch das Restaurant nach draußen zu Micahs Auto, das überraschenderweise nicht demoliert wurde. Als er den Motor anlässt, dreht er sich zu mir um. »Wie fandest du es?«, fragte er. »Es war doch nicht zu viel Folter, oder?«

Ich weiß nicht, ob er über das Restaurant redet, über Phoenix oder darüber, mit ihm zusammen zu sein. »Es hat Spaß gemacht«, gebe ich zu. »Mit Ausnahme der Schocktherapie.«

»Sorry. Ich konnte einfach nicht widerstehen.« Er fährt aus der Parklücke und wendet das Auto, um durch die Stadt zurückzufahren. »Und was nun, große Planerin?«

»Du wartest, bis Phoenix Amber erzählt hat, dass du mit einem anderen Mädchen rumhängst. Und dann sieht du, was passiert.«

Er nickt. »Schon klar, aber was soll ich für dich tun?«

Ach ja. Komisch, das hatte ich ganz vergessen. »Gib mir ein paar Tage Zeit. Ich melde mich bei dir.«

Micah nickt. Sein Handy klingelt und er geht ran. Anscheinend erklärt er jemandem, dass er etwas später zur Arbeit kommt. Ich untersuche solange die Sachen, die auf der Konsole in der Mitte liegen: eine Versicherungskarte, ein Feuerzeug, ein Päckchen Kaugummi und ein kleines, schwarzgraues Viereck, das wie ein Messergriff aussieht. Ich drücke auf die winzige silberne Vertiefung, und eine Klinge schießt hervor.

Micah schwenkt halb auf den Seitenstreifen. »Ich muss aufhören«, sagt er hastig in sein Handy. Er lässt es in seinen Schoß fallen und dreht sich zu mir um. »Was machst du da? Lass meine Sachen in Ruhe.«

»Warum hast du ein Klappmesser?«, will ich wissen.

»Weil ich noch nicht alt genug bin, um eine Pistole zu haben.« Mit einer Hand am Steuer nimmt er mir das Messer weg und lässt die Klinge wieder einschnappen. »Damit muss man vorsichtig sein.«

»Aber wozu brauchst du es?«

Seine braunen Augen werden dunkel. »Hoffentlich gar nicht«, sagt er. »Aber man kann nie wissen.« Ich merke, dass er wieder über seinen Dad redet. Wenn man seinen Vater so verliert wie Micah, erscheint vielleicht die ganze Welt gefährlich.

»Arbeitest du heute?«, frage ich, um das Thema zu wechseln.

»Nicht im Denali. Einen Tag in der Woche bin ich ehrenamtlich im Tierheim.«

»Du arbeitest mit Hundewelpen und Kätzchen?« Ich ziehe die Augenbrauen hoch. »Ich dachte, du würdest ihnen eher die Köpfe abbeißen.«

»Das mache ich manchmal nach Dienstschluss«, flachst er.

»Nein, im Ernst«, sage ich. »Ich hätte nicht gedacht, dass du ehrenamtlich arbeitest. Das ist irgendwie süß.«

»Nein, du Trottel.« Micah sieht starr auf die Straße, während er den Kopf schüttelt. »Das ist nicht süß, sondern gerichtlich verordnete gemeinnützige Arbeit. Besser mit Hundewelpen spielen als Bierdosen und dreckige Windeln am Straßenrand aufsammeln, oder?«

»Oh.« Ich zerre am Saum meines Kleides herum. »Also warst du im letzten Jahr wirklich im Gefängnis?«

»Jugendknast.«

»Warum?« Die Frage ist heraus, bevor ich nachdenken kann.

Ich habe natürlich die üblichen Gerüchte gehört, die immer aufkommen, wenn sich jemand als einsamer Rocker aufführt wie Micah. Dass er Gras raucht. Dass er mit Drogen handelt. Dass er hinter dem *Devil's Doorstep* schicke Kids zusammenschlägt. Ich habe nie an diese Geschichten geglaubt.

»Was geht's dich an?« Er wirft mir einen schnellen Blick zu. »Hast du jetzt Angst vor mir?«

»Nein«, antworte ich, und das ist die Wahrheit. Auch wenn er ein Klappmesser hat und so tut, als wäre er ein Gangster, ist er doch immer noch der Junge, den ich in der 5. Klasse kannte. »Ich versuche bloß … dich wieder kennenzulernen.«

»Das ist irgendwie süß«, wiederholt er mit einer hohen Mädchenstimme meine eigenen Worte. Seine Lippen verziehen sich fast unmerklich etwas nach oben. »Vielleicht erzähle ich es dir. Irgendwann.«

11

»Du kannst vorstürmen und absolut unüberwindlich sein, wenn du die schwachen Punkte des Feindes angehst.«

Sun Tzu, Die Kunst des Krieges

Später am Abend liege ich auf dem Sofa und sehe eine Wiederholung eines WM-Fußballspiels, als Bianca anruft.

»Hey.« Ich beobachte Caleb Waters, wie er einen Freistoß ausführt und den Ball in die linke obere Ecke des Tores schießt. Die Zuschauer drehen fast durch.

»Selber hey. Wolltest du mich nicht sofort anrufen, wenn du von deinem falschen Date zurück bist?«, fragt sie. »Ich will alles wissen.«

»Okay.« Ich stelle den Ton am Fernseher aus. »Micah hat mich zu einem total abgedrehten Laden geschleppt, wo die Schwester seiner Ex arbeitet.« Ich kläre sie kurz über *Mizz Creant's* auf.

»Das klingt … krass. Habt ihr euch gut verstanden?«

»Ja, obwohl er mir einen elektrischen Schlag mit so einem komischen Generator versetzt hat.« Bei dem Gedanken daran muss ich lächeln, obwohl ich es vor ein paar Stunden überhaupt nicht lustig fand. »Zuerst war es komisch. Er hat im Auto von seinem Dad angefangen, und ich wusste nicht, was ich sagen sollte. Doch im Restaurant gab es viel, worüber man reden konnte.«

»Schön, dass es nicht schrecklich war«, sagt Bee. »Wo willst du mit ihm hin?«

»Weiß ich noch nicht. Hast du eine tolle Idee?«

»Hmmm.« Sie gähnt. »Ich muss erst mal darüber schlafen.«

»Klingt gut. Wir reden bald wieder.«

Als ich auflege, kommt gerade ein Werbespot für ein Baseballspiel der *St. Louis Cardinals* gegen die *Chicago Cubs*. Perfekt. Jason hat eine Baseball-Jahreskarte. Er würde es niemals verpassen wollen, wenn die Cardinals die Cubs fertig machen könnten. Ich war schon öfter mit ihm beim Baseball und weiß genau, wo er sitzt. Micah und ich könnten uns Karten in der Nähe besorgen.

Aber wie kann ich sichergehen, dass Jay uns bei dem turbulenten Baseballspiel sieht? Ich gehe in mein Zimmer und wühle mich durch alte Geburtstagskarten, Notizzettel und Tickets in der untersten Kommodenschublade. Schließlich finde ich ein Cardinals-Ticket vom letzten Sommer. Tribüne rechts. Reihe 5, Platz 14. Nun muss ich nur noch freie Plätze ganz in der Nähe finden.

Ich schicke Micah eine SMS, ob er Sonntagnachmittag Zeit hat, dann suche ich im Internet nach Tickets. In den ersten fünf Reihen sind die meisten Plätze ausverkauft, aber am Ende der 4. Reihe sind noch zwei Plätze frei. Wenn Micah und ich von der falschen Seite kommen, müssen wir uns durch die ganze 4. Reihe quetschen – genau vor Jasons Nase, sodass er uns auf keinen Fall verpassen kann. Ich versuche mir seinen Gesichtsausdruck vorzustellen, wenn ich mit meinem neuen »Freund« an ihm vorbeigehe.

Berggipfel, ich komme.

»Ich fasse es nicht, dass wir zu einem Baseballspiel gehen«, sagt Micah. »Das könnte ja direkt lustig werden.«

»Es ist der perfekte Ort, um Jason zu begegnen«, antworte ich. »Er hat eine Jahreskarte.«

Wir haben uns wieder bei Micah getroffen, weil seine Mutter

heute von ihrem Job im Tattoo-Laden gleich zu ihrem zweiten Job im Restaurant geht, sodass uns niemand stören wird.

Während des Schuljahres habe ich auch jede Menge elternfreie Zeit, aber die Ferien verbringt meine Mutter immer in ihrem Arbeitszimmer, wo sie Anthropologie-Bücher und Artikel für Zeitschriften schreibt. Oft ist sie so in ihre Notizen vertieft, dass sie vergisst zu essen – aber ich bin fast sicher, dass es ihr nicht entgehen würde, wenn ich einen Jungen mit Tattoos und Irokesenschnitt in mein Zimmer schleppen würde.

»Bitte sag mir, dass du nicht in diesem Aufzug zum Baseball gehst«, sagt Micah.

»Wieso?« Ich trage Jeans-Shorts und das einzige rote Oberteil, das ich besitze – ein echtes Caleb-Waters-Trikot.

»Du kannst doch nicht im Fußballtrikot zu einem Baseballspiel gehen. Das ist ein Sakrileg.« Micah schüttelt ungläubig den Kopf. »Lass mich mal sehen, ob Trinity etwas hat, was du dir leihen kannst.« Er verlässt das Zimmer und kommt ein paar Minuten später mit einem rotweißen Stück Stoff zurück.

Ich falte es auseinander und halte es mir an. Es ist ein Babydoll-T-Shirt, so kurz, dass es wahrscheinlich noch nicht einmal meine Brust bedecken würde. »Vergiss es«, sage ich. »Das passt niemals.«

»Ich glaube, es würde super passen«, sagt er unschuldig. Ich runzle die Stirn und er fährt fort: »Na gut. Du kannst ein T-Shirt von mir anziehen.« Er steckt den Kopf in seinen Kleiderschrank und zieht zwei Cardinals-T-Shirts auf Kleiderbügeln heraus.

»Woher hast du diese Baseball-Shirts?«, frage ich und versuche mich zwischen dem roten mit dem Vogel darauf und dem schwarzen mit dem traditionellen STL-Logo zu entscheiden. »Ich dachte, du interessierst dich nicht für Sport.«

»Alle in St. Louis interessieren sich für die Cardinals, oder?«, sagt er. »Mein Vater hat Trin und mich öfter zu Spielen mitgenommen, als wir noch klein waren.«

»Mein Vater und mein Bruder gehen auch oft hin. Steve liebt Baseball.« Ich nehme das rote T-Shirt vom Kleiderbügel. »Das ziehe ich an.« Als ich mein Fußball-Shirt ausziehen will, fällt mir auf, dass Micah mich anstarrt. »Dreh dich um«, befehle ich.

»Aber du hast doch noch ein anderes T-Shirt drunter«, sagt er.

»Nur ein Tanktop. Und jetzt dreh dich um.«

Er murmelt etwas, dass ich im Denali manchmal weniger anhätte – was nicht stimmt! –, dreht sich aber zum Schrank um. Ich gehe zur anderen Seite des Bettes und ziehe das Fußball-Shirt über den Kopf. Micah pfeift und ich lasse es vor Schreck fast auf den Boden fallen. Er beobachtet mich im Spiegel!

»Micah!« Schnell ziehe ich das Cardinals-T-Shirt an. »Was soll das?«

»Wieso? Du hast gesagt, ich soll mich umdrehen. Du hast nicht gesagt, ich soll die Augen schließen.«

»Perversling.« Ich starre ihn böse an.

Seine Lippen zucken, als ob er sich ein Lachen verkneifen würde. »Meine Güte. Ich hätte nicht gedacht, dass du verklemmt bist.«

»Ich bin nicht verklemmt«, sage ich und merke, wie verspannt meine Stimme klingt. »Und nun halt den Mund und such dir eine Mütze, die du über deine abgefahrene Frisur ziehen kannst.«

»Du magst meine Frisur«, sagt Micah, holt aber eine rote Cardinals-Basecap aus einer Schublade. Er lässt sie in den Fingern kreisen und setzt sie verkehrt herum auf. Unglaublich, wie normal er plötzlich aussieht. Na ja, außer …

Ich zeige auf seine Augenbrauen und huste bedeutungsvoll.

»Vergiss es. Wenn ich es rausnehme, wächst das Loch zu.«

»Aber –«

»Nein. Das bleibt drin«, sagt Micah. »Jason wird denken, du hast dir einen Anarcho geangelt. Bestimmt fragt er sich, ob du irgendwelche abartigen Fantasien hast, die ihm bisher entgangen sind.«

Es klingt fast so, als würde er mit mir flirten, und meine Wangen werden heiß. Ich antworte nicht und sehe auf mein Handy, obwohl ich weiß, wie spät es ist. »Wir sollten langsam losgehen.«

Als Micah aufsteht, sieht er fast aus wie ein normaler Highschool-Junge – abgesehen von dem Augenbrauen-Piercing und dem Tattoo am Hals. Aber was wird Jason denken? Wird er eifersüchtig sein?

»Willst du mit meinem Auto fahren?«, fragt Micah mit einem Funkeln in den Augen.

»Nie im Leben. Das Ding zählt nicht als Auto.« Ich klimpere mit den Autoschlüsseln meines Bruders. »Ich dachte, wir nehmen die Bahn, dann stehen wir wenigstens nicht im Stau.« Stau würde bedeuten, über lange Zeit im Auto eingesperrt zu sein und nicht zu wissen, worüber man reden soll. Außerdem bin ich noch nie allein in die Stadt gefahren und kann mir schon vorstellen, wie ich verkehrt herum in eine Einbahnstraße fahre oder falsch parke und abgeschleppt werde. Da gehe ich lieber auf Nummer sicher.

»Wie du willst«, sagt Micah. »Es ist *dein* falsches Date.«

Wir lassen das Auto meines Bruders an der nächsten Metro-Station stehen und steigen in den ersten Wagen der *Red Line*, die nach St. Louis Ost fährt.

Die Bahn ist voller Leute in Cardinals-Fan-Kluft. Micah und ich finden noch zwei Plätze nebeneinander in Fahrtrichtung. Wir müssen zehn Stationen fahren, und während der ersten acht rede ich ununterbrochen. Während die Bahn immer voller wird, erzähle ich Micah etwas über das Wetter, Jason, Fußball, das Denali, Bianca und so weiter. Allerdings bin ich in Gedanken so sehr damit beschäftigt, mir schreckliche Szenen auszumalen, in denen Jason uns nicht einmal bemerkt, dass ich keine Ahnung habe, was ich sage oder was Micah antwortet.

Oder ob er überhaupt antwortet.

Ich höre kurz auf zu reden. Mist. Er antwortet nicht.

»Tut mir leid«, sage ich. »Wenn ich nervös bin, fange ich an zu labern.«

Er boxt mich leicht gegen den Arm. »Du laberst immer. Kein Wunder, dass Jason dich verlassen hat.«

Ich runzle die Stirn. Ich weiß, dass er Spaß macht, aber seine Worte verletzen mich trotzdem. Wenn das nun wirklich einer der Gründe ist, warum Jason mich verlassen hat? Wenn er mich nervig findet, wird er vielleicht *froh* sein, mich mit einem anderen Typen zu sehen! Plötzlich erscheint mir der ganze Plan mal wieder eine fürchterliche Idee zu sein – die *Kunst des Wahnsinns* statt *Die Kunst des Krieges*.

Micah reicht mir einen Kopfhörer rüber, der an seinem Handy hängt. »Hier. Zur Entspannung.« Ein pulsierender Rhythmus dringt aus dem winzigen Lautsprecher. Das Lied erinnert mich an eins, das wir auf dem Weg zu *Mizz Creant's* gehört haben. Nicht der langsame instrumentale Song, sondern ein schnellerer. Er hat einen eingängigen Refrain.

»Wer ist das?« Ich schiebe meine Zweifel kurz beiseite.

»*Hannah in Handcuffs*. Ich habe sie vor einer Weile mal im Konzert gehört. Der Song heißt *Terrible Beauty*. Gefällt er dir?«

»Klingt wie ein Haufen Katzen, die von einer Dampfwalze überfahren werden«, antworte ich, obwohl ich es gar nicht so schrecklich finde.

Micah lächelt. Er hat mich durchschaut.

Die Bahn wird langsamer und hält an. Vor uns erhebt sich das Stadion aus rotem Backstein und schwarzem Metall. Ich hole tief Luft. Nun ist es zu spät, um einen Rückzieher zu machen. Zusammen mit den anderen Cardinals-Fans steigen wir aus. Ein roter Strom ergießt sich aus den Türen der Metro und über die Haltestelle Richtung Eingang. Der graue Asphalt reflektiert die Sonne. Es wird ein richtig heißer Tag werden.

Unterwegs kommen wir an der Statue von Stan Musial vorbei, den mein Vater für den größten Sportler aller Zeiten hält. Ich glaube zwar nicht, dass er so gut war wie Caleb Waters, aber St. Louis hatte nie lange ein professionelles Fußballteam, während die Cardinals schon ungefähr elfhundertachtzigtausend Meisterschaften gewonnen haben. Baseball ist hier einfach viel populärer als Fußball.

Als Micah und ich das Stadion betreten, bin ich froh, wenigstens kurz im Schatten zu sein. Verkäuferinnen mit Kühlboxen voller Bier und Soda schlängeln sich elegant durch das Gewimmel. Kleine Gruppen in Blau – Cubs-Fans – bewegen sich inmitten der rotweißen Massen.

»Möchtest du was essen oder trinken?«, fragt Micah.

Das ist nett von ihm, wenn man bedenkt, dass das Essen hier wahrscheinlich mehr kostet, als ich für unsere Tickets bezahlt habe. »Nein danke. Ich esse später was.«

Wir finden die rechte Tribüne, und ich brauche nur ein paar Sekunden, um Jason in der fünften Reihe zu entdecken. Seine breiten Schultern würde ich überall erkennen. Unter der Cardinals-Mütze blitzen blonde Haare hervor. Ich bin hin- und hergerissen zwischen dem Drang, zu ihm zu rennen, und dem Wunsch, mich zu verstecken.

Neben ihm sitzt Dan Spencer. Er hat gerade seinen Abschluss gemacht, und Kendall hat sich im letzten Jahr ein paar Mal mit ihm getroffen, während ihrer »Penner-Phase«, wie sie es nannte. Ich höre kaum, was Micah sagt, während ich Jasons Rücken anstarre und sehe, wie das T-Shirt über seinem muskulösen Oberkörper spannt. Eine vierköpfige Familie, beladen mit Nachos, Hotdogs und Softdrinks, drängt sich an uns vorbei.

Micah stößt mich an. »Setzen wir uns jetzt oder was?«

»Ja. Er sitzt in der fünften Reihe.« Ich nicke in Jasons Richtung und gehe dann langsam die Betonstufen hinunter, während ich ihn nicht aus den Augen lasse. Jasons Reihe und die Reihe davor sind schon fast voll. Ich halte auf halber Treppe an und bete, dass er sich nicht umdreht. Er soll mich nicht sehen – ich bin noch nicht so weit.

Was natürlich völliger Blödsinn ist. Schließlich ist es der Sinn der Sache, dass er mich mit einem anderen Jungen sieht. *Sei nicht feige*, rede ich mir selber zu. Dann gehe ich entschlossen hinunter zur vierten Reihe. Micah und ich fangen an, uns zu unseren Plätzen durchzudrängeln.

»Kennst du den Typen, der neben ihm sitzt?«, will Micah wissen.

»Ja. Kendall ist ein paar Mal mit ihm ausgegangen.« Ich lasse den Blick über die umliegenden Sitze schweifen, aber Alex, die schärfste Rettungsassistentin der Welt, ist nicht in Sicht. Sehr gut. *Trenne und besiege deine Feinde* – zumindest sind sie im Moment getrennt.

Als wir an Jason und Dan vorbeigehen, sehe ich auf und tue überrascht. »Oh, hallo«, sage ich.

Jason trägt eine Sonnenbrille, sodass ich seinen Gesichtsausdruck nicht sehen kann. »Wie geht's, Lainey?«, fragt er. Dann dreht er den Kopf kaum merklich in Micahs Richtung, sagt aber nichts. Dan sieht mich an und lächelt, aber wir haben keine Zeit weiterzureden, denn hinter uns drängeln andere Leute, die zu ihren Plätzen wollen.

»Viel Spaß bei dem Spiel«, sage ich fröhlich und lege die Hand auf Micahs Rücken, während wir zum Ende der Reihe gehen. Ich setze mich neben ihn, lege den Arm locker um seinen Stuhl, lehne mich zu ihm und flüstere: »Das war perfekt.« Mit etwas Glück sieht es von Jasons Standpunkt so aus, als würde ich Micah auf die Wange küssen.

Er dreht sich zu mir um und streicht mir die Haare aus dem Gesicht. Ich kann sein Parfüm riechen. »Gerade hast du aber gegen deine eigene Regel verstoßen, dass wir uns so wenig wie möglich berühren«, sagt er und ich spüre seinen Atem an meiner Wange. »Ich fühle mich wie eine Hure.« Er fährt mit einem Finger über mein nacktes Bein und ich zucke zusammen. »Entspann dich, Lainey. Stell dir vor, du bist eine Schauspielerin. Das sollte doch nicht so schwer sein für einen Werbespot-Superstar!«

Ich tue so, als wollte ich nach seiner Hand greifen, kneife ihn aber stattdessen fest ins Bein. Er riecht wirklich gut. Genau wie Jason. »Riechst du nach *Red Lynx*?«, frage ich, während er vor Schmerz zusammenzuckt.

»Ja. Warum?« Er versucht, mich zurückzukneifen, aber ich schlage seine Hand weg. Perfekt. Für alle Ahnungslosen sehen wir bestimmt wie ein Liebespaar aus, das sich neckt. »Oh nein, sag mir nicht, dass Wie-heißt-er-noch das auch benutzt. Ich kaufe mir sofort was anderes, wenn wir hier raus sind.«

»Warum trägst du überhaupt Parfüm bei einem falschen Date?«

Micah macht große Augen und versucht, unschuldig auszusehen. »Das ist Aftershave. Ich nehme es immer, wenn ich zu faul zum Duschen bin.«

Ich lache. »Du bist eklig, weißt du das?«

»Ja«, antwortet er und grinst. »Und stolz darauf.«

Die Tribüne füllt sich schnell und bald sind wir von Gerede und Gelächter der Cubs- und Cardinals-Fans umgeben. Während Micah sich die Pre-Game-Show ansieht, schiele ich ein paar Mal über die Schulter zu Jason, aber ich weiß nicht, ob er mich auch sieht. Die elektronische Anzeigetafel informiert uns, dass die Luft 35 Grad warm ist – unten auf dem Feld sind es tropische 39 Grad. Ich hole einen Schlapphut aus meiner Tasche und ziehe den Rand hinunter, um mein Gesicht vor der Sonne zu schützen. Wenn das so weitergeht, wird die Sonnencreme mit Lichtschutzfaktor 50, die ich mir ins Gesicht geschmiert habe, noch vor der dritten Runde vom Schweiß abgewaschen.

Die Cubs machen schon bald einen Fehler und die Cardinals führen mit 2:0. Die Menge um mich herum tobt. Ich springe auf und jubele mit den anderen, wobei ich dem Mann neben mir ausweichen muss, der jedes Mal fast sein Bier über meine Sandalen schüttet, wenn er sich bewegt.

Die Cardinals dominieren auch im weiteren Verlauf des Spiels. Am Ende des vierten *Innings* führen wir 5:1.

»Das war der beste *Bunt*, den ich je gesehen habe«, sagt Micah.

»Auf jeden Fall«, stimme ich zu, auch wenn ich einen guten nicht von einem schlechten Bunt unterscheiden könnte, weil es der Schläger beim Bunt sowieso nie bis zur ersten Base schafft.

Während der nächsten Durchgänge lache ich laut über alles, was Micah sagt, obwohl ich nicht richtig bei der Sache bin. Jason soll denken, ich hätte mehr Spaß mit Micah, als ich je mit ihm hatte. Er will immer der Beste sein, deshalb wird ihn das sicher ärgern, selbst wenn er nicht eifersüchtig ist. Sieh an – nun habe ich sogar noch eine Schwäche gefunden, die mir vorher mit Bianca nicht eingefallen ist.

Ich wische mir den Schweiß von der Stirn und konzentriere mich wieder auf das Spiel. Die Cardinals sind mit Schlagen an der Reihe und der erste Spieler schafft gleich einen *Homerun*. Die Menge tobt und singt zum Spiel der Orgel. Micah klatscht alle Leute um uns herum ab. Ich lächle und mache dasselbe mit meinem Bier-verschüttenden Nachbarn.

Die Cardinals machen noch zwei weitere Punkte und führen nun mit 8:1. Das wird ein langes Spiel für die Chicago-Fans. Als die Cubs wieder an der Reihe sind, hole ich mein Handy heraus und checke meine Mails. Ich habe eine Nachricht von meinem Bruder. Er schreibt, dass er sich endlich richtig eingewöhnt hat und nun anfängt, Irland zu erkunden. Und er hofft, dass ich gut auf sein Auto aufpasse. Er sorgt sich um den Civic, als wäre es ein Lamborghini. Ich schreibe ihm zurück, dass ich beim Baseball bin. Ich sehe auf das Feld hinunter – ein Mann ist ausgeschieden, einer steht an der ersten Base –, dann lese ich die aktuellen Fußballergebnisse und öffne die Webseite von Caleb Waters. Über *Helden der Lüfte* steht leider nichts dort.

Die Menge brüllt. Ich erhebe mich zögernd und klatsche mit einer Hand gegen mein Handy, obwohl ich nicht weiß, was passiert ist.

»Was ist wichtiger als ein perfektes *Double Play*?« Micah schielt auf mein Handy.

Ich zucke mit den Schultern und fächle mir mit einer Hand Luft zu. »Ich habe nur meine Mails gelesen.«

»Glaubst du, dein Ex schreibt dir aus der nächsten Reihe?«, spottet er.

»Nein, ich habe meinem Bruder gemailt.« Micah sieht verwirrt aus und ich füge leise hinzu: »Tut mir leid. Ich finde Baseball nicht so spannend.«

»Aber meinst du nicht, dass es dann ziemlich offensichtlich ist, wenn du hier mit mir auftauchst?«

»Keine Ahnung.« Ich zupfe an einem losen Faden an meiner kurzen Hose herum. »Dies ist einer der wenigen Plätze, an denen wir Jason mit Sicherheit treffen konnten, und *dir* scheint das Spiel ja auch zu gefallen.« Eine Mücke surrt an meinem Ohr vorbei und ich schlage wild in der Luft herum. »Wenn es nur nicht tausend Grad heiß wäre! Schwitzt du nicht schrecklich in deiner Jeans?«

»Ja, ein bisschen schon«, gibt er zu. »Sollen wir eine Weile in den Schatten gehen?« Er blinzelt. »Jason wird denken, ich hätte dich in eine einsame Ecke geschleppt, um schlimme Dinge mit dir zu machen.«

Ich verziehe das Gesicht. »Das hättest du wohl gern.«

»Das hättest *du* wohl gern«, sagt Micah. »Los, komm. Wenn du lieb bist, kaufe ich dir ein Wasser.«

»Wow, wie großzügig!«, spotte ich.

Wir warten auf eine Pause im Spiel, dann stehe ich umständlich auf und nehme meine Tasche. Micah greift nach meiner Hand und wir gehen die Tribüne entlang zur Treppe.

Als wir an Jason vorbeikommen, flüstert Dan ihm etwas ins Ohr und beide fangen an zu lachen. Mein Magen verkrampft sich. Wenn mein Plan nun total durchschaubar ist? Oder wenn Jason denkt, ich wäre wegen der Trennung so verzweifelt, dass ich mir den ersten Jungen geschnappt habe, den ich finden konnte? Nein. Keine. Panik. Ich lächle breit und tue so, als wäre alles in bester Ordnung.

Ich sehe meine gebräunten Finger in Micahs blasser Hand, als wir durch das Stadion zu einem der Tunnels gehen. Wir schwitzen beide ein bisschen, aber es fühlt sich lange nicht so merkwürdig an, wie ich gedacht hatte, die Hand eines anderen Jungen zu halten. Jason hat manchmal so fest gedrückt, dass er mir fast die Finger zerquetscht hat, aber Micahs Händedruck ist fest und gleichzeitig entspannt. Nicht schlecht. Ehrlich gesagt fühlt es sich fast normal an. So als ob wir beide tatsächlich ein Date haben könnten – in einer anderen Welt.

12

»Militärische Taktik ist dem Wasser ähnlich; denn das Wasser strömt in seinem natürlichen Lauf von hohen Orten herunter und eilt bergab.«

Sun Tzu, Die Kunst des Krieges

Sobald wir nach drinnen kommen, lasse ich Micahs Hand los und verschwinde in der Toilette, um mich frisch zu machen. Als ich den Schlapphut abnehme, zucke ich vor Schreck zusammen: Ich sehe aus, als hätte ich gerade die dritte Verlängerung gespielt. Meine Haare stehen nach oben ab und kringeln sich an den Enden wegen der feuchten Luft. Meine Haut glänzt vor Schweiß und der Eyeliner ist völlig verwischt. Mein linkes Auge sieht aus wie bei einem Waschbär, das rechte ist praktisch nackt. Vielleicht haben Jason und Dan gar nicht über Micah gelacht, sondern darüber, wie grässlich ich aussehe.

Ich ziehe ein Papiertuch aus dem Spender und wische mein Gesicht ab. Dann trage ich Puder auf, bis meine Haut nicht mehr glänzt. Ich ziehe den Eyeliner nach und setze den Hut wieder auf.

Als ich wieder halbwegs wie ein Mensch aussehe und die Toilette verlasse, lehnt Micah draußen an der Wand. In der Hand hält er zwei Pappbecher. »Ich hoffe, du bist nicht eins dieser dünnen Mädchen, die nur Diät-Sachen trinken«, sagt er. »Ich hab dir eine Cola geholt.«

»Auf keinen Fall. Cola light schmeckt wie Gift.« Ich nehme ihm dankbar einen Becher aus der Hand und trinke einen großen Schluck.

»Geht's dir besser?«, fragt er.

»Ja. Schade, dass wir das Spiel nicht von hier aus sehen können.« Ich sehe mich in dem schattigen Tunnel um. »Hier ist es ungefähr 10 Grad kühler.«

Micahs Gesicht ist ein bisschen rot – entweder von der Hitze oder er bekommt einen Sonnenbrand. »Die Cardinals haben noch einen Punkt gemacht, während du auf der Toilette warst«, sagt er. »Ich würde sagen, das Spiel ist entschieden. Wir müssen nicht bleiben, wenn du nicht willst.«

Ich trinke noch einen Schluck und seufze glücklich. Noch nie hat eine Cola so gut geschmeckt. »Willst du mich loswerden?«

»Nö.« Er nimmt auch einen Schluck Cola. »Aber wir müssen deine Zeit nicht verschwenden, wenn du keine Lust mehr hast. Wir haben erreicht, was wir wollten, und wie gesagt – wenn wir nicht wiederkommen, wird dein Ex sich fragen, was wir machen.«

»Du hast recht.« Ich streiche mit dem Finger über seinen Unterarm. »Du bist schon ein bisschen rot. Lass uns hier verschwinden, bevor wir beide einen hochgradigen Sonnenbrand bekommen.«

Als wir wieder in der Bahn sitzen, versuche ich, möglichst viel von der Klimaanlage abzubekommen. Wir sind fast an unserer Haltestelle, als sich dicke Wolken zusammenballen und den blauen Himmel verdecken.

»Ich kann es immer noch nicht glauben, dass du Baseball nicht magst«, sagt Micah.

Ich zucke die Achseln. »Jay und ich sind jedes Jahr zu ein paar Spielen gegangen. Es ist ja nicht so, dass ich es hasse – ich mag Fußball einfach lieber.«

»Wenn wir beim nächsten Mal irgendwo hingehen, wo du mit Jason warst, such dir lieber etwas aus, was dir auch gefällt.«

Ich muss lächeln, als mir der perfekte Ort einfällt – ein Ort, den Micah mit Sicherheit hassen wird. Es wird bestimmt lustig, wenn er so gar nicht in seinem Element ist. »Gute Idee«, sage ich. »Beim nächsten Mal gehen wir ins *Beat*.«

»In den Tanzclub?« Er macht ein Gesicht, als hätte er eine Wespe verschluckt. »Amber hat schon einmal versucht, mich da hinzuschleppen, zu einer Vollmondparty. Kannst du nicht einfach vergessen, was ich gesagt habe?«

»Zu spät.« Ich boxe ihn in die Rippen. »Und wo wir schon über Amber reden, hat sie dich schon angerufen?«

Micah schüttelt den Kopf. »Noch nicht.«

»Du musst Geduld haben«, sage ich. »Vielleicht brauchen wir noch einige Dates, bis sie sich meldet.«

Während die Worte aus meinem Mund purzeln, hoffe ich, dass ich recht habe. Das Einzige, was mich in den letzten Wochen ohne Jason davon abgehalten hat, verrückt zu werden, waren die Pläne, ihn zurückzugewinnen. Ich versuche mir vorzustellen, wie es wäre, wenn es nicht klappt. Tagsüber würde ich ihn von ferne in den Schulfluren beobachten und mir überlegen, ob ich zu ihm hin- oder von ihm wegrennen soll. Nachts würde ich allein zu Hause im Bett liegen und mich fragen, mit wem er zusammen ist. Nein. So will ich mein letztes Schuljahr nicht verbringen.

Die Metro hält und Micah und ich springen hinaus. Der Regen rauscht in sanften Schüben herunter und ertränkt die letzten Reste der Sonne. Die Temperatur ist um einige Grad gefallen.

Am Rand des Bahnsteigs bleibe ich stehen und beobachte, wie die silbernen Tropfen auf dem Parkplatz Pfützen bilden. »Ich gehe schnell ins Denali, eine Pizza essen«, beschließe ich. »Willst du mitkommen?«

»Nein, du kannst mich auf dem Weg rauslassen.« Micah geht auf die Treppe an der Seite des Bahnsteigs zu. »Im Denali bin ich oft genug.«

»Na gut. Warte mal kurz.« Ich halte eine Hand schützend über mein Handy und schicke Bianca eine kurze Nachricht.

Habe Hunger. Kommst du ins Denali? Ich erzähl dir von dem 2. Date.

Sie antwortet sofort.

Würde ich gerne, aber muss meine Brüder zum Fußball fahren.

Du musst es mir morgen erzählen.

»Alles okay?«, fragt Micah.

»Ja, alles gut.« Ich stecke mein Handy wieder in die Tasche, etwas enttäuscht, dass Bianca keine Zeit hat.

»Soll ich das Auto holen, damit du nicht nass wirst?«

»Nö, ich mag Regen«, sage ich. »Es ist besser, als sich zu Tode zu schwitzen.«

Wir rennen über den Parkplatz zum Auto und steigen ein. Dann schalte ich das Radio an und lasse Micah einen Sender aussuchen. Er stellt Musik ein, die ich noch nie gehört habe, aber wieder mal nicht schlecht finde. Ein paar Minuten später halte ich vor seinem Haus. »Sag Bescheid, wenn Amber sich meldet.«

»Ja. Du auch.« Er sieht mich misstrauisch an, als erwarte er, dass ich ihn umarme oder so.

Ich fummle an den Radio-Knöpfen herum und gehe die eingestellten Sender durch. Werbung. Werbung. Nervige Boygroup. Schließlich lande ich wieder bei dem Sender, den Micah eingestellt hat. Der Civic macht laute Geräusche im Leerlauf. »Ansonsten sehen wir uns bei der Arbeit ...« Ich breche ab.

»Yo.« Micah steigt aus und winkt.

»Hey«, rufe ich ihm hinterher. »Ich wasche dein T-Shirt und gebe es dir dann bald zurück, okay?«

»Hat keine Eile. Bei dir sieht es sowieso besser aus.« Er grinst. »Bis bald.«

Als er mit ein paar langen Schritten den Hof überquert und im Haus verschwindet, fühle ich mich ein bisschen verloren. Ich bin es nicht gewohnt, allein zu sein.

13

»Bewege dich nicht, wenn du keinen Vorteil siehst; setze deine Truppen nicht ein, wenn es nichts zu gewinnen gibt.«

Sun Tzu, Die Kunst des Krieges

Als ich am nächsten Morgen aufwache, finde ich eine Nachricht auf dem Tisch, dass Ebony krank ist und Dad den ganzen Tag im Denali sein wird. Er würde sich freuen, wenn ich auch kommen und aushelfen könnte, aber wenn ich schon Pläne hätte, müsste ich natürlich nicht.

Ich habe eigentlich keine Lust zu arbeiten, aber ich will auch nicht den ganzen Tag auf mein Handy starren und warten, dass Jason anruft. Außerdem hat Bianca am Nachmittag Dienst, dann kann ich ihr von dem Baseballspiel erzählen.

Als ich auf den Parkplatz fahre, sehe ich, dass die Leute bis auf den Gehweg Schlange stehen. Ich kann Dad durchs Fenster sehen, er nimmt an der Kasse Bestellungen auf. Dad ist jemand, der sogar seine Steuererklärung noch auf dem Papier macht, und die Computerkasse macht ihm schreckliche Angst. Sie müssen bis über beide Ohren in Arbeit stecken, wenn Dad am Tresen steht.

Ich parke zwischen einem alten Kombi, der mit Hippie-Aufklebern von tanzenden Bären geschmückt ist, und Micahs neongrüner Rostlaube. Ich dachte, er hätte heute frei. Wahrscheinlich hat Dad angenommen, dass ich zu 99,9 Prozent nicht auftauchen würde, deshalb hat er noch andere, zuverlässigere Angestellte angerufen.

Ich muss mich durch die Menge kämpfen, um in den Laden zu kommen. »'tschuldigung«, sage ich immer wieder, während ich mich zwischen Leuten in Reifröcken und mit unechten Waffen hindurchschiebe. Anscheinend findet irgendwo in der Nähe ein Renaissance-Festival statt.

Die Schlange wird immer länger und blockiert fast die Straße. Kein Wunder, dass Dad alle angerufen und um Hilfe gebeten hat. »Lasst mich mal durch.« Ich schlängle mich an zwei blassen, schlaksigen Typen vorbei, die mit ihren Holzschwertern fuchteln. Einer verpasst mir dabei fast einen Stoß in die Rippen. »Pass doch auf!« Ich funkle den Jungen mit meinem patentierten Bleib-mir-vom-Leib-Blick an und er murmelt eine Entschuldigung. Sein Freund nennt mich eine »kecke Maid«.

Drinnen werden die Windspiele und die Musik übertönt vom Dröhnen der Kaffeemühle, Stimmengewirr und dem gelegentlichen Klirren von Waffen. Ich kämpfe mich durch die Menge zur Theke durch. Dad hat schon ganz beschlagene Brillengläser und entdeckt mich erst, als ich direkt vor ihm stehe.

»Lainey!« Er sagt meinen Namen, als wäre ich eine Art Superheldin, die gekommen ist, um den Tag zu retten.

Ich grinse. Es ist ein gutes Gefühl, gebraucht zu werden. »Ich stemple mich nur schnell ein.«

Er hält mich am Ärmel fest, und ich sehe, dass er total verschwitzt ist. »Das mache ich später«, sagt er. »Lös Micah ab, damit er in der Küche helfen kann.«

Ich nicke und werfe meine Tasche in das Regal unter der Theke. Dann gehe ich an die hintere Theke, wo in einer Reihe die Edelstahl-Kaffeemaschinen stehen. »Na, bringst du alle Bestellungen durcheinander?«, witzele ich.

»Hey«, sagt Micah fröhlich und sieht von der Kaffeemühle auf. »Was machst du denn hier? Brauchst du nicht deinen Schönheitsschlaf?«

»Nicht nötig, wie du siehst.« Ich drehe zur Bekräftigung eine kleine Pirouette. »Ich wusste nicht, dass du überhaupt Getränke machen kannst.«

Micah pfeift unschuldig. »Kann ich auch nicht.« Er zeigt auf die Leute, die an der Kasse warten. »Aber das wissen die ja nicht.«

Ich beiße mir auf die Lippe, um nicht loszulachen. »Geh in die Küche und hilft demjenigen, der gerade kocht – bevor er kündigt. Wenn wir die Massen füttern, machen sie vielleicht nicht mehr so viel Lärm.«

Es dauert ungefähr zwei Stunden, aber schließlich wird die Menge überschaubarer. Bianca kommt zur Arbeit und mein Dad verschwindet augenblicklich nach hinten. Bee stempelt sich ein und stellt sich hinter die Theke. »Hast du dir die Haare gefärbt?«, fragt sie und streicht über die blaugrüne Strähne.

»Die Strähne ist nur angeklippt. Micahs Schwester hat es gemacht.«

»Süß«, sagt sie.

Ich mache mir lächelnd einen Chai-Eistee und lasse den Blick durch das Café schweifen. Fast alle Tische sind besetzt, aber im Moment scheint niemand etwas zu brauchen. »Ich mache Pause«, sage ich zu Bee.

Sie nickt. »Tu das. Ich schreie, wenn ich dich brauche.«

Micah ist hinten und macht Pizzateig, während Cal – alias C-4, auch wenn sich alle Mädchen weigern, ihn so zu nennen – Salate und Sandwiches anrichtet.

»Wie geht's, Leute?«, frage ich.

Micah legt eine silberne Pizzapfanne mit Teig aus. »Na, wenn das nicht unser Werbestar und zukünftige Studentin der Hazelton Forest Universität ist! Hat dich heute schon jemand nach einem Autogramm gefragt?«

»Haha.« Ich lehne mich an einen der Anrichtetische und schlürfe meinen Tee.

Cal legt zwei Alpen-Sandwiches auf Teller und stellt einen Lachssalat dazu. Sein Bart ist so lang, dass er fast ins Essen hängt. Er sieht mich an. »Bringst du die Sachen raus?«

Ich verschränke die Arme. »Ich mache gerade Pause.«

»Dann nicht.« Cal balanciert die Teller auf seinem Arm und geht ins Café hinaus. Dad wird mich umbringen, wenn er sieht, dass ich Cal das Essen raustragen lasse. Mit seinem langen Bart und den Haarbüscheln, die an beiden Seiten seines Pferdeschwanzes hervorstehen, sieht er mehr wie ein behaartes Waldmonster aus als wie ein Mensch. Ich drücke die Daumen, dass Dad wenigstens noch ein paar Minuten im Büro bleibt. Dann drehe ich mich zu Micah um.

»Warum ziehst du mich immer mit dem Werbespot auf? Hast du ein Problem mit Hazelton Forest?« Ich klaue mir eine schwarze Olive aus der Salatbar. »Die halbe Schule wird dort hingehen.«

Das Lächeln verschwindet von Micahs Gesicht. »Ich wünschte, meine Mutter würde an einem College arbeiten und ich könnte umsonst hingehen.«

»Manchmal wünschte ich, meine würde nicht hier arbeiten, dann könnte ich woanders hingehen«, antworte ich. »Das Fußballteam von Hazelton Forest spielt nur in der 3. Liga. Am liebsten würde ich irgendwo studieren, wo es eine Erstliga-Mannschaft gibt, aber dafür bräuchte ich ein Sportstipendium.«

Micah seufzt. »Ich bin schon froh, wenn ich mir das Community College leisten kann. Wenn ich zehn Jahre lang mein Gehalt sparen würde, könnte ich immer noch nicht dorthin, wo ich wirklich hinwill.«

Ich stelle mir Micah mit seinem Irokesenschnitt vor, wie er die efeugesäumten Wege von Princeton oder Harvard entlangschreitet, an jedem Arm eine schicke blonde Studentin, und muss mir einen bissigen Kommentar verkneifen. »Wo willst du denn hin?« Ich werfe die Olive in die Luft und fange sie mit dem Mund auf.

»Zum CIA.«

»Mit Tattoos und Irokesenschnitt? Ich dachte immer, Spione sollten unauffällig sein.«

»Doch nicht die CIA, Dummkopf«, sagt Micah. »Das *Culinary Institute of America*. Deren Pâtissier-Programm ist eins der besten im ganzen Land.«

Ich ziehe eine Augenbraue hoch. »Du willst dein Geld mit Törtchenbacken verdienen? Wirklich?«

Micah nimmt eine Walnuss aus der Salatbar und wirft sie nach mir. Treffer. Sie knallt genau auf den komischen Bräunungsfleck an meiner Stirn. »Pâtissiers machen viele verschiedene Sachen. Sorry, nicht jeder will ein cooler Rettungssanitäter werden wie dein Ex, der Loser.«

Ich ziehe meinen Pony in die Stirn und sehe mich nach Munition um. »Er ist kein Loser.«

Micah grinst. »Ja, red dir das nur ein.«

Meine Hand greift nach dem, was mir am nächsten steht, und ich werfe es nach Micah. Es ist ein halbvoller Messbecher mit Mehl. Das Mehl landet überall – auf den Tischen, dem Boden, auf Micahs T-Shirt und seiner ausgebeulten Kochhose.

In der Luft hängt eine weiße Wolke. Micah muss husten. »Du kleine ...«, fängt er an, kann aber nicht zu Ende sprechen, weil er so lachen muss.

Ich lache auch. »Wow, du siehst aus wie ein Kokser. Na warte, das erzähle ich meinem Dad.«

Micah wirft ein rohes Ei nach mir. Ich fange es auf, ohne dass es zerbricht. »Ha. Ist das alles, was du zu bieten hast?«

»Nein, ist es nicht.« Er wirft noch ein Ei. Und ein drittes. Es prallt von mir ab und zerbricht auf dem Küchenfußboden. Micah kommt näher und tut so, als wollte er ein Ei auf meinem Kopf aufschlagen, doch ich fasse sein Handgelenk und schiebe ihn mit aller Kraft von mir weg.

Er versucht, sich aus meinem Griff zu befreien, aber er schafft es nicht. »Mr Mitchell«, ruft er, obwohl niemand da ist. »Ihre Tochter belästigt mich!«

»Das hättest du wohl gerne!«

»Nein, hätte ich nicht.« Micah deutet auf meinen Arm. »Ich stehe nicht auf orange Mädchen.«

Ich schubse ihn weg. »Halt die Klappe. Wenigstens bin ich nicht weißer als das Mehl.«

»Immerhin sehe *ich* nicht so aus, als wäre ich in einem Labor entstanden«, gibt er zurück. »Und zum Glück bin ich nicht gegen Gelb Nr. 5 allergisch.«

»Zum Glück bist du nicht allergisch gegen Eier.« Ich zerschmettere eins auf seinem Pyramiden-Tattoo.

»Jetzt bist du tot.« Micah packt mich und nimmt mich in den Schwitzkasten.

»Hör auf«, bettle ich, als er mich quer durch die Küche schleppt, wo auf einem Vorbereitungstisch noch ein ganzer Karton mit Eiern steht. Mein Fuß landet in der Eiermatsche, und wir fallen beide fast um, als meine Beine wegrutschen.

Cal kommt aus dem Essraum zurück. »Was zur Hölle macht ihr hier?«, brüllt er.

Seine Stimme lockt Dad aus dem Büro. Micah lässt mich los. Dads Kinnlade klappt herunter, als er die Schweinerei entdeckt. Micah und ich sehen uns an.

Aus dem Ofen kommt eine Rauchwolke.

Dad schnüffelt. »Ist da was angebrannt?«

»Mist!« Micah reißt die Ofentür auf und zieht ein Blech mit drei Quiches heraus. Sie sind schwarz. Nicht braun, nicht bloß angebrannt. Schwarz. Er berührt eine, und die geriffelte Kruste zerbröselt zu Staub.

»Ohmeingott.« Ich muss mir das Lachen verkneifen. In meinem ganzen Leben habe ich noch nie etwas derart Verkohltes gesehen.

Dad sieht von mir zu Micah. »Bitte sag mir, dass das ein Experiment ist und die Quiches aus Schokolade sind.«

Micah sackt in sich zusammen und schüttelt den Kopf und ich bekomme sofort ein schlechtes Gewissen. Jeder weiß, dass ich manchmal eine Faulenzerin bin, aber Micah ist im Denali als fleißiger Arbeiter bekannt. Vielleicht braucht er eines Tages eine Empfehlung von Dad und ich ruiniere ihm alles.

»Das war meine Schuld«, sage ich. »Ich habe ihn geärgert.«

Micah und Dad sehen mich verwundert an.

»Ich mache hier sauber und gehe wieder nach vorne.« Schnell schnappe ich mir einen Besen.

Micah fegt sich das Mehl von den Kleidern. Dann zieht er einen Lappen aus der Tasche, macht ihn nass und fängt an, die zerbrochenen Eier aufzuwischen. »Tut mir leid, Mr Mitchell«, sagt er. »Das kommt nicht wieder vor.«

»Gut.« Mein Dad poliert seine Brille an seinem T-Shirt. »Ich hole neue Quicheböden aus dem Gefrierschrank.«

»Sorry«, sage ich leise, als Dad in der Kühlkammer verschwunden ist.

»Ist nicht deine Schuld«, sagt Micah. »Ich hätte aufpassen müssen.«

Ich stelle den Besen weg und gehe nach vorn an die Theke, während Dad und Micah neue Quiches vorbereiten.

In den nächsten Stunden mache ich Getränke und serviere Essen. Ausnahmsweise finde ich die Arbeit nicht so nervig wie sonst. Es macht sogar Spaß, die ganzen Bestellungen im Auge zu behalten, während Bianca an der Kasse steht und zwischendurch die Tische abräumt. Manchmal ertappe ich mich dabei, ohne Grund vor mich hin zu lächeln. Es geht doch nichts über eine spontane Essensschlacht, um sich an einem stressigen Tag zu entspannen.

Mein Dad schaut ab und zu vorbei, als wollte er sichergehen, dass ich nicht auch noch das Café verwüste.

»Keine Sorge, Dad.« Ich stelle zwei Mango-Blaubeer-Smoothies ans Ende der Theke, wo die Leute sich ihre Getränke abholen. »Wir haben alles im Griff.«

Als es etwas ruhiger wird, erzähle ich Bianca von dem Baseball-Date. Sie ist mit dem Spionieren noch nicht weitergekommen und hat nichts Neues zu berichten.

»Also geht es dir besser?«, fragt sie mit einem besorgten Gesichtsausdruck. »Ist es okay, mit Micah rumzuhängen?«

»Ehrlich gesagt, er ist ziemlich lustig«, gebe ich zu. »Ja, es geht mir besser. Aber obwohl mich unser Plan super ablenkt, bin ich mit Jason immer noch nicht weitergekommen. Er hat noch nicht mal angerufen.« Ich wische einen Fleck auf der Theke weg. »Vielleicht hatte Micah recht. Vielleicht war es zu offensichtlich, mit ihm bei dem Baseballspiel aufzutauchen.«

Vielleicht lacht Jason gerade über mich.

»Ach was. Jason ist ziemlich schwer von Begriff«, sagt Bianca. »Lass dir noch etwas Zeit. Kriege werden nicht an einem Tag ausgefochten.«

Ich begegne Micah erst wieder kurz nach sechs, als wir uns ausstempeln. »Sorry wegen der Quiche«, sage ich und warte hinter ihm, während er seine ID-Nummer in die rot-silberne Zeiterfassungsuhr eingibt.

»Bild dir bloß nichts ein.« Die Maschine piepst und er lässt mich ran. »So eine gute Ablenkung bist du nun auch nicht. Ich habe sie einfach nur vergessen.«

»Ich glaube nicht, dass Dad richtig sauer war.« Ich gebe meine Nummer ein und stemple mich aus. Zusammen gehen wir zum Ausgang.

»Er hat mich da auf eine Idee gebracht.« Micah stößt die Glastür auf und hält sie für mich offen. »Schokoladenquiche klingt doch gar nicht schlecht.«

»Irgendwie eklig.« Als ich nach draußen komme, fühlt sich die Sommerwärme wie eine feuchte Decke an, die mich einwickelt. Wie kann es so spät am Tag noch so warm sein? Schweiß sammelt sich an meinem Haaransatz und droht mir über die Stirn zu laufen. Als wir über den Parkplatz gehen, sehe ich hinüber zu Micah. Er hat es wieder geschafft, seine schwarzen Klamotten über und über mit Mehl zu bestäuben, bis hin zu dem Nietenarmband. »Du siehst aus wie ein Punkrock-Bäcker«, sage ich und schüttle den Kopf.

»Was soll daran verkehrt sein?«

»Es ist irgendwie ein Gegensatz, findest du nicht?« Ich wische mir den Schweiß von der Stirn und streiche mir mit der Hand durch die Haare, um die losen Strähnen zu bändigen. Ich kann schon fühlen, wie die Haare kringelig werden.

Micah sieht mich kurz an, als wir zu unseren Autos kommen. Die Sonne reflektiert in seinen haselnussbraunen Augen, grüne und goldene Bänder scheinen sich darin zu spiegeln. »Die meisten Leute sind voller Gegensätze.«

14

»In der ganzen Geschichte gibt es kein Beispiel dafür, dass ein Land aus einem langen Krieg Gewinn gezogen hätte.«

Sun Tzu, Die Kunst des Krieges

Auf der Fahrt nach Hause muss ich die ganze Zeit über Micahs Worte nachdenken. Ich bin aktiv und sportlich. Ich treffe mich mit Leuten, die aktiv und sportlich sind. Ich mag aktive und sportliche Dinge. Ich bin *nicht* voller Gegensätze. Ich denke über jeden nach, der mir nah ist: meine Familie, Bianca, Kendall, Jason. Sie passen gut zu mir. Alle sind so, wie sie erscheinen. Nein, ich glaube nicht, dass die meisten Leute voller Gegensätze sind.

Als ich das Auto parke und aussteige, spüre ich das Vibrieren meiner Tasche an der Hüfte. Es fühlt sich komisch an, das Handy unter einer Packung Taschentücher und einer Puderdose mit Sprung im Deckel herauszukramen. Noch bis vor Kurzem hatte ich es fast immer in der Hand, weil ich dauernd darauf wartete, eine SMS von Jason zu bekommen.

Es ist Kendall. Sie hat schon aufgelegt, bevor ich rangehen kann. Ich rufe sie schnell zurück, bevor sie mir eine bissige SMS schickt, dass ich sie ignorieren würde. Kendall mag es nicht, ignoriert zu werden.

»Elaine Mitchell«, zischt sie, sobald sie mich hört. »Was zur Hölle ist los mit dir?«

Ich tue so, als wüsste ich nicht, was sie meint. »Warum?«

»Wolltest du mir jemals erzählen, dass Jason und du euch getrennt habt? Was ist passiert?«

Ich habe schon darauf gewartet, dass sie ausrastet. Kendall kann Veränderungen nicht ausstehen.

»Ich weiß nicht, K., den einen Tag war alles okay, am nächsten hat er mir gesagt, dass er allein sein muss oder so einen Mist.« Ich drehe mir eine Haarsträhne um den Finger. »An dem Tag hab ich dir eine SMS geschrieben, aber du hast nicht geantwortet«, fahre ich fort und merke, dass meine Stimme etwas beleidigt klingt.

Kendall ignoriert meinen Tonfall. »Ich darf hier nur zweimal in der Woche mein Handy benutzen. Außerdem haben wir seitdem schon telefoniert und du hast nichts gesagt.«

Gespräche zwischen uns laufen zwar meistens so ab, dass sie redet und ich zuhöre, trotzdem hat sie recht. Ich hätte ihr von der Trennung erzählen können, wenn ich gewollt hätte. »Was hat er dir gesagt?«, frage ich. »Was läuft mit der Rettungsassistentin?«

»Welche Rettungsassistentin?«, will sie wissen. »Er hat nichts von einer anderen erzählt. Nur dass ihr euch getrennt habt.«

»Er hängt mit einem rothaarigen Mädchen namens Alex rum. Sie fährt mit ihm im Rettungswagen. Meinst du, du kannst noch mehr über sie herausfinden?« In *Die Kunst des Krieges* steht viel über Spione und Verbündete, und Kendall ist eine mächtige Verbündete.

Sie seufzt. »Ich weiß nicht, was ich von hier aus machen kann, aber ich kann versuchen, ihm eine Mail zu schreiben, wenn ich nicht mehr telefonieren darf. Ich sag dir, unser Dad kommt in die Stadt und einen Monat später benimmt Jason sich wie ein Versager. Zufall? Glaub ich nicht.«

»Hast du vor, jemals mit ihm zu reden?«, frage ich. »Mit deinem Dad, meine ich?« Es tut gut, mal zur Abwechslung über die Probleme anderer Leute nachzudenken.

»Weiß ich nicht. Wahrscheinlich kann ich ihm nicht bis in alle

Ewigkeit aus dem Weg gehen, aber er kann sich nach siebzehn Jahren nicht einfach in mein Leben einschleichen, als wäre nichts gewesen. Wenn er bei uns geblieben wäre, hätte Mom sich vielleicht nicht zu so einer psychotischen Zicke entwickelt«, sagt sie wütend. »Ich halte mich ganz gut in dieser Show, und da erzählt sie mir plötzlich, dass sie mir nicht das College bezahlt, bevor ich einundzwanzig bin und das Modeln wenigstens mal ausprobiert habe. Warum kann sie nicht einfach akzeptieren, dass ich nicht sie bin?«

Die Situation ist wirklich bescheuert. Es ist nicht fair von Kendalls Mom, dass sie ihre Tochter zwingen will, ein Model zu werden. Ich weiß, dass sie ihren Traum vom Modeln aufgegeben hat, um als alleinerziehende Mutter zu enden, aber das heißt noch lange nicht, dass Kendall ihr etwas schuldig ist.

»Und wenn du dich um einen Studentenkredit bewirbst?«, frage ich.

»Meine Mom müsste die Formulare unterschreiben, und das würde sie nicht tun. Und warum sollte ich mich verschulden, nur weil ich nicht ihre Marionette sein will?«

»Vielleicht könntest du irgendwo ein Fußballstipendium bekommen. Waren nicht letztes Jahr ein paar Scouts deinetwegen da?«

Sie seufzt wieder. »Niemand von einem guten Verein. Außerdem weiß ich noch gar nicht, ob ich am College überhaupt Fußball spielen will.«

»Was? Warum nicht?« Kendall ist ein Naturtalent. Sie hat den ganzen Sommer lang nicht trainiert, aber wenn sie wiederkommt, wird sie trotzdem locker an mir vorbeidribbeln. Ich kann nicht glauben, dass sie nicht weitermachen will.

»Ich weiß nicht. Irgendwie habe ich das Gefühl, Fußball ist eine Highschool-Sache. Ich will aufs College, um ein ganz neues Leben anzufangen. Und ich will irgendwo hingehen, wo es cool ist – an die Uni von New York oder so. Gestern haben wir mit ein paar Fotografie-Studenten von dort Bilder gemacht. Es war der Wahnsinn.«

»Schön, dass du wenigstens endlich Spaß hast«, sage ich.

»Was? Warte mal kurz.« Kendall schimpft mit jemandem im Hintergrund. Wahrscheinlich zeigt sie einer ihrer Mitbewohnerinnen oder einem armen Produktionsassistenten den Stinkefinger. »*Angeblich* ist meine Zeit um«, sagt sie. »Aber hör mal – meine Mom fährt im August wie immer nach Costa Rica. Frag doch deine Eltern, ob du mitkommen kannst. Du kannst in meinem Zimmer schlafen – oder bei meinem Bruder. Die Ferienwohnung ist bezahlt, du musst also nur für den Flug sparen. Vielleicht würde sich die Sache zwischen dir und Jay in der richtigen Atmosphäre wieder einrenken.«

Ich stelle mir vor, wie ich eine Woche lang mit Kendall und Jason Party am Strand mache, während ihre Mom gläserweise teuren Champagner auf der Veranda trinkt. Ich in meinem knappsten Bikini. Jason gerade so beschwipst, dass er mich unwiderstehlich findet. Sonne. Surfen. Sand. Sex. Die Schwächen meines Feindes. Trenne deine Feinde. Es würde bestimmt funktionieren – aber ich kann es mir auf keinen Fall leisten.

»Ich weiß nicht«, sage ich. »Ich fürchte, so viel Geld kann ich nicht auftreiben. Aber das heißt nicht, dass ich aufgebe. Bianca und ich haben einen Plan.« Ich bin froh, dass Kendalls Telefonzeit abgelaufen ist, denn ich habe keine Lust zu hören, wie sie sich über die Strategien meines chinesischen Kriegsherrn lustig macht. Ich warte lieber, bis es funktioniert, und erzähle ihr dann die guten Neuigkeiten.

»Bianca? Was weiß sie denn schon darüber, einen Freund zu haben?«

»Sie ist echt schlau, Kendall. Sie weiß jede Menge. Wir haben zusammen Fußball trainiert, während wir Pläne geschmiedet haben, und ihre Fußarbeit hat sich auch verbessert. Ich versuche sie zu überreden, dass sie dieses Jahr mit uns bei den Archers spielt.«

Kendall gibt eine Art Schnauben von sich. »Schlau heißt nicht, dass man sich mit Jungs auskennt. Oder gut Fußball spielen kann. Bianca ist erst seit einem Jahr in der Schulmannschaft – ich weiß nicht, ob sie bei den Archers spielen kann.«

Ich will protestieren, aber Kendall flucht leise. »Ich muss auflegen«, sagt sie. »Sonst nehmen sie mir mein Handy weg oder schmeißen mich raus oder so. Bescheuerte Regeln, sag ich dir. Also tu, was du tun musst, aber beeil dich. Denn je länger du von Jason getrennt bist, desto schwieriger wird es, wieder zusammenzukommen.«

Ich weiß, dass sie recht hat.

Ich muss einen Zahn zulegen, sonst werde ich Jason für immer verlieren.

15

»Wir können uns nicht auf Bündnisse einlassen, solange wir nicht mit den Plänen unserer Nachbarn vertraut sind.«

Sun Tzu, Die Kunst des Krieges

Zwei Tage später hat Jason immer noch nicht angerufen. Wenn bei der Arbeit nichts los ist, lese ich noch einmal die Stellen, die ich in *Die Kunst des Krieges* markiert habe. Ich ermahne mich selbst, nicht unbesonnen oder ängstlich oder stolz oder übertrieben besorgt zu sein.

»Hör mal.« Micah legt ein Tablett voller Schoko-Brownies in die Auslage. Sie riechen wie das Haus meiner Grandma – warm und süß. Mir läuft das Wasser im Mund zusammen.

»Was denn?« Ich schütte den Inhalt des Mixers in einen hohen Becher und sprühe eine schiefe Sahne-Spirale darauf.

»Leo und ich haben gestern in der Spätschicht gearbeitet und ich habe ihm von unserem Plan erzählt.« Micah schließt die Auslage-Schublade mit einem Klicken.

Die Sprühsahne-Dose gleitet mir aus der Hand und rollt über die Theke, wo sie eine Spur aus weißem Schaum hinterlässt. Das Mädchen, das auf seinen Eiskaffee wartet, klopft mit ihren dunkellila Fingernägeln auf die Theke und starrt mich an.

»Micah!«, zische ich. »War das nicht die Regel Nummer eins? Das sollte unser Geheimnis bleiben!« Ich setze einen Deckel auf den Becher und reiche ihn dem Mädchen.

»Strohhalm?«, fragt sie in einem Ton, als wäre ich der größte Depp aller Zeiten.

»Drüben bei den Servietten«, fahre ich sie an, als wäre sie selbst ziemlich bescheuert.

Micah zieht ein Handtuch aus der Tasche und wischt die Sahnespur weg. »Was regst du dich so auf? Du hast es doch auch Bianca erzählt.«

»Bianca hat sich den Plan ausgedacht. Und ich rege mich deshalb so auf, weil das sich nicht rumsprechen darf. Sonst erfahren unsere Exfreunde davon und wir stehen da wie Vollidioten.«

»Tut mir leid, aber er weiß, dass wir uns treffen«, sagt Micah. »Hätte ich ihm lieber nicht-jugendfreie Geschichten erzählen sollen?«

Mein Gesicht wird heiß und ich sehe mich schnell im Café um. Ebony sitzt an ihrem üblichen Tisch, schlürft einen Latte und liest die *Riverfront Times*. Das einfarbige Mädchen, heute in Lila und Indigo gekleidet, hängt über ihrem Computer. Fünf Stammesmasken grinsen dämonisch. Niemand achtet auf uns.

»Okay. Du hast es ihm erzählt. Und?« Ich versuche mir auszurechnen, wie vielen Leuten Leo es erzählt haben kann, wem diese Leute es weitererzählen und wie viele Stationen zwischen dem praktisch unsichtbaren Leo und Fußballstar Jason Chase liegen.

Micah sieht meinen Gesichtsausdruck. »Keine Angst, alles in Ordnung. Er wollte wissen, ob du auch mit ihm ausgehen würdest.«

»Waaas?«, kreische ich. »Warum das denn? Ich bin mir sicher, dass Leo nicht ein einziges Wort mit mir gesprochen hat, seit er hier arbeitet.«

»Beruhige dich«, sagt Micah mit gedämpfter Stimme. »Ich weiß, danach fragt man ein Mädchen nicht einfach, aber wenn du es sowieso schon machst … Er rechnet damit, dass du Nein sagst, aber er würde dich auch bezahlen.«

»Bezahlen?« Vor meinem inneren Auge erscheint das Bild von Jason und mir am Strand, halb nackt, mit Drinks in der Hand. »Denkt er, ich wäre eine Hure?«

Micahs Blick bleibt kurz am Saum meines Minirocks hängen. Er hustet in seine Hand. »Warum sollte er das denken?« Er duckt sich, als ich nach ihm schlage, dann fährt er fort: »Vergiss es. Ich sag ihm, dass du die Idee nicht gut findest.« Er schwingt sein Handtuch im Kreis herum und geht wieder in die Küche.

»Warte«, sage ich. »Sag ihm, ich würde darüber nachdenken.« Schließlich soll man alle Gelegenheiten ergreifen, die sich bieten. »Und was ist mit uns? Du bist wieder dran. Darf ich fragen, wohin wir als Nächstes gehen?«

»Keine Sorge.« Micah schlägt mit dem Handtuch nach mir und ich springe zurück. »Ich denke mir etwas aus. Dann melde ich mich bei dir.«

Ein paar Tage später arbeiten Leo und ich zusammen in der ersten Schicht.

»Also«, sage ich und schwinge mich auf die Anrichte, sodass ich direkt neben dem Schneidebrett sitze. Ich kann mir kaum ein Grinsen verkneifen. Es gibt dir eine gewisse Macht, wenn du weißt, dass ein Junge mit dir ausgehen will – auch wenn es nur ein vorgetäuschtes Date ist.

Die Messerklinge wackelt in Leos Hand, aber er schneidet weiter. »Also«, gibt er zurück. Der Haufen kleiner Schinkenwürfel wächst. Ich sehe ihn an. Er ist ungefähr 1,80 m groß, mit braunem Haar und grauen Augen. Nicht dick, nicht dünn. Jeans. Poloshirt. Leicht gebräunt. Keine Fehler. Aber auch nichts Besonderes.

»Micah hat gesagt, du wolltest mir einen Vorschlag machen.« Ich nehme einen Schinkenwürfel vom Haufen und stecke ihn in den Mund. Er ist so salzig, dass ich zusammenzucke.

Leo nickt und rückt seine Kappe zurecht. »Zweihundert als

Vorschuss«, platzt er heraus. »Und weitere zweihundert, wenn es wirklich funktioniert.«

Mir bleibt fast das Schinkenstück im Hals stecken. Ich huste. »Du willst mir vierhundert Dollar bezahlen, wenn ich ein paar Mal mit dir abhänge?« Das ist über die Hälfte des Flugpreises nach Costa Rica. »Du weißt schon, dass das alles nur vorgetäuscht ist, oder?«

»Ja.« Er schneidet das Ende einer weißen Zwiebel ab und schält sie. »Wenn ich Riley zurückbekommen könnte, wäre das mehr als jeden Penny wert.«

Meine Augen fangen an zu tränen. »Hast du alles Geld gespart, das du hier verdient hast?« Ich bekomme ein schlechtes Gewissen, ihn auszunehmen. Ich weiß nichts über seine Exfreundin und warum sie sich getrennt haben. Vielleicht hat sie ihn verlassen, weil er ein schlechter Küsser war oder weil sie plötzlich lesbisch geworden ist.

»Im Sommer habe ich noch einen anderen Job in der Landschaftsgärtnerei. Sie zahlen ganz gut.«

»Wieso habt ihr euch getrennt?« Plötzlich fällt mir auf, dass ich zu sehr auf meine eigenen Probleme fixiert war, um Micah zu fragen, warum er und Amber sich getrennt haben. Vielleicht sollte ich das mal nachholen.

»Sie ist ein Jahr älter als ich und hat schon ein paar College-Vorlesungen besucht. Sie sagt, wir hätten uns auseinandergelebt.«

»Hm. Ich kann dir aber nicht garantieren, dass es funktioniert. Micah konnte ich bis jetzt auch noch nicht helfen.«

Leo zuckt die Schultern. »Ich bin ziemlich geduldig. Und Micah sagt, mit dir wäre es … unterhaltsam.«

»Ja, sagt er das?« Ich hüpfe von der Anrichte. Dann reiße ich das Etikett von einer Dose Kichererbsen ab und schreibe meine Telefonnummer auf die Rückseite. »Sag Bescheid, wenn du dir überlegt hast, was du machen willst. Dann sehen wir weiter.«

16

»Bediene dich aller hilfreichen Umstände und passe deine Pläne entsprechend an.«

Sun Tzu, Die Kunst des Krieges

Ich habe beschlossen, dass man sich zweihundert Dollar nicht durch die Lappen gehen lassen sollte. Als mir Leo am Donnerstagabend eine SMS schickt und fragt, ob ich mit ihm ein Theaterstück an der Uni ansehen will, schmeiße ich mich in ein möglichst studentisches Outfit und rufe ihn an, um zuzusagen.

»Was ist das für ein Stück?«, frage ich, während ich die Falten meines Mini-Faltenrocks glatt ziehe.

»Die Tragödie von *Faust,* erster Teil«, sagt er.

Ich ziehe die Nase kraus. »Klingt tragisch.«

»Du kennst die Geschichte nicht?« Leos Stimme klingt, als könne er nicht glauben, dass ich kein Experte für klassische Literatur bin.

»Ich interessiere mich mehr für modernes Theater. Filme zum Beispiel.«

»Ich glaube, es könnte dir gefallen«, sagt er. »Ich hole dich in einer halben Stunde ab.«

Ich beschreibe Leo den Weg zu unserem Haus und gehe dann ins Arbeitszimmer meiner Mutter. Sie sitzt am Computer, kaum sichtbar hinter einem hohen Stapel Bücher. Um sie herum häufen sich gelbe linierte Zettel mit Notizen. Eine Sammlung bemalter Kaffeetassen steht an der linken Seite des Schreibtischs aufgereiht, aus der am nächsten stehenden steigen Dampfwolken auf. Mom schaut auf den Bildschirm und runzelt die Stirn.

»Hey, Mom. Ich gehe in ein Theaterstück an der Uni.« Ich fummle am Kragen meiner Bluse herum.

Sie sieht mich an, als hätte sie sich verhört. »Mit Jason?«

»Nein, mit einem Freund vom Denali.«

Sie dreht sich mit dem Stuhl zu mir um und streckt die Hand nach der dampfenden Tasse aus. »Ich habe Jason schon länger nicht gesehen.«

»Wir haben uns getrennt.«

»Und das ist in Ordnung für dich?« Sie trinkt einen Schluck.

Ich lehne mich an den Türrahmen und verschränke die Arme. »Nein, aber ich will nicht darüber reden.«

»Na ja, Jason ist nett – aber ihr seid beide noch jung und …«

Oh nein, jetzt geht das los. »Ich will dich nicht von der Arbeit abhalten«, sage ich schnell und weiche in den Flur zurück.

»Ich bin für dich da, wenn du reden willst«, ruft sie mir hinterher. »Seit dein Bruder weg ist, bin ich eine ziemlich nachlässige Mutter, fürchte ich.«

Ich spähe noch einmal um die Ecke. »Vergiss es. Du bist der am wenigsten nachlässige Mensch, den ich kenne.«

»Sagt die Tochter mit den blauen Haaren. Dein Vater und ich hatten gehofft, es wäre eine Clip-Strähne, aber sie ist jetzt schon ewig drin. Gibt es noch weitere Veränderungen an deinem Körper, von denen ich wissen sollte?« Sie sagt es leichthin, aber ich merke, dass sie sich Sorgen macht.

»Es ist eine Clip-Strähne, ich kann sie jederzeit herausnehmen. Und sonst gibt es keine Veränderungen. Versprochen.« Ich grinse sie an. »Du musst dir keine Sorgen machen, mir geht's gut.« Ich sause zurück ins Wohnzimmer, bevor sie weiterfragen kann.

Ich wünschte, es wäre wirklich alles in Ordnung, aber auf den typischen Eltern-Satz, dass andere Mütter auch hübsche Söhne haben, kann ich im Moment verzichten. Ich lasse mich aufs Sofa fallen und versuche, mich zu entspannen, während ich zuhöre, wie Moms Finger in die Computertasten hauen und ihr neuestes Meisterwerk tippen.

Dann hole ich mein Handy und schreibe Bianca. Sie weiß, was ich heute vorhabe.

Ich hab ein komisches Gefühl wegen dem Treffen mit Leo.

Sie antwortet erst ein paar Minuten später. Vielleicht arbeitet sie gerade an der Kasse.

Wegen dem Geld?

Ist es das? Vielleicht.

Kann sein.

Dann nimm es nicht.

Das ist das, was Bee tun würde. Sie würde Leo allein aus Nächstenliebe helfen. Aber Costa Rica … so viel Zeit allein mit Jason …

Bevor ich antworten kann, kommt eine neue SMS.

Ich muss aufhören. Hier rückt gerade ein ganzes Softballteam an.

Versuch doch einfach, den Abend zu genießen.

Leo ist cool, vielleicht wird es ganz lustig.

Ich nehme die Fernbedienung vom Couchtisch und zappe durch die Kanäle. Bei *Celebrity Sightings* halte ich an, vielleicht kommt ja etwas über Caleb Waters und *Helden der Lüfte.* Aber anscheinend ist diese Woche nichts über ihn in den News.

Zwei Sender weiter läuft gerade mein Werbespot. Ich gehe mit einem Rucksack auf der Schulter über den Campus. Die Kamera fährt näher heran. »Hazelton Forest University. Eine bezahlbare Ausbildung und Professoren, die sich für dich interessieren«, sagt mein Fernseh-Ich. »Was willst du mehr?«

»Vielleicht eine Fußballmannschaft, die in der 1. Liga spielt?«, murmele ich. Ich zappe weiter, bis ich eine alte Folge von Kendalls Modelsendung finde. Die sechs Mädchen posieren in altmodischen Dessous und geschminkt wie Filmstars für Schwarz-Weiß-Fotos. Was Kendall wohl gerade macht? Und was würde sie dazu sagen, dass ich mit Leo ausgehe? Vielleicht fände sie es gut, wenn sie wüsste, dass ich das Geld für Costa Rica spare. Kendall ist sehr zielorientiert.

Es klingelt an der Tür und ich reiße mich vom Sofa los. »Bis später, Mom!«, rufe ich in Richtung ihres Arbeitszimmers.

Das Tastenklappern hört auf und Mom steckt ihren Kopf durch die Tür. »Denk dran, bis Mitternacht bist du zurück.«

»Na klar.« Es ist erst halb sieben. Ich kann mir kaum vorstellen, dass Leo und ich bis 10 Uhr wegbleiben, geschweige denn bis Mitternacht.

Ich öffne die Tür und gehe auf den Hof. Leo trägt eine schwarze Hose und ein hellblaues Hemd. Der oberste Knopf steht offen. Seine Haare sind an den Seiten zurückgegelt und stehen nach oben leicht ab.

»Hey Lainey.« Er verschränkt die Hände vor dem Bauch und tritt von einem Fuß auf den anderen.

Er ist nervös – wie süß. Ich lächle ihn an. »Hey. Deine Haare sehen gut aus.« Ich ziehe am Saum meines Minirocks, während wir zu seinem himmelblauen Ford Taurus gehen. Vielleicht hätte ich lieber einen längeren Rock anziehen sollen.

»Danke.« Er öffnet mir die Tür. Als ich eingestiegen bin, wirft er mir einen Haufen Zwanziger zu. Ich überlege, ob ich sie zählen soll, entscheide mich aber dagegen. Die Situation ist sowieso schon peinlich genug, also stecke ich die Scheine schnell ein. Wenn er für meine Gesellschaft bezahlen möchte, sollte ich deshalb kein schlechtes Gewissen haben.

Auf dem Weg zur Uni saust die Vorstadt an uns vorbei. Pizzerien, Wäschereien. Biancas Kirche, wo ich das Fußballspielen gelernt habe, obwohl ich nicht katholisch bin und es auch nie sein werde. Ich zupfe an der Umrandung meines Sitzes herum.

Leo trommelt mit den Fingerspitzen aufs Lenkrad. Keiner sagt etwas. Wir könnten genauso gut in die Wüste fahren, um dort jemanden zu begraben. Einer von uns muss anfangen zu reden.

»Wie hast du Riley kennengelernt?«, frage ich schließlich.

»Wir waren zusammen in Karlssons Schauspiel-Seminar«, antwortet er.

»Oh, cool. Ich wollte eigentlich letztes Jahr auch hingehen, aber Kendall hat es mir ausgeredet. Vielleicht hätte ich nicht auf sie hören sollen.«

Leo lächelt. »Es war super, gar nicht wie Schule. Ich hätte wahrscheinlich nie mit Riley gesprochen, wenn Karlsson uns nicht für einen Sketch zusammengesteckt hätte. Sie ist so lustig.« Das Lächeln verschwindet von seinem Gesicht und er sackt im Autositz zusammen. »Wahrscheinlich nicht meine Liga.«

»So was solltest du nicht denken«, sage ich. »Sonst wird es am Ende Wirklichkeit.«

»Was weißt du denn darüber, wenn jemand in einer anderen Liga spielt?«

»Mehr, als du denkst.« Ich fummle am Henkel meiner Tasche herum. »Du hättest mich mal in der Mittelschule sehen sollen. Ich war ungeschickt und hässlich. Da hat praktisch jeder außerhalb meiner Liga gespielt.«

»Wirklich?«

»Ich weiß noch, wie ich mich in Jason verliebt habe – im ersten Highschool-Jahr. Kendall hat mich erwischt, als ich ihn aus ihrem Zimmerfenster angestarrt habe, wie er im Pool schwamm. Sie hat mich gezwungen, mit ihm zu reden, und gedroht, ansonsten würde sie erzählen, wie ich ihn beim Schwimmen angeschmachtet habe. Als er wieder reinkam, habe ich es wirklich geschafft, ein paar Worte rauszubringen – es wäre zu peinlich gewesen, wenn sie es erzählt hätte.« Ich schüttle den Kopf. »Ich kann nicht glauben, dass ich dir das erzähle.«

»Weiter.« Leo hat seine Augen auf den Verkehr gerichtet, aber er lächelt.

»In den nächsten Wochen sind Jason und ich Freunde geworden«, erzähle ich. »Trotzdem war ich schockiert, als er mich zum Schulball eingeladen hat. Er hätte jedes Mädchen haben können, aber er wollte mich. In der ersten Zeit, als wir zusammen waren, habe ich ständig erwartet, dass er Schluss macht.«

»Und dann?«, will Leo wissen. »Wann hast du aufgehört, das zu denken?«

»Es hatte viel mit Kendall zu tun. Wenn sie mir nicht ständig gesagt hätte, wie toll ich bin, wären Jason und ich bestimmt nicht so lange zusammengeblieben.« Ich starre durch die Windschutzscheibe nach vorne. Die Reflektoren am Straßenrand blitzen auf, als wir vorbeifahren. »Aber genug davon. Erzähl mir was von dem Stück.« Ich möchte nicht mehr an die Lainey von früher denken. Vielleicht habe ich mich ja nur verändert, weil ich mit Jason zusammen war? Heißt das, dass ich wieder ungeschickt und unsicher werde, wenn wir nicht wieder zusammenkommen?

Leo bremst sanft vor einer roten Ampel. »Es ist die Geschichte von einem Mann, der seine Seele dem Teufel verkauft.«

Ich schnaube. »Warum sollte jemand so blöd sein?«

»Das ist kompliziert«, sagt Leo. »Er ist frustriert von seinem Leben. Aber eigentlich macht er es für ein Mädchen.« An beiden Seiten zischen die Autos vorbei, während er ruhig und kontrolliert beschleunigt. Er fährt vom Highway ab und biegt in das Universitätsgelände ein. Wir fahren am Studentenwerk und dem Gebäude für Sozialwissenschaften vorbei, wo Mom ihr winziges fensterloses Büro hat.

»Nur dass du es weißt, ich bin nicht der Teufel«, sage ich und versuche, teuflisch zu grinsen.

»Nein, deine Freundin Kendall hat mehr Recht auf den Titel«, sagt er.

Kendall und ich waren seit zwei Jahren in fast allen Kursen zusammen, und ich kann mich nicht erinnern, Leo in einem davon gesehen zu haben. »Du kennst sie doch gar nicht«, protestiere ich. »Sie ist gar nicht so schlimm.«

»Schlechte Noten sind nicht so schlimm. Pfeiffersches Drüsenfieber ist nicht so schlimm. Aber Kendall Chase ist böse«, sagt Leo. »Das weiß jeder. Und du hast es praktisch selbst gesagt.«

»Sie wollte mir nur mit Jason helfen«, sage ich. »Und es kann nicht sein, dass jeder sie für böse hält, sonst wäre sie nicht Kapitän des Fußballteams und Favoritin für das Amt des Schülersprechers.«

»Das sind bloß Machtpositionen, die von einem Despoten an den nächsten weitergegeben werden.« Er parkt das Auto vor dem Uni-Theater.

»Was ist ein Despot?«

Seine Lippen verziehen sich kaum merklich nach oben. »Ein Diktator. Wie Hitler.«

Es klingt verrückt, aber ich glaube, Kendall fände den Vergleich gar nicht so schlecht. Sie will immer über alles und jeden bestimmen – vielleicht weil sie zu Hause nichts zu sagen hat. Wenn ich eine Mutter wie ihre hätte, wäre ich vielleicht genauso wie Kendall. Keine Ahnung, warum Jason so entspannt ist.

»Kendall hat es zu Hause nicht leicht.« Ich schnalle mich ab und steige aus dem Auto. »Und sie ist nicht so schlimm, wie sie immer tut.«

»Wenn du es sagst.« Leo klingt nicht überzeugt.

Wir gehen über den Parkplatz, zusammen mit Familien, anderen Paaren und Gruppen von Studenten, die alle zum Auditorium wollen. Obwohl die Sonne gerade untergeht, ist die Luft schwer und feucht. Als wir im Gebäude sind, führt Leo mich durch den mit Teppich ausgelegten Gang zu einem Platz in der zweiten Reihe. Über unseren Köpfen klingeln gläserne Kronleuchter im Luftzug, sobald eine der Türen geöffnet wird.

Er zieht sein Handy heraus und hält es vor unsere Gesichter. Dann lehnt er sich zu mir herüber und macht ein Foto. »Als Erinnerung an diesen Abend.«

Das Foto erscheint auf dem Bildschirm. Unsere Gesichter wirken blass vor dem dunklen Raum, aber es ist ein nettes Bild. »Wir sehen aus wie ein richtiges Pärchen«, sage ich.

Leo lächelt. »Wäre es okay, wenn ich das Foto ins Netz stelle? Ohne Unterschrift oder so. Dann können sich die Leute selber Gedanken machen.«

»Ja, von mir aus.« Ich lehne mich in meinem Sitz zurück. Wenn es herauskommt, ist das ein weiterer Grund für Jason, eifersüchtig zu sein.

Leo steckt das Handy wieder in die Hosentasche.

»Also, welche Rolle spielt Riley?«, frage ich leise. Die anderen Zuschauer unterhalten sich auch, aber die feierliche Umgebung gibt mir das Gefühl, flüstern zu müssen.

»Sie ist Gretchen.«

»Wer ist Gretchen?« Ich streiche unsichtbare Falten aus meinem Rock und ziehe am Saum, damit er weiter über meine Beine reicht.

»Das Mädchen, in das Faust verliebt ist.«

»Und kommen sie am Ende zusammen?«

»Dann wäre das Stück keine Tragödie«, flüstert Leo.

Die Lichter gehen aus, die dicken Vorhänge vor uns gleiten lautlos auseinander und enthüllen einen blauen Hintergrund mit weißen Schäfchenwolken. Das Gerede der Zuschauer verebbt, als zwei Jungen auf die Bühne kommen und anfangen zu sprechen.

Die Sprache ist altmodisch, aber ich bekomme mit, dass die beiden Jungen Gott und den Teufel darstellen sollen. Alles verstehe ich nicht, aber Leo sieht gespannt zu und ich will ihn nicht stören.

»Das ist sie«, flüstert Leo, als Riley zum ersten Mal auf die Bühne kommt. Es sind die einzigen drei Worte, die er während des gesamten ersten Aktes sagt. Riley trägt eine Perücke und Bühnen-Make-up, deshalb kann man schlecht erkennen, wie sie wirklich aussieht. Ich bin überrascht, wie ernst die Studenten alles nehmen. Das Bühnenbild sieht aus, als wäre es in wochenlanger Arbeit entworfen und konstruiert worden, und soweit ich das beurteilen kann, verspricht sich auch niemand. Einmal schließen sich die Vorhänge für ein paar Sekunden, und als sie wieder aufgehen, ist die Bühne komplett verändert.

Aber am meisten überrascht mich, wie sehr mir die Vorstellung gefällt. Das Ganze hat etwas Überirdisches. Ich kann mir sogar vorstellen, einmal selbst auf der Bühne zu stehen, in einem lustigen Kostüm und mit coolem Make-up. Am liebsten in einem Stück, das ich auch verstehe – aber trotzdem hätte ich nie gedacht, dass es mir im Theater so gut gefällt. In Karlssons Theaterkurs wollte ich eigentlich nur gehen, weil man da immer eine Episode von *Celebrity Sightings* spielt, die gefilmt und ins Internet gestellt wird.

Die Vorhänge schließen sich wieder und Leo dreht sich zu mir um. »Fünfzehn Minuten Pause«, sagt er. »Willst du ein bisschen herumlaufen? Oder was trinken?«

»Nein, ich bleibe hier.« Ich bin immer noch fasziniert von dem festlichen Theater mit seinen glitzernden Kronleuchtern und den Goldfäden in der Tapete.

»Ich gehe kurz auf die Toilette. Bin gleich wieder da.« Leo quetscht sich an mir vorbei. Ich hole mein Handy heraus und lese meine Mails. Ich habe eine Nachricht von Steve:

Hey L-

In Irland ist es ziemlich nass, aber ich kann Alkohol trinken, ohne meinen gefälschten Ausweis vorzuzeigen, also ist alles okay. Wie geht's bei euch? Wie läuft der Sommer? Hoffentlich lässt Dad dich nicht zu viel arbeiten, jetzt wo ich nicht mehr den Barista spielen kann.

Seit wann interessierst du dich für Baseball? Ich weiß, dass du für Jason alles tun würdest, aber denk daran, diesen Sommer auch ein paar Sachen zu machen, die dir selbst gefallen. Der Herbst kommt schneller, als man denkt.

Bis bald,

S

Ich tippe schnell eine Antwort:

Hey S-

Jason und ich haben Schluss gemacht und ich war mit jemand anderem beim Baseball. Ich glaube, Jay hat Probleme mit seiner Familie oder so. Mom und Dad sind so wie immer (du weißt schon, etwas langweilig, aber sie geben sich Mühe, haha), aber ich muss mich immerhin nicht überarbeiten. Mehr kann ich gerade nicht schreiben, ich bin im Theater. Ja, ich weiß. Seit wann mag ich Theater? Sagen wir mal, ich erweitere meinen Horizont.

Bleib trocken,

L

Gerade als ich das Handy zurück in die Tasche stecke, kommt Leo wieder. »Tut mir leid, wenn du dich langweilst«, sagt er. »Ich weiß nicht mal, ob Riley uns gesehen hat. Sie hat mir mal erzählt, dass man im Publikum kaum jemanden erkennen kann wegen der Lichter auf der Bühne. Sogar die Leute in den ersten Reihen sieht man nur als Umrisse.«

»Und am Schluss?«, frage ich. »Stehen die Schauspieler da an der Tür oder so?«

»Sie kommen zum Schlussapplaus auf die Bühne, aber da klatschen alle, und wahrscheinlich wird sie uns nicht sehen.« Er zögert. »Es gibt eine After-Show-Party«, sagt er langsam. »Aber das wäre wahrscheinlich zu viel verlangt.«

»Wenn du willst, können wir hingehen.«

»Wirklich?«, fragt Leo hoffnungsvoll. »Es ist aber ein paar Meilen entfernt.«

Ich ziehe das Handy aus der Tasche und schaue nach, wie spät es ist. Erst halb neun. »Kein Problem.« Ich drehe die Beine zur Seite, als sich ein älteres Pärchen an uns vorbeiquetscht. »Ich muss erst um Mitternacht zu Hause sein.«

Die Lichter gehen wieder aus und diesmal verfolge ich das Stück fast genauso gespannt wie Leo. Ich beobachte, wie die Spieler sich auf der Bühne bewegen und ihre Stimme laut werden lassen, ohne zu schreien. Hinterher stehe ich mit Leo auf und klatsche, als Riley und der Schauspieler, der den Teufel spielt, nach vorne kommen und sich verbeugen. Leo pfeift auf den Fingern und Riley sieht zu ihm herüber. Ein kleines Lächeln erscheint auf ihrem Gesicht, als wäre sie überrascht, ihn zu sehen.

»Sehr gut«, flüstere ich ihm ins Ohr. »Sie hat dich entdeckt.«

Die Party findet im Haus des Teufels statt. »Cool«, sage ich zu Leo, als wir die Treppe hochgehen. »Meine erste College-Party.«

Leo lächelt. »Dann ist der Abend für dich ja doch noch ein Erfolg.«

Ich schnappe mir zwei Plastikbecher und gehe zu einem der Bierfässer. »Alles ist ein Erfolg, wenn Bier im Spiel ist«, sage ich. Das ist einer von Jasons Lieblingssprüchen. Ich mag Bier eigentlich nicht besonders, aber ich werde auf meiner ersten College-Party nicht trocken bleiben. »Außerdem hat mir das Stück gefallen – auch wenn ich nicht alles verstanden habe.«

Leo nimmt den Becher, den ich ihm anbiete, ohne mich anzusehen. Er ist viel zu sehr damit beschäftigt, quer durch den Raum ein Mädchen anzustarren. Sie ist ziemlich klein und hat blonde kurze Haare. Sie steht mit dem Teufel und zwei größeren Mädchen zusammen.

»Ist sie das?« Sie sieht ganz anders aus als das Mädchen auf der Bühne, aber die Art, wie sie beim Sprechen gestikuliert, kommt mir bekannt vor.

Leo nickt. Der Becher zittert in seinen Händen und ein bisschen von dem Schaum schwappt über, knapp an meinen Riemchensandalen vorbei.

Ich boxe ihm in die Rippen. »Hey. Nimm dich zusammen. Du bist mit mir hier, erinnerst du dich?« Ich lege meine Hand auf seinen Arm und lache laut. »Das ist wirklich zu lustig«, sage ich fröhlich.

Ich weiß nicht, ob Riley mich durch die dröhnende Tanzmusik hören kann, aber aus den Augenwinkeln sehe ich, dass sie herüberschaut. Ihr Lächeln verschwindet. Ich beuge mich zu Leo und tue so, als würde ich ihm ein Geheimnis ins Ohr flüstern. »Sie hat uns gesehen«, sage ich leise. »Nimm meine Hand und geh mit mir irgendwohin.«

Leos Becher wackelt schon wieder, und ich überlege, wie ich es meinen Eltern erklären soll, dass ich nach Budweiser rieche. »Wohin? Nach oben?«, fragt er.

»Nein, du Idiot.« Ich widerstehe der Versuchung, ihn an die Stirn zu tippen. »Sie will bestimmt keinen Typen, der auf One-Night-Stands in betrunkenem Zustand steht. Sie wird denken, du bist nur mit mir zusammen, um über sie hinwegzukommen.« Ich lache wieder laut, als würde Leo mir einen Witz nach dem nächsten erzählen. »Geh mit mir nach draußen, die Sterne angucken oder so.«

»Ich schätze, alle Jungen stehen auf One-Night-Stands in betrunkenem Zustand«, murmelt Leo. Aber er nimmt meine Hand und führt mich durch die Menge hindurch, an der Küche vorbei und zur Hintertür hinaus auf eine große, hölzerne Terrasse. Dort steht ein Tisch mit vier Metallstühlen, aber drei von ihnen sind von Jungen besetzt, die Karten spielen. Wir gehen zum anderen Ende der Terrasse und lehnen uns an das Geländer. Leo lässt meine Hand los.

Ich lege den Kopf in den Nacken. Die Nacht ist klar und trotz der vielen Lichter sieht man silberne Punkte am schwarzen Himmel funkeln. »Ich liebe die Sterne«, sage ich.

»Welcher ist dein Lieblingsstern?«, fragt er.

Das ist eine komische Frage. Ich habe schon Schwierigkeiten, mein Lieblingsgetränk zu nennen oder sogar meine Lieblingsfarbe. Wer würde daraufkommen, ich könnte einen Lieblingsstern haben? Doch ich habe tatsächlich einen. »Mein Bruder und ich haben uns immer etwas von den Sternen gewünscht, als wir klein waren. Nichts Wichtiges, bloß dass es schneit oder dass wir viele Weihnachtsgeschenke kriegen.« Ich zeige auf einen hellen Lichtpunkt, der tief am Horizont steht. »Dieser da ist mein Lieblingsstern. Er leuchtet immer so hell.«

»Weil es kein Stern ist«, sagt Leo.

»Was meinst du damit?«

»Das ist die Venus.«

»Wirklich? Woher weißt du das?« Ich starre den hellen Punkt an, bis er vor meinen Augen verschwimmt.

»Na ja, er blinkt zum Beispiel nicht«, antwortet er. »Bei Sternen pulsiert das Licht.«

»Wow, bist du schlau.«

Leo sieht zu Boden. »Noch eine Eigenschaft, die mich für Mädchen unwiderstehlich macht.«

»Mädchen mögen schlaue Jungs.« Ich denke kurz über meine Behauptung nach. Jason ist nicht besonders schlau, aber es würde mir nichts ausmachen, wenn er es wäre. »Na ja, jedenfalls finden wir sie nicht blöd«, präzisiere ich.

Plötzlich summt mein Handy. Mom kann es nicht sein, es ist noch zu früh. Ich fische das Handy aus der Tasche und wische über den Bildschirm. Es ist eine SMS. Von Micah.

17

»Wenn du den Feind und dich selbst kennst, besteht kein Zweifel an deinem Sieg […]«

Sun Tzu, Die Kunst des Krieges

»Alles in Ordnung?«, fragt Leo. Sein Blick wandert ständig zur Tür, wahrscheinlich hofft er, dass Riley herauskommt. Oder er hofft, dass sie nicht herauskommt. Mir fällt wieder ein, wie ich mich auf dem Baseballspiel gefühlt habe. Ich hoffte und fürchtete gleichzeitig, dass Jason mich mit einem anderen sieht.

»Komisch, das Gleiche hat er auch gefragt.« Ich halte mein Handy hoch. »Micah.«

»Ha, er will wissen, was du machst«, sagt Leo. »Als ob ihr zusammen wärt.«

»Quatsch.« Ich stecke mein Handy in die Hosentasche, sodass ich fühlen kann, wenn es wieder vibriert. »Micah und ich – das ist rein geschäftlich.«

Leo reckt den Hals, um durch das kleine Küchenfenster zu spähen. Ich folge seinem Blick und meine, Rileys Blondschopf zu sehen. Aber sicher bin ich nicht.

»Ich weiß nicht«, sagt Leo. »Wenn ich euch bei der Arbeit beobachte, sieht es so aus, als würdet ihr immer Spaß haben.«

Meine Lippen kräuseln sich, als ich an unsere Essensschlacht denke. »Manchmal, wenn er gerade nicht fies zu mir ist. Aber es ist die gleiche Art Spaß, die ich mit Bianca habe.«

»Wenn du meinst«, sagt Leo. »Aber spiel keine Spielchen mit ihm.«

Ich verdrehe die Augen. »Glaubst du etwa, er wäre so empfindlich? Der Typ trägt ein Klappmesser mit sich rum. Ich denke nicht, dass ich eine Bedrohung für ihn bin.«

»Ich sage nur, dass er ein guter Kerl ist.«

»Ich weiß, dass er ein guter Kerl ist. Deshalb helfe ich ihm ja auch, wieder mit Amber zusammenzukommen.« Jetzt bin ich diejenige, deren Bierglas zittert. Anscheinend wirft Leo mir vor, seinen Freund zu benutzen. Mache ich das? Ja, irgendwie schon, aber er benutzt mich genauso. Und das ist in Ordnung – niemand wird durch unsere Abmachung verletzt. Ich kippe den Rest Bier hinunter und knalle den leeren Becher auf das Holzgeländer. Dann hole ich betont auffällig mein Handy aus der Tasche und sehe nach, wie spät es ist. Es ist immer noch früh. »Ich glaube, ich muss nach Hause«, sage ich.

»Okay«, antwortet Leo. Wir gehen durch das Haus und nach draußen zum Auto. Niemand sagt etwas. Falls Riley da ist, sehe ich sie nicht.

Sobald Leo den Motor anlässt, stelle ich das Radio an. Ich halte den Knopf für die Suche gedrückt, bis ich bei dem Sender lande, den Micah auf der Rückfahrt vom Baseball eingestellt hatte.

Leo sieht zu mir herüber. »Ich wusste gar nicht, dass du solche Musik magst.«

Ich auch nicht, aber ich tue es. Irgendwie. »Ich will mir mal was Neues anhören. Jede Musik wird langweilig, wenn man sie ununterbrochen hört.«

»Stimmt. Ich mag auch gern neue Sachen.«

Ich antworte nicht. Wenn mich jemand gefragt hätte, ob ich gern neue Sachen ausprobiere oder lieber bei den vertrauten Dingen bleibe, würde ich mich für Letzteres entscheiden. Wenn etwas noch funktioniert, tausche ich es nicht aus. Bis vor Kurzem hätte ich allerdings auch noch gesagt, Theaterstücke wären langweilig. Plötzlich kommt mir der Gedanke, dass ich über mich selbst nicht allzu viel weiß. Es ist ein komisches Gefühl, als ob ein fremdes Mädchen meinen Körper bewohnen würde. Oder vielleicht hat das fremde Mädchen vorher darin gelebt und nun habe ich sie hinausgeworfen.

Am Anfang von *Die Kunst des Krieges* steht, dass man sich und seine Feinde kennen soll, sonst kann man niemals in der Schlacht erfolgreich sein. Ist das vielleicht mein Problem? Kenne ich Jason besser als mich selbst?

Ich hole meine Puderdose aus der Tasche und tue so, als würde ich in dem kleinen Spiegel mein Make-up überprüfen. Bronzefarbener Lidschatten. Hellgrüne Augen. Sogar auf den Augenlidern habe ich Sommersprossen. Normalerweise würde mich das frustrieren, aber heute beruhigt es mich. Vielleicht *fühle* ich mich plötzlich wie ein anderer Mensch, aber ich bin immer noch ich.

Leo steuert das Auto auf den Highway. »Es sah aus, als hätte dir das Stück gefallen«, sagt er.

Die Straße ist ziemlich leer, obwohl es noch gar nicht so spät ist. In der Ferne sind Bremslichter zu sehen, rote Punkte in einer schwarzen Nacht. »Stimmt. Ich kann gar nicht glauben, dass das klassische Literatur war«, sage ich. »Wer hätte gedacht, dass so ein alter Knacker ein derartiges Talent für Dramatik hat. Lüge, Betrug, ungeplante Schwangerschaft. Es war wie eine Episode von *Undead Academy* mit offenem Ende. Bloß die Zombies haben gefehlt.«

Am Rande der Straße tauchen die Lichter von Laternen auf, als Leo von der Autobahn abfährt.

»Hast du schon was von deinem Exfreund gehört?«, fragt er.

Ich schüttle den Kopf. »Nein, aber Bianca hilft mir, Pläne zu schmieden. Sie hat mich doch tatsächlich überzeugt, Ideen aus *Die Kunst des Krieges* zu verwenden. Verrückt, oder?«

Leo überlegt kurz. »Nein, das ist eigentlich genial. Im Krieg geht es um Manipulation und Kampf. Genau wie in Beziehungen.«

»Was für ein erhebender Gedanke.«

»Es gibt ja auch diesen Spruch, dass in der Liebe und im Krieg alles erlaubt ist.«

»Das hat bestimmt auch jemand gesagt, der schon seit Tausenden von Jahren tot ist.«

»Die meisten Leute glauben, es ist von Shakespeare, aber tatsächlich stammt es von John Lyly, der noch früher gelebt hat«, sagt Leo. »Aber Beziehungen haben sich seitdem nicht wirklich verändert.« Er trommelt mit den Fingern auf das Lenkrad. »Du solltest auch mal *Der Fürst* von Machiavelli lesen. Steht bestimmt im Internet.«

»Moment.« Ich hebe abwehrend die Hand. »Ein toter Dichter auf einmal reicht, okay?«

»Okay. Aber wenn ich dir und Bee mit etwas helfen kann, sag Bescheid.«

»Klar.« Der alte chinesische Kriegsherr hat gesagt, man soll alle verfügbaren Ressourcen nutzen, trotzdem finde ich es komisch, dass Leo freiwillig Teil meiner »Armee« sein will. Schließlich bezahlt er mich ja.

»Hör mal.« Leo schielt zu mir herüber. »Was ich vorhin über Micah gesagt habe – ich hoffe, das hat dich nicht geärgert. Es geht mich nichts an, was ihr macht.«

»Kein Problem«, antworte ich. »Aber wir *machen* gar nichts.« Inzwischen sind wir fast bei unserem Haus angekommen. Ich beuge mich vor, drehe das Radio lauter und singe das Lied mit. Hoffentlich versteht er meinen Hinweis. Der Gedanke, ich könnte Micah wehtun, ist einfach lächerlich. Der Kerl ist praktisch unverwundbar.

Als Leo vor unserem Haus rechts ranfährt, lehne ich mich zu

ihm hinüber und umarme ihn schnell. »Ich hoffe, Riley ruft dich an.«

»Ja, das hoffe ich auch. Danke, dass du heute mitgekommen bist.«

»Gern geschehen. Es hat Spaß gemacht«, sage ich. Und ich meine es auch so.

Am nächsten Tag wache ich auf, weil die Sonne durch meine geschlossenen Augenlider scheint. Ich öffne ein Auge und fluche leise, als ich sehe, dass das Rollo hochgezogen ist.

»Bist du wach?« Es ist meine Mutter. Ich rolle mich herum und sehe, wie sie bei meiner Kommode herumkramt.

»Jetzt ja.« Ich lege den Arm vor die Augen, um die störenden Sonnenstrahlen abzuwehren. Meine Mutter blättert durch einen Stapel Zeitschriften. »Was machst du da, Mom?«

»Ich wollte dir eine Nachricht schreiben.« Sie legt meine *Celebrity Tatler* auf die Kommode zurück und steckt sich den Bleistift wieder in ihren Haarknoten. »Aber wenn du jetzt wach bist, kann ich es dir ja auch sagen.« Sie lächelt. Ihre Zähne sind fast so hell wie die Sonne – ungewöhnlich weiß für jemanden, der so viel Tee trinkt.

Ich lasse mich zurück ins Bett fallen und ziehe mir mein Lieblingskissen übers Gesicht. »Warum musstest du das Rollo hochziehen?«

»Tut mir leid, aber ich wollte nicht auf etwas Wichtigem schreiben«, antwortet sie. »Vielleicht solltest du hier irgendwann mal aufräumen.«

»Irgendwann«, sage ich. Meine Stimme klingt dumpf unter dem Daunenkissen. »Was ist denn so wichtig, dass du nicht warten konntest, bis ich wach bin?«

»Ich fahre heute mit ein paar von den anderen Dozenten weg. Aber ich war neugierig, wie es gestern bei dir gelaufen ist, deshalb habe ich in den Teeblättern gelesen. Ich habe einen Vogel gesehen – eine Schwalbe.« Sie räuspert sich. »Das bedeutet Liebe. Ein Neuanfang.«

Ich stöhne. Ich weiß, dass meine Mutter ein Bild von mir auf dem Nachttisch hat – nur damit sie für mich gegen meinen Willen in den Teeblättern lesen kann. Das ist ihre Art, mich auszuspionieren. »Bist du sicher, dass es nicht ein Rabe oder ein Geier war?«, frage ich. »Oder vielleicht ein kopfloses Huhn, das mir eine Zukunft voller … kopfloser Hühner voraussagt?«

»Mach ruhig Witze. Ich dachte nur, du möchtest es vielleicht wissen«, sagt sie in einem Singsang. »Habe ich recht? Wie war es? Blüht eine neue Liebe im Leben meiner Tochter?«

Ich spähe unter dem Kissen hervor. »Das war kein Date gestern. Es war rein geschäftlich.«

Sie runzelt die Stirn. »Muss ich mir Sorgen machen, welche Geschäfte meine Tochter im Minirock mit einem fremden Jungen erledigt?«

»Nein, Mom. Ich bin nicht plötzlich eine Prostituierte geworden. Versprochen.« Ich setze mich auf und reibe mir die Augen. »Es geht mehr in Richtung eines anthropologischen Projekts. Ich setze mich mit verschiedenen … äh … Subkulturen auseinander.«

Meine Mutter kneift die Augen zu Schlitzen zusammen, sodass sie aussieht wie eine Schlange. »Du hast dich noch nie für Anthropologie interessiert«, sagt sie mit schiefem Blick. »Oder für Theaterstücke. Ihr wart in *Faust*, oder? Wie fandest du es?«

Ich unterdrücke ein Gähnen. »Hat mir ganz gut gefallen. Jedenfalls soweit ich es verstanden habe.«

Sie streicht mir eine widerspenstige Haarsträhne aus der Stirn. »Weißt du, dass ich früher im College auch Theater gespielt habe? Es ist irgendwie ein erhebendes Gefühl, auf der Bühne zu stehen und ein anderes Leben zu leben.«

War es *das*, was mir gefallen hat? Der Gedanke, jemand anderes zu sein? Nein, das ist Quatsch. Ich habe kein Problem mit meinem eigenen Leben. Jedenfalls wenn ich wieder mit Jason zusammen bin. Die meisten Mädchen würden sofort mit mir tauschen.

»Na gut«, sagt Mom. »Vergiss nicht, was ich gesagt habe. Die Teeblätter irren sich nie. Eine neue Liebe. Wie aufregend.« Sie zieht das Rollo wieder herunter und flitzt aus dem Zimmer. Kaum zu glauben, wie albern sie manchmal sein kann.

Ich kneife die Augen zu und versuche wieder einzuschlafen, aber es ist zwecklos. Seufzend hole ich mein Handy heraus, um zu sehen, wie spät es ist. Ich habe zwei neue Nachrichten. Die erste ist von Bee, die wissen will, ob ich mit ihr laufen gehe. Ja, will ich und sollte ich, aber jetzt noch nicht. Die zweite Nachricht ist von Micah.

Micah:	**Morgen Abend Konzert im DD? Bist du dabei?**
Ich:	**Ist Amber da?**
Micah:	**Yep.**
Ich:	**Okay. Wann?**
Micah:	**Ich hole dich um 8 Uhr ab. Zieh dich sexy an.**
Ich:	**Haha. Alle meine Klamotten sind sexy.**

Dann rufe ich Bianca an und erzähle ihr das Wichtigste über den Abend mit Leo und meine Pläne für morgen mit Micah.

»Kommst du mit?« Ich drücke die Daumen, dass sie Ja sagt. »Micah würde es bestimmt nichts ausmachen. Zwei heiße Mädchen sind besser als eins, oder?«

Bee macht eine Pause. Ich kann fast hören, wie ihre Gedanken arbeiten, während sie sich eine höfliche Ausrede überlegt. »Das *Devil's Doorstep* ist nicht so ganz meine Welt«, sagt sie schließlich.

»Meine etwa?«, frage ich mit schriller Stimme. »Wahrscheinlich werden mich die Türsteher als Schwindlerin und Angeberin beschimpfen und wegschicken.« Es ist wie bei diesen Gothic-Läden im Einkaufszentrum. Ich sehe immer gern durch die Schaufenster und bin mir sicher, dass sie dort Sachen haben, die mich interessieren würden. Aber der Gedanke an eine Verkäuferin mit tätowiertem Gesicht und dreifachem Lippenring, die mich behandelt, als würde ich nicht dorthin gehören, hält mich davon ab, die Läden zu betreten.

Bianca gähnt. »Du brauchst mich dafür nicht, Lainey. Du hast Micah, der wird auf dich aufpassen. Und ich mache in der Zeit den Torwart für Elias und Miguelito.«

»Ich kann nicht glauben, dass du lieber mit deinen Brüdern spielst, als mit mir wegzugehen«, jammere ich. »Du lässt mich allein in diesen Laden gehen, wo ich wahrscheinlich von Typen in Lederkluft und Kriegsbemalung mit Schweineblut bespritzt werde.« Ich seufze dramatisch. »Aber egal. Ich werde es überleben. Micah und ich haben eine Abmachung und ich kann nicht kneifen.«

Bianca kichert. »Bestimmt wird es nicht so schlimm. Und das Gute ist –«

»Was denn?«

»Du wirst endlich mal Amber sehen.«

Und darauf bin ich tatsächlich neugierig.

18

»Deshalb zwingt der kluge Kämpfer dem Gegner seinen Willen auf, doch er lässt nicht zu, dass der Gegner ihm den seinen aufzwingt.«

Sun Tzu, Die Kunst des Krieges

»War dein Date mit Leo okay?«, fragt Micah.

Wir sind auf dem Weg zum *Devil's Doorstep*. Ich ducke mich in meinem Sitz, damit niemand mich in Micahs Auto sieht, das ich inzwischen »Das Biest« getauft habe.

»Hast du gedacht, es würde *nicht* okay sein?« Ich schiele zu ihm hinüber.

Er hat seine normale Rocker-Uniform an: kunstvoll zerrissene Jeans und ein schwarzes Konzert-T-Shirt. Außer dem Stacheldraht-Armband trägt er eine Kette mit einem silbernen Anarchie-Anhänger und seine Haare stehen so hoch ab wie möglich. »Na ja, wenn es schlimm gewesen wäre, hätte ich mich verantwortlich gefühlt, denn ich habe euch ja praktisch zusammengebracht.«

»Rede nicht über mich, als wärst du mein Zuhälter.« Ich fummle an meiner bunten Strähne herum. »Es war meine Entscheidung, mit Leo auszugehen.«

»War es vielleicht *besser* als okay?«, fragt er nun. Ich sehe aus den Augenwinkeln, dass er grinst. »Du klingst, als müsstest du dich verteidigen.«

»Und du klingst etwas eifersüchtig.« Ich ziehe eine Augenbraue hoch.

Micah summt vor sich hin, als er auf den Schotter-Parkplatz hinter dem Club fährt. »Jetzt klingst du etwas wahnhaft.« Er zieht den Zündschlüssel ab und überprüft im Rückspiegel sein Aussehen.

»Wie auch immer.« Ich hole meine Puderdose heraus und sehe mich ebenfalls im Spiegel an. Ich trage ein lockeres schwarzgrünes Sommerkleid mit Spitzen am Ausschnitt und am Saum. Das Kleid und der bronzefarbene Lidschatten lassen meine Augen besonders grün wirken. »Wer spielt noch mal heute?«, frage ich. Er hat es mir schon ungefähr sechsmal gesagt, aber ich vergesse es immer wieder. Ich bücke mich, um den Riemen meiner Plateausandale festzumachen, und merke, dass einer der winzigen Glassteine herausgefallen ist. Die Sohlen meiner Schuhe sind so dick, dass ich größer bin als Micah, aber das scheint ihm nichts auszumachen. »Ein Haufen Bands, die meine Ohren bluten lassen?«

»*Arachne's Revenge* und *Bottlegrate*.«

»Ach ja.« Ich nicke, obwohl ich nicht glaube, jemals von einer der Bands gehört zu haben.

»Ist das jetzt okay für dich?« Micah grinst zwar noch etwas, aber seine Stimme klingt ernst. »Ich versichere dir, der Laden ist nicht so unheimlich, wie du denkst.«

»Alles in Ordnung«, fahre ich ihn an. »Ich hab keine Angst.«

Er zieht ein paar Bierdosen unter dem Sitz hervor. »Drinnen bekommen wir keinen Alkohol, deshalb habe ich ein paar von meiner Mom geklaut. Falls du etwas brauchst, um locker zu werden.«

Ich nehme ihm eine Dose aus der Hand und öffne den Verschluss. Es ist eine Marke, die ich nicht kenne. Das Bier schmeckt schrecklich, so als hätte jemand das billigste Bier genommen, das er finden konnte, und es mit Nagellackentferner versetzt. Aber aus irgendeinem Grund kippe ich fast den ganzen Inhalt der Dose herunter, bevor ich Luft holen muss.

»Verdammt, Mädel«, Micah starrt mich ungläubig an. »Das war ziemlich cool.«

Ich grinse. »Jason hätte gesagt, ich soll aufhören, mich wie ein Kerl zu benehmen.«

Micah öffnet ebenfalls eine Dose. »Dieser Jason scheint eine ganze Reihe von Problemen zu haben. Wie eine Tussi.«

»Sehr komisch.« Ich wische mir mit der Rückseite der Hand über den Mund und rülpse laut.

»Okay, das war jetzt nicht so sexy, aber ich drück mal ein Auge zu.« Micah kippt sein Bier herunter und rülpst noch lauter. »Fühlt sich an, als würde ich mit C-4 ausgehen«, sagt er, legt die leeren Dosen wieder unter den Sitz und steigt aus dem Auto. Ich steige auch aus und schlage vorsichtig die Tür zu. Micah geht um das Auto herum und steht nun neben mir. Er riecht wieder nach Jasons Aftershave. »Wenn C-4 eine extrem große Fußball-Diva wäre.«

»Ich bin gar nicht so groß«, widerspreche ich, obwohl ich auf Micah herabsehe.

»Heute schon«, sagt er und stößt meine Plateausandale mit seinem schwarzen Schuh an. »Wie ein Supermodel.«

Ich sehe ihn misstrauisch an, während wir nebeneinander auf den Eingang des Clubs zugehen. »Ich hatte nur ein Bier«, sage ich. »Ich bin nicht so betrunken, dass du dich durch Komplimente in meine Hose schmuggeln könntest.«

»Du hast doch gar keine Hose an.« Micah schielt auf meine nackten Beine. »Ich bin also schon halb am Ziel.« Er zwinkert mir zu und ich werfe ihm einen Bleib-mir-bloß-vom-Leib-Blick zu.

Ein kahlköpfiger Typ, der wie ein Menschenfresser aussieht, macht uns einen Stempel auf die Hand und dann gehen wir durch den schmuddeligen Flur in eine noch schmuddeligere Halle.

Ich war bisher noch nie im *Devil's Doorstep,* aber es sieht ziemlich genau so aus, wie ich erwartet habe. Der Fußboden ist aus Holz, an manchen Stellen zerkratzt und an anderen verzogen. Eine schmale Bartheke zieht sich eine Seite des Raumes entlang.

Davor stehen dreibeinige Barhocker mit zerrissenen Kissen, aus denen die Füllung quillt. Hinter der Theke hängen Fotos und Poster krumm und schief durcheinander, die meisten davon signiert. Die Wände sind schwarz gestrichen. Zwei rote Teufel aus Plexiglas stehen an beiden Seiten der Bühne.

Über unseren Köpfen hängen halb verrottete Balken und aus einem Loch im Holz baumelt ein Kabel. Das ganze Ding sieht aus, als würde es sofort abbrennen, wenn etwas mit der Technik schiefgeht.

Die Leute stehen in kleinen Gruppen herum, unterhalten sich und trinken etwas. Ich sehe ein Mädchen in einem Latex-Kleid und muss an Phoenix denken, mit ihren zurückgegelten blonden Haaren und dem riesigen Tattoo. Neugierig blicke ich mich um und versuche, Amber zu entdecken. Wahrscheinlich wird Micah neben ihr völlig normal aussehen.

»Wo ist Amber?«, frage ich. »Siehst du sie?«

Er schaut sich um. »Noch nicht, aber sie wird kommen.«

»Soll ich nach einem Mädchen Ausschau halten, das mehr Tattoos als alles andere hat?«

Micah lacht. »Du wirst überrascht sein, wie normal sie ist«, sagt er. »Sie hat kein einziges Tattoo.«

»Wirklich nicht? Ich dachte, das ist eine deiner Anforderungen.«

Eine Reihe runder Lichter über der Bühne springt mit lautem Summen an. Ich sehe zu, wie jemand die verschiedenen Beleuchtungsvarianten durchgeht: weißes Licht, blassblau, grün, Spotlight. Dann wird die Bühne wieder dunkel.

»Was sind denn deine Anforderungen?«, fragte Micah. »Waschbrettbauch? Falsche Bräune? Ein Regal voller Sportpokale?«

»Meine Güte, du denkst wirklich schlecht von mir«, sage ich.

Ein Kahlkopf mit riesigen Kopfhörern geht in die Mitte der Bühne. Er tippt das Mikro an. »Test. Test zwei.«

»Schlecht ist das nicht«, sagt Micah. »Höchstens ein bisschen oberflächlich.« Er boxt mir in die Rippen, um zu zeigen, dass er Spaß macht, aber seine Worte verletzen mich trotzdem.

»Bloß weil ich beliebt bin und einen Freund habe, der auch beliebt ist, bin ich nicht gleich oberflächlich, oder?«

»Ich habe doch nur –«

»Wer ich bin oder was ich mag, kann ich nicht einfach so ändern. Ich kann Gefühle nicht abschalten oder plötzlich Sachen unwichtig finden, die mir vorher wichtig waren.« Ich hebe das Kinn. »Für mich heißt oberflächlich, dass man nur daran interessiert ist, schicke Sachen zu besitzen und schön zu sein. Die meisten Mädchen wollen schön sein, aber es ist nicht mein Lebensziel oder so.«

»Hey.« Micah drückt meine Schulter. »Beruhige dich. Ich wollte dich nicht ärgern.«

Ich sehe ihn nicht an. Einerseits bin ich immer noch verletzt, auf der anderen Seite frage ich mich, warum es mich überhaupt interessiert, was er denkt.

»Was ist denn dein Lebensziel?«, fragt er.

»Ein Fußballstipendium, glaube ich. Ich weiß, dass ich damit kein Geld verdienen kann, aber ich bin nicht wie Bianca. Ich weiß noch nicht, was ich in den nächsten zwölf Jahren machen will.« Ich runzle die Stirn. »Ich will auf jeden Fall etwas Wichtiges tun, aber ich weiß noch nicht, was.«

»Du hast noch viel Zeit, um es dir zu überlegen«, sagt Micah. »Dafür ist das College da.«

Der Kopfhörer-Mann geht von Mikro zu Mikro und checkt alle durch. Dann nimmt er eine Gitarre und schlägt die Seiten an. Heraus kommt ein Schwall von Akkorden, der eher wie ein Autounfall als wie Musik klingt.

»Bitte sag mir, dass er nicht in der Band spielt«, sage ich.

»Tut er nicht.« Micah sieht quer durch den Raum zu zwei Mädchen hin, die an einem Tisch sitzen und T-Shirts und Ähnliches verkaufen.

Eifersucht durchzuckt mich. Eigentlich sind wir doch hier, um ein Pärchen zu spielen, und er schaut anderen Mädchen hinterher. »Ist Amber hübscher als ich?«, platze ich heraus und könnte mir sofort auf die Zunge beißen. So etwas denkt man, aber sagt es nicht laut. Doch nun ist es heraus und ich kann nicht mehr zurück.

»Entspann dich, Lainey«, sagt Micah. »Das ist doch kein Wettkampf.«

Ich denke an *Die Kunst des Krieges* in meiner Tasche. »Doch, das ist es«, murmele ich fast unhörbar. »Es ist eine Schlacht.«

Aber Amber ist nicht meine Feindin.

Das stimmt. Es ist völlig egal, ob Micahs Ex hübscher ist als ich. Warum sollte ich wollen, dass er mich lieber mag? Plötzlich schäme ich mich. Vielleicht bin ich wirklich oberflächlich. Kendall sammelt immer »Fans«, aber ich habe niemals einem Jungen etwas vorgemacht, der mich nicht interessiert hat. Vielleicht hat die Trennung von Jason mein Selbstwertgefühl zerstört?

Die Lichter im Club gehen aus und die Bühnenlichter flackern auf. »Komm.« Micah schiebt mich nach vorne und ich latsche dem Typen vor mir auf die Füße.

»Sorry«, murmele ich. Die Leute von hinten und von der Bar gehen auf die Bühne zu und ich werde von allen Seiten angerempelt. Ich weiß nicht, wohin Micah unterwegs ist. Gerade will ich mich umdrehen und fragen, da fühle ich seine Hände. Seine Fingerspitzen, um genau zu sein. Er berührt mich ganz leicht an den Seiten, gleich unter den Rippen, und ich lasse mich von ihm durch die Menge führen. Als wir stehen bleiben, kann ich mit den Händen die Bühne berühren. Micah steht rechts von mir. Gleich neben uns summen mehrere schwarze Verstärker.

Die Menge fängt an zu klatschen und zu pfeifen, als die erste

Band – *Arachne's Revenge* – auf die Bühne kommt. Der übergewichtige Schlagzeuger trägt seine Basecap verkehrt herum, die Ärmel seines T-Shirts sind abgeschnitten. Der Gitarrist und der Bassist (das kann ich nie unterscheiden) sind beide groß und schlaksig. Einer hat dunkle Haut und Dreadlocks, der andere ist blass mit unordentlichen blonden Locken. Die Sängerin ist so hübsch wie Kendall und sieht aus, als wäre sie ein paar Jahre älter als ich. Sie trägt einen schwarz-roten Kimono, unter dem ein schwarzer Netz-Unterrock hervorschaut. Ihre schwarzen Springerstiefel sind offen, aber sie gleitet über die Bühne, als wäre sie halb Schwan, halb Panther.

»Wow«, sage ich beeindruckt. Dabei hat sie noch nicht einmal angefangen zu singen.

»Ja, oder?« Micah folgt dem Mädchen mit den Blicken, während sie über die Bühne geht und dem Bassist (glaube ich) die Dreadlocks verwuschelt. Er zieht an einem ihrer hellblonden Fischgrätenzöpfe und zwinkert, als hätten sie ein Geheimnis.

Das Mädchen stolziert wieder in die Mitte der Bühne und greift sich das Mikro. »Was geht ab, Hazelton?«, fragt sie. Die Menge grölt zur Antwort. Der Typ neben mir (der, dem ich auf die Füße getreten bin) streckt die Hand aus und berührt die Stiefel der Sängerin. Sie lächelt, geht aber einen Schritt zurück.

Die ersten zwei Songs sind nicht schlecht. Die Sängerin hat eine gute Stimme, die allerdings meistens von den kreischenden Gitarren übertönt wird. Aber es ist jedenfalls besser als in diesen Shows, wo die Musiker sich als Sensenmann verkleiden und Schweine-Innereien ins Publikum werfen.

Dann geht der Schlagzeuger von der Bühne und kommt mit einem Doppelkeyboard zurück. Ein Mann in einem Crew-T-Shirt bringt der Sängerin eine Geige.

»Der nächste Song heißt *Wake Up Dreaming*«, kündigt sie an. Ihre Stimme klingt gleichzeitig heiser und mädchenhaft. »Eines

Tages werden wir es hoffentlich mit einem ganzen Orchester spielen.« Die Leute um mich herum holen ihre Handys hervor, stellen das Licht an und halten sie hoch. Das Mädchen zählt an und alle fangen gleichzeitig an zu spielen. Es ist einer der Songs, den Micah auf dem Weg zu *Mizz Creant's* gespielt hat. Der, bei dem ich fast weinen musste.

Die hellen Lichter erlöschen und plötzlich schwimmen blaue Lichtkreise über die Bühne. Ich fühle die Vibrationen der Verstärker und das Pulsieren meines Blutes. Ich habe das Gefühl, jede einzelne Note zu spüren, die durch die Luft schwebt. Als ich zu Micah hinübersehe, hat er die Augen geschlossen.

Die Musik schwillt auf und ab, Geige und Gitarren, Schlagzeug und dröhnender Bass. Ich wiege mich vor der Bühne hin und her und fühle mich wie im Auge eines Tornados. Es ist still, aber um mich herum wirbelt die Welt. Immer noch muss ich Micah ansehen. Seine Irokesenfrisur reflektiert das blaue Licht und er ist vollkommen versunken im Sturm der ineinandergreifenden Akkorde.

Ich sehe alles an ihm, kleine Details, die ich noch nie vorher bemerkt habe. Seine leicht schiefe Nase, die keilförmige Narbe an der rechten Schläfe, den Bizeps unter dem Pyramiden-Tattoo. Seine Lippen öffnen sich leicht, wenn er ausatmet. Ich stelle mir seinen Atem wie einen Nebel vor und rücke etwas dichter an ihn heran. Hier in dem seltsamen blauen Licht, beim Pulsieren des Basses, kann ich nur daran denken, ihn zu berühren. Meine Fingerspitzen streifen seine und ein elektrischer Schlag durchzuckt mich. Ich möchte nach ihm greifen und ihn mit ins Auge des Sturms ziehen, meine Augen schließen und ihn küssen, während die Welt um uns herum durcheinanderwirbelt.

Meine Gedanken sind so intensiv, dass sie eigentlich wie ein Laserstrahl durch den Club kreisen sollten, aber Micahs Augen sind immer noch geschlossen, sein Körper ist entspannt. Er hat keine

Ahnung, dass ich mir vorstelle, ihn zu küssen. Er weiß nicht, dass mein Blick an seinem Körper entlangwandert. Zu seinen Wangenknochen. Seinen Bartstoppeln. Seinen Kiefermuskeln. Ein Hauch von Schweiß glitzert dort, wo der Hals aufhört und die rechte Schulter beginnt. Ich will die Stelle mit meinen Lippen berühren.

Es ist verrückt. Das hier ist Micah. Ich bin nicht in Micah verliebt und er nicht in mich. Wir haben ungefähr so viel gemeinsam wie – eigentlich gar nichts. Ich sehe ihn noch einmal an. Er ist immer noch in die Musik versunken und ich will ihn immer noch küssen. Es muss an dem Bier liegen oder an der Musik, den Geigen und Gitarren und dem elektronischen Rhythmus, an der ganzen überirdischen Atmosphäre diese Stückes. Oder vielleicht bin ich einfach gerade nicht ich selbst und ich muss keine Lainey-Regeln beachten.

Micah schlägt die Augen auf und sieht mich an, als hätte er schließlich doch meine seltsamen Gedanken erraten. Mein Herz schlägt einen Purzelbaum, und ich murmele hastig, dass ich frische Luft brauche – auch wenn ich weiß, dass er mich nicht hören kann.

Dann drehe ich mich um und schlängele mich durch die Menge. Die Musik schwillt zu einem Crescendo an, lauter und lauter. Ich kann den Rhythmus in meiner Haut spüren, in meinem Blut, meinen Ohren, meinem Kopf. Bei jedem Schlag blitzt das Bild von Micah und mir auf, wie wir uns küssen. Seine Lippen, glühend heiß auf meinen. Ich kämpfe mich vorwärts, durch schwingende Arme und verschwitzte Körper.

Es klingt, als würde er meinen Namen rufen, aber ich kann mich nicht umdrehen. Bestimmt ist es Einbildung. Es muss Einbildung sein, denn durch die laute Musik könnte ich ihn gar nicht hören. Außerdem traue ich mich nicht zurückzuschauen. Wenn er mich sieht, wird er Bescheid wissen. Meine Gedanken müssen sich in meinen Augen widerspiegeln.

Ich flüchte in die Nacht hinaus, froh über die leichte Brise, die meine Haut kühlt und die feuchten Haarsträhnen im Nacken trocknet. Mein Herz galoppiert schmerzhaft in meiner Brust, wie ein winziges Pferd, das durch meine Rippen brechen möchte. Die Musik verebbt und der Song ist zu Ende, aber ich sehe immer noch stachelige Haare und glitzernden Schweiß vor mir. Und diese leicht geöffneten Lippen.

Stopp. Ich versuche, das Bild aus meinem Kopf zu verdrängen.

Ich. Micah.

Ein Kuss.

Unmöglich.

Aber warum will ich es dann so sehr?

19

»Es gibt eine Jahreszeit, die geeignet ist für Angriffe mit Feuer [...]«
Sun Tzu, Die Kunst des Krieges

In tiefen Zügen atme ich die warme Nachtluft ein und warte, dass mein Herzschlag sich beruhigt und mein Körper aufhört zu kribbeln.

Was zur Hölle war das eben? *Nimm dich zusammen, Lainey. Du kannst dich nicht in dein falsches Date verlieben.*

Ein paar Kids lungern vor dem Club herum. Zwei rauchen, der Rest ist eindeutig zu jung für das Konzert, das ab vierzehn freigegeben ist. Sie spähen durch die Tür, wenn jemand hinein- oder herausgeht, und hoffen wahrscheinlich, dass sich der Türsteher schließlich erbarmt und sie hineinlässt. Einer von den Rauchern pfeift mir hinterher.

Ich ignoriere ihn und laufe ein Stück die Straße entlang, nur so weit, dass ich allein sein kann. In diesem Teil der Stadt ist normalerweise immer viel los, aber es ist nach zehn und alle Läden sind geschlossen. Nur das *Devil's Doorstep* und die Pizzeria auf der anderen Straßenseite haben geöffnet. Ich raffe mein Kleid zusammen und setze mich auf den Gehweg. Vorsichtig lehne ich mich an das schmutzige Fenster eines Secondhand-Ladens und ziehe *Die Kunst des Krieges* aus der Tasche. Ich brauche etwas chinesische Weisheit, um den Abend zu überstehen.

Deshalb zwingt der kluge Kämpfer dem Gegner seinen Willen auf, doch er lässt nicht zu, dass der Gegner ihm den seinen aufzwingt. Genau. Ich will Jason und Amber mit unserem kleinen Schauspiel austricksen. Nicht mich selbst.

Eine Minute später kommt Micah aus dem Club. Ich sehe, wie er sich umsieht und nach mir sucht. Unsere Blicke treffen sich und ich hebe die Hand zu einem halbherzigen Winken. Er kommt angeschlendert und setzt sich neben mich. Dann nimmt er mir das Buch aus der Hand, streckt die Beine aus und beginnt zu lesen. »Hast du ernsthaft deine Hausaufgaben zum Konzert mitgebracht?«, fragt er schließlich.

»Ehrlich gesagt lese ich das … ähm … aus privaten Gründen.« Ich starre auf meine Sandalen und die abgewetzten Lederkappen seiner festen Stiefel. Durch die parkenden Autos kann ich in die Pizzeria sehen, wo ein Kellner mit dichten blonden Haaren gerade zu einem Tisch geht, an dem zwei Frauen im Alter meiner Mutter sitzen. Die Art, wie er läuft, erinnert mich an Jason. Es ist fast ein Stolzieren – als wüsste er, dass er dort, wo er hingeht, von allen bewundert wird. Als er die Bestellung aufnimmt, legt er einer der Frauen die Hand auf den Arm. Sobald der Kellner wieder nach hinten verschwunden ist, brechen die Frauen in Gekicher aus. Es ist irgendwie süß, wie sie sich amüsieren, aber es erscheint mir alles etwas vorgetäuscht.

Und ich sollte es wissen. Ich werde langsam eine Expertin, wenn es ums Vortäuschen geht.

Micah blättert um. Er hat immer noch nichts gesagt. Wahrscheinlich wartet er, dass ich erkläre, was mit mir los ist. Vergiss es. Wie peinlich wäre das denn? *Na ja, erst fand ich die Musik toll. Dann fand ich es toll, wie toll du die Musik fandest. Dann fand ich dich toll. Und jetzt sitze ich hier und lese etwas über Kriegstaktik, um runterzukommen. Aber sonst ist alles okay.*

Natürlich könnte ich lügen – ihm erzählen, dass es zu laut oder zu heiß war, dass ich das Buch gebraucht habe, um mir Luft zu-

zufächeln – aber je länger ich dem Theater in der Pizzeria zusehe, desto weniger Lust habe ich, Spielchen zu spielen. Wenn ich einfach hier sitzen bleibe und nichts sage, denkt Micah vielleicht, es wäre alles in Ordnung.

»Also«, sagt er schließlich und legt *Die Kunst des Krieges* zwischen uns auf den Boden.

Also ist ein Wort mit vielen Bedeutungen. Bestimmt soll es so was heißen wie: »Was zum Teufel ist los mit dir, bist du durchgeknallt?«

Ich antworte nicht sofort, sondern starre geradeaus und versuche herauszufinden, ob der Drang, ihn zu küssen, vorbei ist. Ja, ich habe mich wieder unter Kontrolle. Er dreht sich zu mir um und ich rieche einen Hauch von Lynx Aftershave, gemischt mit Rauch und Schweiß.

»Alles in Ordnung mit dir?«, fragt Micah. Gerade als ich denke, dass seine Anteilnahme wirklich süß ist, fügt er hinzu: »Hattest du einen Schlaganfall? Ich habe noch nie erlebt, dass du so lange still bist.«

Ich versuche, böse zu gucken, aber meine Mundwinkel ziehen sich nach oben. Ich kann einfach nichts dagegen machen. Selbst wenn er mich ärgert, ist er irgendwie lustig. »Es ist bloß alles ein bisschen … überwältigend«, platze ich heraus, ohne zu überlegen. Super. Das klingt, als wäre ich noch nie im Leben auf einem Konzert gewesen. Ich wappne mich für den Hohn und Spott, der gleich folgen wird.

Aber er sagt nur: »Findest du es sehr schlimm? Sollen wir gehen?«

»Nein, ich finde es toll«, sage ich. »Den letzten Song jedenfalls.« Er sieht etwas überrascht aus, und ich weiß, dass ich jetzt lieber den Mund halten sollte, aber ich rede weiter. »Es hat sich so unwirklich angefühlt. Als ob ich träumen würde oder Drogen genommen hätte oder so.« Ich schüttle den Kopf. Wie blöd klingt das denn?

Micah sieht zum Himmel. Er ist grau und trübe – der Rauch einer nahe gelegenen Fabrik vermischt sich mit Federwolken. »Ich weiß, was du meinst«, sagt er und lässt schon die zweite Gelegenheit verstreichen, mich erbarmungslos aufzuziehen. »Diese Mischung aus Klassik und Gitarren und dem ganzen Schrott geht irgendwie unter die Haut. Ich habe immer das Gefühl, zu schweben oder unter Wasser zu atmen.«

Das ist eine sehr gute Beschreibung meiner eigenen Gefühle.

»Ich hätte nicht gedacht, dass du diese Band magst«, sage ich. »Klavier und Geige? Ich dachte, du steht eher auf Hardcore Punk und Death Metal. Du weißt schon, so ein Soundtrack für Mörder.«

»Sie spielen auch härtere Sachen.« Micah stößt meinen Fuß mit seinem Stiefel an. »Hmm. Soundtrack für Mörder? Das wäre ein cooler Band-Name.«

Ich muss lachen. »Stimmt.«

Er boxt mich leicht aufs Bein und ich zucke zusammen. Als ich merke, dass er mich ansieht, starre ich wieder zu dem Kellner in der Pizzeria hinüber. Ich konzentriere mich auf seinen Gang, als müsste ich eine Klassenarbeit darüber schreiben. »Nein, ernsthaft«, sagt Micah. »Wir müssen eine Band gründen, jetzt wo du dir einen Namen ausgedacht hast. Kannst du irgendwas spielen?«

»Ähm … ich kann singen.« Falls Karaoke zählt.

»Die Sängerin der Band *Soundtrack für Mörder.* Leg los.«

»Wie heißt unser Song?« Ich rede, ohne nachzudenken.

»Zerstörer«, sagt er mit tiefer, dröhnender Stimme und mit rollendem R.

Ich gebe einen irren Laut von mir, halb Knurren und halb Kreischen, etwa zehn Sekunden lang. So klingt für mich ein Song, der »Zerstörer« heißt.

Die Typen, die vor dem Club herumhängen, sehen zu uns herüber. Einer steckt die Finger in den Mund und pfeift.

Micah hält seine Faust zum Abklatschen hoch. »Unsere ersten Fans! Also wirklich, Glinda Elaine Mitchell. Ich wusste nicht, dass du es draufhast.«

Ich zucke zusammen. Seit ich alt genug bin, um zu wissen, dass meine Mutter mich nach der guten Hexe aus dem *Zauberer von Oz* benannt hat, versuche ich, diese Tatsache zu verdrängen. Außer dem einen oder anderen Aushilfslehrer hat mich niemand jemals *Glinda* genannt. Niemand. »Nenn mich nicht so«, sage ich und boxe mit den Fingerknöcheln gegen seine Hand. »Niemals.«

Er hebt entschuldigend die Hände. »Du bist heute aber angriffslustig.«

»Ich bin immer angriffslustig.«

»Ja, das glaube ich langsam auch.« Micah nimmt *Die Kunst des Krieges* in die Hand und räuspert sich. »›*Es gibt fünf Möglichkeiten, mit Feuer anzugreifen. Die erste besteht darin, die Soldaten in ihrem Lager zu verbrennen; die zweite, Vorräte zu verbrennen; die dritte ist es, Gepäckzüge zu verbrennen; die vierte, Arsenale und Magazine zu verbrennen; die fünfte, Feuer zwischen die Reihe des Feindes zu schleudern.*‹ Puh, das geht ja hart zur Sache.« Er lächelt. »Muss ich mir Sorgen machen?«

»Ich benutze das Buch, um eine Strategie zu entwerfen«, platze ich heraus. »Um Jason zurückzugewinnen.«

Ich erwarte, dass Micah in Lachen ausbricht, aber er nickt nur. »Du bist ja ein echter Machiavelli.«

»Das hat Leo auch gesagt. Eigentlich war es Biancas Idee. Sie ist die Planerin bei der ganzen Geschichte.«

»Aber ich hoffe, ihr beiden brennt keine Armeen oder Vorräte ab«, sagt Micah mit einem Funkeln in den Augen.

»Manche Stellen sind relevanter als andere«, gebe ich zu.

Er wirft mir das Buch zu. »Zeig mir mal, welche.«

Ich zeige ihm die Passagen, die ich markiert habe, und erzähle ihm ein paar von Biancas Theorien, zum Beispiel dass man den

Gegner täuschen muss oder aus einer machtvollen Position heraus angreifen sollte.

»Wie ein Blitz herabfahren, hm?«, sagt er.

»Genau. Wenn der richtige Moment gekommen ist, sei kühn. Entscheidungsfreudig. Schlage machtvoll zu.«

»Aha.« Meine Top-Ten-Liste steckt hinten im Buch. Micah geht die einzelnen Punkte durch und nickt wieder.

»Findest du das verrückt?«, frage ich.

Er lacht. »Ich finde es sehr durchgeplant und vielleicht ein bisschen unheimlich. Außerdem finde ich, dass wir gerade eine tolle Show verpassen.« Er steht auf und hält mir die Hand hin.

Ich stecke das Buch wieder in die Tasche, greife nach seinen Fingerspitzen und stolpere auf die Füße. Wieder kommt mir das Bild in den Sinn, wie er sich mit zurückgelegtem Kopf und geschlossenen Augen zu der Musik bewegt. Ich fühle, wie ich rot werde. Mir ist heiß. Ich atme tief ein und mein Brustkorb dehnt sich aus. *Reiß dich zusammen, Lainey.*

Als wir wieder in den Club kommen, macht sich die Hauptband gerade fertig, um auf die Bühne zu steigen. Zwei Mitglieder von *Arachne's Revenge* – der Schlagzeuger und der Typ mit den Dreadlocks – sitzen am T-Shirt-Tisch. Die Sängerin kämpft sich von hinten durch die Menge zur Bühne. Als sie näher kommt, sehe ich, dass sie jünger ist, als sie unter den Bühnenlichtern aussah.

Zu meiner Überraschung dreht sie nicht ab, um sich einen Platz vorne an der Bühne zu sichern. Stattdessen bewegt sie sich durch die Menge direkt auf uns zu. Sie legt die Hände von hinten über Micahs Augen, beugt sich vor und flüstert ihm etwas ins Ohr.

Micah löst ihre Hände, dreht sich um und umarmt sie kurz. So wie ich Leo im Auto umarmt habe – es ist mehr ein Auf-den-Rücken-Klopfen mit viel Platz zwischen den Körpern. »Hey«, sagt er.

Hey ist noch so ein Wort, das alles Mögliche bedeuten kann. Während ich die ungeschickte Umarmung beobachte, fügt sich ein Puzzle in meinem Kopf zusammen. Kann es vielleicht sein, dass ...

»Ich bin Lainey«, sage ich munter. Das Mädchen und Micah drehen sich zu mir um. Micah öffnet den Mund, um noch mehr zu sagen, aber in diesem Moment gehen die Lichter wieder aus, und die Menge beginnt zu jubeln, als die vier Jungs von *Bottlegrate* auf die Bühne stürmen. Sie sind älter als *Arachne's Revenge,* Ende zwanzig oder Anfang dreißig.

Die Leute hinter mir drängen sich nach vorne und quetschen mich gegen die Bühne. Eine Haarsträhne verfängt sich in irgendwas, und meine Augen fangen an zu tränen, als mir einzelne Haare ausgerissen werden. Die Sängerin von *Arachne's Revenge* greift meinen Arm und zieht mich zur Seite.

»Danke.« Ich reibe mir die Kopfhaut mit einer Hand. Ich schwöre, wenn ich einen kahlen Fleck kriege, verlange ich von Micah Schmerzensgeld.

»Kein Problem.« Sie lehnt sich zu mir, und ich sehe, dass sie tiefschwarze falsche Wimpern trägt. Obwohl es so laut ist, höre ich ihre nächsten Worte, als würde sie in einer Kirche durch ein Megafon brüllen. »Ich bin Amber. Freut mich, dich kennenzulernen.«

2Ø

»Siegen wird der, der weiß, wann er kämpfen muss und wann nicht.«
Sun Tzu, Die Kunst des Krieges

»*Das* ist Amber?«, forme ich mit den Lippen, als das langbeinige blonde Mädchen wieder zu ihren Bandkameraden gegangen ist. Sie sitzen jetzt alle am T-Shirt-Tisch und versuchen, nicht allzu beeindruckt von der Hauptband zu sein. Der Sänger von *Bottlegrate* hat sofort mit einer Hardcore-Coverversion eines alten Popsongs losgelegt, ohne das Publikum zu begrüßen.

Micah liest meine Lippen. »Ja.«

Ich lege die Hand an sein Ohr. »Wieso hast du mir nicht erzählt, dass *Arachne's Revenge* ihre Band ist?«

Er antwortet etwas, aber ich kann ihn nicht verstehen. Auf der Bühne wandern der Gitarrist und der Bassist im Kreis umeinander herum. Ich gehe noch ein Stück zur Seite, bis ich mich fast hinter einem Stapel von Boxen verstecke. Hauptsache, ich bin nicht in Gefahr, zerquetscht oder zertrampelt zu werden.

Micah streicht mir die Haare hinters Ohr und wiederholt, was er gesagt hat. »Ich wollte erst sehen, ob du die Musik magst, bevor du wusstest, wer sie ist.« Ich spüre seinen Atem und mein Herzschlag beschleunigt sich.

»Sie sind nicht schlecht«, antworte ich und sehe Amber noch einmal an. Ich beneide sie um ihren coolen Stil mit dem Kimono und den Springerstiefeln. »Sie ist viel normaler, als ich dachte.«

»Hab ich doch gesagt. Das denken alle, die zuerst Phoenix kennenlernen.«

»Warum habt ihr euch getrennt?« Dann sehe ich, wie Amber sich zu einem ihrer Bandkameraden beugt und in eine seiner Dreadlocks beißt. Er dreht sich zu ihr um und beide brechen in Lachen aus. »Oh.«

Micahs blasse Haut wird noch weißer. »Sie hat gesagt, sie hat nichts mit denen. Sie hat nur keine Zeit mehr für mich neben ihrer Musik.« Er starrt Amber und den Dreadlock-Typen an.

Ich beobachte, wie er sie beobachtet. Es tut weh. In meinem Kopf erscheint wieder das Bild von Jason, wie er Alex an seinem Auto küsst.

Der erste Song ist zu Ende. Micah schafft es, den Blick vom T-Shirt-Tisch loszureißen, als ob mit dem Ende der Musik ein Bann gebrochen wäre. Seine Kiefernmuskeln sind angespannt. Seine Augen glühen fast golden im Bühnenlicht. »Ich bin nicht sicher, ob ich ihr glaube.«

Ich weiß nicht, was ich antworten soll, also antworte ich gar nichts. Am liebsten würde ich ihn umarmen. Nicht so eine ungeschickte Leo-Umarmung und auch keine, die jemanden eifersüchtig machen soll, sondern eine, die ihm zeigt, dass ich ihn verstehe. Dass ich genau weiß, wie es sich anfühlt, denjenigen, den man liebt, mit einem anderen zu sehen. Aber das war nicht Teil unserer Abmachung. Wir benutzen einander nicht, um uns besser zu fühlen, nachdem wir von unseren Partnern verlassen wurden. Mein Job ist es, seine Verbündete zu sein, das Schlachtfeld zu ebnen und ihm beim Angriff zu helfen. Und das wird Zeit brauchen. Wie Bianca gesagt hat: Kriege werden nicht an einem Tag entschieden.

Ich versuche, mich auf das Konzert zu konzentrieren. Die Jungs von *Bottlegrate* ziehen eine tolle Liveshow ab, sie lachen und reden die ganze Zeit mit dem Publikum. Ich erkenne ein paar ihrer Songs von der Fahrt zu *Mizz Creant's* und merke, dass ich mitwippe und mitsinge. Einmal spielt der Gitarrist ein Solo und endet liegend auf der Bühne, während seine Finger nur so über die Saiten fliegen. Die Menge explodiert in Rufen und Pfiffen. Ich klatsche mit den anderen und bin selbst erstaunt, wie viel Spaß ich habe.

Micah dagegen hat keinen Spaß. Nachdem er zwei weitere Songs lang alle fünf Sekunden zu Amber hinübergesehen hat, strecke ich die Hand aus und klopfe ihm ungeschickt auf die Schulter. Ich forme die Worte »Tut mir leid« mit den Lippen und nicke in Richtung Amber.

Er legt mir seine Hände ums Ohr, muss aber trotzdem noch brüllen, damit ich ihn hören kann. »Nein, mir tut es leid. Ich hab dich hierher geschleppt und sollte dich nicht einfach ignorieren.«

»Macht nichts«, sage ich. »Aber wenn du willst, können wir jederzeit gehen.«

»Ja, lass uns gehen.« Micah nimmt meine Hand und wir zwängen uns durch die Menschenmenge. Seine Berührung ist freundlich, fast beschützend. Sie löst keine Schockwellen in mir aus wie vorher. Seit ich Amber kennengelernt und gesehen habe, wie weh die Trennung Micah tut, haben sich meine Gefühle geändert. Ich kann mich wieder auf den Kampf konzentrieren.

Als wir zur Tür hinausgehen und um das Gebäude herum zum Parkplatz laufen, lässt er meine Hand los. Er schüttelt den Kopf und schließt mir die Autotür auf. »Ich glaube, das war keine gute Idee. Ich bin noch nicht so weit, sie zu sehen – schon gar nicht mit einem anderen Typen.«

Er dreht sich um und die fluoreszierenden Lichter auf dem Parkplatz beleuchten seine gebeugte Gestalt. Er lässt niedergeschlagen den Kopf hängen und diesmal gebe ich dem Drang nach. »Hey. Komm her.« Ich lege ihm die Arme um den Hals.

Sein Körper versteift sich, aber seine Hände landen ungefähr an meiner Hüfte. »Ich bin kein Mädchen, Lainey«, murmelt er. »Meine Probleme lassen sich nicht einfach mit einer Umarmung lösen.«

»Das weiß ich.« Als ich ihn loslasse, streifen meine Lippen die keilförmige Narbe an seiner Schläfe.

Er weicht zurück. »Wofür war denn das?«

Ich zucke die Schultern. »Du hast so traurig ausgesehen. Ich … du hast mir leidgetan.«

»Ich brauche kein Mitleid von dir«, sagt Micah mit hoher, schriller Stimme. Seine Lippen verziehen sich zu einem Grinsen, während er ums Auto herum zur Fahrerseite geht.

Ich brauche einen Moment, um zu merken, dass er mich imitiert. So etwas Ähnliches habe ich zu ihm gesagt, als Jason mit mir Schluss gemacht hat. Ich setze mich ins Auto und ziehe die Tür zu. »Merkst du dir alles, was die Leute sagen, um es später gegen sie zu verwenden?«

»Ich geb mir Mühe.« Er starrt mich einen Moment lang an, sagt aber nichts weiter.

»Was ist denn?« Ich tue so, als hätte ich Probleme mit dem Anschnallgurt, um seinem bohrenden Blick zu entgehen.

»Ts, ts, ts. Du brichst deine eigenen Regeln, Lainey Mitchell«, sagt er. Ich schließe den Gurt. Stimmt, er hat recht. Eben hat er so allein und verletzlich ausgesehen, und ich bin gar nicht auf die Idee gekommen, ein Kuss auf die Wange würde meine Auf-keinen-Fall-küssen-Regel brechen.

»Ähm … tut mir leid«, sage ich und fühle, wie ich rot werde. »Es war nur so ein Impuls. Kommt nicht wieder vor.«

Micah sieht zu mir herüber, dann startet er das Auto. Er hat immer noch ein Lächeln auf den Lippen. »Du bist irgendwie süß, wenn du nervös wirst.« Bevor ich antworten kann, schließt er sein Handy ans Radio an und dreht die Lautstärke auf. Als wir auf der Straße sind, macht er die Musik etwas leiser und erzählt mir, wie durch das Instrumentalstück *Wake Up Dreaming* ein Mitarbeiter eines Tonstudios auf Ambers Band aufmerksam wurde. »Sie hat nicht geahnt, dass ihr das klassische Geigenspiel für die Band nützen könnte«, sagt Micah. »Doch dann ging alles ganz schnell. Vielleicht geben sie nächstes Jahr um diese Zeit schon im ganzen Land Konzerte.« Seine Stimme klingt gepresst. Es ist offensichtlich, wie sehr er sie immer noch mag.

»Du warst richtig in das Stück versunken«, sage ich. »Als wärst du der einzige Mensch auf der Erde.«

»Ja. Es ist einer meiner Lieblingssongs.«

Ein paar Minuten später hält er vor unserem Haus.

Ich öffne die Tür und steige aus. Dann zögere ich kurz und stecke noch einmal meinen Kopf durch das offene Fenster. »Heute warst du ziemlich nett zu mir.«

Micah schüttelt den Kopf. »War ich nicht.«

»Ich finde schon«, sage ich.

»Wenn du es sagt. Dann gebe ich mir beim nächsten Mal Mühe, ein Arschloch zu sein. Darauf stehst du doch schließlich, oder?«

»Jason ist kein Arschloch. Er hat bloß ein anderes Mädchen kennengelernt, das er lieber mag.« Es ist das erste Mal, dass ich diesen Gedanken in Worte fasse. Es tut weh, aber es ist auch ein befreiendes Gefühl, als hätte ich ein Geheimnis verraten, das mich lange Zeit niedergedrückt hat.

Micah fährt mit den Fingern durch seine Irokesenfrisur. Durch die feuchte Luft ist sie inzwischen ziemlich platt. »Und dann hat er auf deiner Arbeit mit dir Schluss gemacht, im Beisein deiner Freunde.«

»Vielleicht dachte er, es wäre der einzige Ort, wo ich ihm keine Szene mache.«

»Machst du das mit allen Leuten so?« Micah stellt das Auto auf PARKEN und lehnt sich in Richtung Beifahrerseite.

»Was?«

»Rechtfertigungen für beschissenes Benehmen suchen?«

Meine Augen werden groß. *Mache ich das*? »Keine Ahnung«, gebe ich zu.

»Es ist ein netter Charakterzug«, sagt er. »Aber auf diese Weise wirst du wahrscheinlich oft verletzt.«

So wie er das sagt, glaube ich fast, dass wir nicht mehr über mich sprechen.

Gerade will ich ihn fragen, was er meint, da merke ich, dass sein Blick nicht mehr auf mein Gesicht gerichtet ist. Er kann mir wunderbar in den Ausschnitt sehen.

Ich weiche vom Fenster zurück und ziehe mein Kleid gerade, sodass nichts mehr zu sehen ist. »Perversling!«, zische ich.

Er grinst. Es ist ihm überhaupt nicht peinlich, dass ich ihn erwischt habe. »Ich habe doch gesagt, ich werde von jetzt an ein Arschloch sein.«

»Guter Anfang.« Ich drehe mich um und gehe auf die Haustür zu.

»Warum willst du ihn überhaupt zurück?«, ruft er mir hinterher. »Findest du nicht, dass du etwas Besseres verdient hast?«

»Ich will nichts Besseres«, sage ich und gehe noch einmal zum Auto. »Ich will mein Leben zurück. Ich will meinen Freund, der die gleichen Sachen mag wie ich. Und mein letztes Schuljahr soll so werden, wie ich es geplant habe, seit ich mit Jason zusammen bin. Schulball. Fußballstipendium. Der Highschool-Abschluss. Weißt du, wie oft ich mir all das vorgestellt habe?« Meine Stimme wird immer schriller. Ich muss mich beruhigen, bevor ich meine Eltern wecke. »Ich kann mir all das nicht ohne Jason vorstellen. Ohne ihn wird es nicht dasselbe sein.«

Micah nickt langsam. »Ich weiß, was du sagen willst. Ich überlege nur, woran wir merken, wann wir die ganze Geschichte aufgeben sollten. Und nach vorne blicken.«

Ich schüttle den Kopf. »Jetzt noch nicht. Ich will noch weiterkämpfen.«

21

»Das Wissen um die Pläne des Feindes kannst du nur von anderen Männern erhalten.«

Sun Tzu, Die Kunst des Krieges

Die ganze Nacht über habe ich denselben Traum. Es ist der erste Tag des nächsten Schuljahres. Ich stehe gerade an meinem Schließfach, als plötzlich die Lichter ausgehen und Rockmusik aus den Lautsprechern dröhnt. Micah erscheint aus dem Nichts. Er streckt die Hand aus, um meine Haare zu berühren, aber es fühlt sich falsch an, so als würde ein Außerirdischer in seinem Körper wohnen. Dann bemerke ich, dass er Jasons Fußballkleidung trägt. Ich stoße ihn weg und er schwebt rückwärts durch den Flur davon. Zwei schwarz gekleidete Mädchen sitzen auf dem Boden und schreiben anscheinend gerade ihre Hausaufgaben ab. Sie sehen auf, und ich erkenne Ebony und Amber. Ebony zieht eine Art Plastikpistole aus der Tasche und zielt auf mich. Ich weiche zurück, doch da explodiert ein blaugrüner Paintball auf meiner Brust. »Passt zu deiner Haarsträhne«, sagt Ebony. Sie, Amber und Micah verschmelzen mit der Wand hinter ihnen. Als sie weg sind, gehen die Lichter wieder an und die Musik verstummt. Ich stehe mit Farbe beschmiert im Flur – allein.

Alles nur ein Traum, sage ich mir, doch der Traum fängt immer wieder von vorne an. Er wiederholt sich in einer Endlosschleife, und ich kann nichts machen, um dem Kreislauf zu entkommen.

Bis mein Telefon piepst und eine SMS ankündigt.

Ich setze mich auf, erleichtert, dass ich in meinem Zimmer und nicht mit Farbe beschmiert bin. Die letzte Nacht spukt in meinem Kopf herum. Das Konzert. Die tanzenden blauen Lichter. Der fast unwiderstehliche Drang, mich Micah an den Hals zu werfen. Und der Traum.

Ich reibe mir die Augen und ziehe mein Handy heran, um zu sehen, wer mich gerettet hat. Bianca – natürlich.

Sie: Hast du den Abend überlebt?

Ich: Ja.

Sie: Ja? Das ist alles?

Ich zögere, dann schreibe ich:

Hast du schon mal jemanden gemocht, der total falsch für dich war?

Mein Daumen schwebt über der ABBRECHEN-Taste. Ich lese den Text noch ein paar Mal und drücke dann auf SENDEN. Ich brauche Biancas Hilfe. Selbst wenn sie sich noch nie zu jemand Unpassendem hingezogen gefühlt hat, kann sie mir vielleicht helfen, alles zu verstehen.

Sie: Was meinst du damit?

Ich fange an zu schreiben, doch dann lösche ich die Nachricht und rufe sie an. »Es ist Micah«, platze ich heraus, sobald sie dran ist. »Ich muss die ganze Zeit an ihn denken. Ich habe sogar von ihm geträumt. Es macht mich wahnsinnig.«

»Oh«, sagt sie. »Das ist ja … überraschend. Willst du laufen gehen und darüber reden?«

»Ja.« Perfekt. Mithilfe von Biancas kühlem Kopf und dem beruhigenden Einfluss eines langen Laufs kann ich diese verirrten Gefühle hoffentlich in den Griff kriegen, bevor sie unseren Plan ruinieren.

Wir drehen unsere übliche Runde durch die Stadt. Danach legen wir uns im Park gegenüber von unserem Haus erschöpft unter die Eiche. »Und du wolltest ihn wirklich küssen?«, fragt Bianca. Ihre Pupillen erweitern sich, während sie gespannt auf meine Antwort wartet.

»Ohmeingott.« Mein Herz rast und mein Gesicht fühlt sich heiß an. Ob vom Laufen oder von dem Gedanken an letzte Nacht, weiß ich nicht. »Ich wollte es nicht nur. Ich war fast wie besessen. Ich musste raus aus dem Club, sonst hätte ich mich ihm an den Hals geworfen.« Ich rolle mich auf die Seite und sehe sie an. »Ehrlich gesagt, ich habe ihn auf die Wange geküsst.«

»Was?«, japst Bee.

»Ich weiß nicht, er hat so traurig ausgesehen. Es hat sich richtig angefühlt. Und bevor du fragst: Nein, ich war nicht betrunken. Ich hatte nur ein Bier.« Ich schlage die Hände vors Gesicht. »Was ist bloß los mit mir?«

»Magst du ihn denn?« Bianca wischt sich die Stirn mit ihrem Ärmel und fängt ein Blatt auf, das von oben angeschwebt kommt.

»Du meinst, so richtig?« Meine Ponyfransen sind vollkommen verschwitzt. Ich streiche sie zur Seite und bekomme Sonnencreme in die Augen. Es brennt. »Ich finde ihn cool und so, aber ich kenne ihn gar nicht wirklich.« Ich versuche, ihre Frage zu übergehen. *Mag ich ihn?* Als ich ihn gefragt habe, ob er mein falscher Freund sein will, ist mir diese Möglichkeit nicht einmal in den Sinn gekommen.

»Also fühlst du dich nur körperlich zu ihm hingezogen?«

»Wahrscheinlich«, sage ich. »Oje, das klingt echt bizarr. Ich stehe auf Sportler, so wie Jason oder Caleb Waters. Micah ist das genaue Gegenteil von allem, was ich immer gut fand.«

»Aber?«, fragt Bianca nach ein paar Sekunden Stille.

»Okay, er ist lustig«, sage ich. »Er hat schöne Augen und ein nettes Lächeln.« Ich atme tief aus. »Und er *könnte* erwähnt haben, dass er mich süß findet.«

Bianca gibt ein Quietschen von sich.

Ich rede weiter. »Trotzdem. Micah und ich haben nichts gemeinsam. Wahrscheinlich würde das ganze Universum aus den Angeln springen, wenn wir was miteinander anfangen. Ich meine, was sollten wir überhaupt zusammen machen?«

»Ich kann mir da schon ein oder zwei Dinge vorstellen«, sagt sie anzüglich.

»Hör auf, Bianca. Ich meine, was würden wir sonst noch machen?« Ich sehe Micahs leicht geöffnete Lippen vor mir. Seine Muskeln. Das Glänzen von Schweiß. »Na toll, jetzt muss ich daran denken. Bitte hilf mir.«

»Vielleicht stehst du ja einfach auf böse Jungs«, überlegt sie. »War er nicht letztes Jahr im Gefängnis?«

»Ja. Aber seit wann mag ich böse Jungs?«

»Das soll wohl ein Witz sein, oder? Jason ist das Paradebeispiel eines bösen Jungen. Er mogelt bei Klassenarbeiten. Schwänzt die Schule, wann er Lust hat, außer in der Fußballsaison.« Sie macht eine Pause. »Und wurde in seinem Schließfach nicht Gras gefunden?«

Na schön, vielleicht hat Jason ein paar Ecken und Kanten, aber das macht ihn interessanter als jemanden, der alle Regeln befolgt. »Meinst du, das ist es?«, frage ich hoffnungsvoll. »Dass ich die Dinge an Micah anziehend finde, die mich an Jason erinnern?« Immer noch will es mir nicht in den Kopf, dass die beiden *irgendetwas* gemeinsam haben könnten.

»Oder vielleicht geht es dir einfach noch schlecht wegen der Trennung«, sagt Bee. »Du fühlst dich allein und willst mit *irgendjemandem* zusammen sein.«

»Was, so wie in dem alten Song? *If you can't be with the one you love …?*«

»*Then love the one you're with*«, fährt sie fort. »Es würde sicher keine Songs darüber geben, wenn es keine universelle Erfahrung wäre.« Sie sieht mich an. »Oder geht es dir vielleicht ums Gewinnen? Wie sieht Micahs Exfreundin aus?«

»Toll«, gebe ich zu. »Sie hat Stil, ist cool und eine fantastische Musikerin. Ich glaube, sie ist sogar nett.«

»Also – vielleicht willst du Micah nicht wirklich, kannst aber den Gedanken auch nicht ertragen, dass sie ihn hat?«

Ich schlage mir wieder die Hände vors Gesicht. »Dann wäre ich die schlechteste Verbündete im Kampf, die man sich vorstellen kann.«

Bianca klopft mir auf die Schulter. »Es gibt nur eins, was wichtig ist. Nimm mal an, du fängst etwas mit Micah an und es funktioniert –«

»Vergiss es«, unterbreche ich sie und spähe zwischen meinen Fingern hervor. »Kannst du dir vorstellen, was die Leute in der Schule sagen würden? Was Kendall sagen würde?« Es klingt echt blöd – als wäre es mir schrecklich wichtig, was alle denken. Aber tatsächlich ist es allen wichtig, was *manche* Leute denken.

Bee schnipst mit den Fingern vor meinem Gesicht. »Jetzt vergiss mal die anderen. Stell dir vor, es funktioniert mit Micah. Wenn Jason dann plötzlich beschließt, dass er wieder mit dir zusammen sein will, würdest du zurückgehen?«

Ich brauche nur ein paar Sekunden für die Antwort. »Ja.«

Bianca nickt. Ich weiß nicht, warum ich ihren enttäuschten Gesichtsausdruck erwartet habe. Vielleicht weil ich die falsche Antwort gegeben habe. Aber das ist verrückt. Warum liege ich hier und habe ein schlechtes Gewissen bei dem Gedanken, einen Jungen zu verlassen, mit dem ich noch nicht einmal zusammen bin? Der mich gar nicht mag?

»Das habe ich mir gedacht«, sagt Bee. »Dann spiel nicht mit Micah, nur weil du allein bist. Das hat er nicht verdient.«

Erst Leo und jetzt Bianca. Alle scheinen zu glauben, ich wollte Micahs Herz stehlen und darauf herumtrampeln. »Du hast recht.« Ich denke an Kendalls Fan-Club und ihre Penner-Phase. »Ich will niemanden benutzen, um mich selbst besser zu fühlen.«

»Bist du sicher, dass du immer noch Jason willst?«, fragt Bianca. »Vielleicht will dein Gehirn dir auf diese Weise sagen, dass es noch andere Jungs gibt.«

»Ich glaube eher, mein Gehirn gerät in Panik, weil unser Plan nicht funktioniert«, widerspreche ich. »Ich will Jason. Niemand sonst passt so gut zu mir.«

»Warum bist du da so sicher?«

»Ich weiß nicht. Es hat mich glücklich gemacht, mit ihm zusammen zu sein. Wir konnten über alles reden und über alles lachen. Mit ihm hatte ich immer das Gefühl, ich selbst zu sein.« Ich sehe nach oben in die belaubten Äste des riesigen Baumes. Ein paar Blätter werden schon gelb, obwohl es erst Ende Juni ist.

»Wirklich? Ist er nicht derjenige, der gesagt hat, du solltest ins Bräunungsstudio gehen? Das klingt nicht so, als könntest du du selbst sein.«

Ich runzle die Stirn. »Er hat mich ja nicht gezwungen oder so. Er hat nur gesagt, ich würde mit etwas mehr Farbe besser aussehen.«

Bee schnaubt. »Und mit schnittlauchglatten Haaren?«

»Bianca!«, sage ich schockiert. »Das ist unfair. Jason hat sich nie für meine Haare interessiert. Kendall war diejenige, die mir das Glätteisen empfohlen hat.« Ich streiche über meinen glatten Pony. »Und sie hat recht, es sieht wirklich besser aus.«

»Vorher war es genauso gut. Wenn hier jemand ein Glätteisen braucht, dann ich.«

Ich schüttle den Kopf. »Auf keinen Fall. Ich liebe deine Monster-Locken.«

Bianca sieht wieder ernst aus. »Aber diese ganzen Sachen, die du angeblich nur mit Jason erleben kannst, könntest du vielleicht auch mit anderen Jungen haben. Und noch viel mehr.«

Ich nehme ihre Hand und drücke sie. »Ich weiß, dass du mir helfen willst«, sage ich. »Aber mein Herz will eben, was es will, auch wenn das sinnlos ist. Gib mich noch nicht auf, Bee. Ohne dich kann ich das nicht schaffen.«

»Ich würde dich nie aufgeben«, sagt sie. »Aber du könntest selbst entscheiden, die Sache aufzugeben.«

Ich nicke. Mein Handy vibriert in der Tasche meiner Sporthose. Ich hole es heraus und schirme es mit einer Hand gegen die Sonne ab, um zu sehen, wer anruft. Es ist Leo. Ich setze mich auf und ziehe ein paar Grashalme aus den Haaren, bevor ich drangehe.

»Hey. Was gibt's?«

»Ich habe Infos über deine Freundin Alex«, sagt er. »Wir sollten uns mal treffen, dann erzähle ich dir alles.«

»Was? Wie kommst du an Infos über Alex?«

»Hat Bianca dir nichts erzählt?«, fragt er.

»Äh … nein.« Ich sehe Bee an. »Warum hat Leo Infos über Alex?«

Sie legt die Hand auf den Mund. »Das habe ich total vergessen«, sagt sie. »Wir haben uns bei der Arbeit über Sun Tzu unterhalten, und ich habe gesagt, dass ich ein bisschen für dich spioniere. Nur leider ist mein Dad im Moment nicht oft in der Stadt und meine Mom lässt mich dauernd Elias und Miguelito hüten. Da hat Leo sich bereit erklärt, die Spionage zu übernehmen.«

»Aha.« Ich finde es immer noch komisch, dass Leo Teil meiner »Armee« sein will. Aber hey, man soll jede Gelegenheit ergreifen, die sich bietet, oder?

»Was hast du herausgefunden?«, frage ich Leo. »Mach es nicht so spannend.«

Er räuspert sich und macht eine bedeutungsvolle Pause. »Sagen wir mal, Jason ist nicht der einzige Junge, mit dem sie ausgeht.«

Ja! Eine äußerst wertvolle Information. Danke, toter chinesischer Kriegsherr. »Wo wollen wir uns treffen?«

Seine Stimme bricht kurz ab und ich höre ein Auto hupen. »Ich bin gerade auf dem Weg ins Denali. Willst du dahin kommen?«

»Klar. Ich bin in fünfzehn Minuten da.« Ich berichte Bianca, was Leo gesagt hat.

Sie macht große Augen. »Ich glaube nicht, dass Jason darüber glücklich wäre, die Freundin mit jemandem zu teilen«, sagt sie. »Lass uns gehen. Ich will die ganze Geschichte hören.«

22

»Sei umsichtig! Und benutze deine Spione für jede Unternehmung.«
Sun Tzu, Die Kunst des Krieges

Als wir im Denali ankommen, sitzt Leo schon an unserem Stammtisch. Er trägt nicht seine übliche Baseballkappe, sondern hat die Haare hochgegelt, wie an dem Abend, als wir im Theater waren. Er trinkt einen Schoko-Shake und blättert in der Biografie eines alten Fußballtrainers.

»Hast du das Buch hier entdeckt?« Die meisten Bücher im Denali sind Romanzen mit langhaarigen Typen in Piratenkluft auf dem Cover. Ich habe den schrecklichen Verdacht, dass sie mal meiner Mutter gehörten.

»Ja.« Leo legt einen Zettel zwischen die Seiten und schließt das Buch. »Oh, hallo Bee.«

»Hi Leo.« Sie setzt sich auf den Stuhl ihm gegenüber.

Ich lasse meine Tasche auf einen leeren Stuhl fallen, setze mich neben Bee und sehe Leo erwartungsvoll an. »Was hast du über Alex herausgefunden?«

»Nicht so laut«, sagt er mit gedämpfter Stimme. »Sonst hört uns noch jemand.«

Bianca kichert. Leo nimmt seine Rolle als Spion ein bisschen zu ernst. Ich schaue mich auffällig in alle Richtungen um. An einer Seite sind ein paar Typen mit einem Rollenspiel beschäftigt. Glänzende Karten mit Elfen und Drachen darauf liegen über den

Tisch verstreut. An der anderen Seite sitzt das einfarbige Mädchen – heute in verschiedenen Rot- und Rosatönen – über ihren Laptop gebeugt. In einer Hand hält sie einen fettarmen Chai-Tee, und ihr blutroter Ballerinaschuh wippt im Takt zu der Musik, die aus ihren Kopfhörern kommt. »Niemand achtet auf uns«, verkünde ich. »Wir sind doch bloß Schüler. Keiner wird denken, dass wir etwas Wichtiges zu besprechen haben.«

»Die Leute haben keine Ahnung«, sagt Bianca und beugt sich zu Leo hinüber.

Er zieht sein Handy heraus und wischt über den Bildschirm. »Okay. Ich bin Alex von der Feuerwache bis zum Haus eines Typen gefolgt.«

Ich nicke langsam. »Super. Hast du Fotos? Hast du wie ein Superspion durch ihr Fenster gesehen?«

»Musste ich nicht.« Er nippt an seinem Shake. »Ich habe gewartet und sie sind zusammen aus dem Haus gekommen und in sein Auto gestiegen. Sie waren schick angezogen, sodass man gemerkt hat, sie haben etwas Besonderes vor.« Er zwinkert. »Und dann bin ich ihnen wie ein Superspion bis zum Restaurant gefolgt.«

»Bist du sicher, dass sie sich nicht bloß mit ihrem Bruder zum Essen getroffen hat?«

»Im *Tony's?*«

Bee pfeift. »*Das Tony's?* Unten in der Stadt? Wow.« *Tony's* ist ein Laden, wo die Rechnung ganz schnell dreistellig wird und wo sich eine ganze Mannschaft an Kellnern um einen kümmert.

Leo schiebt sein Handy über den Tisch. Da ist Alex, in ihrer ganzen rothaarigen Schönheit, und ihr gegenüber ein Mann, der aussieht wie Mitte zwanzig. Nächstes Foto: Sie halten Händchen über der weißen Leinen-Tischdecke. Nächstes Foto: Sie küssen sich.«

»Ich hoffe, das ist nicht ihr Bruder«, sagt Leo.

»Tolle Fotos«, sage ich. »Ich schick sie an mein Handy, okay?« Während ich die Bilder eins nach dem anderen verschicke, flattern Schmetterlinge in meinem Bauch. Das Mädchen, das meinen Freund gestohlen hat, hat selbst einen Freund! Das geschieht Jason recht. Wenn er erst merkt, wie bitter sich Ablehnung anfühlt, wird er vielleicht wissen, was er aufgegeben hat. Aber wie kann ich ihm das mitteilen, ohne zuzugeben, dass ich ihn habe beschatten lassen? »Was meint ihr, was ich mit den Fotos machen soll?«

»Erst mal gar nichts«, sagt Leo. »Ich würde nichts überstürzen. Mach es wie Sun Tzu, warte auf den rechten Moment.«

»Genau«, wirft Bianca ein und schmeißt ihren Zopf über die rechte Schulter.

»Aber wenn der richtige Moment nie kommt?« Ich schaue auf meinem Handy nach, ob die Fotos alle angekommen sind, dann stecke ich es wieder in die Tasche.

Leo fährt mit dem Finger den Rand seines Glases entlang. »Dann sollte es wohl nicht sein.« Er sieht von mir zu Bianca, dann fährt er fort: »Das habe ich auch in Bezug auf Riley beschlossen. Ich will nicht mehr versuchen, sie zurückzugewinnen.«

»Was? Warum nicht?« Ich hatte mich schon gefreut, noch einmal mit ihm auszugehen. Es ist nicht nur wegen des Geldes. Es fühlt sich gut an, ihm zu helfen – als ob ich zur Abwechslung mal etwas Wichtiges tun würde. Außerdem hätte ich ohne ihn nie herausgefunden, wie gut es mir im Theater gefällt. Wenn die Schule wieder anfängt, werde ich mich als Allererstes in Karlssons Theaterkurs einschreiben.

»Ich weiß nicht. Neulich war ich noch einmal auf einer Schauspielerparty und wir haben uns eine Weile unterhalten. Sie hat im Moment keinen Freund, aber sie scheint allein sehr zufrieden zu sein.« Leo lehnt sich in seinem Stuhl zurück. »Und sie hat recht. Im nächsten Jahr werden wir in völlig verschiedenen Welten leben.«

»Wir könnten uns noch einmal treffen«, schlage ich vor. »Wenn sie dich noch mal mit mir zusammen sieht …«

»Nein. Wenn sie mich nur will, weil mich keine andere haben soll, wird es sowieso nicht halten.«

»Aber das ist doch die Idee hinter dem ganzen Kriegsplan, oder?« Ich trommle mit den Fingernägeln auf den Tisch. »Jemanden auszutricksen, der dich nicht mehr will, damit er dich wieder will, wenn auch aus dem falschen Grund. Das heißt doch nicht, dass aus den falschen Gründen nicht wieder die richtigen Gründe werden können, oder?«

Bianca lächelt Leo an. »Ich finde, du bist ziemlich schlau. Manchmal ist es leichter, für das Falsche zu kämpfen, als zu bemerken, dass man es aufgeben sollte.«

Ich räuspere mich. »Irgendwie hab ich das Gefühl, damit meinst du mich.«

Sie spielt mit dem Ende ihres Zopfes. »Nicht unbedingt«, murmelt sie. »Aber ich finde, auch du solltest zumindest an die Möglichkeit denken, dass das, was du willst, nicht unbedingt das ist, was du brauchst.«

»Tut mir leid, dich zu enttäuschen, aber ich weiß, was ich brauche.« Ich ziehe meinen Zopfgummi aus den Haaren und lasse sie wellig über die Schultern fallen. »Schade, dass ich nicht mehr mit dir ausgehen kann, Leo, aber Bianca hat recht. Du bist schlau. Du wirst jemand anderen finden.«

»Danke.« Seine Stimme klingt flach.

»Nein, wirklich. Spiel das nicht herunter. Du musst mit dem arbeiten, was du hast. Versteck nicht die Dinge, die dich einzigartig machen, sonst wirst du am Ende ...« Ich denke an den Tag, als ich mit Bianca zur Arbeit gegangen bin und weder Leo noch Micah meine Anwesenheit bemerkten. »Unsichtbar«, beende ich den Satz.

»Du wirst doch niemals unsichtbar sein«, sagt Leo. »Aber es stimmt. Wenn man versucht, jemand anders zu sein, geht das nie lange gut.«

Die Windspiele klappern, als unser Fußballtrainer Coach Halstead und seine Frau das Café betreten.

»Seht mal, wer da ist.« Bianca nickt in Richtung Coach. »Ich sage schnell Hallo.«

»Ich komme auch gleich.«

Bianca schnappt ihre Tasche und geht durch den Laden. Ich sehe Leo an. »Wir bleiben doch Freunde, oder? Ohne dich hätte ich nie erfahren, dass mein Lieblingsstern in Wirklichkeit ein Planet ist.«

»Natürlich«, antwortet Leo. »Meine astronomischen Kenntnisse stehen dir jederzeit zur Verfügung.«

»Und ich gebe dir dein Geld zurück«, sage ich. »Tut mir leid, dass ich dir keine große Hilfe war.«

»Das muss es nicht.« Leo sieht sich verstohlen um und spricht mit leiser Stimme weiter. »Ehrlich gesagt, da gibt es dieses neue Mädchen. Ich habe mich endlich getraut, mit ihr zu sprechen, weil du mich bei unserem Treffen ermutigt hast.«

»Wow!«, sage ich. »Hast du sie gefragt, ob sie mit dir ausgeht?«

Er hält abwehrend die Hände hoch. »Nein, so weit bin ich noch nicht. Aber seit ich sie besser kenne, tut die Sache mit Riley nicht mehr so weh. Nicht dass sie Riley ersetzen soll, aber ich habe erkannt, dass es für jeden von uns mehr als einen Menschen gibt.«

Ich nicke. Das ist ungefähr das, was Bee auch gesagt hat. Vielleicht hat Jason nicht angerufen, weil es einfach nicht sein soll. Ich könnte Mom bitten, die Teeblätter dazu zu befragen. Aber noch nicht jetzt. Jetzt bin ich an der Reihe, das nächste falsche Date mit Micah zu organisieren. Vielleicht klappt es ja jetzt besser als beim ersten Mal. Ich will einfach noch nicht akzeptieren, dass alles vorbei ist.

»Na gut. Wenn du deine Meinung noch änderst, sag Bescheid.« Ich sehe zu Bianca hinüber. Coach Halstead steht an der Theke, seine Frau hat sich schon an einen Tisch am Fenster gesetzt. Bianca scheint gerade die Karte zu erklären, während Ebony geduldig auf seine Bestellung wartet. »Ich gehe mal rüber und sage Hallo.«

Leo winkt und konzentriert sich wieder auf sein Buch. Ich gehe zur Theke. »Hey, Coach«, sage ich. »Willkommen im coolsten Coffeeshop der Stadt.«

Ebony beißt sich auf den Zungenring und verdreht die Augen. »Das ist bestimmt nicht dein Verdienst«, murmelt sie.

Ich ignoriere sie wie immer.

»Mitchell«, lächelt der Trainer. »Hältst du dich den Sommer über fit?«

»Das wissen Sie doch.« Ich lege meinen Arm um Biancas Schultern. »Wir waren gerade schon laufen.«

Der Trainer bestellt zwei Latte macchiatos und ein Schoko-Brownie. Ebony zieht seine Kreditkarte durch den Scanner. »Also, bleib am Ball«, sagt er, während wir zum Ende der Theke gehen. »Ein paar Colleges haben schon deinetwegen und wegen Kendall Chase angefragt.« Er sieht Bianca entschuldigend an. »Das heißt nicht, dass sie nicht an dir interessiert sind«, fügt er freundlich hinzu.

»Kein Problem«, sagt sie. »Ich bewerbe mich um ein Streber-Stipendium. Fußball ist nur ein Hobby für mich.«

»Was denn für Colleges?«, frage ich neugierig und trete von einem Fuß auf den anderen.

»Bis jetzt hauptsächlich welche aus der Gegend«, sagt er. »Aber das kann sich schnell ändern. Du spielst doch im Herbst wieder im Verein, oder?«

»Ja, ich werde wohl wieder für die Archers spielen«, sage ich.

»Gut«, sagt der Trainer. »Das ist eine ordentliche Mannschaft.«

Ebony stellt zwei dampfende Tassen und ein Brownie auf die Theke. »Kann eine von euch ihm tragen helfen?«, will sie wissen.

»Mach ich«, sage ich.

Der Trainer nimmt den Teller mit dem Brownie und eine Tasse, ich trage die andere. Wir gehen zu dem Tisch, wo seine Frau in der letzten Ausgabe der *Riverfront Times* blättert. Sie sieht auf und lächelt, als ich die Tasse vorsichtig auf den Tisch stelle.

»Erin, du erinnerst dich doch an Lainey Mitchell, oder?«, sagt der Trainer. »Sie ist eine meiner besten Stürmerinnen.«

»Natürlich«, sagt seine Frau. »Hast du nicht das Siegestor bei der letzten Meisterschaft geschossen?«

Ich lächle so breit, dass mein Gesicht wehtut. Es ist toll, gerade jetzt an diesen fantastischen Moment erinnert zu werden. »Hat mich gefreut, Sie zu sehen«, sage ich. »Sagen Sie Bescheid, wenn Sie noch was brauchen.«

»Mach ich«, sagt der Trainer. Als ich zu Bianca und Leo zurückgehe, ruft er mir hinterher. »Denk daran, was ich gesagt habe, Mitchell. Bleib am Ball. Deine Zukunft könnte davon abhängen.«

23

»Er gewinnt seine Schlachten, indem er keine Fehler macht.«

Sun Tzu, Die Kunst des Krieges

Den ganzen Nachmittag spuken die Worte des Trainers in meinem Kopf herum. Wenn ich mich nicht von Jason getrennt hätte, würde ich in diesem Sommer richtig Fußball spielen. Zwar nur in einem Freizeitteam, aber es wäre sicher ein besseres Training als die Spiele allein mit Bianca. Vielleicht würde Jason mich noch bei den letzten Spielen mitmachen lassen, wenn wir wieder zusammenkämen.

Es macht mich verrückt, die Fotos von Alex für mich zu behalten, aber Leo hat recht. Früher oder später wird sich eine Gelegenheit bieten. Und dann werde ich sie nutzen und wie ein Blitz herabfahren. Doch zuerst habe ich noch ein falsches Date mit Micah – im *Beat,* Hazeltons einzigem Schülertanzclub.

Ich strecke meinen Kopf ins Arbeitszimmer. Mom tippt am Computer vor sich hin. Heute hat sie ihr Haar zu zwei rotbraunen Zöpfen geflochten, die am Ansatz grau werden.

»Ich geh aus, Mom«, verkünde ich.

Sie sieht vom Bildschirm auf. Ihre Blick streift mein Sommerkleid. »Mit wem denn, wenn ich fragen darf?«

»Er heißt Micah. Wir kennen uns von der Arbeit.«

Meine Mutter lächelt. »Ach, der nette Junge mit dem Irokesenschnitt, vor dem dein Vater Angst hat?«

Ich lache. »Ja. Aber Micah ist nicht zum Fürchten, versprochen.«

»Warst du auch mit ihm im Theater?«

»Nein, das war ein anderer Junge.«

»Ein anderer Junge«, murmelt sie. »So viele Veränderungen. Ich komme gar nicht mehr richtig mit.«

Ich auch nicht, Mom. Ich auch nicht.

»Ich weiß, wie hart das sein kann«, fährt meine Mutter fort. »Wenn man sich von seiner ersten Liebe trennt. Als der erste Junge, mit dem ich geschlafen habe, mit mir Schluss gemacht hat –«

Oh nein. Bitte nicht. »Oh, es ist schon spät«, sage ich fröhlich. Ich halte mir die Ohren zu und gehe zur Tür, aber sie folgt mir in den Flur. Und zur Haustür heraus.

»Ich wusste nicht, dass es noch viel schöner sein kann. Ich dachte, er wäre der Einzige. Aber als ich deinen Vater kennenlernte, war alles ganz anders –«

Bitte, lieber Gott, lass mich sterben. »Lalalalalalala«, singe ich und laufe so schnell über den feuchten Rasen, wie es in meinen Riemchensandalen möglich ist. Das Letzte, was ich hören will, sind Details aus dem Sexleben meiner Eltern.

Am Bürgersteig bleibt Mom stehen. »Lainey, ich bin nicht naiv. Bitte versprich mir, dass du auf Sicherheit achtest.«

Ich bleibe so plötzlich stehen, dass ich fast umkippe und mit dem Gesicht voran auf dem Asphalt lande. »Was meinst du damit? Willst du sagen, Jason und ich ...« Ich kann es nicht aussprechen. Ich kann die Wörter »hatten Sex« nicht in Gegenwart meiner Mutter sagen.

»Lainey. Ich habe einen Doktortitel. Man muss schlau sein, um seinen Doktor zu machen.« Sie zwinkert mir zu.

»Aber wenn du das wusstest, warum bist du nicht ausgerastet?«

»Eben weil ich schlau bin«, sagt sie. »Außerdem habe ich zufällig die Pillenpackung gefunden, als ich deine Wäsche geholt habe. Du weiß aber schon, dass die Pille keinen Schutz bietet gegen ...«

»Ja, Mom. Ich weiß.« Mist. Ich dachte mir schon, dass meine Unterwäsche-Schublade kein gutes Versteck ist. Am Anfang der 10. Klasse sind Kendall und ich zusammen zum Frauenarzt gegangen. Ich habe es Mom nie erzählt, weil ich dachte, sie würde es nicht in Ordnung finden, wenn ich mit Jason schlafe.

»Ich finde es nicht toll«, sagt sie, als hätte sie meine Gedanken gelesen. »Es wäre mir lieber gewesen, wenn du bis nach deinem Abschluss gewartet hättest – deinem Collegeabschluss. Aber du bist erwachsen, und ich weiß, dass ich deine Meinung nicht ändern kann. Ich will nur, dass du vorsichtig bist. Und du sollst wissen, dass deine Mutter für dich da ist, falls du mal den Rat einer langweiligen alten Frau brauchst.« Sie räuspert sich. »Mit Doktortitel.«

Ich überrasche uns beide, indem ich zurückgehe und sie umarme. »Keine Sorge, Mom. Jason ist der einzige Junge, mit dem ich ... du weißt schon. Und das wird wahrscheinlich nicht mehr passieren. Mit Micah bin ich nicht zusammen. Vertrau mir.«

Meine Mutter atmet tief aus. »Gut. Ich rufe im Kloster an und frage, ob sie dich noch nehmen.«

»Sehr lustig.« Ich ziehe an ihrem Zopf. »Übrigens weiß ich nicht, ob Senioren noch Rattenschwänze tragen sollten.«

Mom schlägt meine Hand weg. »Senioren? Ich bin 46.«

»Na schön. Ältere Menschen«, sage ich mit einem Augenzwinkern.

Sie lächelt. »Eines Tages wirst du auch alt und grau sein«, prophezeit sie.

Ich schüttle mich, als ich den Autoschlüssel auf den Civic richte und die Tür aufschließe. »Niemals. Bis dahin haben sie ein Serum erfunden, das die Menschen jung hält.«

»Du und dein Bruder, ihr haltet mich jung.« Sie streckt die

Hand aus und streicht mir die Haare aus dem Gesicht. »Schön, dich wieder lächeln zu sehen.«

Nach dem letzten Gespräch mit Bianca ist mir klar geworden, dass ich im *Devil's Doorstep* wohl ein bisschen zu viel mit Micah geflirtet habe. Deshalb muss ich mich beim nächsten Mal zurückhalten, damit er keinen falschen Eindruck bekommt. Von nun an werde ich keine Regeln mehr brechen.

Als ich ihn abhole, ist er allein zu Hause. »Was machen wir heute?«, fragt er.

Ich stehe mit ihm im Wohnzimmer und frage mich, wo Trinity heute ist. »Ach, nichts Besonderes. Wir gehen bloß ins *Beat.*«

Micah verzieht das Gesicht, als hätte er etwas Ekliges gerochen. »Das habe ich nun davon, dass ich so nett war«, sagt er. »Ich hasse Tanzclubs. Die Musik ist immer grässlich. Kann ich mich weigern?«

»Natürlich kannst du.« Ich sehe ihn mit Rehaugen an. »Aber ich habe einen ganzen Abend lang das ertragen, was du für Musik hältst.«

Er fällt nicht darauf rein. »Das, was ich für Musik halte, hat dir am Ende ziemlich gut gefallen«, sagt er. »Ich weiß genau, dass mir Tanzen nicht gefällt.«

»Gefällt es dir nicht oder kannst du es nicht?« Ich mache eine Pause und versuche, nicht zu lachen, während ich mir vorstelle, wie Micah zu den neuesten Hip-Hop-Rhythmen über die Tanzfläche fegt. »Hör mal, du musst nicht mit mir tanzen. Lehn dich einfach an die Wand und mach einen gelangweilten Eindruck.«

»Okay«, nickt er. »Und muss ich mich wie ein Weichei anziehen?«

»Du kannst so gehen«, sage ich großzügig. Er trägt eine Jeans mit zerfetzten Knien und ein enges schwarzes *Hannah in Handcuffs*-T-Shirt. Der Anarchie-Anhänger glänzt auf seiner Brust und die kleine silberne Hantel in seiner Augenbraue reflektiert das Licht. Mit dem Augenbrauen-Piercing und der Irokesen-Frisur sieht er schon ein bisschen wie ein böser Junge aus. Ehrlich gesagt mag ich seine Frisur. Jeder andere Junge trägt seine Haare leicht abstehend, wie gerade aus dem Bett gestiegen – der typische Boy-Band-Look.

»Wird Wie-heißt-er-noch-gleich auch da sein?« Micah wühlt unter einem Stapel von Zeitschriften auf dem Couchtisch, fördert einen Kuli zutage und schreibt eine Nachricht für seine Mutter.

»Ich kann ihn schlecht anrufen und fragen«, sage ich. »Aber heute Nacht ist Vollmond-Party. Jeder, der was auf sich hält, wird kommen.«

Der Tanzclub ist ein rechteckiges, flaches Gebäude, das jemand in dem verlassenen unteren Parkdeck der Hazelton Shopping Mall gebaut hat. Micah murmelt, er würde gleich einen epileptischen Anfall kriegen, als wir durch die Eingangstür gehen. Neonfarbene Lichtstrahlen blitzen durch den Raum, der so voller Rauch ist, das man kaum die tanzenden Körper ausmachen kann. Auf einem großen Bildschirm wird ein aktuelles Hip-Hop-Video gezeigt, aber anscheinend haben sie die Farben verstellt, denn die Haut der Sängerin ist lila und der Himmel ist grün.

Wir bleiben in der Nähe der Tür stehen und beobachten die Tänzer, die sich rhythmisch im Nebel bewegen. Einige haben sich als Werwölfe verkleidet. Hinter uns drängt sich eine Gruppe von Leuten herein, die auf unserer Schule waren und gerade ihren Abschluss gemacht haben. Die Mädchen kichern, als die Jungen in ein synchrones Heulen ausbrechen. Der DJ pfeift und projiziert einen riesigen Vollmond an die Decke.

»Das kann doch alles nicht wahr sein«, murmelt Micah.

Wir gehen von der Tür weg und stellen uns an eine Wand. Sie ist aus grauem Beton und mit Graffiti in Leuchtfarben bedeckt.

Der ganze Club besteht aus einer freien Fläche mit ein paar Tischen in einer Ecke und einer Bar, an der man Softdrinks und Snacks kaufen kann. An der hinteren Wand ist eine Tür, die nach draußen auf eine Terrasse führt. Viele Leute gehen hinein und hinaus, wahrscheinlich um den Vollmond anzusehen. Die Nebelmaschine faucht und spuckt eine dicke Rauchwolke aus.

Micah wedelt mit der Hand vor seinem Gesicht herum. Dann lehnt er sich zu mir herüber. »Du hast nicht gesagt, dass man hier Krebs kriegt«, brüllt er, um die pulsierenden Bässe zu übertönen. »Ich wette, dieser Rauch ist giftig.«

»Ha, das würde mich vielleicht überzeugen, wenn du nicht die halbe Schicht mit einer Zigarette im Mundwinkel verbringen würdest«, brülle ich zurück.

Ich erwarte eine bissige Antwort, aber zu meiner Überraschung lächelt er. Dieser Punkt geht an mich und er weiß es. Ich führe ihn durch den Rauch zu einem der Tische und wir setzen uns gegenüber.

»Schick.« Er kippelt mit seinem Stuhl, um zu zeigen, dass die Beine ungleich lang sind.

»Ja. Sie haben ihr ganzes Geld für die Lichter und den Rauch ausgegeben.«

»Jedenfalls nicht für das Sound-System«, sagt er, als die Musik abbricht und ein statisches Knistern aus den Lautsprechern kommt.

Ich blicke durch den Nebel und erspähe Jason in seinen typischen knielangen Shorts und der verkehrt herum aufgesetzten Mütze. Er ist einer der wenigen Jungen, die tanzen. Alex steht neben ihm, in einem trägerlosen roten Kleid. Es ist so tief ausgeschnitten, dass man garantiert ihre Brustwarzen sehen kann, wenn sie sich vorbeugt. Plötzlich kommt mir mein Sommerkleid schlabberig und langweilig vor.

»Hast du ihn gesehen?«, fragt Micah und blinzelt.

»Ja, zusammen mit seiner neuen Freundin.« Ich zeige in ihre Richtung. »Es ist die, die gleich aus ihrem Kleid fällt.«

»Sie sieht okay aus, aber ich stehe nicht auf Mädchen mit großen Brüsten.« Micah runzelt konzentriert die Augenbrauen, als müsste er den Sachverhalt gründlich überdenken.

»Das ist krass«, sage ich. »Aber auch irgendwie süß.«

»Sorry. Ist mir so rausgerutscht.« Er fummelt an seinem Stacheldraht-Armband herum. »Also was macht sie? Geht sie auf unsere Schule?«

Ich erzähle ihm, dass sie neunzehn ist und dass Leo Fotos von ihr und einem anderen Typen geschossen hat. »Was meinst du, was soll ich damit machen?«, frage ich.

»Ich weiß nicht, ob du ihm die Fotos zeigen kannst, ohne wie eine besessene Stalkerin zu wirken.«

»Glaubst du, ich bin eine besessene Stalkerin?«

»Na ja, du versuchst deinen Freund mithilfe eines alten Kriegshandbuchs zurückzugewinnen. Ich denke, du würdest alles tun, um zu bekommen, was du willst«, sagt er. »Hey, immerhin bist du engagiert.«

Ich sehe wieder zu Jason und Alex. Die Musik ist jetzt schneller, und Alex und ihre Brüste hüpfen auf und ab, sodass jederzeit ein Missgeschick mit dem Kleid passieren könnte. Vielleicht bin ich ja altmodisch, aber ich finde, wenn man so große Brüste hat, ist ein trägerloses Kleid nicht die beste Idee.

»Wir müssen näher heran, sonst sehen sie uns nicht. Tanz mit mir – nur für ein Lied.« Ich sehe Micah bittend an.

Er zeigt auf seine Ohren. »Spielen sie hier auch mal Songs, die nicht totaler Mist sind? Ich kann zu dem Müll nicht tanzen, Lainey. Ich kenne die ganzen Lieder nicht mal.«

In diesem Moment ruft der DJ, er würde mal einen Gang runterschalten. Ein bekannter langsamer Song beginnt. Es ist ein Lied, das man gleichzeitig auf allen Sendern hören kann, wenn man das Radio anschaltet. Micah muss es einfach kennen. Und jeder kann langsam tanzen, oder? Ich sehe kurz zu Alex und Jason hinüber. Sie tanzen weiter.

»Komm schon«, bettle ich. »Das ist perfekt. Da musst nur dastehen und dich vor und zurück wiegen.«

Micah stöhnt, aber er lässt sich von mir auf die Tanzfläche führen. Wir bleiben ein Stück entfernt von Jason und Alex stehen, damit es nicht zu offensichtlich aussieht. Eine Sekunde lang stehen wir uns im Nebel gegenüber, unsicher, wie wir zusammenkommen sollen. Wir strecken gleichzeitig die Hände aus und sie stoßen aneinander. Seine Finger sind warm. Schließlich landen seine Hände auf meiner Hüfte und ich lege meine Arme um seinen Hals.

Ich achte darauf, dass etwas Luft zwischen uns ist, trotzdem können wir nicht so stehen, ohne uns sehr nahe zu kommen. Schließlich lege ich meine Wange an seine Schläfe, hauptsächlich damit ich ihn nicht ansehen muss. Ich drehe die Nase zur Seite, um nicht direkt in sein Ohr zu atmen.

»Deine Haare riechen gut«, sagt er.

Wahrscheinlich fühlt er sich genauso unsicher wie ich.

Über Micahs Schulter beobachte ich Jason und Alex. Bei ihnen gibt es keine Unsicherheit. Wenn sie noch enger tanzen, braucht Alex bald einen Schwangerschaftstest.

»Entspann dich«, sagt Micah. »Starr sie nicht so an.«

»Woher weißt du –?«

»Das fühlt man. Dein Körper ist total steif – als würde ich mit dem Blechmann aus dem *Zauberer von Oz* tanzen.«

»Ach, jetzt bist du plötzlich ein Tanz-Experte?« Ich lehne mich etwas zurück.

Micah zieht mich wieder zu sich heran. »Ich habe nicht gesagt, dass ich nicht tanzen *kann*. Nur dass ich nicht tanzen *mag*.«

Jason lehnt sich zu Alex und küsst ihren Hals. Ihre Hand gleitet am Rücken unter sein T-Shirt. Ich fühle, wie meine Muskeln zu Metall werden.

»Blechmann«, flüstert Micah.

Ich widerstehe dem Drang, ihn in den Bauch zu boxen. Er dreht uns um, sodass ich Alex und Jason nicht mehr sehen kann. Ich schließe die Augen und versuche, mich auf die Musik zu konzentrieren. Langsam löst sich meine Erstarrung und ich rücke noch näher an Micah heran. Er ist so warm. Ich versuche, meinen ganzen Körper zu entspannen, Muskel für Muskel. Ich tue so, als wären seine Arme das Einzige, was mich noch aufrecht hält. Mit den Fingerspitzen streife ich aus Versehen seine Irokesenfrisur. Die Haare fühlen sich gleichzeitig stachelig und weich an. Ich fahre mit der Hand hindurch und streiche mit den Fingernägeln sanft über seine Kopfhaut.

Da landet Micahs Stahlkappenschuh hart auf meinen bloßen Zehen. Ich kreische auf und taumele rückwärts, lasse Micah los und stoße mit jemand anderem zusammen. Ich habe Angst, mich umzusehen, aber ich tue es trotzdem.

Es ist Jason. Natürlich. Er dreht sich um, wahrscheinlich um den ungeschickten Klotz zu beschimpfen, der mit ihm zusammengeknallt ist. Als er mich erkennt, bleibt sein Mund offen stehen.

»Hey, Lainey«, sagt er und blickt zwischen Micah und mir hin und her. »Wie geht's?«

24

»Wer also das Geschick besitzt, den Feind in Atem zu halten, baut Täuschungen auf, die den Feind zum Handeln veranlassen.«

Sun Tzu, Die Kunst des Krieges

Ich stehe sprachlos da. Hoffentlich kann man durch die flackernden Lichter und den Rauch nicht erkennen, wie rot ich geworden bin.

»Mein Fehler«, sagt Micah. »Ich hab ihr gesagt, dass ich ein mieser Tänzer bin, aber du weißt ja, wie Mädchen sind. Ein Nein akzeptieren sie einfach nicht.« Er hält Jason die Hand hin. »Ich bin Micah.«

»Jay.« Jason bedenkt Micah mit seinem typischen knochenbrechenden Händedruck.

Ich hatte eigentlich nicht geplant, die beiden einander vorzustellen, und es ist genauso peinlich, wie man es sich nur ausmalen kann. Beide sehen mich an.

»Ähm«, stammle ich. »Das ist Micah.« Wie originell.

»Ja, das hatten wir schon«, sagt Jason mit ausdrucksloser Stimme. Er nimmt seine Basecap vom Kopf und fährt sich durch die dichten blonden Haare. Dann setzt er sie schief wieder auf, Typ Vorstadtgangster.

»Ich bin Alexandra«, mischt sich die als Alex bekannte Rettungsassistentin plötzlich ein.

Ich hatte schon fast vergessen, dass sie da ist. Alle sehen sie an. Sie dreht sich zu mir um und ihre Zähne blitzen weiß im flackernden Licht. Eine Sekunde lang denke ich, sie will mir die Hand geben, und verschränke schnell die Hände hinter dem Rücken.

»Das ist Lainey«, sagt Jason. Sein Blick begegnet meinem, doch er wendet ihn ab. »Die … äh … Freundin meiner Schwester.«

Ich blicke zu Boden. *Das bin ich für Jason? Die Freundin seiner Schwester?* Ich würde gerne erwidern, dass ich nicht bloß die Freundin seiner Schwester war, als wir es vor ein paar Wochen in jedem Zimmer seiner Wohnung getrieben haben. Aber offiziell bin ja mit Micah hier, also beiße ich mir auf die Zunge.

»Freut mich«, zwinge ich mich zu sagen. Und dann stehe ich stumm da und trete von einem Bein auf das andere. Wahrscheinlich wäre sogar dem Blechmann mehr eingefallen. Doch ich kann nur daran denken, was Alexandra von mir unterscheidet. Was hat sie, was ich nicht habe? Sie ist etwas älter, aber Jason hat nie den Eindruck gemacht, als würde er sich für ältere Frauen interessieren. Sie ist kleiner als ich und hat mehr Kurven – ich weiß, dass er das gut findet. Aber hat sie ihn nur mit ihrem Aussehen eingewickelt? Oder ist es etwas anderes, etwas, das ich nicht sehen kann?

»War nett, mit dir zusammenzustoßen – buchstäblich.« Jason klingt so, als ob er es ernst meint, aber ich bin immer noch sauer, dass er mich als Freundin seiner Schwester vorgestellt hat.

»Ja. Tut mir leid«, sage ich. Das langsame Lied ist zu Ende, und ein Hip-Hop-Song beginnt, der vor ein paar Jahren ein großer Hit war.

»Cool.« Jason wirbelt herum und fängt an zu tanzen. Für einen Weißen hat er wirklich ein gutes Rhythmusgefühl.

Alexandra greift nach seiner Hand. »Komm mit. Ich liebe diesen Song.«

»Bis später.« Jason lässt sich von ihr mitten in die zuckenden Lichter ziehen. Er wirbelt wieder herum, und sie macht ein paar Tanzschritte, die aussehen wie aus einem Cheerleader-Auftritt.

»Ist doch super gelaufen«, sagt Micah.

Er versucht, Witze zu machen, aber ich lache nicht. Stattdessen hätte ich ihn am liebsten schon wieder in den Bauch geboxt. »Sicher. Danke, dass du mich zur Vollidiotin gemacht hast.«

Meine Augen fangen an zu tränen, aber ich will auf keinen Fall vor Micah oder Jason weinen. Oder Alex. Alexandra. Wie auch immer. Ich wünschte, Bianca wäre hier. Ich schiebe mich an Micah vorbei und gehe Richtung Eingangstür, wobei ich mein Handy aus der Tasche ziehe. Durch die Bassrhythmen bilde ich mir ein, das Stampfen von Micahs Stiefeln hinter mir zu hören.

Es ist eine warme Nacht, aber der Luftzug fühlt sich kühl an, als ich durch die Tür trete und den vollen, schwitzigen Club verlasse. Ich raffe meine Haare mit einer Hand zusammen und fächle mir mit der anderen Luft zu. Dann lehne ich mich an die Mauer und schreibe Bee.

Bist du da?

Sie antwortet nicht. Vielleicht arbeitet sie oder schläft schon. Ich überlege, ob ich Kendall anrufen soll. Sie ist bestimmt noch wach, aber sie darf bei der Modelsendung so selten ihr Handy benutzen, dass sie wahrscheinlich nicht drangehen wird. Gerade will ich mein Handy wieder einstecken, da fällt mir Steve ein. Wie spät ist es wohl gerade in Irland? Bestimmt schon Morgen, und vielleicht ist mein Bruder ja schon wach. Ich schicke ihm eine Nachricht:

Hey, wie geht's?

Steve ruft sofort an. »Lainey?« Seine Stimme klingt verschlafen und besorgt.

»Oje, hab ich dich geweckt? Tut mir leid.«

Er lacht leise. »Es ist Viertel nach fünf. Ja, du hast mich geweckt. Was ist los? Alles okay bei dir?«

Ich lasse mich gegen die Wand sacken. Mist, heute kann ich aber auch nichts richtig machen. »Sorry, Steve, ich dachte, es ist schon später und du sitzt gerade beim Frühstück.« Meine Stimme zittert ein bisschen und eine Träne läuft mir über die Wange.

»Kein Problem.« Er gähnt. Dann fragt er: »Weinst du?«

»Nicht richtig. Ich habe bloß gerade Jason mit seiner neuen Freundin gesehen und frage mich, was mit mir nicht stimmt.« Ich wische die Träne weg, als ob mein Bruder sie durch das Telefon sehen könnte. Eine andere läuft hinterher.

Jetzt ist Steve wach. »Mit dir stimmt alles«, sagt er. »Vergiss Jason und such dir einen anderen Jungen. Einen, der dich nicht zum Weinen bringt.«

Wenn es bloß so einfach wäre. »Ich versuche es«, schniefe ich. »Und was ist mit dir? Hast du ein hübsches irisches Mädchen gefunden, das du Mom vorstellen kannst?«

»Ha! Vor ein paar Tagen hat sie mir gemailt, was sie in den Teeblättern für mich gelesen hat. Eine Weggabelung. Eine große Entscheidung.« Er gluckst. »Das gilt ungefähr für jeden einzelnen Menschen an jedem einzelnen Tag.«

»Stimmt.« Ich lächle durch meine Tränen. »Danke. Du schaffst es immer, dass ich mich besser fühle.«

»Du auch«, sagt Steve. »Ernsthaft. Du bist ein Star. Und der Junge, der das nicht sieht, ist einfach zu blöd für dich.«

Das klingt gut, aber er ist mein Bruder. Er ist nicht objektiv. Trotzdem weiß ich seine Bemühungen zu schätzen.

»Wo wir gerade von Stars reden«, sage ich. »Wusstest du, dass unser Lieblingsstern in Wirklichkeit die Venus ist?«

»Ja, das habe ich letztes Jahr im Einführungskurs Astronomie gelernt«, sagt er. »Deswegen hat es nie geklappt, wenn wir uns Schnee gewünscht haben.«

»Warum hast du mir das nie erzählt?«

»Ich weiß nicht. Ich schätze, weil es eine schöne Kindheitserinnerung ist, die ich dir nicht kaputt machen wollte.« Er gähnt wieder. »Bist du sicher, dass du okay bist?«

»Ja, mir geht es gut. Leg dich wieder hin. Ich hab dich lieb.« Ich lege auf und stecke mein Handy wieder in die Tasche.

»Hey.« Beim Klang von Micahs Stimme zucke ich zusammen. Er steht ein Stück entfernt, seine Gesichtszüge sind von den Schatten und den fluoreszierenden Parkplatz-Lichtern verzerrt. »Tut mir leid, ich wollte nicht lauschen. Aber ich wollte dich auch nicht unterbrechen.«

Ich antworte nicht, sondern wische mir mit dem Handrücken über die Augen. Die Erinnerung an das, was im Club passiert ist, überschwemmt mich wie eine Welle. Jason. Alexandra. *Die Freundin meiner Schwester.* Die Zuversicht aus dem Gespräch mit meinem Bruder verlässt mich gleich wieder, wie ein Drachen, der sich von der Leine löst und vom Wind weggetragen wird.

Micah lehnt sich neben mich an die Wand und zieht seine Zigaretten heraus. »Ist es okay, wenn ich rauche?«

Ich nicke. Sprechen kann ich nicht, dann würde ich wieder anfangen zu weinen.

Eine Motte schwirrt um seinen Kopf, und er schlägt sie weg, sodass sie auf den Boden fällt. Er knipst sein Feuerzeug an und ich starre auf die kleine Flamme. Als sie die Zigarettenspitze berührt, leuchtet diese orange auf. Dann geht die Flamme aus und noch etwas anderes scheint zu verschwinden. Jason. Ein Teil von mir wusste immer, dass er weg ist, aber ich wollte es einfach nicht glauben.

Bis jetzt.

Ich starre auf die herabgefallene Motte. Sie macht ein paar taumelige Schritte auf einen Riss im Asphalt zu, betäubt, aber nicht verletzt. Ich glaube, ich bin bereit aufzugeben. Mein Bruder hat recht – mit mir stimmt alles. Mit Alexandra scheint auch alles zu stimmen, und wenn Jason sie lieber mag als mich, sollte ich ihn einfach gehen lassen. Vielleicht ist sie cool, vielleicht ist sie auch eine blöde Tussi, aber er ist jetzt mit ihr zusammen und nicht mehr mit mir. Wahrscheinlich ist alles vorherbestimmt, wie

Mom es immer in den Teeblättern liest. Vielleicht ist es sinnlos, gegen das Universum zu kämpfen. Ich versuche, die aufsteigenden Schluchzer herunterzuschlucken.

Micah dreht sich weg, um den Rauch auszuatmen. Als er sich wieder zu mir umdreht, sieht er sofort, was mit mir los ist. »Lainey.« Er lässt die Zigarette fallen und zerdrückt sie mit seinem Stiefel.

Die Tränen strömen mir über das Gesicht. »Ich glaube, ich gebe auf«, flüstere ich. »Es ist vorbei.«

»Komm her.« Micah legt die Arme um mich und zieht mich an sich, aber ich bin in meinen Plateauschuhen so groß, dass ich in seine abstehenden Haare weine. Ich versuche, mich etwas kleiner zu machen, aber ich will auch nicht in seine gepiercten Augenbrauen weinen.

Doch ihm scheint es nichts auszumachen. Er streichelt mit einer Hand meine Haare und klopft mir mit der anderen auf den Rücken. »Wir sollten gehen«, sagt er. »Du willst doch bestimmt nicht, dass die Leute dich so sehen.«

Er meint nicht die Leute, er meint Jason. »Ist mir egal«, schluchze ich. »Er kann ruhig sehen, was er der Freundin seiner Schwester angetan hat.« Eine neue Welle von Tränen strömt mir über das Gesicht.

»Es ist dir nicht egal«, sagt Micah bestimmt. »Es ist dir kein bisschen egal, auch wenn es das eigentlich sein sollte.« Er dreht mich in Richtung Auto, aber meine Beine sind wie aus Gummi und meine Füße kleben am Boden. »Halt dich an mir fest«, sagt er. Er bückt sich, legt einen Arm unter meine Knie und hebt mich hoch.

Ich will ihm sagen, er soll mich runterlassen, bevor er einen Leistenbruch oder so was bekommt, aber meine Worte verlieren sich zwischen seinem Kinn und seinem Hals. Er ist so warm … und so stark. Mühelos trägt er mich über den Parkplatz, als ob ich leicht wie eine Feder wäre. Und dann sitze ich plötzlich sicher auf dem Beifahrersitz des Civic, immer noch in Tränen aufgelöst. Micah hockt neben mir auf dem Fahrersitz, der Autoschlüssel steckt im Zündschloss.

»Willst du Musik hören?« Er holt sein Handy heraus und wischt über den Bildschirm.

»Hast du eine Playlist für weinende Mädchen?« Ich reibe mir die Augen. »Und warum sagst du mir nicht, ich soll aufhören – so wie es jeder andere Junge tun würde?«

»Tut mir leid, ich habe keine Bedienungsanleitung für dich«, sagt er. »Außerdem bin ich nicht so gut darin, Leuten zu sagen, was sie machen sollen.« Er stellt den Autositz zurück und sieht mich an. »Gibt es irgendwas, was ich tun kann?«

Ich schüttle den Kopf. Langsam trocknen die Tränen, aus dem Schluchzen wird ein Schniefen. »Es wird nie wieder so, wie es war, oder?«

»Nein, wahrscheinlich nicht.«

»Aber wir waren ein Hochzeitstorten-Paar«, sage ich, mehr zu mir selbst als zu ihm.

»Was?«

»Jason und ich. Wir waren wie diese kleinen Leute oben auf einer Hochzeitstorte.«

»Aus Plastik?« Micahs Lippen kräuseln sich zu einem Lächeln.

»Hör auf, Witze zu machen.«

»Tut mir leid.« Er verstummt.

»Das sollte es auch. Hast du es mit Absicht gemacht?«, frage ich. »Mir auf den Fuß getreten, damit ich mit Jason zusammenstoße?«

»Nein«, antwortet er. »Warum sollte ich?«

»Ich weiß nicht. Um die Dinge zu beschleunigen oder so. Kendall würde so etwas machen.«

Er stößt einen langen Pfiff aus. »Ich bin vieles, aber ich bin *nicht* Kendall Chase.«

»Warum hast du es dann gemacht? Du warst doch vorher nicht so ungeschickt.«

»Willst du das wirklich wissen?« Er sieht mich von der Seite an.

Mein Herz hämmert gegen den Brustkorb. Vielleicht will ich es lieber nicht wissen. Doch, ich will. Wissen ist Macht. Ich weiß nicht, ob ich das von Sun Tzu habe, aber er würde mir sicher zustimmen. »Ja. Ich will es wissen.«

Micah sieht starr nach vorne, durch die verdreckte Windschutzscheibe. »Die Art, wie du meine Haare berührt hast, hat mich irgendwie … angemacht.«

Ich gebe ein Geräusch von mir, das halb ein bitteres Lachen, halb ein Husten ist. »Das glaube ich dir nicht«, sage ich. »Du hast mir von Anfang an klargemacht, dass du nicht in mich verliebt bist. Sonst hätte unsere Abmachung niemals funktionieren können.« Ganz kurz überlege ich, ob ich ihm erzählen soll, wie es mir im *Devil's Doorstep* ging und dass ich mich irgendwie zu ihm hingezogen fühle. Aber ich entscheide mich dagegen. Ich brauche heute keine Demütigungen mehr, mein Bedarf an Ablehnung ist gedeckt.

Micah antwortet nicht sofort. Seine Finger trommeln einen willkürlichen Rhythmus auf dem Lenkrad. »Du bist eigentlich nicht mein Typ«, sagt er schließlich. »Das heißt aber nicht, dass du nicht sexy bist.«

Mein Gesicht wird heiß, obwohl er es bestimmt nur sagt, damit ich mich besser fühle. »Danke«, flüstere ich.

»Tu nicht so, als ob du das nicht weißt. Die ganze Schule findet dich sexy.«

Es ist schon komisch. Kendall sagt immer, Schönheit wäre hauptsächlich ein Geisteszustand. Wenn man sich benimmt, als wäre man hübsch, werden es alle glauben. Dass Jason mich verlassen hat, hat alles infrage gestellt, was ich geglaubt habe. Vielleicht habe ich die ganze Zeit in der Highschool nur Theater gespielt.

»Im Moment fühle ich mich nicht gerade sexy«, gebe ich zu.

Micah pikst mich in die Schulter. »Komm schon. Du hast diese Beine und dieses Lächeln und diese glänzenden Haare.«

Ich vergrabe mein Gesicht in den Händen. So gerne ich das auch höre, so sehr fühle ich mich wie eine Versagerin. Muss Micah jetzt da weitermachen, wo mein Bruder aufgehört hat? Brauche ich rund um die Uhr einen persönlichen Cheerleader?

»Sorry. Das klingt lahmarschig«, sagt Micah.

Ich spähe ihn durch die Finger an. »Warum bist du so nett zu mir?«

»Ich bin einfach ein netter Typ. Aber sag es nicht weiter, das ruiniert mir meinen Ruf.«

Ich lasse die Hände sinken und lehne mich über die Konsole, bis mein Kopf an seiner Schulter liegt. »Tut mir leid mit deinen Haaren. Ich weiß nicht, warum, aber ich wollte sie schon anfassen, seit wir zusammen im *Mizz Creant's* waren.« Ich atme tief aus. »Oje, jetzt klinge *ich* lahmarschig.«

Micah lacht leise. »Alle Frauen lieben den Iro.« Er dreht sich zu mir und senkt den Kopf, sodass seine Haare direkt vor meinem Gesicht sind. »Du kannst ihn anfassen, jetzt bin ich darauf vorbereitet.«

»Ist das dein Ernst? Weil ich dir leidtue? Nein danke«, sage ich trocken und versuche das Flattern in der Brust zu ignorieren.

»Fass ihn an«, flüstert er. »Ich weiß, dass du es willst.«

»Halt die Klappe.«

Er gibt auf und lehnt sich im Sitz zurück. »Meine Schwester schneidet und färbt mir die Haare. Sie könnte dir auch einen machen, wenn du dich traust. Stell dir mal vor, wie das auf dem Fußballfeld aussehen würde.«

»Danke, ich verzichte.« Ich lehne mich im Sitz zurück und sehe durch das Fenster. Hinter den geparkten Autos kann ich die Venus tief am Horizont sehen. Sie blinkt nicht.

»Fühlst du dich besser?«, fragt Micah.

»Ja, aber ich wünschte, ich könnte diese Nacht vergessen.« Ich sehe zu ihm herüber. Seine haselnussbraunen Augen leuchten in dem halbdunklen Auto. Er war so cool zu mir. Es wäre leicht, zu leicht, ihn zu benutzen, um mich besser zu fühlen. »Wollen wir uns betrinken oder so?« Die Worte sind heraus, bevor ich nachdenken kann.

Micahs Lippe zuckt, dann verzieht sich sein Mund zu einem Grinsen. »Ts, ts, ts, Lainey Mitchell.«

»Was?« Ich fummle am Saum meines Kleides herum.

»Ich habe das Gefühl, das läuft auf noch mehr gebrochene Regeln hinaus.« Er streckt die Hand aus und tätschelt mein nacktes Bein. »Bestimmt würde es Spaß machen, aber wahrscheinlich ist es keine gute Idee.«

Er hat recht. Ich hatte mir gerade noch vorgenommen, nicht zu flirten, und nun schlage ich vor … ich weiß selbst nicht, was. Im Geiste höre ich Bianca sagen, ich sollte nicht aus Einsamkeit Spielchen mit ihm spielen. Sie hat recht. Micah hat recht. Alle haben recht, nur ich nicht.

Sein Handy summt in seiner Tasche. Er zieht es heraus und wirft einen Blick darauf, geht aber nicht ran. Es summt noch einmal. Und noch einmal.

»Wer ist das?«, frage ich neugierig.

»Amber.«

»Willst du nicht rangehen?« Ich würde zu gerne den Abend retten und außerdem diesen unseligen Vorschlag vergessen, uns zu betrinken. Also kann ich mich auch gleich wieder auf unseren Plan konzentrieren.

»Ich rufe sie später zurück. Du weißt schon, Täuschung, nicht zu eifrig sein und das ganze Zeug. Das steht doch in dem Strategiebuch, oder?«

»So ähnlich. Hast du dir etwa *Die Kunst des Krieges* gekauft?«

»Ich lese es online.« Seine Stimme wird weicher. »Lass uns abhauen. Du entspannst dich, ich fahre.«

Und wieder spricht meine Stimme unabhängig von meinem Gehirn. »Kannst du mich in den Arm nehmen?« Schrecklich, ich klinge wie eine Fünfjährige. Aber erst wenn man Dinge wie Umarmungen nicht mehr bekommt, merkt man, wie wichtig sie sind.

Micah sieht zu mir herüber. »Das klingt doch schon viel besser.« Er streicht mir eine lange Haarsträhne aus dem Gesicht. Ich lehne mich über die Gangschaltung und lege ihm die Arme um den Hals. Ich sauge seine Wärme auf und fühle das leichte Kitzeln seiner Bartstoppeln an meiner Wange.

»Brich mir nicht die Rippen«, sagt er mit gepresster Stimme.

Als wir uns voneinander lösen, verfängt sich sein Stacheldraht-Armband in meinen Haaren. Er hält in der Bewegung inne, als sich eine Haarsträhne straff zieht.

»Ich hab es.« Ich löse das Armband aus meinen Haaren. Als ich seinen Arm loslasse, sehe ich sein drittes Tattoo, das unter dem Armband versteckt war – eine Henkerschlinge.

Er bemerkt meinen Blick und zieht sein Armband wieder über das Tattoo. »Das war das Logo der Band meines Vaters, *Hangman's Joke*. Es war mein erstes Tattoo und die Lehrer haben sich schrecklich darüber aufgeregt. Sie wollten wissen, ob ich mich verletzen wollte, ob ich andere Leute verletzen wollte und so einen Mist. Es war wie damals in der fünften Klasse. Deshalb verstecke ich es lieber.«

Fünfte Klasse. Ich weiß noch, wie mein Tisch in der Schule damals aussah. Jemand hatte ein F in die linke untere Ecke geschnitzt, und in der Maserung des Holzes versteckte sich ein Gesicht, das mich an das Bild »Der Schrei« erinnerte. Es war viel einfacher, nach unten zu sehen, als Micah anzusehen. »Ich hab dir nie gesagt, wie leid mir die Sache mit deinem Dad tat«, platze ich heraus.

Micah antwortet nicht. Er starrt sein Handgelenk an.

Ich denke daran, wie schlimm es für ihn gewesen sein muss, seinen Dad auf dem Boden eines Ladens verbluten zu sehen. »Ich hatte noch nie einen wirklichen Grund, traurig zu sein«, sage ich. »Ich habe noch nie jemanden verloren.«

»Was ist mit deinem tollen Jason?« Micah dreht sich ruckartig zu mir um.

»Das ist nicht dasselbe«, sage ich. »Jason lebt ja noch. Es ist nicht so, dass ich ihn nie wiedersehen werde. Außerdem ist es etwas anderes, einen Freund zu verlieren, als ein Elternteil zu verlieren. Ich weiß, dass ich großes Glück habe, meine beiden Eltern zu haben.«

Er nickt langsam. »Ja. Es ist zum Kotzen«, sagt er. »Wir haben meinetwegen an diesem Laden gehalten. Ich … hatte Durst.« Seine Stimme bricht. »Ich versuche, mir nicht die Schuld zu geben, aber die meiste Zeit tue ich es doch.«

»Micah, du kannst doch nicht –«

Er sieht starr aus dem Seitenfenster. »Ich will nicht darüber reden.«

»Na schön. Dann erzähl mir was über deine anderen Tattoos.« Ich streiche mit den Fingern über die Pyramide auf seinem Bizeps. Darüber schwebt ein Auge, wie bei dem Symbol auf dem Dollarschein.

Er zieht seinen Ärmel hoch, damit ich es besser sehen kann. »Dad hatte dasselbe Tattoo. Sein Lieblingssänger hat es für ein Albumcover verwendet. Nach seinem ersten großen Hit wurde bei dem Typen Schizophrenie diagnostiziert und er hat alles verloren. Er hat sogar eine Weile auf der Straße gelebt. Doch sein Bruder hat ihm geholfen, die Medikamente zu besorgen, die er brauchte, und er konnte wieder auftreten.« Micah sieht auf seinen Arm herunter und lächelt. »Dad hat immer gesagt, das wäre so eine ermutigende Geschichte. Sie hat ihn in harten Zeiten aufrechtgehalten.«

»Und dieses hier?« Ich berühre die sich überschneidenden Kreise seitlich an seinem Hals.

Micah lächelt jetzt richtig. »Das ist das Symbol für die Dreieinigkeit. Trinity.«

Wow. »Ihr seid euch wirklich nah, du und deine Schwester, oder?«

»Ja. Das ist das einzig Gute, was bei der ganzen Geschichte herausgekommen ist. Trin war erst acht, als Dad starb, aber sie kümmerte sich um Mom und mich, als wir es selbst nicht konnten.« Micah schüttelt den Kopf. »Die Mutter und der neue Mann im Haus. Wir hätten stark sein sollen, aber wir haben es beide nicht geschafft. Nur die kleine Schwester hat dafür gesorgt, dass nicht alles zusammenbricht. Und jetzt sind wir uns alle sehr nah. Ich würde lieber sterben als zulassen, dass jemand den beiden wehtut.«

Die Tür zum Club öffnet sich mit einem lauten Quietschen und Jason stolpert zusammen mit Alexandra heraus. Als sie über den Asphalt gehen, werden sie kurz von den fluoreszierenden Parkplatz-Lichtern beleuchtet. Ich sehe, dass sie seine Mütze trägt. Und er hat ihren Lippenstift im Gesicht.

»So, nun ist es wirklich Zeit zu verschwinden.« Micah lässt den Motor an, gerade als Jason und Alex an uns vorbeigehen. Jay sieht zu uns herüber, und ich merke, dass er den Civic erkennt. Als gute Kriegerin hätte ich mich jetzt an Micah ranschmeißen und eine richtige Show abziehen sollen, sodass die Fenster beschlagen. Aber ich habe das Gefühl, dass wir heute Nacht Freunde geworden sind, und ich will das nicht kaputt machen, indem ich jetzt Theater spiele.

Ich habe die Nase voll von Täuschungen – im Moment jedenfalls.

25

»Wenn Gesandte mit Artigkeiten geschickt werden, ist es ein Zeichen, dass der Feind einen Waffenstillstand wünscht.«

Sun Tzu, Die Kunst des Krieges

Micah fährt mein Auto zu seiner Wohnung, hält an und stellt den Motor ab. Den Schlüssel lässt er im Zündschloss stecken. Wir steigen beide aus und stehen neben dem Auto, unsicher, wie wir uns verabschieden sollen. Wenn man seine Gefühle oder Geheimnisse mit jemandem geteilt hat, werden plötzlich die einfachsten Dinge viel komplizierter.

»Danke, dass du so cool warst«, sage ich schließlich.

»Eine meiner leichtesten Übungen«, sagt er. Dann verschwindet sein Lächeln. »Tut mir leid, dass die Sache für dich nicht besser gelaufen ist.«

»Das ist schon in Ordnung. Vielleicht soll es so sein.«

Micah berührt mein Kinn mit der Faust. »Kopf hoch. Wir haben noch drei Dates vor uns, wenn du willst. Ich bin gespannt, was für entsetzliche Orte dir noch einfallen, an die du mich schleppen kannst.«

»Aber Amber redet doch jetzt wieder mit dir.«

»Noch ist nichts sicher«, sagt er. »Und ich muss schließlich cool bleiben, oder? Hat das nicht Sun Tzu gesagt?«

»Nicht mit diesen Worten, aber im Prinzip schon.«

»Außerdem haben wir eine Abmachung. Fünf Dates.« Er tritt

von einem Fuß auf den anderen. »Du kannst alle fünf haben, wenn du möchtest. Egal, was mit Amber passiert.«

»Wirklich?« Es ist toll, dass er seinen Teil der Abmachung erfüllen will, auch wenn er mich nicht mehr braucht. Besonders wenn man bedenkt, wie schrecklich der Abend im *Beat* für ihn war. Er hat es ausgehalten, dass ich ihm wegen Jason etwas vorheule, obwohl er ganz offensichtlich nicht findet, dass Jason das wert ist. »Für jemanden, der nicht ganz normal ist, bist du ein echt guter Freund«, sage ich, um der Situation die Spannung zu nehmen.

Er nickt langsam. »Und du bist eigentlich ziemlich süß für ein gemeines Mädchen.«

Ich lächle. Vielleicht ist es das erste echte Lächeln an diesem Abend. »Lüge. Alles Lüge.« Als ich noch überlege, ob ich ihn zum Abschied umarmen soll, summt sein Telefon schon wieder. »Du solltest wohl langsam mal rangehen«, sage ich.

»Yep.« Micah fängt an, eine Nachricht an Amber zu schreiben, und ich setze mich auf den Fahrersitz. Er winkt mir zu, als ich auf die Straße fahre.

An die Fahrt nach Hause erinnere ich mich kaum. Ich gehe alles, was passiert ist, wieder und wieder in Gedanken durch. Jason und Alexandra. Mein Bruder. Micah. Zwei Stunden später denke ich immer noch nach, als plötzlich mein Handy klingelt.

Es ist schon nach Mitternacht.

Es ist Jason.

Ein paar Sekunden lang starre ich auf das Display. Soll ich rangehen? Soll ich warten, bis der Anrufbeantworter anspringt und ihn dann zurückrufen? Wie viele SMS und Anrufe von Amber hat Micah wohl bekommen, bevor er geantwortet hat? Ich werfe das Handy auf mein Bett und wühle in meiner Tasche nach der *Kunst des Krieges*. Doch dann geht mir auf, wie sinnlos es ist, in einem Buch, das vor ungefähr Trillionen von Jahren geschrieben wurde, nach Ratschlägen für Telefonate zu suchen.

Das Klingeln verstummt. Dann beginnt es von Neuem.

Sei entschlossen. Ich gehe ran. »Was ist los?«, sage ich misstrauisch. Aus irgendwelchen Gründen bin ich eher nervös als begeistert.

»Was ist bei *dir* los, Lainey?«, fragt Jason.

»Nichts.« Es klingt wie eine Frage. Ich sitze im Schneidersitz auf meiner Zebra-Bettdecke und sehe auf das Poster von Caleb Waters über meinem Bett, der auf mich herunterlächelt. Ich wette, Caleb behandelt Mädchen besser als Jason. Bestimmt stellt er seine Ex nicht als »die Freundin meiner Schwester« vor.

»Es war cool, dich heute im *Beat* zu treffen«, sagt Jason. »Gut, dass du wieder ausgehst.«

»Ich habe nie aufgehört auszugehen«, sage ich zuckersüß. »Ich war nur woanders. Wollte mal andere Sachen ausprobieren.«

»Andere Sachen ausprobieren?« Jasons Stimme trieft vor Sarkasmus. »Sei bitte vorsichtig, okay?«

Sei flexibel. Sei trügerisch. Eigentlich sollte ich mit ihm flirten oder so tun, als wäre meine Beziehung zu Micah etwas Ernsthaftes. Aber ich fühle mich, als wäre ich wieder im Denali, an dem Tag zu Beginn des Sommers, als Jason mit mir Schluss gemacht hat. Ich bin stinksauer – so sauer, dass ich meinen Ärger und meine Verletzung nicht verbergen kann. *Zügle dein Temperament.* Nein. Vergiss es. Ich habe den ganzen Sommer lang mein Temperament gezügelt. Jetzt reicht es. »Deine Besorgnis ist rührend, aber es geht dich nicht wirklich was an, ob ich vorsichtig bin, oder?«

»Darf ich mir keine Sorgen um dich machen?«, fragt er. »Wurde der Typ nicht letztes Jahr verhaftet?«

»Wurdest du nicht vor zwei Jahren verhaftet?«

»Ja, aber die Anklage wurde fallen gelassen.« Ich kann fast hören, wie Jason die Augen verdreht.

»Ach, und deshalb sollte ich nicht mit ihm ausgehen? Weil er keine reiche Mutter hat, die für seine Freilassung bezahlen konnte?«

Stille. Da habe ich wohl einen wunden Punkt erwischt.

»Tut mir leid«, sagt Jason schließlich. »Ich will nur nicht, dass du verletzt wirst.«

Ich boxe in mein Kopfkissen. »Dann hättest du mich nicht verletzen sollen.« Ehrlich, wie kommt er bloß darauf, dass er mich einfach fallen lassen kann und sich dann ein Urteil über meinen nächsten Freund erlauben darf?

Na gut, über meinen vorgetäuschten Freund. Egal.

»Ich weiß, ich hab mich wie ein Arschloch benommen. Ich will mich auch gar nicht rausreden. Tut mir wirklich leid. Ich hoffe, du kannst mir eines Tages vergeben.«

»Was interessiert es dich, ob ich dir vergebe? Schließlich bin ich ja bloß die *Freundin deiner Schwester.*«

»Kein guter Ausdruck, oder? Ich dachte, es wäre schlimmer für dich, wenn ich ihr erzählt hätte, dass du meine Exfreundin bist.« Jason atmet tief ein. »Ich wollte dich nicht beleidigen. Ich kann verstehen, wenn du mich hasst.« Er macht eine Pause. »Aber ich vermisse dich.«

Ich lasse mich aufs Bett fallen und starre an die Zimmerdecke. »Du *vermisst* mich? Was soll das heißen, Jay?«

»Das soll heißen, dass ich dich sehen möchte. Unser Fußballteam hat am Wochenende ein Mädchen zu wenig. Willst du nicht einspringen?«

Jetzt soll ich in seinem Team spielen? Vor ein paar Wochen habe ich mich auf einen Sommer voller Fußball und Spaß gefreut und wollte mit ihm zusammen etwas unternehmen, aber er wollte mich nicht. Und in dem Moment, in dem ich anfange, darüber hinwegzukommen, lädt er mich ein mitzuspielen? Meine Augen füllen sich mit Tränen. »Ich denke darüber nach«, sage ich schnell.

»Samstag elf Uhr. Im Forest Park.«

»Mal sehen. Vielleicht muss ich arbeiten.« Ich habe frei, aber das weiß er nicht. Vielleicht schiebe ich ja eine Sonderschicht ein. Es gibt für alles ein erstes Mal.

»Du kommst bestimmt«, sagt Jason. Plötzlich klingt er fröhlich. »Ich weiß, dass du einem Fußballspiel nicht widerstehen kannst.«

»Mal sehen«, wiederhole ich. »Tschüs.« Ich lege auf und werfe das Handy auf die andere Seite des Bettes. Ich brauche ein paar Minuten, bis ich verstehe, was gerade passiert ist. Jason hat mich angerufen. Er klang auf jeden Fall eifersüchtig, auch wenn er so getan hat, als wollte er mich beschützen. Und dann hat er genau meinen schwachen Punkt erwischt. Obwohl ich stinksauer auf ihn bin, kann ich es kaum erwarten, wieder Fußball zu spielen. Ich fühle mich, als stünde ich erneut am Fuß des Berges.

Natürlich könnte ich das Spiel sausen lassen, aber ich will die Schlacht ja nicht unnötig ausdehnen. Schließlich sollte man jede Gelegenheit ergreifen, die sich bietet. *»Wenn der Feind eine Tür offen lässt, musst du hineinstürmen«,* murmele ich.

Ich setzte mich an meinen Schreibtisch, gehe ins Internet und suche die Webseite der Forest Park Fußballliga. Jays Team – die Red Flyers – hat drei Spiele gewonnen und drei verloren. Ich überfliege die Spielerliste und erkenne ein paar Namen aus dem Schulteam der Jungen und ein Mädchen, das bei uns in der Schulmannschaft spielt. Die anderen Mädchen kenne ich nicht, aber keines davon heißt Alexandra.

Jason ist als Stürmer aufgestellt, zusammen mit Dan Spencer und Jaime Martinez, der eigentlich besser in der Verteidigung spielt. Die Red Flyers könnten auf jeden Fall noch einen starken Stürmer gebrauchen. Na schön – ich bin dabei. Ich logge mich aus und schließe den Laptop. Dann lege ich den Kopf auf die Hände und versuche, einen Sinn in dem Ganzen zu erkennen. Warum hat Jason angerufen und warum war ich eher sauer als begeistert? Warum will ich trotzdem am Wochenende mit ihm Fußball spielen? Als ich mich im Zimmer umsehe, fällt mein Blick auf mein Schmuckkästchen, das ganz oben im Regal steht.

Ich hole es herunter und löse den kleinen goldenen Haken. Die

Kette mit dem goldenen Fußballanhänger liegt auf einem Bett aus rotem Samt. Ich schließe die Augen und stelle mir wieder diese Nacht vor – die Party, wie Jason mich in sein Zimmer geschmuggelt hat, wie er mich so sanft berührte. Als ich Angst bekam, weil es das erste Mal war, machte er irgendeinen komischen Witz, Sex wäre auch nichts anderes, als zusammen Fußball zu spielen. Und schon schien es nicht mehr so eine große Sache zu sein.

»Was ist passiert?«, flüstere ich, die goldene Kette zwischen den Fingern.

In diesem Moment klingelt mein Handy erneut. Es ist Kendall.

Ich lasse die Kette wieder auf den Samt fallen. »Hey«, sage ich und versuche, mir meine Gefühle nicht anmerken zu lassen. »Solltest du als Fernsehstar nicht schon längst im Bett sein und deinen Schönheitsschlaf bekommen?«

Sie ignoriert meine Frage. »Mein Bruder hat gesagt, du bist jetzt mit so einem Spinner zusammen.« Ihre Worte sind wie Eiswürfel, die klirrend in ein Glas fallen. »Hattest du vor, mir das irgendwann mitzuteilen?«

Jetzt ist es so weit. »Micah ist kein Spinner. Und wir sind nicht zusammen.«

»Verstehe.« Kendall macht eine Pause. »Jason hat gesagt – ich zitiere –, du hast einen langsamen Tanz mit einem Loser mit Irokesenschnitt getanzt. Er sagt, ihr habt die ganze Zeit rumgemacht.«

»Wir haben nicht rumgemacht«, sage ich scharf. »Und wen interessiert es, was für eine Frisur der Junge hat, mit dem ich ausgehe. Es ist einfach sein Stil.«

»Wohl eher stillos.«

Ich antworte nicht. Genau dasselbe habe ich vor ein paar Wochen über Ebony gesagt. Ich frage mich, ob ich den Ausdruck von Kendall habe oder sie ihn von mir. Ich fürchte, ich bin die Nachahmerin.

»Ist doch egal, Kendall«, sage ich. »Wir sind nur Freunde, okay?«

»Und was ist mit dem anderen Typen, der Fotos von euch beiden ins Internet stellt? Seid ihr auch nur Freunde?«

Sie muss das Bild meinen, das Leo im Theater gemacht hat. Wie hat sie denn das entdeckt? Bestimmt darf sie nicht ins Internet, bevor die Aufnahme der Modelsendung abgeschlossen ist.

»Ja. Das ist ein Junge, den ich von der Arbeit kenne.«

»Du wirst doch jetzt nicht plötzlich eine Nutte, oder? Ich verstehe ja, dass die Trennung von Jason dich verrückt macht, aber versprich mir, dass du dich nicht von irgendeinem Loser schwängern lässt, okay?«

So beunruhigt habe ich Kendall noch nie erlebt. Sie redet jetzt schon drei Minuten mit mir und hat noch nicht einmal über sich selbst gesprochen. Aus ihren harten Worten höre ich Besorgnis heraus.

»Ich verspreche es«, sage ich.

»Gut. Denn ich werde niemals als Schulsprecherin gewählt, wenn meine Stellvertreterin schwanger ist.«

So viel zum Thema *besorgt.* Ich hätte es wissen sollen. Nur Kendall kann es schaffen, meine Trennung von Jason mehr auf sich als auf mich zu beziehen. Sie hat jede Menge Pläne für das letzte Schuljahr. Wir sollen beide Kapitäne des Fußballteams werden, außerdem kandidiert sie als Schulsprecherin und möchte mich als Stellvertreterin haben. Es klingt nach viel Arbeit, aber Kendall ist gerne am Ruder. Ich weiß, dass sie das von ihrer Mutter hat, aber so langsam geht mir ihre Ich-Bezogenheit auf die Nerven.

»Ich habe nicht vor, schwanger zu werden. Aber du kannst jederzeit jemand anderen bitten, dein Stellvertreter zu werden, falls du dir Sorgen machst.«

»Das ist nicht dein Ernst.«

Ehrlich gesagt, doch. »Hast du rausgefunden, was mit Jason und dieser Rettungsassistentin läuft? Alexandra?« Es fällt mir schwer, ihren Namen auszusprechen.

»Er hat nicht viel über sie gesagt, nur dass es nichts Ernstes ist.« Sie macht eine Pause. »Er will dich wirklich zurück, Lainey.«

»Hat er das gesagt?«

»Mehr oder weniger. Er hat Angst, dass du ihn für den Irokesen-Mann sitzen lässt, deshalb versucht er jetzt, dir beim Fußball wieder näherzukommen.«

Das ist typisch Jason, alle Probleme mit einem Fußballspiel zu lösen. »Wir sehen mal, wie es am Samstag läuft«, sage ich unverbindlich.

»Und was soll ich ihm in der Zwischenzeit sagen?«, will Kendall wissen.

Wenn man Sun Tzu glauben darf, sind die besten Spione die, die im feindlichen Lager sitzen. »Sag ihm, dass ich echt in den neuen Typen verliebt bin. Dass ich erkannt habe, wie schlecht Jay und ich zusammengepasst haben. Erzähl ihm, dass ich dir nicht sagen wollte, wie ernst die Sache zwischen uns ist.«

»Urrgh«, sie macht ein würgendes Geräusch. »Du bittest mich, meinen Bruder anzulügen?«

»Ist das plötzlich ein Problem für dich?«, frage ich. »Wenn Jason glaubt, dass ich wirklich was von Micah will, muss er etwas unternehmen. Oder wenigstens eine Entscheidung treffen.«

»Da hast du recht«, sagt Kendall. »So bekommst du ihn in null Komma nichts zurück. Denn Jason findet nichts aufregender als ein Mädchen, das nichts von ihm will.«

26

»Wenn die Kräfte gleich sind, können wir eine Schlacht erwägen.«
Sun Tzu, Die Kunst des Krieges

Am nächsten Tag treffe ich Micah im Denali gleich an der Stechuhr. Ich erzähle ihm von den Gesprächen mit Jason und Kendall letzte Nacht.

»Dann ist es gestern doch besser gelaufen, als du dachtest«, sagt er. »Ich muss Samstagmorgen im Tierheim arbeiten, aber danach kann ich ein guter falscher Freund sein und dir beim Fußballspielen zusehen.« Die Stechuhr piepst, und er geht zur Seite, damit ich mich einstempeln kann.

»Perfekt. Was ist mit Amber?«, frage ich und tippe meine Nummer ein.

»Sie wird dir bestimmt nicht beim Fußball zusehen.« Micah versenkt die Hände in den Taschen seiner ausgebeulten Kochhose und wartet auf mich.

»Haha. Wie ist es gelaufen, nachdem ich weg war?«

»Ganz gut, denke ich.« Zusammen gehen wir hinein. »Wir haben uns eine Stunde lang SMS geschrieben. Sie will, dass wir uns bald mal treffen und reden.«

Ich lasse Micah zwischen den Schneidebrettern und Gewürzen stehen und werfe meine Tasche in mein Schließfach. Dann bleibe ich noch kurz stehen und beobachte, wie er die Salatbar wischt.

»Das ist ein gutes Zeichen, oder?« Ich schiele nach vorne zur

Kasse. Bianca steht dort alleine, aber es gibt keine Schlange. Sie kann noch eine Weile die Stellung halten, während Micah und ich geheime Informationen austauschen.

»Ich mache mir noch keine Hoffnungen.« Er zieht ein Papiertuch aus dem Spender neben dem Waschbecken und fängt an, eine To-do-Liste zu schreiben. Karibu Cookies. Bananenbrot. Pizzateig.

»Warum nicht?«

Er zuckt mit den Schultern. »Ich glaube, es gibt immer einen Grund für eine Trennung. Und was es auch ist, dieser Grund wird nicht einfach so verschwinden, auch wenn wir wieder zusammenkommen.« Er legt zwei verbeulte silberne Bleche vor sich auf den Tisch.

»Du hast Zweifel?« Ich kann es kaum glauben. »Meine Güte, du klingst ja wie Leo.«

Micah zieht die große silberne Schüssel unter dem Mixer hervor. »Tu ich das? Na ja, Leo ist einer der schlauesten Menschen, die ich kenne.«

»Aber du hast dich doch so nach ihr gesehnt! Und jetzt, wo sie sich mit dir treffen will, hast du plötzlich Zweifel.« Kurz kommt mir der Gedanke, dass es mir mit Jason ähnlich ging. Aber nein, das war etwas anderes. Ich war einfach sauer auf ihn. Amber hat mit Micah nicht in der Öffentlichkeit Schluss gemacht und sie hat ihn nicht wegen eines anderen Jungen fallen gelassen. Er ist nicht sauer auf sie.

Micah verschwindet in der Kühlkammer, ohne zu antworten. Er kommt mit einem Eierkarton und einem Stück Butter zurück.

»Hast du vielleicht einfach Angst, dass es wieder schiefgeht?«, bohre ich nach.

Er hört auf, die Butter auszuwickeln, und schaut mich scharf an. »Kann sein«, antwortet er. »Oder vielleicht vermisse ich nur noch den *Gedanken* an sie –«

Von vorne nähern sich Schritte und wir drehen uns beide um. Bianca kommt mit einer Zeitschrift in der Hand um die Ecke. Sie bleibt abrupt stehen, als sie uns sieht. »Oh, störe ich euch?«

»Nein«, sagen Micah und ich gleichzeitig.

Bianca macht große Augen. »Wow, ihr werdet langsam zu einer Person!«

Ich verziehe das Gesicht. »Sehr unwahrscheinlich.«

»Ja, das ist eine Beleidigung«, fügt Micah hinzu.

Bee hält mir die Zeitschrift hin. »Hast du das Interview mit Caleb Waters gesehen? Mom hat den *Hollywood Insider* abonniert.«

»Wie öde«, murmelt Micah. Er schmeißt ein Stück Butter in die Schüssel und stellt den Mixer auf die erste Stufe.

»Egal, gib her.« Ich schnappe mir die Zeitschrift und überfliege den Artikel und die Fotos. Aber da steht nichts, was ich nicht schon im Internet gesehen habe.

Micah schüttet zwei Tassen Zucker in den Teig und verschwindet wieder in der Kühlkammer.

»Ich hole mir schnell einen Kaugummi aus meiner Tasche, dann bin ich wieder vorne, okay?« Bianca geht in Richtung Schließfächer.

»Ich gehe schon vor.« Ich klemme mir das Magazin unter den Arm und wandere zur Theke.

Ein paar Minuten später ist Bianca da. »Was ist mit Micah los?«

Ich zucke die Schultern. »Wahrscheinlich hat er zu viel laute Musik gehört.« Ich greife nach Bees Hand und wirbele sie im Kreis herum. »Rate mal, was passiert ist. Der Krieg um Jason scheint eine Wendung zu nehmen.« Ich gebe ihr eine kurze Zusammenfassung des Desasters im *Beat* und meiner Telefongespräche mit Jason und Kendall.

»Er hat mit dir gesprochen und dann gleich seine Schwester angerufen, um rauszufinden, was sie weiß? Das klingt vielversprechend.«

»Micah kommt am Samstag mit zum Fußballspiel«, sage ich. »Willst du nicht auch kommen? Du könntest vielleicht mit mir auf der Ersatzbank sitzen.« Ich habe keine Ahnung, wie viele Spieler in Jasons Team sind, aber ich weiß, dass ich sehr nervös sein werde. Es wäre gut, Bianca bei mir zu haben, auch wenn sie nur die Bank wärmt.

»Geht nicht. Ich muss mit meiner Familie wandern.«

»Kannst du nicht absagen?«, frage ich. »Willst du nicht lieber Fußball spielen?«

»Diesmal nicht. Wir gehen in den *Elephant-Rocks-Park* und Mom freut sich schon seit Ewigkeiten darauf.« Sie spielt mit dem Ende ihres Zopfes. »Außerdem brauchst du mich nicht. Es klingt so, als hättet du und Micah alles im Griff.«

Ich strecke die Hand aus und ziehe sanft an ihrem Zopf. »Ich brauche dich immer, Bee.«

27

»Deine Pläne sollen dunkel und undurchdringlich sein wie die Nacht, und wenn du dich bewegst, dann stürze herab wie ein Blitzschlag.«

Sun Tzu, Die Kunst des Krieges

Am Samstagmorgen verbringe ich lächerlich viel Zeit damit, mich für das Spiel im Forest Park fertig zu machen. Jason hat geschrieben, dass ich schwarze Shorts anziehen soll und dass er mir ein T-Shirt mitbringt. Man sollte meinen, der Rest wäre einfach – Schuhe, Schienbeinschoner, Sport-BH, Pferdeschwanz, fertig.

Ich ziehe alles an, sehe in den Spiegel und seufze. Ich könnte genauso gut ein Junge sein. Es ist so gut wie unmöglich, beim Fußball sexy auszusehen. Ich löse den Pferdeschwanz und flechte mir zwei Fischgrätzöpfe. Die Ponyfransen stecke ich mit Haarklammern zurück, damit sie mir nicht in die Augen geraten und mich ablenken. Mein Sommersprossenfleck auf der Stirn sieht aus wie die Leberflecken einer alten Frau. Ich tupfe ein bisschen Make-up darüber und trage braunen Lidstrich auf. Das muss reichen. Wenn ich mich noch mehr schminke, wird jeder sehen, dass ich mich für Jason schick gemacht habe. *Sei trügerisch*, sage ich mir. Heute geht es nur um Fußball.

Im Forest Park befinden sich der Zoo, mehrere Museen, ein See, Tennisplätze und viele Sportfelder und Picknickplätze. Ich fahre durch den Haupteingang und am Art Hill vorbei, wo die Studenten der nahe gelegenen Washington Universität immer hingehen, um Gitarre zu spielen, sich zu sonnen und auf Decken zu liegen und zu kuscheln.

Hinter mir ertönt eine Sirene. Ich fahre an den Straßenrand und lasse einen roten Notarztwagen vorbeisausen. Wahrscheinlich ist er zum städtischen Krankenhaus unterwegs, das direkt hinter dem Park liegt. Biancas Mutter arbeitet dort.

Die Fußballfelder liegen gleich neben den Tennisplätzen. Als ich anhalte, sehe ich auf einer Seite einen Haufen Spieler in Rot, auf der anderen mehrere Spieler in Gelb durcheinanderrennen.

Jason steht zwischen den roten Spielern. Er ist größer als die meisten, sodass ich seinen sandfarbenen Schopf sehen kann, der vom Wind zerzaust wird. Ich suche die Zuschauerreihen nach Alexandra ab, aber sie ist nicht zu sehen. Langsam gehe ich näher heran und schaue, ob ich jemanden kenne. Dan Spencer ist da und Matt Clifton aus der Schulmannschaft der Jungen. Auch Jaime Martinez geht auf unsere Schule, aber es ist niemand dabei, mit dem ich befreundet bin. Mindestens zehn der Spieler habe ich noch nie gesehen. Ich wünsche, Micah wäre da, aber er kann erst nach seiner Arbeit kommen. Ich habe mich schon so daran gewöhnt, dass er bei meinen »Schlachten« dabei ist.

Jason sieht mich das Feld überqueren und kommt auf mich zu. »Ich wusste, dass du kommst.« Er hält ein rotes Fußballshirt in der Hand. »Hier.«

Ich sehe das T-Shirt an. Es trägt die Nummer 5 – die Nummer, mit der ich seit der neunten Klasse spiele. Das T-Shirt ist neu. Entweder hat er es gerade erst machen lassen oder er hat es zu Beginn des Sommers bestellt und dann niemand anderem gegeben. »Jay.« Ich sehe ihn an. »Irgendein altes Shirt hätte es auch getan.«

»Ich habe es für dich aufgehoben.« Sein Gesicht zeigt keine Regung, aber seine Stimme klingt weich, so wie ich sie lange nicht gehört habe.

»Danke.« Ich ziehe das Shirt über mein Tank-Top. Es passt perfekt – und es fühlt sich richtig an. Das alles hier fühlt sich richtig an. »Ich weiß nicht, was ich sagen soll.«

Er nickt mit dem Kopf in Richtung des gegnerischen Teams. »Sag einfach, dass du mithilfst, diese Typen platt zu machen.«

Wir drehen uns zu den Spielern in Gelb um. Es sind nur vierzehn Spieler und sechs von ihnen sind Mädchen. Sie sitzen auf dem Boden und machen Sit-ups – mit unterschiedlichem Erfolg.

»Guck dir die Hühner an. Die könnten wir mit verbundenen Augen schlagen«, sage ich.

»Ja. Mädchen können nicht Fußball spielen«, sagt Jason. »Sie sollten lieber zu Hause bleiben und Brot backen und andere Frauensachen machen.«

Ich grinse. »Du bist ein Arschloch.«

»Ich weiß.« Er hält die Hand hoch und ich will ihn abklatschen, aber er packt meine Finger und zieht mich zu sich heran. »Ich bin froh, dass du gekommen bist.«

Und plötzlich verschwinden meine Zweifel. Alles, was ich an Jason liebe, ist auf dem Fußballfeld am stärksten. In der Schule mag er ein Klassenclown und Unruhestifter sein, aber wenn er seine Fußballkluft anzieht, wird er ein Junge, den jeder bewundert. Seine Art zu gehen, sein Aussehen in dem Trikot, sein bis zum Abpfiff nicht nachlassender Kampfgeist – das alles macht ihn zum Champion.

Ich merke, dass er auf eine Antwort wartet. »Ja, ich auch«, murmele ich. Sehr schlagfertig, Lainey. Es ist, als ob Jasons Nähe mich in die Vergangenheit versetzt hätte. Leb wohl, toter chinesischer Kriegsherr. Willkommen, ungeschickte Neuntklässlerin, die den Mund nicht aufkriegt.

Er schlägt mir auf die Schulter. »Komm. Wir sehen mal, an welcher Position du spielst.«

Jason schleppt mich zurück und verkündet, dass ich mit ihm

zusammen vorne im Sturm spielen werde. Ein indischer Junge, den ich nicht kenne, wechselt nach einigem Murren in die Außenposition. Ein Mädchen aus dem rechten Flügel geht dafür in die Verteidigung – das ist offensichtlich die Position, an der heute jemand ausgefallen ist. Mit mir zusammen sind wir nur drei Mädchen. Die Regeln schreiben vor, dass immer mindestens zwei Mädchen auf dem Feld sein müssen. Es sieht nach einem anstrengenden Spiel aus – aber ich bin bereit!

Wir teilen uns in Gruppen auf und schießen aus verschiedenen Positionen auf unser Tor. Die Aufwärmübungen mit Jason zeigen mir wieder, wie perfekt wir auf dem Spielfeld zusammenarbeiten. Wir spielen schon so lange zusammen, dass wir die Bewegungen des anderen genau kennen. Ich weiß, wie ich ihm einen Pass zuspielen muss. Er kann einschätzen, wie schnell ich laufe, wie lang meine Schritte sind.

Schließlich erscheinen die Schiedsrichter, und beide Teams stellen sich an der Seitenlinie auf. Die Mannschaft in Gelb ist inzwischen auf 20 Spieler angewachsen, das sind mehr als in unserer Mannschaft. Mir fällt auf, dass sie richtige Trikots tragen, nicht irgendwelche T-Shirts mit aufgedruckten Nummern. Sie sehen viel härter aus als eben, als Jason und ich noch Witze über sie gemacht haben. In meinem Bauch beginnen die Schmetterlinge zu flattern, aber es ist eine gute Art von Nervosität.

Ich versuche, sie zu nutzen, um gleich schneller zu rennen und härter zu schießen. Sie wird mich unbesiegbar machen – jedenfalls für die nächste Stunde.

Als der Schiedsrichter die Kapitäne aufruft, gehen Jason und ich zum Münzwurf nach vorne. Die Mannschaft in Gelb schickt zwei Mädchen an die Mittellinie.

»Du kannst wählen«, sagt Jason.

»Ich? Wirklich?« Jason hat mich noch nie wählen lassen.

»Ja, du. Wirklich.« Er betrachtet mich von oben bis unten und mein Herz schlägt einen Salto. Ich kann es nicht fassen, dass *Die Kunst des Krieges* endlich doch funktioniert. Ich kann es nicht fassen, dass ich aus dem Nichts kommen und siegen kann.

Ich wähle Kopf. Wir gewinnen.

Die Schiedsrichter sehen Jason erwartungsvoll an, aber er wendet sich wieder an mich. »Was meinst du? Anstoß oder Seitenwahl?«

»Anstoß«, entscheide ich. Das ist eine aggressive Strategie. Coach Halstead möchte immer, dass wir den Anstoß abgeben, damit wir in der zweiten Halbzeit gleich den Ball bekommen, aber ich will jetzt angreifen.

Der Rest des Teams stellt sich auf. Jason und ich stehen zusammen im Mittelfeld und warten auf den Anpfiff. Er grinst mich an. »Hier gehörst du hin«, sagt er.

Er hat recht. Ich bin froh, dass ich es endlich begriffen habe.

Die Pfeife ertönt und ich passe den Ball zu Jason. Er schießt einen weiten Pass zu Jaime Martinez und ich renne nach vorne.

Die nächsten fünfzehn Minuten vergehen in einem Wirbel aus Farben und Rufen, dem Hämmern meines Herzens und meinem keuchenden Atem. Zweimal gehe ich zu Boden, als ein gelber Spieler versucht, mir den Ball abzunehmen. Beim zweiten Mal bekomme ich einen Freistoß. Ich renne, so schnell ich kann, und feuere den Ball aufs Tor. Jason kommt angesaust, weicht einem Verteidiger aus und bekommt den Ball vor den linken Fuß. Er schießt wie eine Rakete ins Netz. 1:0.

Ich brülle und laufe auf ihn zu. Alle klopfen ihm auf den Rücken. Er hebt mich hoch und wirbelt mich im Kreis herum, bis ich vor Lachen kreische.

»Lass mich runter.« Ich wedle mit den Armen und tue so, als würde ich mich wehren.

»Zuerst musst du sagen, dass wir ein gutes Team sind.«

Ich berühre das Grübchen auf seiner rechten Wange. »Das habe ich immer gedacht.«

Doch dann fällt mein Blick auf die Zuschauerränge hinter Jason. Alexandra ist nicht da, aber Micah in seinem schwarzen Outfit ist leicht zu erkennen. Er sitzt alleine. Ich hebe eine Hand und er winkt zurück.

Jason lässt mich runter.

Ein Mädchen mit einem dunklen Pferdeschwanz löst mich ab. Ich schnappe meine Wasserflasche und setze mich auf die Bank. Dort wische ich mir mit dem Handrücken den Schweiß von der Stirn. Mein linkes Knie ist dreckig und aufgeschlagen von dem Sturz. Ich kippe etwas Wasser darüber und zucke zusammen. Blutflecken breiten sich wie winzige Blumen auf der zerschrammten Haut aus.

»Hey.« Micah kommt durch die spärlich besetzten Zuschauerränge auf mich zu und setzt sich neben der Bank ins Gras. Ich rutsche mit meiner Wasserflasche zu ihm an die Ecke. »Guter Schuss«, sagt er.

»Danke.« Mein Lächeln ist so breit, als würde es mein Gesicht spalten. »Aber die meiste Arbeit hat Jason gemacht.«

Micah reibt an der Narbe auf seiner Schläfe herum. »Und ihr zwei habt ganz schön gefeiert. Lass mich raten – hat er den alten Spruch gebracht, ihr wärt ein gutes Team?«

»Woher weißt du das?«

Er schaut über das Feld. Die erste Halbzeit ist fast vorbei und Jason hat noch nicht einmal Pause gemacht. In diesem Moment nimmt er einem Mädchen in Gelb den Ball ab, dribbelt das Feld entlang und feuert ihn in die linke obere Ecke des Tores. Der gelbe Torwart erreicht ihn gerade so mit der Hand und schiebt ihn über die Latte. Jason sieht zu mir herüber, bevor er losläuft, um den Eckstoß auszuführen.

»Vielleicht benutzt er dasselbe Strategie-Buch«, vermutet Micah.

»Jay ist nicht der Typ, der alte chinesische Literatur liest«, sage ich. »Oder überhaupt Literatur. Außerdem sind wir wirklich ein gutes Team, jedenfalls auf dem Spielfeld. Ich hatte schon vergessen, wie gut.«

Aber reicht das? Vor fünf Minuten war ich begeistert von dem Gedanken, mich wieder in Jasons Arme zu stürzen, aber Micah hat nicht ganz unrecht mit seinen warnenden Worten. Und da ist noch etwas. Wenn ich wieder mit Jason zusammen wäre, könnte ich mich nicht mehr mit Micah treffen. Der Gedanke macht mich irgendwie traurig.

»Lass nicht zu, dass er dich bei deinem eigenen Spiel schlägt, okay? Lass es langsam angehen. Und pass auf, dass du die Oberhand behältst.«

»Mach ich.« Ich halte die Hand hoch und Micah klatscht mich ab. »Es ist besser, derjenige auf dem Gipfel des Berges zu sein«, murmele ich.

Jedenfalls glaube ich das.

Ein paar Minuten später bin ich wieder auf dem Spielfeld und bleibe bis zum Ende der ersten Halbzeit. Es steht immer noch 1:0. In der zweiten Halbzeit gleichen die Gelben mit einem Gegentor aus. Ich renne inzwischen von einem Ende des Feldes zum anderen und spiele viel mehr in der Abwehr, als ein Stürmer es tun sollte. Ich kann mich einfach nicht beherrschen. Es fühlt sich so gut an, wieder Fußball zu spielen.

Matt Clifton hält einen Schuss auf unser Tor und kickt den Ball zu mir. Ich dribble ihn über das Feld, um zwei gegnerische Verteidiger herum. Dann passe ich zu Jason, der nach links vorne auf einen unserer Außenstürmer flankt. Ein gegnerischer Spieler schießt den Ball ins Aus und der Schiedsrichter gibt einen Eckstoß. Jay führt ihn aus. Ich stelle mich vor dem Tor in Position und tänzle vor und zurück, während ein gelber Verteidiger mich zu decken versucht.

Es ist ein toller Schuss, hoch und weit, und er kommt direkt in meine Richtung. Die anderen Spieler, die Schreie und Bewegungen verschwinden im Hintergrund, während ich den Ball fixiere. Ich richte meinen Körper aus, katapultiere meine 1,76 m genau im richtigen Zeitpunkt – hoffentlich, hoffentlich – in die Luft, und der Ball trifft exakt meinen Scheitel. Alle Spieler um mich herum beobachten, wie er durch die Luft segelt – direkt am rechten Handschuh des Torwarts vorbei ins Netz.

Die gelben Spieler sacken zusammen, als ich in Jubel ausbreche. Sie senken die Köpfe, manche werfen ihrem Torwart böse Blicke zu. Das rote Team kommt angerannt und ich werde von allen Seiten umarmt und abgeklatscht.

Jason scheint nur noch aus Händen, Brust und blonden Haaren zu bestehen, als er mich hochhebt und noch einmal im Kreis herumwirbelt. »Du bist ein Champion«, sagt er. »Für diesen Kopfball kriegst du die Auszeichnung als bester Spieler der Mannschaft.«

»Ohne deinen super Schuss hätte es nicht geklappt«, sage ich. »Das war sogar besser als bei Kendall.«

»He«, sagt Jason mit leuchtenden Augen. »Lass sie das bloß nicht hören.«

Wir laufen wieder ins Mittelfeld, wo die Spieler der Gegenmannschaft sich zum Anstoß bereit machen. Sie scheinen jedoch frustriert zu sein, jedenfalls haben sie jede Strategie aufgegeben und versuchen nur noch, so oft und so hart wie möglich auf unser Tor zu schießen. Unsere Mittelfeldspieler und Verteidiger fangen den Ball jedes Mal ab und schießen ihn zurück auf die Gegenseite – in wohlkalkulierten Attacken. Ich muss an die *Kunst des Krieges* denken, und mir wird klar, dass der Text auch im Sport sehr nützlich sein kann.

Als der Abpfiff ertönt, bin ich so euphorisch, dass ich auf der Mittellinie ein Rad schlage. Ich schiele zu den Zuschauerbänken, wo Micah den Daumen hochhält. Unser Team stellt sich mit den gelben Spielern an der Mittellinie auf, alle schütteln sich die Hände und sagen »Gutes Spiel«. Einige scheinen sich da sicherer zu sein als andere. Hinterher unterhält sich Jason mit ein paar anderen über das Spiel der nächsten Woche. Ich sehe zu den Zuschauerrängen, wo Micah auf mich wartet.

Mit einem idiotischen Grinsen auf dem Gesicht jogge ich zu ihm hinüber. Ich bin verschwitzt und dreckig, aber das ist mir egal. Es gibt fast nichts, was sich besser anfühlt, als sich beim Fußball die Seele aus dem Leib zu spielen und auch noch zu gewinnen. Wir stehen dicht voreinander, Auge in Auge.

»Nicht schlecht«, sagt er. »Du hast mir gar nicht gesagt, wie gut du bist.«

»Findest du, dass ich gut bin?« Okay, okay. Ich weiß, dass ich gut bin, aber es ist trotzdem toll, es von anderen zu hören.

»Na ja, ich habe keine Ahnung von Fußball, aber für mich sah es gut aus.« Micah zieht an einem meiner Zöpfe. »Die sind übrigens süß.«

»Danke.« Ich werde rot. »Tut mir leid, wenn es für dich langweilig war.«

Er geht einen Schritt auf mich zu, sodass wir uns fast berühren. »Es war überhaupt nicht langweilig für mich.« Sanft schiebt er meine Zöpfe über meine Schultern. Seine Hände fühlen sich warm an, selbst auf meiner erhitzten Haut. Seine Fingerspitzen streifen meinen Kieferknochen.

»Micah?«, sage ich.

»Warte.« Er sieht mich nicht an. Er schaut über meine Schulter und beobachtet anscheinend etwas in der Ferne.

»Was siehst du da?« Ich will mich umdrehen.

Er lässt die Hände auf meine Hüfte sinken. Durch den dünnen Stoff des Trikots kann ich jeden einzelnen Finger spüren. Ein Schauer durchläuft mich. »Dreh dich nicht um«, sagt er. Seine Mundwickel zucken, und ohne Vorwarnung beugt er sich zu mir und küsst mich. Flüchtig und leicht, wie ein Blatt, das vom Baum fällt. Aber es ist ein richtiger Kuss.

Auf den Mund.

Es geht so schnell, dass ich noch nicht einmal Zeit habe, die Augen zu schließen. Die Erde scheint zu schwanken, und ich fühle, wie mir das Blut ins Gesicht schießt. Schnell greife ich nach seinem Arm, um mich festzuhalten.

Und dann – vielleicht weil ich ihn nicht weggestoßen habe – küsst er mich noch einmal, ein winziges bisschen länger, und diesmal schließe ich die Augen. Ich fühle mich, als würde ich eine lange, kurvige Rutsche hinuntersausen: ein bisschen ängstlich, ein bisschen schwindelig – und es ist viel zu schnell vorbei. Als wir uns voneinander lösen, brennen meine Lippen noch von Micahs Hitze. Ich widerstehe dem Drang, mir an den Mund zu fassen. Zum Glück bin ich von dem Spiel schon rot.

»Hm. Warum?« Anscheinend kann ich nur noch einzelne Wörter sprechen.

»Tut mir leid«, murmelt er. »Das ist deine Chance, wie ein Blitz herabzufahren. Oder so. Diesmal musste ich die Regeln brechen.«

28

»Demütige Worte und eifrige Vorbereitungen sind Zeichen dafür, dass der Feind vorrücken wird.«

Sun Tzu, Die Kunst des Krieges

»Also bis später«, sagt Micah laut.

»Warte. Was?« Meine Gedanken fahren immer noch Karussell. Um mich herum bewegt sich die Welt weiter, aber ich lebe dreißig Sekunden in der Vergangenheit. Micah hat mich geküsst. Auf den Mund.

Zweimal!

Er lässt mich los. »Jetzt kannst du dich umdrehen«, flüstert er.

»Hä?« Ich bin immer noch auf den Kuss fixiert. Lippen. Hitze. Sein Pulsschlag. Die Sonne reflektiert die verschiedensten Grün-, Gold- und Brauntöne in Micahs Augen.

Er legt den Kopf schief und sieht mich lange an. »Verdammt, Mädchen, wenn ich es nicht besser wüsste, würde ich sagen, das hat dir gefallen.« Er klopft mir auf die Wange und geht. »Bis bald.«

Ich beobachte, wie er in das Biest steigt und den Motor anlässt. Dann drehe mich um und suche blind nach dem Civic. Jason steht nur ein paar Meter entfernt und lädt umständlich die Fußbälle und Kühltaschen in seinen Mustang. Aha, *das* war es, was Micah gesehen hat. Deshalb hat er mich geküsst.

Erleichterung macht sich in mir breit, gemischt mit Zuneigung für Micah. Er tut wirklich alles dafür, mir mit Jason zu helfen.

Nicht dass es Folter wäre, mich zu küssen, aber für einen kurzen Moment hatte ich den Eindruck, als gehörte der Kuss nicht zu unserem Plan. Ich versuche, den Gedanken zu verdrängen, aber ich kann spüren, dass mein Gesicht immer noch rot ist.

Auf dem Weg zu meinem Auto gehe ich an Jason vorbei und hebe die Hand. »Danke für die Einladung. Es hat Spaß gemacht.«

»Dank deiner Hilfe schaffen wir es vielleicht in die Endrunde.« Er schließt den Kofferraum und lehnt sich ans Auto. »Alle im Team wollten wissen, warum du nur Ersatzspielerin bist. Ich musste ihnen sagen, wie dumm ich war.«

Ich bleibe stehen. Das könnte lustig werden. »Ach ja? Warum warst du dumm?«

»Weil ich eines der wenigen guten Dinge in meinem Leben aufgegeben habe.« Jason sagt es leichthin, als würde er Spaß machen, aber ich fühle, dass er es ernst meint.

»Jay, ich –«

Unsere Blicke treffen sich, dann ist der Moment vorbei. »Vergiss es, Lainey.« Dann hellt sich sein Gesicht auf. »Wahrscheinlich haben wir in zwei Wochen wieder eine freie Position. Also falls du noch einmal Lust hast ...«

»Ja«, sage ich. »Gerne.«

»Cool. Dann bis bald.« Er hüpft über die Tür in sein Cabrio, ohne sie zu öffnen. Als er den Motor anlässt, ertönt lauter Rap aus dem Radio. Er setzt sich die Sonnenbrille auf und fährt los.

»Warte«, rufe ich. »Was ist mit deinem Shirt?« Ich ziehe das Trikot über den Kopf und will es ihm zuwerfen.

Jason hält seinen Mustang mitten auf der Straße an, springt heraus und kommt zu mir auf den Bürgersteig.

Ich halte ihm das Shirt hin. »Was machst du da? Da kannst du doch nicht stehen bleiben!«

»Doch.« Er nimmt mir das Shirt aus der Hand und schüttelt es aus. Er steht so dicht neben mir, dass ich die Mischung aus

Schweiß und seinem Aftershave riechen kann. Dann zieht er mir das Shirt wieder über den Kopf und steckt vorsichtig meine Arme in die Ärmel.

»Was machst du da?«, wiederhole ich langsam. Mein Herz klopft wie wild. Ich kann nur noch daran denken, wie sich Jasons Hände anfühlen, an den Druck seiner Finger auf meinem Rücken und auf meinen Armen. Mir stockt der Atem.

»Das hätte ich schon vor einer Weile machen sollen.« Er lehnt sich zurück und betrachtet seine Arbeit. »Das ist dein Trikot, Lainey.« Kurz lässt er die Hand auf meiner Hüfte liegen. »Es war immer deins.« Und ohne ein weiteres Wort dreht er sich um und geht zu seinem Auto zurück.

Sprachlos sehe ich ihm hinterher.

Am nächsten Tag bei der Arbeit sagt Micah nichts über das Fußballspiel und seinen himmelschreienden Bruch unserer Regeln. Ich kann es immer noch nicht glauben, dass er mich geküsst hat! In meinem Kopf spielen die Gedanken Tauziehen. Micahs Lippen. Jays Hände. Micahs Lippen. Jays Hände. Ich bin total durcheinander.

Weil gerade niemand an der Theke ist, hänge ich in der Küche herum und starre auf Micahs To-do-Liste, als hätte ich auch nur den blassesten Schimmer, wie man Quiche macht oder Brot bäckt.

»Erinnerst du dich an die Band aus dem *Devil's Doorstep,* die du angeblich nicht mochtest, in Wirklichkeit aber doch?«, fragt er. »Als wir früher gehen mussten, weil ich so lahmarschig war?«

Bottlegrate. Ich glaube, sie waren ziemlich gut. Viel weiß ich nicht mehr über diesen Abend, außer dass ich Micah küssen wollte. »Hm … und?«

Er schlägt die Ecken des Quicheteigs um und beginnt, die Füllung zu verteilen. »Sie geben am Donnerstagabend ein Konzert auf dem St. Louis Festival auf der Bühne direkt vor dem Arch Gateway. Hast du Lust?«

Das St. Louis Festival ist ein großes Fest zum Nationalfeiertag am 4. Juli. Alle aus der Stadt und dem Umland gehen hin. Als ich klein war, habe ich immer mit meiner Familie im Fernsehen das Feuerwerk angeschaut. In den letzten Jahren habe ich den 4. Juli mit Jason verbracht.

Kaum zu glauben, dass der Sommer schon halb vorbei ist.

»Was ist mit Amber?«, frage ich.

Micah schiebt die Quiche in den Ofen. Dann sieht er auf seine Liste und zieht eine große Schüssel unter dem silbernen Vorbereitungstisch hervor. »*Arachne's Revenge* wird nicht spielen.«

»Nein, ich meine, warum gehst du nicht mit ihr?« Ich schiele nach vorne zur Theke. Keine Kunden.

»Amber geht bestimmt mit Freunden hin. Und außerdem haben wir uns schon für nächste Woche verabredet. Ich will es langsam angehen, sonst verschrecke ich sie gleich wieder. Keine dumme Hast, nicht von einer unterlegenen Position aus angreifen, die Kunst des Was-auch-immer. Oder?«

Er hat recht. »Also ist das eins unserer Dates? Wollen wir sie und ihre Freunde suchen? Denn das könnte in einer Menge von elf Millionen Leuten etwas schwierig werden.«

Das Leuchten verschwindet aus Micahs Augen. »Ist mir egal, ob wir es mitzählen oder nicht. Ich dachte nur, weil du die Show beim letzten Mal nicht zu Ende sehen konntest ...« Ich merke, dass er sich innerlich verschließt und wünscht, er hätte mich nicht gefragt.

Dasselbe wünsche ich mir auch. Ich habe Bianca und Leo erzählt, dass zwischen mir und Micah nichts läuft und dass er mich nicht auf diese Art mag.

Aber wenn das stimmt, warum will er dann mit mir ausgehen? Warum möchte ich es auch? *Und warum hat er mich geküsst?*

Nein, nein, nein, das war alles Teil unseres Plans. Mein »Herabfahren wie ein Blitz«, wie er gesagt hat. Trotzdem schwebt mir ein deutliches Bild vor Augen: Micah und ich holen die handgewebte Decke aus Guatemala heraus, die mein Bruder immer im Kofferraum hat, und machen es uns gemütlich. Die Sonne geht unter, die Sterne kommen hervor. Der Wind weht vom Mississippi her und mir wird kalt. Micah sitzt dicht neben mir. Ich konzentriere mich auf seine leicht geöffneten Lippen, während er die Songs mitsingt. Später gibt es dann Feuerwerk, und …

Du kannst nicht beide haben, Lainey. Ich habe bloß Angst, dass es mit Jason nicht klappt, deshalb halte ich mir eine Tür offen. Aber Micah ist kein Trostpreis. Er verdient eine Freundin, die verrückt nach ihm ist – eine wie Amber.

»Geht nicht«, sage ich. »Ich hab keine Zeit.«

Sein Mund wird zu einem Strich. »Spielst du wieder Fußball?«

»Nein.« Meine Stimme stockt. »Ich habe – dieses Dings.«

Mist. Total dämlich.

Er sieht mich scharf an. »Aha«, sagt er mit sarkastischer Stimme. »Ein Dings.«

Cal kommt aus dem Chef-Büro und wandert den Flur entlang, bestimmt, um die elfte Zigarette für heute zu rauchen. »Ich hab auch ein Dings«, sagt er und fasst sich zwischen die Beine.

»Du bist widerlich«, sage ich.

»Das hast du letzte Nacht nicht gesagt.«

Ich schneide eine Grimasse. »Das hättest du wohl gern.«

Cal lacht, streitet es aber nicht ab. Als er weg ist, schaudere ich. »Ich wette, dieser Bart verletzt sämtliche Hygieneregeln.«

Micahs Mundwinkel zucken. »Ich glaube nicht, dass er sich in den zwei Jahren, seit ich ihn kenne, jemals rasiert hat. Wahrscheinlich leben gefährdete Tierarten in dem Bart.« Er macht eine Pause. »Oder er hat ein halbes Sandwich für später dort versteckt.«

»Iih.« Ich muss lächeln.

Micah grinst zurück. Dann berührt er meine blaugrüne Strähne. Manche der Haare sind abgebrochen, andere sehen schon etwas zottelig aus, weil sie mehrmals gewaschen und mit dem Glätteisen bearbeitet wurden. »Meine Schwester kann dir das neu machen.«

»Gute Idee.« Plötzlich erscheint es mir fast normal, mich mit Micah zu treffen. Er redet wieder mit Amber und ich mit Jason, da können wir doch eigentlich Freunde bleiben. »Weißt du was? Ich habe es mir anders überlegt«, sage ich. »Ich war lange nicht mehr auf dem Festival. Ich komme mit.«

»Aber was ist mit deinem Dings?«, fragt Micah gespielt ernst. »Ich möchte nicht, dass du meinetwegen dein Dings vernachlässigst.«

»Das kann warten«, sage ich. Er findet mich sexy und ich finde ihn ein ganz kleines bisschen attraktiv – na und? Das heißt ja nicht, dass wir uns nicht unter Kontrolle haben. Außerdem hat er gesagt, ich bin nicht sein Typ. Amber ist besser für ihn, das weiß ich. Ich weiß auch, dass Jason besser für mich ist. Alles entwickelt sich perfekt. Solange Micah und ich uns an den Plan halten, kann eigentlich nichts schiefgehen, oder?

Doch. Ich könnte zum Beispiel einen Pickel kriegen. Nach dem Mittagessen am 4. Juli fällt mir die rote Beule auf meiner Stirn auf. Wahrscheinlich kommt das von den vielen Peelings, mit denen ich meinem Sommersprossenfleck zu Leibe gerückt bin.

Ich gehe ins Wohnzimmer, setze mich im Schneidersitz aufs Sofa und zappe unsere wenigen Kabel-Kanäle durch. Mit jedem Klicken der Fernbedienung wird meine Laune schlechter. *Klick.* Eine Dokumentation über Hausfrauen, die zu viel Geld ausgeben und sich dauernd betrinken. *Klick.* Eine Folge von *Happy Cheetah.* Ich sehe ein paar Minuten zu, dann kommt Werbung. *Klick.* Ein Film aus den 80ern mit einem lockenhaarigen Hauptdarsteller, den meine Mutter bestimmt sexy findet. Langweilig. Ich reibe an meiner Stirn herum. Der Pickel fühlt sich an, als wäre er auf die doppelte Größe angewachsen.

»Nicht anfassen«, sagt Mom, die mit einem Stapel Post hereingeschwebt kommt. Sie lässt die neueste Ausgabe von *Celebrity Tatler* auf meinen Schoß fallen. »Ich weiß nicht, warum du so was liest. Das ist doch reine Zeitverschwendung.«

»Du liest Teeblätter«, gebe ich zurück. »Also sag mir nicht, was ich lesen soll.«

»Ach ja, wo du gerade davon sprichst – hast du schon deine neue Liebe gefunden?«

Ich hatte Moms Teeblätter-Voraussage von letzter Woche komplett vergessen. Allerdings behält sie bei solchen Dingen meistens recht. Wenn Jason und ich wieder zusammenkämen, würde das als neue Liebe zählen? Ich denke schon, aber ich behalte es lieber noch für mich. Stattdessen halte ich den *Tatler* hoch. »Hab ich dir nicht erzählt, dass ich mit Caleb Waters gehe?«

»Er ist traumhaft«, sagt sie. »Wenn ihr heiratet, dürfen dein Vater und ich dann im Dienstboten-Haus wohnen?«

Traumhaft. Unglaublich, wie alt meine Mutter ist.

»Nein, das geht nicht«, sage ich mit gespielter Verachtung. »Wo sollen denn dann die Dienstboten wohnen?«

»Wo wir gerade von Dienstboten sprechen«, sagt Mom mit einem Blinzeln. »Ich bin mir sicher, dass dein Vater im Café einen Job für dich finden könnte. Du sieht so aus, als wäre dir langweilig.«

»Extra-Arbeit? Am Feiertag? Nein danke, Mom, so langweilig wird mir nie sein.« Und gerade im rechten Moment summt mein Handy.

Es ist Jason.

29

»Wiederhole nicht die Taktik, mit der du einmal gesiegt hast, sondern wähle deine Methoden entsprechend der unendlichen Vielfalt der Umstände.«

Sun Tzu, Die Kunst des Krieges

Ich nehme das Handy mit in mein Zimmer. »Was gibt's?«

»Was gibt's?«, wiederholt Jason ungläubig. »Es ist der 4. Juli, das gibt es. Was machst du heute Abend?«

Ich werfe mich auf die Zebradecke. »Ich gehe zum Festival.«

»In die Stadt? Viel zu heiß. Ich hab eine bessere Idee.«

»Und welche?«, frage ich.

»Eine Pool-Party. Warum willst du dich mit zwei Millionen Menschen zu Tode schwitzen, wenn du in unserem Pool abhängen kannst?«

»Ich weiß nicht. Ich –«

»Komm schon, Lainey. Mom ist weg, das Haus gehört mir. Du liebst doch meine Partys.«

Ja, das habe ich früher getan, als Jason und ich am Schluss jeder Party im Bett landeten. Ihn zu beobachten, wie er Alexandra abknutscht, wird vielleicht nicht ganz so lustig. Allerdings war sie nicht beim Fußball, also wird sie vielleicht gar nicht kommen. Trotzdem rät mir mein Instinkt, ihm abzusagen. Doch dann denke ich an *Die Kunst des Krieges*, daran, jede Gelegenheit zu ergreifen, wie die Flut heranzurauschen und den Krieg nicht unnötig zu verlängern. Wenn sich die Dinge ewig hinziehen, werden nur alle müde. Und schwach.

Ich hasse es, mich schwach zu fühlen.

»Du kannst diesen Micah mitbringen, wenn du willst.« Jason macht eine Pause. »Aber ich will nicht lügen – ich fände es besser, wenn du allein kommst.«

Micah. Eigentlich sollte ich heute mit ihm zum *Bottlegrate*-Konzert gehen. Aber wenn ich wieder mit Jason zusammenkommen will, ist die Party genau der richtige Ort dafür. Er wird Alkohol trinken. Ich kann mich sexy anziehen. Er hat gerade gesehen, wie ein anderer mich geküsst hat. Das zielt auf alle seine Schwächen. Und wer weiß, was passiert ist, dass er mich zu seiner Party einlädt? Vielleicht hat er sich mit Alexandra gestritten. Diese Gelegenheit sollte ich mir nicht entgehen lassen.

»Ich versuche vorbeizuschauen«, sage ich vage.

»Wie auch immer. Wirf deine Pläne über den Haufen und beweg deinen Hintern um acht hier rüber«, sagt Jason. »Ich habe eine Überraschung für dich – und ich weiß genau, dass du Überraschungen liebst.«

Na toll. Jetzt sterbe ich vor Neugier. Jason war nie jemand, der mich überrascht hat. Natürlich hat er mir Geschenke gekauft, aber er hat mich immer vorher gefragt, was mir gefällt, damit ich hinterher nicht enttäuscht bin. Ich kann mich nicht an eine einzige Überraschung während unserer ganzen Beziehung erinnern. Na gut, außer der Trennung.

»Ich versuche es, aber ich kann es nicht versprechen.« Ich grinse heimlich. Soll er sich denken, was er will.

»Na gut. Bis später, hoffentlich.«

Ich lege auf und vergrabe mein Gesicht im Kopfkissen. »Und was jetzt?«, murmele ich. Ich brauche Hilfe. Ich rufe Bianca an. Wie immer hebt sie sofort ab.

»Was machst du heute?«, frage ich.

»Ich bin bei einem Kirchen-Picknick«, antwortet sie. »Hier gibt es dreißig verschiedene Arten Chili. Willst du nicht herkommen und probieren?«

»Auf keinen Fall. Ich bekomme schon Schweißausbrüche, wenn ich nur daran denke.« Ich mache eine Pause. »Hey, ich muss dich was fragen.« Ich erzähle ihr, dass ich gleichzeitig mit Micah und Jason verabredet bin. »Was soll ich denn jetzt machen?«

»Tja, das ist gar nicht so schwer. Mit wem würdest du denn den 4. Juli lieber verbringen?«, fragt sie.

Ich denke an das Festival und das *Bottlegrate*-Konzert: Sterne. Musik. Feuerwerk. Micah. Dann denke ich an Jasons Party: die Chance, endlich das zu bekommen, worauf ich seit Wochen hinarbeite.

»Interessant, dass du so lange überlegen musst«, sagt Bee. »Ist zwischen dir und Micah was passiert?«

Ich werde rot. »Er hat mich nach dem Fußballspiel geküsst«, sage ich. »Aber nicht im Ernst. Es war Teil des Plans, verstehst du? Er wollte mir nur helfen, Jason eifersüchtig zu machen.«

Stille.

»Bianca? Tut mir echt leid, dass ich es dir nicht früher erzählt habe, aber du warst das ganze Wochenende mit deiner Familie weg und –«

»Nein, das macht nichts. Ich denke nur nach«, sagt sie. »War der unernste Kuss so toll, dass du dir jetzt wegen Jason unsicher bist?«

»Nein«, sage ich schnell. »Ich meine, es war schön, aber wirklich nur ein flüchtiger Kuss.« Na gut, zwei. Egal.

»Also, was denkst du?«

Da sprudelt alles aus mir heraus. »Ich habe das Gefühl, ich sollte zu Jason gehen. Jay und ich, das passt. Micah und Amber passen auch zusammen. Das ist es, worauf wir den ganzen Sommer hingearbeitet haben. Warum sollte ich das nun vermasseln?«

»Weil du Micah magst und er dich.« Sie redet weiter, bevor ich protestieren kann. »Wenn er dich geküsst hat, mag er dich. Und ich merke, dass du ihn auch magst. Also warum gehst du ihm aus dem Weg?«

»Ich gehe ihm nicht aus dem Weg«, jammere ich. »Aber wenn ich zu dem Konzert gehe, wird etwas passieren, und ich weiß nicht, ob ich bereit dazu bin. Irgendwie gefällt es mir, wie es im Moment zwischen uns ist. Ich will das nicht kaputt machen.«

»Warte mal.« Bianca sagt etwas zu ihrer Mutter, dann kommt sie wieder ans Telefon. »Ich muss aufhören, aber ich arbeite heute Abend, dann kannst du mir sagen, wie du dich entschieden hast.« Sie hält inne. »Denk dran: Was du im Moment mit Micah hast, ist nicht echt. Irgendwann musst du es aufgeben, so oder so.«

Sie hat recht. Auch wenn es mir nicht gefällt. Und ich weiß immer noch nicht, was ich machen soll. Ich kenne Jason und weiß, dass es mit uns funktionieren kann. Mit Micah fühlt es sich unwirklich und unecht an, als würde ich versuchen, jemand anderes zu sein. Und was ist, wenn ich mir alles kaputt mache? Wenn ich mit Micah gehe und mir dann die ganze Zeit wünsche, ich wäre bei Jasons Party? Außerdem will ich ihm nicht bei Amber dazwischenfunken.

Vielleicht sollte ich Micah fragen, was er meint. Ich schicke ihm eine kurze Nachricht, dass Jason mich zu einer Party eingeladen hat. Allerdings schreibe ich nicht, dass ich seit zehn Minuten fieberhaft überlege, was ich tun soll. Wenn er sauer ist, dass ich ihn versetzen will, werde ich mit ins Konzert gehen. Wenn es ihm egal ist, gehe ich zu Jason.

Ein paar Minuten später ruft Micah an. »Gute Arbeit, Kriegerin«, sagt er.

»Bist du nicht sauer auf mich? Ich sage wirklich nicht gern in letzter Minute ab.«

»Kein Problem, Lainey. Der Eintritt zu dem Konzert ist frei, und ich werde sicher jemanden treffen, den ich kenne. Vielleicht mache ich es auch so, wie du vorgeschlagen hast – ich rufe Amber an und frage, ob sie sich dort mit mir treffen will.«

Ich hatte gehofft, dass er das sagt. »Du bist der Beste, weißt du das?«

»Das meinen viele.« Er lacht leise. »Du würdest dasselbe für mich tun.«

Er hat recht. Ich würde es verstehen, wenn er mich wegen Amber versetzt. Das ist schließlich die Basis unserer Beziehung.

Freundschaft. Abmachung. Nicht Beziehung.

Ich lege auf und durchsuche meinen Kleiderschrank nach dem schärfsten Kleid, das ich besitze. Ganz hinten stoße ich auf ein Wahnsinns-Sommerkleid, das ich vor einem Jahr im Schlussverkauf erstanden und noch nie getragen habe. Es ist türkis, eine der Farben, die mir am besten stehen. Der Saum ist mit Federn besetzt und an den Schultern hat es mehrere Spaghetti-Träger, die sich am Rücken überkreuzen. Es ist einfach zum Sterben schick.

Zum Sterben schick. Im Geist höre ich Micahs Stimme, wie er sich über mich lustig macht.

Ich lächle, springe unter die Dusche und rasiere, peele und trage Hautlotion auf. Heute muss ich perfekt sein. Alles muss perfekt sein.

Man gewinnt seine Schlachten, indem man keine Fehler macht.

Als ich in den Civic steige und zu der zweistöckigen italienischen Villa der Chases fahre, beginnen die Schmetterlinge in meinem Bauch zu flattern. Auf beiden Seiten der Straße parken die Autos. Vor der verglasten Veranda hängt eine Schnur mit Papierlaternen, und der Rasen im Vorgarten ist vollgepackt mit Sportlern, Snobs und Superschülern – eben allen, die an der Hazelton High wichtig sind. Ich gehe an einigen Jungen aus dem Fußballteam vorbei, die auf dem Rasen liegen und einen Flachmann herumgehen lassen.

Jaime Martinez hält die Flasche in meine Richtung. »Wie geht's, Superstar?«, fragt er. »Spielst du nächste Woche wieder bei uns mit?«

»Kann sein«, antworte ich und gehe ins Haus. Mein Blick streift über die Menge auf der Suche nach Alexandras flammend roten Haaren. Ich glaube zwar nicht, dass Jason mich eingeladen hätte, wenn sie da wäre, aber man kann nie wissen. Wenn ich nur einen Blick auf ihre vollbusige Schönheit erhasche, bin ich sofort verschwunden.

Ich nicke ein paar Leuten zu, während ich durch das riesige Wohnzimmer wandere. Mir fällt auf, dass Jason sich nicht die Mühe gemacht hat, auch nur eine der wertvollen Skulpturen seiner Mutter wegzuräumen. Ihre Sammlung von asiatisch inspirierter Keramik und weißen Marmorengeln ist in mehreren Einbauregalen neben dem Kamin arrangiert. Ich bin mir sicher, noch vor Sonnenaufgang wird der ganze Kram zerbrochen oder gestohlen sein.

Ein Mädchen namens Tamara aus dem Fußballteam der Mittelstufe fasst mich am Arm. »Falls du Jason suchst, der ist draußen am Pool.«

»Danke.«

Ich quetsche mich an vier Fußballern vorbei, die mit Würfeln und Karten eine Art Trinkspiel veranstalten. Dann gehe ich durch die Küche auf die Terrasse.

Eine Weile stehe ich nur da und sehe auf das Chaos hinunter. Der in den Boden eingelassene Pool wird von unten beleuchtet. Die Wasseroberfläche glitzert und spiegelt verzerrte Schatten der drei Pärchen, die im Wasser sind. Eins der Mädchen sieht aus, als würde sie gleich ihr Bikini-Oberteil verlieren, aber es scheint ihr nichts auszumachen. Ein paar Zehntklässler sitzen auf den Liegestühlen neben dem Pool und hoffen anscheinend auf eine Show. Am tiefen Ende des Pools schwimmen Bierflaschen und Plastikbecher im Wasser.

Auf anderen Liegestühlen kuscheln weitere Pärchen. Jays Freund Dan Spencer sitzt am Rand, lässt die Füße ins Wasser baumeln und trinkt Jack Daniel's direkt aus der Flasche. Er beugt sich vor und spuckt auf den Rasen. Dann rülpst er, wischt sich den Mund und nimmt einen weiteren Schluck Whiskey. Die Flasche fällt ihm aus der Hand und kippt auf dem Beton aus, der den Pool umgibt. Ein Mädchen auf dem nächstgelegenen Liegestuhl rümpft die Nase und verzieht sich ans andere Ende des Gartens. Ich kann meine Augen nicht von der ausgelaufenen Flüssigkeit abwenden. Wahrscheinlich wird der Whiskey gleich in den Pool fließen.

In den letzten Jahren war ich bei Hunderten von Jasons Partys, aber ich kann mich nicht erinnern, dass es jemals so war. Ehrlich gesagt kann ich mich an gar nicht viel erinnern. Vielleicht liegt es daran, dass ich noch nichts getrunken habe – aber als ich auf die Szene heruntersehe, ist es, als würde ich die letzten drei Jahre meines Lebens durch ein Vergrößerungsglas betrachten. Ich erkenne jedes Detail, und es widert mich so an, dass ich am liebsten gehen würde. Habe ich mir wirklich *so* meinen Sommer vorgestellt? Betrunken und benebelt mit meinen Freunden abhängen? Was mache ich überhaupt hier?

Doch dann sehe ich Jason, der sich am anderen Ende des Pools auf einem Liegestuhl ausgestreckt hat. Ich denke daran, wie er mich nach meinem Torschuss hochgehoben hat, ich denke an die sanfte Berührung seiner Hände, als er mir das Fußballshirt angezogen hat. Ich bin zu nah an meinem Ziel, um jetzt aufzugeben. Also rücke ich meine Spaghettiträger gerade und glätte die Federn an meinem Kleid, dann gehe ich die Treppe hinunter in den Garten. Als ich näher komme, sehe ich, dass er mit dem Mädchen auf dem Liegestuhl neben seinem spricht. Sie stecken die Köpfe zusammen und lachen. Es ist nicht Alexandra.

30

»Zwinge ihn, sich Blößen zu geben, damit du seine verwundbaren Stellen findest.«

Sun Tzu, Die Kunst des Krieges

»Ohmeingott, Kendall!« Ich fliege die Holztreppe hinunter, laufe über den Rasen und falle ihr um den Hals. »Seit wann bist du wieder zu Hause?«

Sie umarmt mich leicht. »Laineykins, ich hab dich so vermisst!«

Jason lächelt träge von seinem Liegestuhl herüber. »Du hast deine Überraschung gefunden«, verkündet er. »Ich bin gleich zurück, muss nur schnell Dan auf die Seite drehen, damit er nicht an seinem Erbrochenen erstickt.«

»Eklig.« Kendall winkt ihrem Bruder, dass er gehen soll, und dreht sich wieder zu mir um. »Ich bin noch nicht lange wieder da«, sagt sie vage. »Ich habe deinen Rat befolgt und die Sache hingeschmissen.«

»Aber warum?«, frage ich. »Ich dachte, du wolltest so lange wie möglich bleiben, damit du deine Eltern nicht sehen musst.«

»Die Leute da waren noch schlimmer als meine Eltern. Sie hatten ungefähr eine Million Regeln. Ich schwör's dir, es war wie ein Straflager für Models.« Sie macht ein Würgegeräusch. »Meine Mutter ist sowieso die nächsten Tage in Chicago. Und wenn sie zurückkommt, fliegen wir schon bald nach Costa Rica.«

Ich habe Costa Rica bereits zu dem Zeitpunkt aufgegeben, als

Leo Riley aufgegeben hat. Ich hätte es niemals geschafft, genug Geld zu sparen. Aber das ist nicht so schlimm. Die Sache mit Jason sieht gut aus, auch ohne einen menschenleeren Strand. »Aber was ist mit der Siegesprämie?«

»Ich hätte sowieso nicht gewonnen«, sagt Kendall. »Die Produzenten hassten mich. Ich denke mir was anderes aus.« Sie wirft ihre Haare zurück. »Mir fällt immer etwas ein.«

Ihre vormals langen Locken sind zu einem struppigen Bob geschnitten. Es sieht gut aus – wie bei einem echten Model. »Deine Haare sind toll«, sage ich und strecke die Hand aus, um sie zu berühren.

Sie kichert. »Wo wir gerade von Haaren reden.« Sie fährt mit Daumen und Zeigefinger an meiner blauen Strähne entlang. »Warst du bei einer Verkleidungsparty?«

»Das hat eine Freundin gemacht«, murmele ich. Typisch Kendall, sich über alles Neue lustig zu machen.

Jason kommt zurück. Er reicht mir einen Becher mit Bier und lässt sich neben mich auf die Liege fallen.

»Mir ist gerade was eingefallen, was ich noch machen muss«, sagt Kendall mit einem Blinzeln.

»Wenn es was mit Dan zu tun hat, solltest du dich beeilen«, sagt Jason. »Er wird jeden Moment ohnmächtig.«

Kendall zeigt ihrem Bruder den Stinkefinger, dann tänzelt sie zum anderen Ende des Pools.

»Hübsches Kleid«, sagt Jason. Seine Blicke gleiten über meinen Körper und verweilen auf meinen langen nackten Beinen, die unter dem Federsaum hervorsehen. Er sieht mich so an, wie er es früher getan hat, und ich finde es gleichzeitig aufregend und beängstigend.

»Danke.« Ich stelle das Bier neben meinem Stuhl ab. Ich muss meine Gefühle unter Kontrolle behalten, und da hilft es nicht gerade, wenn man betrunken ist. Ich konzentriere mich auf die

Kriegerin, die in mir steckt. *Nutze die Schwächen des Feindes.* Ich ziehe den Rock ein winziges bisschen höher, sodass noch etwas mehr gebräunte Haut zu sehen ist. »Wo ist deine Freundin aus dem *Beat?*«, frage ich. »Die Rothaarige?«

»Wer weiß?« Jason zuckt die Achseln. »Sie ist nicht meine Freundin. Sie ist einfach irgendein Mädchen.« Seine große Hand fängt an, mit den überlappenden Spaghettiträgern meines Kleides zu spielen. Einen nach dem anderen zieht er mir über die Schultern.

Seine Berührung fühlt sich neu und gleichzeitig vertraut an. *Sie ist einfach irgendein Mädchen.* Was soll das heißen? Haben sie sich getrennt? Oder waren sie gar nicht fest zusammen? Ich würde ihn gerne fragen, will aber den Moment nicht ruinieren. Ich sage mir, dass sie eigentlich egal ist. Wichtig ist nur, dass ich hier bin und sie nicht. Jason hat inzwischen alle Träger auf der linken Seite heruntergezogen und will mit der rechten Seite anfangen.

»Hör auf«, sage ich.

»Warum?«

»Weil die Leute uns anstarren.«

Ich sehe mich um. Das fast bikinilose Mädchen ist inzwischen oben ohne und die Jungs auf den Liegestühlen machen mit ihren Handys Fotos von ihr. Ich müsste hinübergehen und ihnen sagen, dass sie damit aufhören sollen, aber es ist offensichtlich schon zu spät. Morgen wird sie es bereuen, dass sie so viel getrunken hat. Der Rest der Partygäste liegt paarweise auf den Liegestühlen oder ist bewusstlos. Niemand sieht uns an.

»Das sagst du nur, damit ich dich mit nach oben nehme«, sagt Jason.

»Nö«, widerspreche ich. *Sehr überzeugend, Lainey.*

»Doch«, sagt er und lächelt. Er streift einen weiteren Träger über meine Schulter. »Hey. Ich hab eine tolle Idee. Willst du mit nach oben kommen?«

Ich zögere. Das Ganze fühlt sich immer noch ein bisschen komisch an, aber das liegt wahrscheinlich daran, dass ich als Einzige nüchtern bin. Oder daran, dass ich seit über einem Monat nicht mehr mit Jason allein war. Ich bin einfach nervös. *Ergreife die Gelegenheit. Ergreife die Gelegenheit. Ergreife die Gelegenheit.* Es ist schon komisch – ich hätte nicht gedacht, dass ich mir in diesem Augenblick gut zureden muss. Es ist die beste Gelegenheit, die man sich vorstellen kann.

Jason nimmt mein Schweigen als Zustimmung. »Trink dein Bier aus. Ich fische schnell ein paar Flaschen aus dem Pool und sage diesen Typen, sie sollen aufhören, Fotos von der betrunkenen Schnecke zu machen. Bin gleich wieder da.«

Ich lasse das Bier stehen und beobachte Jason, wie er eine Runde dreht und etwas aufräumt. Dann stehe ich auf. Inzwischen haben sich die Zehntklässler zerstreut und der Pool ist leer. Jay winkt mich zu sich. Er führt mich ins Haus und wir gehen zwischen den Leuten hindurch. Manche tanzen, manche stehen herum, manche rauchen.

Danach steigen wir die Wendeltreppe hinauf und gehen den langen Flur entlang, der zu seinem Zimmer führt. Ich habe das Gefühl, als würde ich die Szene von außen betrachten. Meine Finger sind fest mit seinen verschränkt, während wir auf den Moment zusteuern, der alles verändern wird. Wir sind noch zehn Schritte entfernt. Fünf. Ich kann mich nicht entscheiden. Und plötzlich kann ich es doch. Ich möchte mich umdrehen und verschwinden.

Aber das Mädchen hinter Jason geht einfach weiter.

Die Tür öffnet sich mit einem Quietschen. Das Zimmer ist dunkel bis auf einen Lichtkegel, der von einer Halogenlampe in der Ecke kommt. Doch ich kann alles sehen. Da ist das alte, riesige Bett. Der Rahmen ist an einer Stelle kaputt und wird von einem Stapel Schulbücher gestützt, die Jason wahrscheinlich schon seit Jahren hätte zurückgeben müssen. Auf dem oberen Regalbrett steht immer noch die Sammlung von Fußball-Trophäen, mit einer Staubschicht bedeckt. Auf einem hölzernen Kleiderständer, den er im Werkunterricht gemacht hat, hängen mehrere Baseball-Kappen. Allerdings hat Jason mehr Mützen als der Ständer Haken, deshalb stapeln sie sich zu zweit und zu dritt und manche liegen auf dem Boden.

Staubige Pokale. Basecaps. Diese Dinge würde ich normalerweise gar nicht bemerken, doch jetzt kann ich meine Augen nicht von Jasons Cardinals-Mütze abwenden, auf der sich das Logo bereits abzulösen beginnt.

Mir fällt wieder ein, wie er vor ein paar Monaten an dem Logo herumgefummelt hat. Im letzten Schuljahr. Die Fußballmeisterschaft, mein Werbespot – das letzte Schuljahr war perfekt, und hier ist alles so, wie es damals war. Im Spiegel am Schrank klemmt sogar noch ein Foto von uns beim Schulball.

Jason presst mich gegen die Wand und küsst mich. »Ich dachte, du würdest mir niemals vergeben«, murmelt er in meine Haare.

Sein Atem riecht nach Alkohol, aber seine Küsse haben dieselbe Wirkung auf mich wie immer. Ein Schauer läuft durch meinen Körper und mir wird warm. Meine Augen fallen zu. Ich versuche, an das letzte Schuljahr zu denken.

Er zieht an meiner blauen Strähne. »Du hast wirklich versucht, diesen Sommer jemand anderes zu werden, oder?«

Meine Augen klappen wieder auf. Ich sage ihm nicht, dass die Strähne nicht echt ist. Damit muss er leben. »Ich mag meine Strähne«, sage ich. »Sie passt zu mir.«

»Nein, tut sie nicht.« Jason grinst mich an, sodass man seine Grübchen sehen kann. »Die Menschen verändern sich nicht einfach, Lainey. Du bist die, die du bist. Und ich auch.«

Ich drängle mich zwischen ihm und der Wand hervor. »Vielleicht finde ich gerade heraus, wer ich wirklich bin.«

»Aha.« Jason setzt sich auf sein Bett und klopft auf den Platz neben sich. Ich setze mich zu ihm. Im schummerigen Licht kann ich seine rot unterlaufenen Augen sehen. Ob er sich morgen beim Aufwachen an irgendetwas erinnern wird? Er lehnt sich zu mir herüber und küsst mich wieder, und noch einmal versuche ich verzweifelt, an die Vergangenheit anzuknüpfen. Ich rufe mir sämtliche gemeinsamen Szenen in Erinnerung, auf der Suche nach Bestätigung, dass sich nichts verändert hat, aber es ist wie ein Buch mit Geschichten, für die ich zu alt geworden bin.

Alles hat sich verändert.

In meiner Vorstellung erscheint Micahs Gesicht. Seine Lippen auf meinen. Ich stoße ihn weg, zurück in die Dunkelheit. Im Moment ist in meinem Kopf nur Platz für Jason und mich.

Jason legt mich aufs Bett. Seine Hand streicht über mein Kleid und seine Bartstoppeln kratzen mich im Gesicht. Es fühlt sich an, als würde ich gleich anfangen zu bluten. Ich beiße die Zähne zusammen. Jason zieht sich zurück, stützt sich auf die Ellbogen und sieht mich an. Die Lampe erleuchtet seine lockigen Haare, seine breiten Schultern. Alles, was mir so viel bedeutet hat, scheint nur noch aus Umrissen und Schatten zu bestehen.

»Was?«, fragt er.

»Was ist mit Alexandra passiert?« Eigentlich will ich ihn fragen, was mit uns passiert ist. Ich rolle mich unter ihm hervor, sodass wir nun nebeneinander liegen.

Jay sieht mich an und streicht sich eine Locke aus dem Gesicht. »Nichts ist mit ihr passiert.«

»Weißt du, dass sie sich mit jemand anderem getroffen hat?«, frage ich. »Ich habe sie vor Kurzem mit diesem anderen Typen in einem Restaurant gesehen.« Das ist fast die Wahrheit.

Jason seufzt. »Ich glaube, sie hat sich mit so einigen Leuten getroffen. Was soll's? Wir waren nie wirklich zusammen.«

So viel zum Thema Spione. Und zum richtigen Moment. »Sie ist bloß irgendein Mädchen, mit der du zum Spaß geschlafen hast?«

»Irgendwie schon«, gibt er zu. »Sie hat mir auf einer meiner ersten Fahrten erzählt, dass sie sich von ihrem Freund getrennt hat, weil er sich verloben wollte und sie noch nicht bereit dazu war. Sie sagte, sie hätte gerne noch ein bisschen Spaß.«

»Da hatte sie ja Glück, dass sie dich getroffen hat«, sage ich bitter.

Er setzt sich auf. »Es tut mir so leid, dass ich dich verletzt habe, Lainey. Ich habe daran gedacht, dass meine Eltern viel zu früh Kinder bekommen haben und dass meine Mom so eklig zu Dad war. Das hat alles gepasst. Ich wollte nicht, dass die Dinge zu ernst werden.« Er fährt sich mit den Fingern durchs Haar. »Ich habe Angst bekommen und alles verpatzt. Ich glaube, ich brauchte eine Pause von meinem Leben.«

Ich stehe vom Bett auf und gehe im Zimmer auf und ab. »Aha, eine kleine Pause.« Ich kämme mit den Fingern durch die Federn an meinem Kleid. Eine segelt auf den dicken Teppich. »Ich wusste nicht, dass es so anstrengend ist, mit mir zusammen zu sein.«

»Weißt du, die meisten Jungen hätten dich einfach betrogen«, sagt er. »Bekomme ich nicht wenigstens einen Punkt für Ehrlichkeit?«

Meine Augen verengen sich zu Schlitzen. »Du hast im Coffeeshop meiner Eltern mit mir Schluss gemacht, vor allen Leuten. Nein, du bekommst keinen Punkt.«

Jason seufzt wieder. »Du hast recht. Ich bin ein Arschloch. Ich hatte einfach das Gefühl, wenn ich nicht mit dir Schluss mache, würde ich dich früher oder später betrügen. Und ich wollte niemand sein, der seine Freundin betrügt. Ich war egoistisch. Und ich war dumm. Aber ich versuche mich gerade zu entschuldigen. Ich möchte wieder mit dir zusammen sein.«

Wie alle Chases ist Jason es nicht gewohnt, sich zu entschuldigen. Ich weiß, dass es schwer für ihn ist und dass er all diese Dinge nicht sagen würde, wenn ihm nicht wirklich was an mir liegt. Aber es ärgert mich, dass er denkt, er könnte mich einfach zu einer Party einladen und ich würde sofort wieder angelaufen kommen. »Und was ist, wenn du das nächste Mal eine Pause brauchst? Hm?«

»Es wird kein nächstes Mal geben, das verspreche ich.«

»Wie kannst du so etwas versprechen?«, flüstere ich.

»Sieh uns doch mal an. Ich habe Angst bekommen und dich weggestoßen, doch jetzt stehen wir wieder am Anfang. Wir gehören zusammen, das ist doch klar.«

Wir gehören zusammen. Wie lange habe ich das geglaubt. Ich wollte einfach nur hören, dass Jason genauso denkt. Und jetzt sagt er das alles, aber er benimmt sich, als ob uns das Schicksal des Universums wieder zusammengeführt hätte. Stimmt nicht. Ich habe einen verdammten chinesischen Krieg geführt, um ihn zurückzugewinnen.

Und es hat funktioniert.

Ich sollte triumphieren und mich bestätigt fühlen.

Aber das tue ich nicht.

Denn etwas ist anders. Etwas fehlt.

»Warum?«, will ich wissen. »Warum denkst du, dass wir zusammengehören?«

Jasons Lippen verziehen sich zu einem Lächeln. Er denkt, jetzt hat er mich überzeugt. Er weiß nicht, wie leer ich mich fühle. Ich bin ein hohles Mädchen in einem Federkleid und gleich werde ich davonfliegen.

»Tja.« Er grinst nun richtig. »Wir sind beide cool. Und sexy. Die ganze Fußballgeschichte – wir hängen mit denselben Leuten rum.« Er zwinkert mir zu. »Die Chemie stimmt.«

»Ernsthaft? Das reicht dir? Ist das nicht ein bisschen … oberflächlich?«

»Es ist, wie es ist«, sagt er. »Dann sind wir eben oberflächlich. Na und? Es ist ja nicht so, dass ich nur dein Aussehen toll finde. Mit dir zusammen zu sein macht Spaß. Ich will mein letztes

Schuljahr mit dir verbringen – und mit meiner Schwester. Wir drei könnten uns lauter verrückte Sachen ausdenken.«

»Ja«, sage ich. »Das wollte ich auch. Doch jetzt will ich mehr.«

»Was denn? Einen Verlobungsring?« Jasons Schultern sacken nach unten, er merkt, dass ich ihm entgleite. »Für solchen Mist sind wir zu jung.«

Ich schüttle den Kopf. »Das hat nichts mit Ringen oder Versprechungen zu tun. Es geht darum, was wirklich wichtig ist.«

»Ich verstehe dich nicht.« Er reibt sich die Augen.

»Das weiß ich.« Ich beuge mich hinunter und küsse ihn auf die Wange. »Und deshalb kann ich nicht hierbleiben. Ich werde jetzt gehen.«

Sein Gesichtsausdruck wird hart. »Na schön. Geh und denk darüber nach. Du kommst zurück, das weiß ich.«

Wahrscheinlich hat seine Mutter genau das Gleiche zu ihm gesagt, als er ausgezogen ist. Ich hoffe, beide haben unrecht.

Ohne ein Wort gehe ich zur Schlafzimmertür. Ich verlasse den Raum und laufe die Treppe hinunter, auch wenn ich weiß, dass Jason mir nicht folgen wird. Chases laufen einem nicht nach und betteln. Übermäßiger Stolz ist in ihrer DNA verankert.

Die Party ist immer noch in vollem Gange. Ich zwänge mich zwischen den schwitzenden, tanzenden Horden hindurch. Jemand stößt mich von hinten an und kippt mir ungefähr eine halbe Flasche Bier auf das Kleid. Super. Der perfekte Abschluss eines perfekten Abends. Ich glaube, Kendall zu hören, wie sie meinen Namen ruft, aber ich drehe mich nicht um. Der Abendwind fährt durch meine Haare, als ich die Straße hinunterlaufe. Ich setze mich ins Auto und schließe die Tür. Dann sitze ich für einen Moment einfach nur da und warte auf die Tränen, doch es kommen keine.

31

»Energie kann mit dem Spannen einer Armbrust verglichen werden; die Entscheidung mit dem Ziehen des Drückers.«

Sun Tzu, Die Kunst des Krieges

Ich muss mit jemandem reden – und dieser Jemand ist Bianca. Ich rase so schnell auf den Denali-Parkplatz, dass mein Auto sich in den Kurven fast auf die Seite legt.

Während ich über den Bürgersteig laufe, ziehe ich mir die Spaghettiträger wieder über die Schulter, sodass mein BH bedeckt ist. Ich reiße die Tür auf und hoffe, in Bees freundliche Augen zu sehen. Doch hinter der Theke steht Ebony.

»Hübsches Kleid, Lainey.« Sie rollt ihren Zungenring über die Unterlippe. »Wie steht's denn so auf dem Straßenstrich?«

Nur zu gern hätte ich zurückgegeben, dass ich sie kaum erkannt habe, weil ihr Hintern nicht wie sonst an ihrem Lieblingsstuhl in der Nische klebt. Aber ich verkneife mir den bissigen Kommentar. »Wo ist Bee?«, frage ich nur.

»Sie ist krank.«

Durch die Lautsprecher ertönen tibetanische Gesänge statt der üblichen Popmusik – das bedeutet, Dad ist hier. Mist. Ich muss schnell wieder verschwinden, bevor er das Bier riecht, das den Rücken meines Kleides durchweicht. Er würde mich zu tausend Jahren Hausarrest verdonnern.

Zu spät. Dad kommt aus der Küche. Wahrscheinlich hat er meine Stimme gehört. Ich trete schnell ein paar Schritte zurück und zupfe noch einmal an den Trägern und dem Federsaum herum, um sicher zu sein, dass alles bedeckt ist. Zwei grüne Federn segeln auf den Dielenboden.

Dad lehnt an der Theke und schaut mich über seine Brille hinweg an. »Leidest du unter einer posttraumatischen Kleiderstörung?«

»Sehr witzig, Dad«, antworte ich. »Was ist mit Bianca los?«

»Ich weiß nicht genau. Sie ist krank. Sie hat gesagt, vielleicht war das Chili schlecht, das sie gegessen hat.«

»Oje.« Ich ziehe mich langsam Richtung Tür zurück. »Ich wollte nur schnell mit ihr reden. Dann eben morgen.«

Dad setzt die Brille ab und poliert sie an seinem T-Shirt. »Warst du bei dem Feuerwerk?«

»Nee. Ich war auf einer Party bei Kendall.«

»Aha«, sagt er und setzt die Brille wieder auf. »Ist sie schon wieder in der Stadt? Na ja, wir sehen uns morgen, falls du heute schon schläfst, wenn ich wiederkomme.«

»Ja, sie ist wieder da. Dann bis morgen, Dad.«

Ich flüchte nach draußen in die Wärme und gehe über den staubigen Parkplatz, da bemerke ich plötzlich, dass das Biest neben meinem Auto steht. Was macht denn Micah hier? Er sollte doch eigentlich bei dem *Bottlegrate*-Konzert sein.

Stattdessen lehnt er an meinem Auto und raucht. »Bist du schon zurück von Jason?«, fragt er. »Es ist noch nicht mal elf. Muss 'ne öde Party gewesen sein.«

»Ja, ziemlich öde.« Ich zeige auf seine Zigarette. »Wolltest du nicht aufhören?«

»Ich versuche es«, antwortet er. »Vielleicht, wenn der Sommer vorbei ist. Soll ich sie ausmachen?«

»Nein, ist okay.« Über den Parkplatz bläst eine warme Brise und fährt durch die Federn an meinem Kleid. »Wie war das Konzert?«

»Super.« Er inhaliert den Rauch und bläst ihn über seine Schulter wieder aus.

»Und das Feuerwerk?«

»Sehr cool.«

»Hast du dich mit Amber getroffen?« Ich weiß nicht, ob ich das wirklich wissen will, aber es wäre komisch, nicht zu fragen.

»Ja, wir sind schließlich doch zusammen hingegangen«, sagt er.

»Und wieso bist du dann hier?«, frage ich.

Er bläst noch eine Rauchwolke von mir weg. »Weil dies hier der einzige Ort ist, wo man so spät noch vernünftig essen kann.« Er zeigt mit dem Kopf auf die Eingangstür. »Hast du Hunger?«

Ich habe nicht das kleinste bisschen Hunger. »Nein danke. Ich habe Bee gesucht, aber sie ist anscheinend krank, also –«

Micah sieht besorgt aus. »Ist sie okay?«

»Lebensmittelvergiftung, aber es ist wohl nichts Ernstes.« Ein Haar klebt an meinem Lipgloss. Ich fühle das Kitzeln am Mund.

Micah streicht das störrische Haar mit dem Zeigefinger weg, dann sieht er mich prüfend an.

»Warum guckst du so?« Ich versuche, nicht mehr an meinem Kleid zu zupfen. Der Wind bläst noch eine Feder fort. Wenn das so weitergeht, bin ich halb nackt, bevor ich nach Hause komme.

»Bist *du* okay?«, fragt er.

Ich verschränke die Arme vor der Brust. »Ja, wieso?«

»Na ja, erstens riechst du nach Alkohol. Bist du sicher, dass du Auto fahren solltest?«

Ich taste meinen Rücken ab. Das Kleid ist immer noch feucht. »Irgendein Idiot hat sein Bier über mir ausgekippt. Ich habe den ganzen Abend keinen Schluck getrunken.«

»Interessant.« Micah reibt die Narbe an seiner Schläfe. Hinter ihm erleuchtet ein goldener Funkenregen den dunklen Himmel, gefolgt von einem lauten Knall. Ein Feuerwerk. Er dreht sich um, um zuzusehen. »Und was ist sonst noch passiert?«

»Was meinst du damit?« Ein zweiter, diesmal bunter Funkenregen folgt. Jemand in der Nähe veranstaltet anscheinend eine Show für seine Nachbarn.

»Du siehst irgendwie unglücklich aus.«

»Wieso unglücklich?«

»Vielleicht weil du gemerkt hast, dass dein verehrter Fußballstar in Wirklichkeit ein Roboter ist, der von den gleichen Leuten entwickelt wurde, die Boygroups machen?« Micah sieht mich wieder an und zieht dabei heftig an seiner Zigarette.

Ich will sagen: »Alles okay«, aber stattdessen kommt heraus: »Mit Jason und mir ist es vorbei.«

Micah fängt an zu husten, wobei kleine Rauchwolken aus seinem Mund quellen. »Warum?«

Ich denke an Jason und seine oberflächlichen Gründe, warum er mit mir zusammen war. Alles, was ich immer wollte, erscheint mir plötzlich unwichtig. Dann fällt mir ein, wie der Abend weitergegangen wäre, wenn ich mehr getrunken hätte oder Jason hartnäckiger gewesen wäre. Ich werde rot. »Weiß du was? Es ist egal. Ich glaube, es soll einfach nicht sein.«

Ein kleiner glühender Aschepunkt fällt von Micahs Zigarette. Der Wind bläst ihn in einem Bogen durch die Luft, wie eine winzige Sternschnuppe. »Hast du jemand anderen im Sinn?«

Diese einfache und gleichzeitig schwierige Frage macht mir Angst. Ich glaube, ich weiß, was sie bedeutet. Aber ich bin noch nicht so weit. Ich will nicht wieder verletzt werden und ich will auch Micah nicht verletzen. Es ist hoffnungslos. Er und ich – das geht nicht. Es geht einfach nicht.

»Lainey? Bist du da drin?« Er wedelt mit der Hand vor meinem Gesicht herum.

»Tut mir leid.«

»Nein, ich mag dich so still.« Er redet wieder mit dieser leisen Stimme.

»Ich glaube, ich kann mich im Moment mit niemandem treffen. Ich brauche eine Pause«, platze ich heraus. Ich drehe mich um und schließe die Autotür auf. Ich will einfach nicht mehr weiterreden.

Micah versteht meinen Hinweis nicht. Er bleibt, wo er ist, sodass ich nicht einsteigen kann. »Ach ja?«

»Ja. Es war irgendwie ein verrückter Sommer.« Ich schwenke den Autoschlüssel, und er geht aus dem Weg, sodass ich die Tür aufschließen kann. Er zieht an seiner Zigarette und beobachtet mich, wie ich einsteige und mich anschnalle. Dann klopft er ans Fenster. Ich mache es ein Stück auf.

»Was ist?«, frage ich.

»Tut mir leid, dass es mit Jason nicht geklappt hat. Bei dem Fußballspiel sah es doch so aus, als würde sich alles nach deinen Wünschen entwickeln.« Der Wind fährt durch seine Irokesenfrisur, einzelne Strähnen wehen ihm ins Gesicht. Er lässt seine Zigarette fallen und zertritt sie heftig auf dem Asphalt. Ganz kurz treffen sich unsere Blicke, dann sieht er weg. »Manchmal merkt man allerdings, dass man sich etwas gewünscht hat, was man in Wirklichkeit gar nicht will.«

Er bückt sich, um seine Zigarette aufzuheben. Ich kurbele das Fenster ganz herunter. »Hey. Du bist doch nicht sauer auf mich, oder?«

»Nein. Ich schätze, du hast recht. Wir hatten einen verrückten Sommer. Vielleicht bist du nicht die Einzige, die mal eine Pause braucht.«

Am dunklen Himmel explodiert wieder eine Feuerwerks-Rakete und erleuchtet Micahs Gestalt, als er sich umdreht und geht.

32

»Wenn der Feind in der Nähe ist und sich still verhält, dann baut er auf die natürliche Stärke seiner Position.«

Sun Tzu, Die Kunst des Krieges

Ich will unbedingt mit Bianca reden und ihr erzählen, was bei Jasons Party passiert ist. Aber am nächsten Tag ist sie immer noch krank, deshalb muss ich bis später warten. Leo hat ihre Schicht übernommen. Wir stehen zusammen vorne – er an der Kasse, ich mache die Getränke.

Als ich gerade nichts zu tun habe, gehe ich zu ihm. »Hast du das Mädchen schon gefragt, ob sie sich mit dir treffen will?«

»Pssst!« Leo sieht sich nervös um. »Du bist die Einzige, die davon weiß.«

»Du hast es mir erzählt, aber nicht Micah? Warum nicht?«

»Ich weiß nicht.« Er wischt die Kasse mit einem feuchten Tuch ab. »Ich will erst mal abwarten, was passiert.«

»Wenn du nicht mit ihr redest, wird auch nichts passieren«, sage ich.

»Habt ihr zwei Geheimnisse?« Micah kommt mit einem Tablett voller Karibu-Cookies vorbei. Bei seinem Anblick muss ich unwillkürlich lächeln.

»Lainey feuert mich gerade an«, sagt Leo. »Sie wäre bestimmt ein guter Cheerleader.«

»Danke, Leo.« Ich tippe an seine Mütze.

»Das ist nicht wirklich ein Kompliment«, klärt Micah mich mit einem Grinsen auf. Er scheint bessere Laune zu haben als letzte Nacht.

»Wow, diese Kekse riechen fantastisch.« Mein Magen knurrt.

Micah bricht einen Keks in der Mitte durch. »Oh nein, einer ist zerbrochen. Den können wir nicht mehr verkaufen.« Er gibt Leo und mir je ein Stück, dann schließt er den Deckel der Auslage.

»Micah, du bist einfach der Beste.« Ich knabbere an meinem glasierten Keks, dann sehe ich Leo an. »Kannst du hier für ein paar Minuten allein bleiben? Ich will kurz eine Pause machen und Bianca anrufen.«

»Klar«, sagt Leo. »Sag ihr gute Besserung von mir.«

Ich folge Micah nach hinten, wo er sich wieder seiner To-do-Liste widmet. Während ich meinen Keks esse, lungere ich in der Tür zum Chefbüro herum. Dann hole ich mein Handy heraus und rufe Bianca an.

Sie hebt sofort ab. »Hey, wie läuft es?«

»Gut. Ich wollte nur sehen, wie es dir geht. Alle hier wünschen dir gute Besserung.«

»Mir geht es schon besser. Aber ich glaube, ich werde Vegetarierin.« Sie klingt etwas schwach, aber vergnügt. »Wie geht's bei dir? Was hast du letzte Nacht gemacht?«

»Ich war bei Jasons Party.« Ich beobachte Micahs fliegende Messerklinge, als er Pilze für die Pizzen schneidet. »Ich erzähl es dir später«, flüstere ich. »Jetzt geht es gerade schlecht.«

»Klingt aufregend«, sagt Bee. »Ich bin gespannt. Sag allen schöne Grüße – tut mir leid, dass ich euch so kurzfristig im Stich gelassen habe.«

Selbst wenn sie krank ist, hat sie Schuldgefühle, wenn sie nicht zur Arbeit kommt. Sie ist echt eine Heilige. »Alles klar. Wir sprechen bald wieder.« Dann lege ich auf und gehe zurück zur Kasse.

Leo ist eine Stunde vor mir mit der Arbeit fertig. »Hey«, sage ich, als er zur Tür geht. »Warte mal. Ich hab dir dein Geld mitgebracht.«

Micah schaut von der Smoothie-Bar herüber, wo er gerade für sich selbst einen Heidelbeer-Schoko-Drink mixt. Er steht auf komische Kombinationen – vor Kurzem habe ich ihn erwischt, wie er Ananas mit Chili im Mixer hatte. Danach hat er tatsächlich das ganze Glas ausgetrunken, ohne zu würgen.

»Nein, das ist schon okay«, sagt Leo durch den Lärm des Mixers. »Wir hatten eine Abmachung.«

Ich schüttle den Kopf. »Es kommt mir nicht richtig vor. Ich hätte gar nicht zulassen sollen, dass du mir Geld gibst.« Ich gehe nach hinten und ziehe das Bündel Zwanziger aus meinem Portemonnaie. Auf dem Weg zurück zur Theke zähle ich das Geld. Dann werfe ich Leo das Bündel zu. »Hier.«

Er stopft es in seine Tasche. »Cool, danke. Ich muss zu meinem anderen Job. Bis bald, Leute.« Er winkt und verschwindet nach draußen in die Sonne. Ich beobachte durch das Fenster, wie er über den Parkplatz geht.

Micah ist mit dem Mixen fertig und wirft mir einen bedeutungsvollen Blick zu.

»Was?«, frage ich.

Er schüttelt den Kopf und setzt einen Klecks Sahne auf seinen graubraunen Smoothie. »Ich hab nichts gesagt.«

In meiner Tasche summt das Handy. Ich wische über den Bildschirm – Kendall. Nein danke. Das Handy summt wieder. Und wieder. Ich drücke auf IGNORIEREN. Sie ruft wieder an. Unerbittlich.

»Ich kann kurz an der Theke bleiben, wenn du rangehen willst«, sagt Micah.

Ich seufze und gehe zur Eingangstür, damit er nicht jedes Wort mithören kann. »Was ist?«, sage ich unfreundlich ins Telefon.

»Was ist letzte Nacht passiert? Jason hat gesagt, ihr habt euch gestritten und dann bist du weggerannt.«

»Ich bin nicht weggerannt.« Ich senke die Stimme und lege die freie Hand um das Telefon. »Ich wollte mit ihm schlafen, aber es hat sich komisch angefühlt, deshalb bin ich gegangen.«

»Wieso komisch?«

»Keine Ahnung. Es war einfach so.«

Sie schnaubt spöttisch. »Wahrscheinlich weil ihr eine Weile keinen Sex hattet. Er ist echt sauer. Ich weiß nicht, ob er dir noch eine Chance gibt.«

»Ich glaube nicht, dass ich noch eine Chance will«, entgegne ich kühl. Komisch, dass ich Kendall immer für so schlau gehalten habe. Eigentlich bin ich froh, dass sie im Sommer nicht in der Stadt war. So hatte ich wenigstens Zeit zum Nachdenken.

Sie wechselt abrupt das Thema. »Wollen wir heute Abend was zusammen machen? Lass uns tanzen gehen.«

Die Tür schwingt auf und zwei Mädchen mit Faltenröcken und Windjacken mit St.-Martin's-Logo kommen herein. Eine von ihnen hat einen dicken Zopf, genau wie Bianca.

»Wohin? Ins *Beat?*« Ich beobachte die Mädchen, die die Tageskarte an der Wand studieren.

»Klar«, sagt Kendall.

Micah schaut von der Kasse her zu mir hinüber. Er kann Getränke machen, aber ich weiß nicht, ob er auch kassieren kann. Ich muss ihm helfen. »Ich weiß nicht, K. Ich bin ziemlich müde. Und ich will deinen Bruder im Moment nicht sehen.«

»Komm schon«, versucht sie mich zu überreden. »Jason wird an einem Mittwochabend nicht da sein. Ich glaube, er wollte zum Bowling gehen. Du schuldest mir was, weil du von meiner Party abgehauen bist, ohne dich zu verabschieden. Mein Jeep spinnt und ich traue mich nicht zu fahren. Wenn du mich nicht abholst, sitze ich zu Hause fest.«

Ich seufze. Gott bewahre, dass Kendall an einem Mittwochabend zu Hause bleiben muss. Ich weiß, dass sie mich manipuliert, aber manchmal ist es einfacher, nicht mit ihr zu streiten. Außerdem könnte ich gut eine Ablenkung brauchen, die nichts mit Jungs zu tun hat. »Na schön, ich komme mit. Aber jetzt muss ich arbeiten.«

Ich stecke das Telefon in die Tasche und rette Micah an der Kasse. Er kocht Espresso für zwei Cappuccinos, während ich kassiere. »Na, große Pläne?«, fragt er spöttisch.

»Alle meine Pläne sind groß«, antworte ich. »Und du? Was war letzte Nacht los? Du hast ein bisschen traurig ausgesehen. Ich dachte, du hattest Spaß mit Amber, oder habe ich das falsch verstanden?«

Micah zieht einen Lappen hervor und wischt an einem unsichtbaren Fleck auf der Espressomaschine herum. »Nein. Wir hatten Spaß. Und wir wollen uns heute wieder treffen. Ich schätze, ich habe einfach ein bisschen Angst, die Dinge zu überstürzen.« Er schäumt Milch auf und macht die Getränke für die beiden Mädchen fertig. Vorsichtig stellt er die Tassen auf die Theke.

»Ich hoffe, es klappt mit euch beiden. Ich freu mich für dich«, sage ich. Und ich versuche wirklich, mich zu freuen. Aber es ist schwer, die Stimme in meinem Kopf zu ignorieren. Sie sagt, wenn ich nicht so dumm gewesen wäre, hätte *ich* gestern mit Micah Spaß bei dem Konzert gehabt und nicht Amber.

Die Mädchen verschwinden mit ihren Getränken und Micah wischt einen Milchfleck von der Theke. »Dann war es das wohl mit uns, oder?«

»Was meinst du damit?« Ich spüre einen Riss in mir. *Du kannst immer noch gewinnen*, sagt die Stimme. Ich verdränge sie. Jetzt reicht es mit der *Kunst des Krieges*. Menschen sind doch keine Preise. Sie sind keine fremden Territorien oder Kriegsbeute oder was auch immer Bianca für Vergleiche zieht. Micah will Amber, sonst würde er nicht versuchen, sie zurückzugewinnen. Sie passt besser zu ihm. Sie weiß, was sie will, und hat keine Angst davor. Beide mögen dieselben Sachen. Ausnahmsweise versuche ich, nicht egoistisch zu sein.

Aber warum ist das immer so kompliziert?

»Du gibst Jason auf. Amber und ich kommen wahrscheinlich wieder zusammen ...« Micahs Stimme erstirbt. Sein Gesicht bekommt einen harten Ausdruck.

»Wir können uns doch trotzdem als Freunde treffen«, schlage ich vor. »Wenn es deinen Ruf nicht ruiniert, mit einer Sportlerin gesehen zu werden.«

Sein Gesicht entspannt sich. »Für dich mache ich eine Ausnahme.«

»Das solltest du auch«, antworte ich. »Außerdem schuldest du mir noch ein paar Dates, wenn ich richtig gerechnet habe. Ich erinnere dich dran, wenn ich plötzlich Sehnsucht nach höllisch lauter Musik oder Folter und Pfannkuchen bekomme.«

»Abgemacht«, sagt Micah. Dann lächelt er. »Sag mir die Wahrheit – mit mir ist es lustiger als mit dem Weichei Jason, oder?«

Ich lächle zurück. »Schon möglich.«

33

»Wenn es dir einen Vorteil bringt, stürme vor; wenn nicht, halte inne.«
Sun Tzu, Die Kunst des Krieges

Im *Beat* ist unter der Woche nicht besonders viel los. Es sind nur ungefähr fünfzig Leute da, und zum Glück ist keiner von ihnen Jason.

»Ich weiß nicht, warum ich zugelassen habe, dass du mich hierher schleppst«, sage ich zu Kendall.

Sie zieht mich in den Dunst hinein. »Du tanzt doch gern«, sagt sie bestimmt. »Das wird dich aufheitern.«

Das Komische ist, dass ich mich wegen Jason gar nicht so schlecht fühle. Mir geht es gut. Micah geht es gut. Leo geht es gut. Es macht nichts, dass nur einer von uns seine Ex zurückhat. Wir hatten Spaß zusammen und ich habe neue Freunde gewonnen.

Auf der Leinwand ist eine schräge Version eines Rap-Videos zu sehen. Der Boden vibriert von den Bässen, manchmal setzt die Musik aus. Ein paar Leute bewegen sich im Rhythmus. Ab und zu kann ich eine Hand oder einen Ellbogen durch den Nebel erkennen.

»Du musst nicht denken, die Sache mit Jason wäre die totale Katastrophe.« Kendall stößt mich an. »Wenn du wirklich mit ihm Schluss machen willst, müssen wir jemand anderen für dich finden.«

Ich höre sie kaum. Der Nebel verzieht sich. Auf der anderen Seite der Tanzfläche schwingt ein Mädchen mit zerrissenen Jeans und langen blonden Haaren ihre Hüften zur Musik. Amber. Und neben ihr tritt Micah von einem Bein auf das andere.

Kendall folgt meinem Blick. »Der Irokesen-Junge«, sagt sie triumphierend. »Micah, oder? Seit ich wieder in der Stadt bin, fragen mich die Leute ständig, was mit euch beiden ist. Ich dachte, sie spinnen alle, aber anscheinend habe ich mich getäuscht.«

»Nichts ist mit uns«, sage ich.

»Und warum starrst du ihn dann an, als wäre er mein Bruder und Caleb Waters in einer Person?«

Ich antworte nicht, sondern sehe immer noch den beiden zu. Amber wirft die Haare zurück. Der Song ist zu Ende, aber sie tanzt weiter.

»Ich glaube, ich weiß, was los ist«, sagt Kendall. »Als Nicholas und ich uns getrennt haben, habe ich am nächsten Wochenende mit Dan Spencer geschlafen, um mich besser zu fühlen. Jason hat dir das Herz gebrochen, also hast du dasselbe gemacht, oder?« Sie deutet mein Schweigen als Zustimmung. »Du musst es vergessen, Lainey. Es war ein Sex-Ausrutscher. Denk nicht mehr dran.«

»Es gibt nichts zu denken«, erwidere ich scharf. »Denn es ist nichts passiert.« Aus irgendeinem Grund bringt mich das fast zum Weinen. Ich unterdrücke ein Schluchzen und gehe zu dem nächsten Klappstuhl an der Wand.

Kendall folgt mir und setzt sich neben mich. Ihre Augen werden schmal. »Nein, ich fasse es nicht. Du bist ernsthaft in ihn verliebt. Warum? Und vor allem, wie ist das passiert?« Sie starrt Micah durch den sich lichtenden Rauch an. »Ist er nicht ein totaler Einzelgänger ohne Freunde? Wie habt ihr euch kennengelernt?«

»Er arbeitet im Denali«, sage ich. »Und er hat Freunde. Wie man sieht.«

Amber legt den Arm um Micahs Hüfte und wirbelt ihn herum.

Er beugt sich vor und sagt etwas und sie wirft den Kopf zurück und lacht.

»Komplizen vielleicht«, sagt Kendall höhnisch. »Jason sagt, er ist in der Mittelstufe von der Schule geflogen, weil er einen Wachmann angegriffen hat.«

»Das war in der Grundschule«, murmele ich. »Und er ist nicht von der Schule geflogen, sondern wurde für den Rest des Schuljahres zu Hause unterrichtet. Keine große Sache.«

Kendall schiebt ihren Stuhl ganz dicht an mich heran, sodass ich ihr Jasmin-Parfüm riechen kann. »Und war er nicht letztes Jahr im Gefängnis? Ist das etwa auch keine große Sache?«

»Doch, aber weiß irgend jemand, was er getan hat?«

»Na ja«, sagt sie. »Ich glaube kaum, dass er bloß seine Büchereibücher überzogen hat. Mein Gott, Lainey. Was ist los mit dir?«

Ich habe wieder das Gefühl, sie macht sich Sorgen um mich. Doch sie redet weiter.

»Was sollen die anderen an der Schule sagen, wenn du einen Verbrecher anhimmelst?«

»Die meisten Leute wird das kaum interessieren«, sage ich. Aber Kendall interessiert es. Natürlich. Sie hat schon früh gelernt, dass es mehr darauf ankommt, was andere von einem denken, als auf Anstrengung oder Talent oder Mut.

»Ich will nur nicht, dass die Leute den falschen Eindruck bekommen«, murmelt sie.

»Ich hab doch schon gesagt, dass nichts passiert ist. Weißt du noch, was ich dir am Telefon erzählt habe? Es war alles ein Plan, um unsere Expartner zurückzukriegen.« Ich erkläre ihr die wichtigsten Punkte, ohne *Die Kunst des Krieges* und das Treffen mit Leo zu erwähnen.

Kendall pfeift durch die Zähne. »Das ist ja eine teuflische Verschwörung.« Sie zeigt auf Micah und Amber, die eng aneinandergeschmiegt tanzen. »Und für die beiden hat es anscheinend funktioniert. Also warum bist du so trübselig? Du solltest stolz auf dich sein.«

»Es war eigentlich Biancas Idee. Ich hab doch gesagt, dass sie schlau ist.« Ich wische die Träne ab, die in meinem rechten Augenwinkel lauert. Micah und Amber sehen wirklich glücklich aus. Warum fühle ich mich dann so beschissen?

»Es ist stickig hier drinnen«, sage ich. »Ich hole mir mal eben was zu trinken und setze mich nach draußen.«

»Alles klar, ich komme nach ein paar Songs hinterher. Ich muss noch ein bisschen schwitzen, um abzunehmen. Mom war echt angepisst wegen der Pfunde, die ich in New York zugenommen habe.«

»Wegen der beiden Pfunde?« Ich schaue sie gespielt schockiert an. »Stimmt, du bist echt fett.«

»Ich wiege glatte 60 Kilo.« Kendall hält die Hand zum Abklatschen hoch. »Wenn du mich fragst, hab ich nie besser ausgesehen. Aber Mom hat immer ein Auge auf mein Gewicht, also ist es besser, dünn zu bleiben, bis ich endlich ausziehen kann.« Sie zieht ab Richtung Tanzfläche.

Ich kaufe mir an der Bar etwas zu trinken und gehe damit auf die Terrasse, immer darauf bedacht, Micah und Amber den Rücken zuzudrehen. Sie zusammen zu sehen, tut noch mehr weh als bei Jason und Alexandra. Was wirklich bescheuert ist, denn schließlich bin ich dafür verantwortlich, dass sie wieder zusammen sind. Ich und Bianca. Und Sun Tzu.

Draußen stehen fünf wackelige Tische in einem Halbkreis, aber im Moment bin ich allein. Die Nachtluft fühlt sich nebelig und feucht an. Ich lasse mich auf einen Stuhl fallen und denke an das letzte Mal im *Beat,* daran, wie Micah mich zum Auto getragen und Ambers Anruf ignoriert hat, bis er wusste, dass es mir gut geht. Meine Augen schließen sich. Ich kann fast seine Hände auf mir fühlen. Ich glaube, seine Stimme zu hören.

»Vor wem versteckst du dich?«

Ich *kann* seine Stimme hören. Meine Augen springen auf. Vor mir steht Micah.

»Vor Kendall«, antworte ich. »Sie ist mir heute Abend etwas zu anstrengend.«

Er schüttelt sich. »Ja, vor ihr würde ich mich auch verstecken.«

»Sie ist nicht so schlimm.«

»Doch, ist sie«, sagt er grinsend. »Wo war sie überhaupt den ganzen Sommer über?«

»Sie hat eine Reality-TV-Show gedreht, ob du's glaubst oder nicht.«

Er setzt sich neben mich. »Ich glaube es. Sie brauchen immer mindestens ein fieses Mädchen in diesen Shows.«

»Du bist gemein.« Ich boxe Micah leicht gegen den Oberschenkel. Er fängt meine Hand ab und öffnet die Finger.

»Was machst du überhaupt hier?«, frage ich. Ich kann ihn nicht ansehen. Stattdessen sehe ich auf seine Hand, die meine festhält. Mein Herz hämmert in der Brust. Mein Mund wird trocken. »Ich dachte, du hasst diesen Club.«

»Tue ich auch. Amber wollte unbedingt herkommen.« Er zeigt nach hinten. »Sie hat gerade ein Mädchen aus ihrer Schule getroffen. Sie reden über Geigen. Bla bla bla.«

Ich will fragen, ob er und Amber jetzt offiziell wieder zusammen sind, aber ich habe Angst vor der Antwort. »Bist du zum Rauchen rausgekommen?«

»Nein. Ich habe den ganzen Tag noch nicht geraucht«, sagt er.

»Das ist doch super!«

»Amber denkt, ich spinne. Sie raucht mindestens eine Packung am Tag und außerdem noch jede Menge Gras.«

»Wurdest du deswegen verhaftet?« Ich fühle, wie mir der Schweiß über die Stirn läuft. Ungeschickt versuche ich, ihn mit der linken Hand wegzuwischen.

»Ich habe von Amber geredet. Ich rauche kein Gras mehr.«

Ich starre immer noch meine Hand an, die Micah auf seinem Bein festhält. Wenn ich meine Finger ein bisschen drehe, werden sie in die Zwischenräume zwischen seinen Fingern rutschen und unsere Hände sind verbunden. In meinem ganzen Leben habe ich nie etwas mehr gewollt als das. »Was hast du denn sonst gemacht?«

»Willst du das wirklich wissen?« Er redet wieder mit dieser leisen Stimme, bei der ich immer an Gewitter und bunte Glasfenster und Rocksongs mit Geigen denken muss.

»Ja. Erzähl es mir«, sage ich, obwohl mir in diesem Moment klar wird, dass es mir egal ist. Es ist mir egal, wer Micah früher war. Wichtig ist nur, wer er jetzt ist. Und dass sich der Riss in meiner Brust gerade wieder zu schließen beginnt. Alles andere spielt keine Rolle.

Vielleicht sollte ich das hier nicht machen. Auch wenn er sich zu mir hingezogen fühlt, Amber ist die Richtige für ihn. Trotzdem bewegen sich meine Finger. Wärme durchströmt mich, als Micah meine Hand sanft drückt.

Und das war's. Ich überlege, wie es klappen kann – mit Micah und mir.

Kendall wird das niemals gutheißen, aber sie muss sich damit abfinden. Oder eben nicht, das ist mir egal. Um sie mache ich mir keine Sorgen. Sorgen machen mir andere Dinge – dass wir es verpatzen könnten, dass ich verletzt werde, dass ich Micah verletze. Aber ich muss es versuchen. Das Gefühl, das ich im Moment habe, ist es wert, dafür zu kämpfen. Plötzlich verstehe ich die Passagen in der *Kunst des Krieges*, in denen steht, dass man gut überlegen soll, wofür man kämpft. Nicht alles ist es wert, große Risiken dafür einzugehen und Opfer zu bringen.

Micah schon.

Ich werde nicht feige sein. Jetzt habe ich mir genug Sorgen gemacht. Das hier ist nicht waghalsig, es ist die Realität. Amber hat vielleicht mehr mit ihm gemeinsam, aber deshalb sind ihre Gefühle nicht mehr wert. Das ist meine Chance, wie ein Blitz herabzufahren, und ich werde sie nutzen.

»Weißt du noch, wie jemand den alten Flughafen mit Graffiti besprüht hat?«, fragt er.

»Ja.« Mein Stuhl quietscht, als ich näher an ihn heranrücke. Mein Herz klopft so laut, dass ich meine eigene Antwort kaum hören kann. »In den Nachrichten haben sie gesagt, dass es irgendwelche Gangs waren.«

Micah lehnt seinen Kopf an meine Schulter. »Ich war es.«

Seine Haare riechen nach Pfefferminz-Shampoo. Sie kitzeln mich an der Wange. »Ernsthaft? Graffiti?« Ich weiß nicht, was ich erwartet habe, aber Vandalismus war es nicht. Es ist so unspektakulär. »Warum?«

Er streicht mit dem Daumen über den spitzen Knochen an meinem Handgelenk. »Das ist schwer zu erklären. Hattest du schon mal das Gefühl, schreien zu wollen, aber wenn du den Mund öffnest, kommt nichts heraus? Als ob so viele Dinge in dir gefangen sind, dass du verrückt wirst, wenn du sie nicht loswirst?«

»Dinge, die mit deinem Vater zu tun haben?« Ich würde ihm gerne in die Augen sehen, aber unsere Köpfe sind zu dicht beieinander und ich will mich nicht von ihm lösen.

»Viele verschiedene Dinge«, sagt er. »Zum Beispiel, wie schlecht ich mich damit fühle, dass ich meine Mutter und meine Schwester verlassen will, um in New York ans College zu gehen. Sie brauchen mich, aber ich will weg …« Er schüttelt angewidert den Kopf und seine Haare kitzeln mich wieder an der Wange. »Ich habe mich so mies um sie gekümmert. Selbst jetzt schaffe ich es nicht, das zu tun, was meine Mom glücklich machen würde, nämlich mit dem Rauchen aufzuhören. Dad wäre enttäuscht von mir.«

»Das stimmt doch nicht, Micah. Dein Dad würde nicht wollen, dass du deine Träume aufgibst, und deine Mutter und Trinity auch nicht.« Ich drehe mich zu ihm, sodass unsere Gesichter sich fast berühren. Ich wünschte, ich könnte etwas sagen, damit er sich besser fühlt. »Sei nicht so hart mit dir selbst.«

Ich fühle, wie er seinen Mund an meiner Schulter zu einem Lächeln verzieht. »Tut mir leid, ich wollte nicht so trübsinnig werden«, sagt er. »Jetzt musst du mir eins deiner Geheimnisse verraten, damit wir quitt sind.«

Günstiger könnte der Moment nicht sein. Ich setze alles auf eine Karte. »Ich mag dich«, platze ich heraus. Und obwohl Micah erst einmal gar nichts sagt, obwohl ich plötzlich Tränen in den Augen habe und zittere und mein Herz zu explodieren droht, fühle ich mich fünfzig Pfund leichter.

Dann dreht er seinen Kopf zu mir. »Ich mag dich auch«, flüstert er mir ins Ohr, die Lippen gefährlich nah an meiner Haut.

Plötzlich ist es, als würde ich wieder den Song aus dem *Devil's Doorstep* hören. *Wake Up Dreaming.* Aber die einzige Musik ist das Geräusch unseres Atems. Ich weiß, wenn ich mich ein kleines Stück nach links drehe, wird Micah sich zu mir umwenden und unsere Lippen werden sich berühren. Ein richtiger Kuss, anders als bei dem Fußballspiel. Ein Kuss, den wir nicht zurücknehmen oder als Teil eines bescheuerten Plans auslegen können.

Ich zittere immer noch, aber es fühlt sich an, als hätte jemand anderes die Kontrolle über meinen Körper übernommen. Dieses Mädchen sagt mir, dass nichts wichtig ist außer dem, was ich im Moment fühle. Wenn ich einmal angefangen habe, Micah zu küssen, werde ich nie wieder aufhören wollen. Sie dreht meinen Kopf für mich, langsam, und hebt das Kinn ein winziges Stück. Ich fühle, wie er sich mir zuwendet und mich ansieht. Gleich, jede Sekunde … Ich strecke die Hand aus und streiche über seine Irokesenfrisur. Er atmet langsam und heftig aus, ich fühle seinen

Atem auf den Lippen. In meinen Ohren rauscht das Blut, ich spüre meinen Herzschlag im ganzen Körper.

Und dann hustet jemand.

Ich wirbele so schnell herum, dass mein Stuhl an das wackelige Tischbein stößt und der Tisch zu Boden poltert. Micah lässt meine Hand fallen, als wäre sie eine Tarantel. Amber steht an der Tür.

Wir sind aufgeflogen.

34

»Ein Königreich, das einmal zerstört wurde, kann nie wieder errichtet werden …«

Sun Tzu, Die Kunst des Krieges

»Lasst euch nicht stören«, sagt Amber. Ihre blauen Augen sind wie Eiszapfen, frostig und scharf in der Sommerhitze.

Bevor einer von uns antworten kann, ist sie verschwunden. Die Tür schlägt hinter ihr zu.

»Ich muss gehen.« Micah löst sich von mir und ich fange an zu frieren. Er stolpert auf die Füße und geht in Richtung Club.

»Ja, mach das«, flüstere ich.

Er hört mich und hält inne, eine Hand auf dem Türgriff. »Ich bin mit ihr hergekommen. Ich hätte nicht – entschuldige.« Seine Stimme klingt verzweifelt.

Er bereut es.

Als er im Club verschwunden ist, zerdrücke ich meinen Plastikbecher und werfe ihn mit aller Kraft an die Wand. Er prallt schwach von der Mauer ab und fällt zu Boden. Ich möchte schreien. Ich verstehe Jungs einfach nicht. Wenn Micah so verliebt in Amber ist, dass er ihr wie ein Hündchen hinterherlaufen muss, warum hat er dann hier draußen meine Hand gehalten? Ist er genau wie Jason? Bin ich vielleicht nur eine »Pause« für ihn?

Ich lege den Kopf auf die metallene Tischplatte. Die Tränen strömen aus mir heraus. Ich verstecke mein Gesicht in den Armen, damit niemand, der nach draußen kommt, es sehen kann, und schluchze in meinen Ellbogen. In meinem Kopf spuken Phrasen herum, dass man entschlussfreudig sein soll und dass lange Verzögerungen den Eifer der Armee dämpfen. Nein, das ist Unsinn. Es geht nicht ums Reden. Wenn Micah mich wollen würde, wäre er bei mir und nicht bei Amber. Er hätte sie verlassen, wie ich Jason verlassen habe.

Die Tür öffnet sich und fällt wieder zu. Ich wische meine Augen mit dem Ärmel und tue so, als wäre ich bloß müde oder krank und nicht ein verrücktes Mädchen, das im Tanzclub weint.

Aber es ist Kendall und sie lässt sich nicht so leicht täuschen. In einer Sekunde ist sie bei mir. »Laineykins, was ist passiert?«

Ich kann es ihr nicht erzählen, sonst würde ich wieder anfangen zu weinen, und sie würde sagen, dass Micah nicht wichtig ist, und dann würden die Tränen nie versiegen. »Nichts«, sage ich.

»Ich habe ihn und das Mädchen reinkommen sehen. Was haben sie zu dir gesagt?«

»Nichts.«

Kendall starrt mich an. »Wegen nichts müsstest du jetzt nicht weinen.«

Ich lasse den Kopf hängen. »Vergiss es, okay? Es ist vorbei.« Und wie es vorbei ist. Ich weiß nicht, was ich mir dabei gedacht habe. Das ist das Problem – irgendwann habe ich aufgehört zu denken. Ich habe nichts geplant, ich habe nichts gerechtfertigt. Ich habe nur auf den Moment reagiert. Es hat sich richtig angefühlt. Aber Micah ist mit einem anderen Mädchen hergekommen und wird wahrscheinlich auch mit ihr gehen.

»Nein. Das läuft nicht.« Kendall steht auf und geht in den Club zurück. Gut. Sie soll tanzen gehen und mich in Ruhe lassen. Alle sollen mich in Ruhe lassen.

Zu spät erkenne ich, was sie vorhat.

»Kendall, warte!«

Ich springe vom Stuhl auf und klappere in meinen Plateauschuhen hinter ihr her. Zwischendurch hebe ich noch schnell meinen Plastikbecher auf und werfe ihn in den Mülleimer.

Drinnen stehen Amber und Micah an der gegenüberliegenden Wand. Es sieht aus, als würden sie streiten, aber die Musik ist so laut, dass ich sie nicht verstehen kann.

Kendall saust über die Tanzfläche, eine dünne blonde Rakete, ein Tornado mit zerstörerischer Kraft.

»Warte.« Aber sie hört mich nicht. Ich laufe und stolpere hinter ihr her und wünsche mir ausnahmsweise, ich hätte andere Schuhe an.

Amber wischt sich über die Augen und Micah umarmt sie. Etwas in meinem Inneren stirbt. Ich will sie nicht anstarren, aber ich kann nicht anders. So langsam verliere ich die Kontrolle. Eigentlich geht das schon den ganzen Abend so, aber es ist mir egal. In diesem Moment ist mir alles egal.

Außer Micah.

Und die Art, wie er seine Hand auf ihren Rücken gelegt hat, während sie auf den Ausgang zugehen.

Kendall erreicht die beiden, bevor sie auf den Parkplatz flüchten können. Sie packt Micah an der Schulter. Ich beobachte entsetzt, wie er sich verwirrt umdreht. Sie fängt an, ihn anzubrüllen. Die Musik ist zu laut, als dass ich etwas verstehen könnte, aber aus der Art, wie sie den Kopf zurückwirft und mit den Armen wedelt, lässt sich einiges schließen. Amber fällt vor Schreck die Kinnlade herunter.

Einen Augenblick lang überlege ich, mich an ihnen vorbeizustehlen und in der Nacht zu verschwinden. Aber schließlich bin ich die Ursache dieser Szene, und auch wenn Micah Kendalls Zorn teilweise verdient hat, ist es nicht fair, dass Amber ihre rasiermesserscharfe Zunge zu spüren bekommt.

Ich erreiche Kendall und ziehe sie am Arm. »Komm, hör auf.

Bitte.« Wenigstens ist es dunkel im Club, sodass Micah und Amber hoffentlich nicht sehen, dass ich geweint habe.

Kendall sieht mich über die Schulter hinweg an, dann macht sie sich los. »Nein, ich höre nicht auf. Keine Freundin von mir wird wie ein Stück Dreck behandelt, und schon gar nicht von einem bescheuerten Gangster.« Sie wendet sich Micah zu. »Sie mag dich, du Arschloch, und du bringst sie zum Weinen.«

Ich habe keine Ahnung, was Micah darauf antworten wird, denn ich kann ihn nicht ansehen. Vielleicht werde ich ihn nie wieder ansehen können. Ich wünschte, ich hätte dem ersten Impuls nachgegeben und wäre weggelaufen. Oder, noch besser, die pulsierenden Lichter wären Laserstrahlen, die mich verdampfen würden.

»Bitte, Kendall.« Ich versuche noch einmal, sie wegzuziehen. Dabei schaue ich weiterhin auf den Boden. »Das ist es nicht wert.«

Inzwischen hat Amber auch angefangen zu schreien. Sie nennt Kendall eine irre gewordene Schlampe und sagt, sie soll verschwinden. Dazwischen höre ich Micahs Stimme sagen, dass er keine Angst vor Kendall hat und sie nicht für mich sprechen soll. Ihre Stimmen winden sich wie Schlangen um mich herum und durchbohren mich wie Speere. Mein Kopf dröhnt von dem Rauch und den Lichtern und dem stampfenden Bass. Ich bemerke kaum, dass sich eine kleine Gruppe von Leuten um uns herum sammelt, die wohl auf einen richtigen Kampf hoffen.

»Ich kann dich ruinieren, weißt du das?«, brüllt Kendall. »Ich kann dafür sorgen, dass dich nie wieder jemand ansieht.«

»Hör auf, Kendall. Das reicht!« Ich ziehe hart an ihrem Handgelenk. »Sei nicht so eine Zicke.«

Sie sieht mich überrascht an und reibt sich das Handgelenk, wo ich sie gepackt habe. »Nein. Das reicht nicht. Keine Freundin von mir –«

Natürlich. Kendall macht mal wieder meine Probleme zu ihren.

»Das hier hat nichts mit dir zu tun«, sage ich. Diesmal lässt sie endlich zu, dass ich sie wegziehe.

»Was ist mit dir los?«, fragt sie. »Hast du mich gerade eine Zicke genannt? Ich habe dich verteidigt, falls du es noch nicht gemerkt hast, denn selber kannst du es anscheinend nicht.«

Die Bemerkung verletzt mich, aber ich bin nicht in der Stimmung für noch eine Szene. »Ich hab dir doch gesagt, du sollst aufhören.« Ich muss schreien, damit sie mich trotz der dröhnenden Bässe versteht. »Er bedeutet mir nichts. Ich habe ihn nur benutzt, okay? Mehr war nie zwischen uns.«

Natürlich setzt die Musik genau in diesem Moment aus und meine Worte donnern wie eine Maschinengewehrsalve durch den ganzen Club.

Micah und Amber sind schon halb aus der Tür, aber sie hören jedes Wort. Ich kann es daran sehen, dass Micah strauchelt, wenn auch nur für einen Moment.

Neben uns sagt eine mir unbekannte Stimme: »Verdammt, das war echt eiskalt, selbst für sie.«

Micah dreht sich halb um und sieht mich an. Und wieder wünsche ich, die Laserstrahlen würden mich auf der Stelle verdampfen. Seine Augen zeigen … Überraschung? Schmerz? Beides. Dann werden sie vollkommen ausdruckslos und er sieht fast tot aus. Mehr wie ein Geist als wie ein Mensch. Alles verschwimmt, als würde ich die Ereignisse aus einem Aquarium heraus beobachten. Ich sehe kaum die hellen Flecken – Gesichter der Leute, die mich immer noch anstarren und auf mehr Theater hoffen. Mein Blick erfasst nur eines: den dunklen Umriss von Micahs Rücken, als er durch die Tür verschwindet, mit Amber an seiner Seite.

35

»Wenn wir zahlenmäßig leicht unterlegen sind, meiden wir den Feind. Wenn wir ihm in keiner Hinsicht gewachsen sind, können wir ihn fliehen.«

Sun Tzu, Die Kunst des Krieges

Eigentlich soll ich am nächsten Tag im Denali arbeiten, aber ich erzähle meinen Eltern, ich wäre krank. Ich will Micah nicht begegnen. Ich habe keine Ahnung, was er machen wird. Vielleicht wird er mir vor allen Leuten eine Szene machen und mich zum Weinen bringen, wie Jason es zu Beginn des Sommers getan hat. Aber dieses Mal wäre es noch schlimmer, denn dieses Mal hätte ich das grässliche Gefühl verdient.

Ich ziehe mir die Bettdecke über den Kopf. Ich will wieder einschlafen, damit ich nicht darüber nachdenken muss.

Ein paar Minuten später kommt meine Mutter herein und bringt meine Post: eine Ausgabe von *Soccer Illustrated* und ein paar Briefe von Colleges, die ich wahrscheinlich sofort aufmachen sollte. Aber es sind alles kleine Colleges, deren Mannschaften in der zweiten und dritten Liga spielen. Eigentlich sollte ich froh sein, dass sich überhaupt jemand für mich interessiert, aber im Moment trägt das nur dazu bei, dass ich mich wie eine totale Versagerin fühle.

»Leg einfach alles auf meinen Schreibtisch«, sage ich. »Ich sehe es mir an, wenn es mir besser geht.«

Sie stapelt die Briefe ordentlich auf der Zeitschrift und setzt sich auf den Rand meines Bettes. Dann fühlt sie meine Stirn mit der Rückseite der Hand. »Fieber hast du nicht.«

»Ich habe schreckliche Kopfschmerzen und bin total müde«, sage ich. »Und mir ist schlecht«, füge ich zur Sicherheit noch hinzu und versuche, ein entsprechendes Gesicht zu machen.

»Du bist doch nicht schwanger, oder?«

»Moooom!« Ich werde rot, obwohl ich weiß, dass es nicht sein kann. »Nein, keine Chance.«

»Bist du sicher? Die Pille wirkt nicht immer hundertprozentig.«

»Ganz sicher«, beteuere ich.

Sie küsst mich auf die Stirn. »Gut. Du kannst heute zu Hause bleiben, aber ich leider nicht, also kann ich mich nicht um dich kümmern.«

»Ich brauche niemanden, der sich um mich kümmert«, sage ich. »Ich werde einfach noch etwas schlafen.«

Ihr Gesicht verzieht sich zu einem Lächeln. »Na gut, Süße. Aber ruf deinen Vater an, wenn du etwas brauchst. Ich habe den ganzen Tag Besprechungen, aber er kann mal kurz aus dem Café weg, wenn es sein muss.«

»Alles klar, Mom.« Ich drehe mich auf die Seite, sodass ich von ihr wegschaue. In Wirklichkeit habe ich schon fast zehn Stunden geschlafen. Noch länger werde ich ganz bestimmt nicht pennen. Ich warte, bis sie weg ist, dann setze ich mich im Bett auf. Zum ersten Mal in diesem Sommer ist mir tatsächlich langweilig.

Ich schicke eine SMS an Bianca.

Ich: **Übernimmst du meine Schicht?**

Sie: **Wahrscheinlich. Bist du krank?**

Ich fange an, ihr zu schreiben, was letzte Nacht passiert ist, gebe dann aber auf und rufe sie an. Sie hört zu, während ich den ganzen desaströsen Abend beschreibe. Wie Micah und Amber getanzt haben. Micah und ich auf der Terrasse. Kendall, die ausrastet und Micah beschimpft. Und meine Worte, die alles kaputt machen.

»Ich hab's vermasselt, Bee.« Meine Stimme zittert. »Ich hab das alles nur gesagt, damit Kendall ruhig ist, aber Micah hat mich so angesehen ...« Ich schaudere. »Als wäre ich für ihn gestorben. Er und Amber schienen sich auch sehr gut zu verstehen, als sie gegangen sind.« Ich muss mich schrecklich anstrengen, um den letzten Satz herauszuwürgen.

Bee seufzt. »Oh, Lainey. Du magst ihn wirklich, oder?«

Ich schnappe mir ein Taschentuch von meinem Nachttisch und putze mir die Nase. »Ja. Aber ich habe alles verdorben.«

»Also erstens solltest du dich nicht von Kendall beeinflussen lassen«, sagt Bianca bestimmt. »Und zweitens: Rede mit ihm. Du hast ihm gesagt, dass du ihn magst, und er hat gesagt, dass er dich auch mag.«

»Ja, aber dann habe ich vor der halben Schule behauptet, dass er mir nichts bedeutet.«

»Wie lange trefft ihr euch jetzt schon?«, fragt Bee. »Bestimmt weiß er, wie du dich manchmal benimmst, wenn du sauer bist. Entschuldige dich einfach.«

»Vielleicht hast du recht«, sage ich. »Ich denke darüber nach.«

Nachdem wir aufgelegt haben, lese ich noch einmal alle SMS, die Micah und ich uns geschrieben haben. Bei manchen unserer sarkastischen Sprüche muss ich lächeln. Doch immer, wenn ich anfange, eine Entschuldigung zu tippen, lösche ich sie am Ende wieder. Was sollte das auch bringen? Micah hat sich für Amber entschieden, und ich sollte das respektieren, auch wenn es wehtut.

Dann klingelt mein Telefon. Ich bete, dass es Micah ist, der telepathisch meine Nachricht erhalten hat. Aber es ist mein Bruder.

»Hey Steve«, sage ich.

»Ich hab gehört, dass du krank bist. Und nach unserem Gespräch letzte Woche wollte ich mal sehen, wie es bei dir läuft. Bist du immer noch traurig wegen Jason?«

»Ob du's glaubst oder nicht, er wollte wieder mit mir zusammen sein. Aber ich hab ihn abgewiesen.«

»Gut gemacht«, sagt Steve. »Es gibt noch jede Menge andere Jungen da draußen.«

»Ja, ich hatte auch schon einen gefunden, aber ich hab es vermasselt.«

»Meine Güte, du bist aber schnell.« Steve gluckst. »Als ich gesagt habe, du sollst dir einen besseren Jungen suchen, habe ich nicht gemeint, dass das am nächsten Tag passieren muss. Du musst dir nicht gleich einen Ersatz zulegen.«

»Wahrscheinlich hast du recht«, sage ich. »Vielleicht ist es das Beste, für eine Weile allein zu sein.«

Am Samstag braucht mich Dad dringend im Denali. Ich fahre hin und bete, dass Micah nicht arbeitet, obwohl ich weiß, dass er auf dem Dienstplan steht. Mein Herz sinkt wie ein Stein, als ich das Biest auf seinem üblichen Parkplatz sehe. Ich bleibe kurz im Auto sitzen und kontrolliere, ob ich in Gefahr bin, in Tränen auszubrechen. *Behalte die Kontrolle. Behalte die Kontrolle. Behalte die Kontrolle.* Alles in Ordnung. Ich schaffe das.

Ich schwebe durch die Eingangstür, als wäre alles wunderbar, als würde ich gerade von der schönsten Nacht meines Lebens kommen. Ebony und ein neues Mädchen, das Teilzeit arbeitet, stehen an der Theke. Keine von beiden sieht auf, als ich nach hinten zu meinem Schließfach gehe. Um meine Tasche einzuschließen, muss ich an Micah vorbei, der in der Küche arbeitet. Er steckt bis zu den Ellbogen in Brotteig und summt zu der Musik, die er über Kopfhörer hört.

Ebony übergibt mir ihren Platz an der Kasse, und ausnahmsweise bin ich froh, dass ich vorne arbeiten muss. Das neue Mädchen heißt Piper und sie hat früher bei meiner Mutter studiert. Immer, wenn wir etwas von hinten brauchen, schicke ich Piper, denn je länger ich Micah nicht begegnen muss, desto besser. Aber schließlich ist es so weit, dass Piper gerade kassiert und ich selbst nach hinten gehen und Micah um neue Erdnussbutter-Cookies bitten muss. Ich bekomme die Worte kaum heraus, doch er benimmt sich völlig normal, als er ein Dutzend Kekse für mich auf einen Teller legt. Er wirkt, als käme er auch gerade von der schönsten Nacht seines Lebens.

Den ganzen Tag über schreit er mich nicht an und ignoriert mich auch nicht. Stattdessen tut er etwas, was mich noch viel mehr verletzt: Er behandelt mich so, wie er es am Anfang des Sommers getan hat: distanziert und höflich, als wäre ich ein Kunde – einer, der jede Menge Mixgetränke bestellt und kein Trinkgeld gibt. Falls er irgendwelche Gefühle für mich hatte, hat er sie abgestellt, so als würde er einen Schalter umlegen. Ich wünschte, ich könnte das auch. Mein ganzer Sommer wäre anders verlaufen, wenn ich es geschafft hätte, in einer Nanosekunde über Jason hinwegzukommen. *Aber dann hätte ich Micah nicht kennengelernt.*

Na gut, vielleicht will ich meine Gefühle doch nicht abschalten können. Aber ich will, dass es nicht mehr so wehtut.

Leo scheint nicht zu wissen, was passiert ist – er redet mit uns, als wären wir alle noch Freunde. »Hast du schon *Der Prinz* gelesen?«, fragt er mich, während er Tomatensoße auf Micahs Pizzaboden verteilt. »Täuschung. Betrug. Genau dein Ding.«

Genau das, was mein Leben ausmacht.

»Nein, ich schmiede keine Pläne mehr.«

Leo streut geriebenen Käse auf die Pizza. »Dann hast du auch deinen Ex aufgegeben?«

»Ja. Ich habe gemerkt, dass wir doch nicht so gut zusammenpassen, wie ich dachte.« Ich meine, Micahs Blick zu fühlen, aber ich habe zu viel Angst, um ihn anzusehen. Angst, zu sehen, wie er durch mich hindurchstarrt. »Danke jedenfalls für deine Hilfe. Wenn es etwas gibt, was ich für dich tun kann, sag Bescheid.«

Leo zieht die Stirn in Falten, während er geschnittene Pilze und grüne Paprika auf der Pizza verteilt. »Eine Sache gibt es.« Er schiebt die Pizza in den Ofen. »Bianca. Sie ist eine deiner besten Freundinnen, oder?«

Im Moment habe ich das Gefühl, sie wäre meine einzige Freundin. »Ja«, antworte ich, ohne zu verstehen, worauf Leo hinauswill. »Sie ist heute nicht da.«

»Hat sie einen Freund?«

»Oh.« Ich zwinge mich zu einem Lächeln. »Also ist Bee das Mädchen, für das du dich interessierst?« Jetzt verstehe ich, warum Leo so eifrig mit uns Kriegspläne geschmiedet hat. Ich werfe Micah einen Blick zu. Er steht nur zwei Meter entfernt von uns, aber seine Musik ist so laut, dass ich das blecherne Dröhnen aus den Kopfhörern hören kann. Er könnte genauso gut zwei Kilometer weit weg sein. »Nein, hat sie nicht.« Ich gebe mir Mühe, mich auf Leo zu konzentrieren. »Sie ist wirklich schlau, genau wie du. Sie will Ärztin werden. Du solltest sie unbedingt fragen, ob sie mit dir ausgehen will.«

Leo sieht unbehaglich aus. »Könntest du nicht vielleicht rausfinden, ob sie interessiert ist?«

»Kann ich machen«, antworte ich. »Aber denk dran, wir reden hier über Bianca. Wenn sie nicht interessiert ist, wird sie trotzdem so nett sein, dass du dich hinterher besser fühlst, als wenn sie Ja gesagt hätte.«

»Ich weiß. Aber ich will ihr die Peinlichkeit ersparen. Vor allem weil wir weiterhin zusammenarbeiten werden.«

»Du hast recht«, stimme ich zu. »Es wäre schlecht, wenn ihr bei der Arbeit Probleme hättet.« Mein Blick wandert wieder zu Micah. Er sticht mit einem Eislöffel Kugeln aus dem Keksteig aus. Die Kugeln landen sauber und in gleichmäßigen Abständen auf dem verbeulten silbernen Blech. Wenn er Probleme hat, sieht man es ihm jedenfalls nicht an.

36

»Es liegt in unserer Hand, uns vor einer Niederlage zu schützen.«
Sun Tzu, Die Kunst des Krieges

Nach der Arbeit überrede ich Bianca, sich mit mir im *Hallowed Grounds* zu treffen, Hazeltons zweitem Coffeeshop. Dort kennt mich keiner.

»Wie findest du eigentlich Leo?«, frage ich vorsichtig. Bianca war noch nie ernsthaft mit jemandem zusammen. Sie wurde schon oft gefragt, aber bisher hat sie immer abgelehnt. Zu Schulbällen geht sie meistens mit Freunden. Ich weiß nicht, ob es daran liegt, dass sie so hart für ein College-Stipendium arbeitet oder dass ihre überbesorgte Familie alle Jungen verscheucht, die Interesse an ihr haben.

»Leo?« Bianca zieht die Stäbchen aus ihrem Haarknoten und legt sie auf die rot lackierte Tischplatte. Dann schüttelt sie den Kopf, und die dicken schwarzen Locken fallen ihr über die Schultern. Sie sieht auf ihren Chai-Eistee hinunter. »Ich weiß nicht. Wieso?«

»Weil er dich mag.«

Sie kichert. Es ist ein richtiges Kichern, so als wären wir wieder in der 6. Klasse und der süße Junge aus Massachusetts, der hinter ihr saß, würde sie am Zopf ziehen. »Warum sagst du das?«

»Ohmeingott. Du magst ihn.« Mir fällt die Kinnlade herunter. »Wieso weiß ich nichts davon? Du bist verliiiiiiiebt in ihn!«

»Pssst.« Biancas honigfarbene Haut wird rot. Sie trinkt langsam einen Schluck Tee. »Ich bin nicht *verliebt* in ihn.«

»Aber ich kann ihm sagen, dass du interessiert bist?«

Sie sieht von ihrem Drink auf. »Bist du sicher, dass er *mich* mag?«

»Warum? Weil du so hässlich und abscheulich bist?«, ziehe ich sie auf. »Natürlich bin ich sicher. Er hat es mir gesagt.«

»Ich dachte, er … du weißt schon.« Sie rührt wie wild mit dem Strohhalm in ihrem Glas. In dem umweltschädlichen Plastikbecher klirren die Eiswürfel.

»Was denn?« Ich habe langsam das Gefühl, dass wir uns in einer fremden Sprache unterhalten, von der ich nur jedes zweite Wort verstehe.

Sie sieht mich nervös an. Ihre Augen sind dunkel und sanft. »Ich dachte, er mag *dich*.«

Ich verschlucke mich beinahe an meinem Getränk. »Vergiss es. Er ist ein echt cooler Typ, aber da ist nichts zwischen uns.«

»Was ist, wenn du nichts für ihn empfindest, aber er etwas für dich?«, fragt Bee. »Ich will nicht von einem Jungen benutzt werden, damit er an meine beliebte Freundin rankommen kann.«

»Ich schwöre es, Bianca. Er hat noch nicht mal mit mir geflirtet. Ich glaube, er mag dich schon lange, war aber zu schüchtern, um etwas zu unternehmen.«

»Ehrlich?« Ihre Augen hellen sich auf wie ein buntes Glasfenster. In diesem Moment weiß ich, dass ich Leo umbringen werde, wenn er ihr jemals wehtut.

»Ja, ehrlich«, sage ich in einem Singsang. »Wenn ich früher gewusst hätte, dass du ihn magst, hättest *du* sein falsches Date sein können. Wieso hast du mir das nie gesagt?«

»Na ja, ich wusste, dass er wieder mit Riley zusammen sein wollte. Außerdem dachte ich, du würdest mich zwingen, mit ihm zu reden, auch wenn ich noch nicht so weit bin.«

»Warum sollte ich das tun?«, frage ich. Ich erinnere mich noch gut, wie Kendall mich in der 9. Klasse gezwungen hat, mit Jason zu reden, und wie schrecklich ich das fand. Bee tut so, als wäre ich genauso. Das gefällt mir nicht.

»Weil das deine Art ist, Lainey. Und du glaubst, es funktioniert bei jedem.«

»Das stimmt doch nicht.« Ich bin schockiert, dass Bee so von mir denkt. Davon hatte ich keine Ahnung.

Bianca kneift die Augen zusammen. »Und wie war das in der 10. Klasse mit Shaun Demetz? Du hast ihm eine Einladung mit Nelken drauf zum Damenwahl-Tanz geschickt und mit meinem Namen unterschrieben!«

»Du hast gesagt, dass du ihn magst, und ich wusste, dass er Ja sagen würde«, antworte ich beleidigt. »Komm schon, Bianca. Er macht die Mathe-Hausaufgaben für andere Leute, nur zum Spaß! Hattest du wirklich Angst, er würde Nein sagen?«

»Er bekommt Geld dafür«, sagt sie. »Und ich hatte keine Angst vor einer Ablehnung. Aber ich war einfach noch nicht bereit für einen Freund und wollte nicht, dass er den falschen Eindruck bekommt. Ich hatte keine Lust, ihn hinterher fallen zu lassen.«

Ich versuche mich zu erinnern, was nach dem Tanz passiert ist. »Seid ihr damals nicht ein paar Mal zusammen ausgegangen?«

»Ja, aber nur, weil ich seine Gefühle nicht verletzen wollte. Am Schluss musste ich es dann doch tun. Weißt du, nicht alle bewegen sich immer im Zeitraffer wie du.«

»Im Zeitraffer? Ich habe das Gefühl, ich stehe die ganze Zeit auf PAUSE, während alle anderen tolle Zukunftspläne schmieden. Du gehst an die Uni von Mississippi und wirst Ärztin, Kendall will wieder nach New York. Ich habe nichts – außer vielleicht Fußball. Wahrscheinlich habe ich die beste Zeit meines Lebens schon hinter mir.«

»Eines Tages wirst du auch tolle Pläne schmieden«, sagt Bee.

»Du musst nur herausfinden, was du machen willst. Wenn du jetzt kein Fußballstipendium bekommst, kannst du doch einfach für das erste Jahr an irgendein College gehen und dich dann nächstes Jahr wieder bewerben.«

»Meinst du?« Diese Möglichkeit ist mir noch gar nicht eingefallen: dass ich mich von einem kleinen College zu einem größeren hocharbeiten könnte. Doch dann kommt mir der Gedanke, dass ich schon wieder über mich spreche. Ich fürchte, das passiert mir oft. »Vergiss es. Was ist nun mit Leo? Soll ich ihm sagen, er muss noch etwas warten? Er ist ein netter Kerl und ich möchte ihn nicht verletzen.«

Bianca kichert wieder. »Ich weiß nicht, ob es ein guter Zeitpunkt für mich ist, um mit jemandem auszugehen. Aber wenn wir nächste Woche zusammenarbeiten, rede ich mit ihm. Und wenn du und Micah endlich mal zugeben würdet, dass ihr verrückt nach einander seid, könnten wir zu viert was unternehmen.«

»Micah ist nicht verrückt nach mir.« Ich schüttle mich. »Er sieht mich noch nicht einmal an. Stattdessen sieht er durch mich hindurch. Ich würde fast sagen, er hasst mich, aber das würde ja bedeuten, er hat Gefühle für mich, und das glaube ich nicht.«

Sie schüttelt den Kopf. »Unsinn. Ich wette, ihm geht es auch mies. Aber wenn du ihn willst, musst du vielleicht dafür kämpfen.«

Ich lasse meinen Kopf auf den Tisch fallen. »Um aller toten Chinesen willen, bitte keine Kämpfe mehr. Die Armee braucht eine Pause.«

»Vergiss *Die Kunst des Krieges*«, sagt Bee. »Wie wäre es mit *Die Kunst der Lainey*?«

Ich sehe sie an. »Dieses Buch wird wohl nicht so bald veröffentlicht.« Aber sie hat recht. Genau wie ich zu Leo gesagt habe: Ich muss mit dem arbeiten, was ich habe … auch wenn ich im

Moment nicht genau weiß, was das ist. Wenigstens kann ich die Dinge nicht noch schlimmer machen, als sie gerade sind. »Und wenn ich es nicht wieder in Ordnung bringen kann?«

Ich erwarte, dass Bee in den Cheerleader-Ton verfällt und mir erklärt, ich wäre zu dramatisch und alles würde sich in Ordnung bringen lassen. Meistens ist sie so optimistisch wie ein Disney-Film. Aber heute überrascht sie mich. »Dann hast du es wenigstens versucht«, sagt sie. »Und dann gehen wir laufen, bis du so erschöpft bist, dass es nicht mehr wehtut. Und nachher essen wir Eis.« Sie lächelt wieder. »Aber nur eine Kugel.«

37

»Lasse ein Schlupfloch frei, wenn du eine Armee umzingelst. [...] Denn du darfst einen verzweifelten Gegner nicht zu hart bedrängen.«
Sun Tzu, Die Kunst des Krieges

Eine Woche vergeht. Es ist wieder Freitagabend, vielleicht der erste Freitagabend in diesem Sommer, an dem ich nichts vorhabe. Kendall hat mich seit dem Streit im *Beat* nicht angerufen. Wahrscheinlich erwartet sie, dass ich mich entschuldige, weil ich sie eine Zicke genannt habe. Aber ich bin immer noch sauer wegen ihrer Bemerkung, ich könnte mich nicht selbst verteidigen. Denn für sich selbst einzustehen, bedeutet mehr, als mit bösartigen Beleidigungen um sich zu werfen. Es bedeutet, sich zu überlegen, wann man kämpft und wofür es sich zu kämpfen lohnt. Wenn mir das nur schon früher klar gewesen wäre!

Ich gehe mit meinem Fußball in den Garten. Es hat den ganzen Tag geregnet – das Gras ist nass und die Erde ist weich. Der Schlamm spritzt, als ich den Ball um drei merkwürdige Totempfähle herumdribble, die Mom bei einem Hippie-Versandhandel bestellt hat. Sie erinnern mich an die Stammesmasken, die ich im Coffeeshop aufgehängt habe. Ehrlich, in diesem Haushalt kann man den unheimlich starrenden Gesichtern nicht entkommen.

Ich laufe um den dritten Totempfahl herum, als wäre er ein Verteidiger, dann schieße ich den Ball auf die Hintertür. Tor. Ich habe wirklich schon viel Fußball gespielt. Vielleicht bin ich doch gut genug, um ein Stipendium bei einem Erstliga-College zu ergattern. Egal, ob es Northwestern wird oder nicht – Missouri mit Bee wäre auch cool. Einen Versuch ist es jedenfalls wert.

Bei der Arbeit ist inzwischen alles wieder normal. Mit normal meine ich wie früher, als Micah und ich uns nichts zu sagen hatten. Wenn ich ihn sehe, fühlt es sich so an, als würden meine Organe in der Kaffeemühle gemahlen, deshalb bleibe ich die meiste Zeit vorn am Tresen. Ich habe zweimal versucht, mit ihm zu reden – ehrlich! –, aber das erste Mal, als ich ihn im Chefbüro festnageln wollte, sah er so unbehaglich aus, dass ich ihn in Ruhe ließ. *Verfolge keinen Feind, der die Flucht vortäuscht.* Anscheinend ist *Die Kunst des Krieges* schon ein Teil von mir geworden. Selbst wenn ich nicht darüber nachdenke, fällt es mir ein.

Beim zweiten Mal bin ich ihm nach der Arbeit auf dem Parkplatz begegnet. Er lehnte an seinem Biest und rauchte, und ich dachte, es *könnte* sein, dass er auf mich wartet. Aber bevor ich über den Platz gelaufen war, klingelte sein Telefon. Es war klar, dass sie es war – Amber. Ich ging an ihm vorbei, geradewegs zu meinem Auto.

Er lächelte, als er ans Telefon ging. So viel konnte ich aus dem Auto heraus sehen.

Bald wird der Civic allerdings wieder das Auto meines Bruders sein. Und obwohl ich ihn vermissen werde, freue ich mich sehr, dass Steve zurückkommt.

Auf dem Picknicktisch summt mein Telefon.

SOS. Ruf mich an.

Es ist Bianca. Ich glaube, ich habe noch nie einen SOS-Anruf von Bianca bekommen. Sie ist einfach nicht so dramatisch wie ich. Als ich sie anrufe, hebt sie beim ersten Klingeln ab.

»Alles in Ordnung bei euch?«, frage ich. »Ist was mit deiner Großmutter?«

»Nein, alles okay«, antwortet sie. »Es geht um Leo.«

»Was ist mit ihm?«

Sie flucht auf Spanisch. »Er holt mich in zwei Stunden ab. Wir gehen zu *Tony's.*«

»*Das Tony's?*« Ich pfeife bewundernd. »Wow, schick.« Ob Leo das ganze Geld, das ich ihm wiedergegeben habe, an einem einzigen Abend verbrauchen will? Er scheint wirklich darauf aus zu sein, Bee zu beeindrucken.

»Ich weiß«, sagt sie. »Es ist unser erstes richtiges Date und das Restaurant ist so schrecklich elegant. Egal, was ich anprobiere, ich sehe immer fett aus. Und seit dem Regen vorhin stehen meine Haare nach allen Seiten ab. Ich finde mich so hässlich – ich glaube, ich muss absagen.«

Sie klingt so, als wäre sie den Tränen nah. Bianca ist sonst immer diejenige, die die Leute beruhigt – wer hätte gedacht, dass das bei ihr selbst nicht funktioniert?

»Entspann dich«, sage ich. »Erinnerst du dich, welches Kleid du beim Dinner nach der Fußballmeisterschaft anhattest? Das blaue mit den Pailletten-Trägern?«

»Ja.«

»Zieh das an.«

Pause. Sie atmet tief ein. »Findest du nicht, dass es zu kurz für so ein schickes Restaurant ist?«

»Nö. Du kannst ja zum Ausgleich flache Schuhe anziehen.«

»Gute Idee. Aber was soll ich mit meinen Haaren machen?«

»Komm doch vorbei«, schlage ich vor. »Wir nehmen mein Glätteisen und sehen, ob wir sie etwas bändigen können.«

»Wirklich?« Bee klingt richtig hoffnungsvoll. »Hast du denn keine anderen Pläne?«

Pläne? Mal überlegen. Micah redet nicht mehr mit mir. Kendall redet nicht mehr mit mir. Die beiden einzigen Leute, die noch mit mir sprechen, sind miteinander zu einem romantischen Dinner verabredet. Meine Eltern haben ein aufregenderes Sozialleben als ich. »Ich lebe heute durch dich«, sage ich. »Komm her, ich warte.«

Bianca taucht zwanzig Minuten später in ihrem marineblauen Kleid auf. Es betont ihre Kurven genau an den richtigen Stellen. Aber die Feuchtigkeit von dem Regen heute Nachmittag hat ihre Mähne auf die doppelte Größe aufgeplustert. Ich versuche mit dem Glätteisen, sie etwas zu zähmen, stelle es aber auf niedrigste Stufe ein, damit Biancas dicke Locken nicht vollkommen verschwinden.

»Du hast mir das Leben gerettet«, sagt Bee, als ihre Haare wieder normal aussehen. »Kannst du auch noch mein Make-up machen?«

»Klar.« Ich wühle in der obersten Kommodenschublade, wo ich meine Kosmetik aufbewahre. »Also, ihr geht zu *Tony's?* Ziemlich schick für ein erstes Date. Ich glaube nicht, dass sich meine Eltern leisten könnten, da zu essen. Ich dachte, du weißt gar nicht so genau, ob du überhaupt mit Leo ausgehen möchtest.«

Bianca wird rot. »Na ja, wir haben in den letzten Tagen viel telefoniert. Du hast recht, er ist lustig. Und schlau. Er überlegt auch, nach Columbia ans College zu gehen.«

»Klingt vielversprechend.« Ich male Bianca einen tiefschwarzen Lidstrich oben und unten und tusche auch die Wimpern schwarz. Dann trage ich blauen und goldenen Lidschatten auf, der zu ihrem Kleid passt. Beim Aussuchen eines Lippenstifts halte ich inne. Sie sieht perfekt aus. Strahlend. Es wäre Schwachsinn, so viel Make-up aufzutragen, dass man sie nicht mehr erkennen kann.

»Fertig«, verkünde ich.

Sie blickt in den Spiegel und zieht die Nase kraus. »Kein Lippenstift? Kein Rouge? Keine Tönungscreme?«

»Tönungscreme?« Ich muss lachen. »Deine Haut ist doch schon perfekt bronzefarben.«

Bee lächelt. »Gefällt mir. Ich sehe aus wie ich selbst, nur besser.«

»Du sieht umwerfend aus«, sage ich. »Aber du könntest mit deinen Laufklamotten und komplett ohne Make-up gehen und würdest trotzdem umwerfend aussehen.« Meine Stimme bricht. »Du bist immer umwerfend.«

»Lainey.« Biancas dunkle Augen werden feucht. »Willst du wirklich wegen Micah nichts unternehmen? Wenn du nicht mit ihm reden kannst, schick ihm doch wenigstens eine SMS.«

Ich lasse die Schultern hängen. »Ich habe Angst, dass er nicht zurückschreibt.«

»Oje.« Bee umarmt mich. »Ich will dich nicht allein lassen, wenn du so traurig bist. Vielleicht könnten wir in ein normales Restaurant gehen und du kommst mit.«

»Quatsch«, sage ich und schlucke den Kloß im Hals herunter. »Das ist dein großes Date und du denkst schon wieder an mich. Du bist wirklich die allerbeste Freundin, die man haben kann. Manchmal frage ich mich, warum du mich nicht in die Wüste schickst.«

Bee lehnt sich auf meinem Bett zurück. »Elaine Mitchell, ich bin schon jahrelang deine Freundin. Du gehörst zu meiner Familie. Manchmal würde ich dich am liebsten an die Wand klatschen, aber ich würde dich niemals in die Wüste schicken. Du würdest mir viel zu sehr fehlen.«

Ich ziehe sie vom Bett hoch und wirbele sie im Kreis herum. »Du bist die Beste. Ehrlich. Und nun viel Spaß bei deinem schicken Dinner! Ich kann es kaum erwarten, die *intimen* Details zu erfahren.« Ich zwinkere ihr zu und sie wird wieder rot.

Als sie gegangen ist, lasse ich mich mit dem Laptop aufs Bett fallen und sehe mir ein paar Klatsch-Webseiten an. Doch ich kann mich nicht konzentrieren, also kontrolliere ich meine Mails. Ich habe eine Nachricht von meinem Bruder.

Hey L-

Wow. Der Sommer ist echt vergangen wie im Flug, oder? Ich fahre für das Wochenende nach London, um mit ein paar Freunden warmes Bier zu trinken. Dann geht's für uns alle nach Hause. Wir haben Tickets für ein Fußballspiel, und ich muss daran denken, wie gern du mitgekommen wärst. Ich verspreche dir, Fotos von allen Spielern zu machen, die die Mädels süß

finden. Ich kann dir nicht sagen, wer spielt, denn anscheinend gibt es Tausende Mannschaften allein in London und ich kann mir die Namen nicht merken. Hoffentlich haben sie Cheerleader.

Bis bald,

S-

Ich schließe den Laptop und blättere durch die Zeitschriften, die neben meinem Bett liegen. In der *Soccer Illustrated* vom letzten Monat ist ein Artikel über Londoner Fußballclubs. Ich studiere die Fotos, aber keiner der Spieler ist so süß wie Caleb Waters. Oder so gut gebaut.

Unter den Zeitschriften blitzt die verblasste rote Ecke von *Die Kunst des Krieges* hervor. Irgendwann habe ich aufgehört, das Buch mit mir herumzutragen, aber anscheinend ist mir der ganze Text ins Gehirn tätowiert. Oder vielleicht nicht der ganze Text, aber die Passagen, die ich markiert habe. Vielleicht sollte ich es ins Denali bringen und im Bücherregal zwischen den Erotik-Romanen mit Piraten und Mädchen mit fliegenden Locken auf dem Cover verstecken. Dort besteht nicht die Gefahr, dass es jemand findet und ebenfalls zum fanatischen Krieger wird.

Ich lege mich wieder aufs Bett, öffne das Buch auf der ersten Seite und fange an zu lesen. Ich weiß nicht, ob ich gelangweilt bin oder ob ich hoffe, etwas übersehen zu haben – irgendeinen kleinen Trick, mit dem ich Micah zurückgewinnen kann. Aber je weiter ich lese, umso klarer wird mir, dass es hier um mehr geht als um die simple Top-Ten-Liste, die ich mit Bianca erstellt habe.

Verschiedene Passagen fallen mir auf, die ich beim ersten Mal überlesen oder anders interpretiert habe:

Teil III:

Die größte Leistung besteht darin, den Widerstand des Feindes ohne einen Kampf zu brechen. … Der kluge Anführer unterwirft die Truppen des Feindes ohne Kampf; er nimmt seine Städte, ohne sie zu belagern …

Zwei Seiten weiter:

Siegen wird der, der weiß, wann er kämpfen muss und wann nicht.

Teil VIII:

Es gibt Straßen, denen du nicht folgen, und Städte, die du nicht belagern darfst ...

Teil XII:

Kein Herrscher sollte Truppen ins Feld schicken, nur um einer Laune nachzugeben; kein General sollte aus Verärgerung eine Schlacht beginnen.

Kurz darauf:

Ein Königreich, das einmal zerstört wurde, kann nie wieder errichtet werden ...

Es ist, als würde ich ein vollkommen anderes Buch lesen. Vielleicht hat Bianca nicht verstanden, worum es geht. Vielleicht haben wir es alle nicht verstanden. Obwohl *Die Kunst des Krieges* ein Buch über Kriegsstrategie zu sein scheint, glaube ich, dass Sun Tzu in Wirklichkeit etwas anderes sagen wollte. Dass nämlich der beste Plan der ist, der ohne eine Schlacht auskommt. Dass es das strategische Ziel sein sollte, zu siegen, ohne zu kämpfen.

Aber was hat das mit mir zu tun? Ich kämpfe mit fast allen. Mit Jason. Mit Kendall.

Mit Micah.

Was macht man, wenn man mitten in der Schlacht steckt, aber nicht mehr kämpfen will?

38

»Die größte Leistung besteht darin, den Widerstand des Feindes ohne einen Kampf zu brechen.«

Sun Tzu, Die Kunst des Krieges

Ich will nicht mehr kämpfen. Ich will den Schaden wiedergutmachen – oder es zumindest versuchen.

Ich fange mit Kendall an. So beängstigend sie auch ist – vor ihr habe ich lange nicht so viel Angst wie vor Micah. Kendall hätte Micah nicht wie ein wütender Pitbull anfallen dürfen, aber schließlich hat sie es getan, um mich zu verteidigen. Außerdem vermisse ich sie irgendwie. Und wenn wir im nächsten Jahr tatsächlich beide zusammen Kapitäne des Fußballteams werden sollten, müssen wir zumindest zivilisiert miteinander umgehen.

Zu meinem großen Erstaunen entschuldigt sie sich, sobald sie ans Telefon gegangen ist. »Ich hätte nicht so eine Szene machen sollen«, sagt sie so laut, dass ich das Telefon von meinem Ohr weghalten muss. »Es ging mich nichts an.«

»Wo bist du?«, frage ich. »Passt es gerade schlecht?«

»Ich bin in Jays Wohnung, er hat ein paar Leute zu Besuch. Ich soll dir ausrichten, dass er dich vermisst.«

»Das ist süß. Sag ihm schöne Grüße. Hör mal, ich wollte mich auch entschuldigen. Ich weiß, dass du mir nur helfen wolltest. Ich hätte einfach zugeben sollen, dass ich in Micah verliebt bin.«

»Stimmt.« Sie klingt, als hätte ich ihr gerade ein wasserdichtes

Alibi für ein schreckliches Verbrechen gegeben. »Warum hast du mich angelogen? Das wäre alles nicht passiert, wenn du mir die Wahrheit gesagt hättest.«

»Komm schon, K. Du hast so getan, als wäre es sozialer Selbstmord, ihn zu mögen.«

»Das ist es wahrscheinlich auch. Trotzdem hättest du mich nicht anlügen müssen. Ich dachte, alte Freunde erzählen sich alles.«

Das ist absoluter Quatsch, denn Kendall erzählt mir gar nichts. Sie hat noch nicht einmal Bescheid gesagt, als sie wieder in der Stadt war.

»Ich dachte, wenn ich es dir sage, machst du einen Aufstand und versuchst, mich mit deinem Bruder oder anderen Jungs zusammenzubringen, bis ich Micah aufgebe«, sage ich.

»Na schön, du hast recht«, gibt sie zu. »Ich hätte versucht, dich von ihm abzubringen. Denk doch mal realistisch, Lainey. Es ist schon kompliziert genug, mit jemandem zusammen zu sein. Und mit jemandem wie Micah wäre es noch viel komplizierter, so wie früher zwischen Leuten mit unterschiedlicher Hautfarbe. In der Schule würden sie Fragen stellen oder dich schief angucken und denken, dass du irgendwelche Rollenspiel-Fantasien mit einem Ex-Knacki auslebst. Es wäre wie in diesem Märchen, in dem sich die Prinzessin in ein Monster verliebt.«

Eigentlich ist es sinnlos, mit Kendall zu diskutieren, aber ich versuche es trotzdem noch einmal. »Bloß weil Micah kein hübscher Fußballstar ist, heißt das nicht, dass er ein Monster ist. Und vergiss nicht, das Märchen geht gut aus.«

»Vergessen wir die Sache«, sagt sie fröhlich. »Der Irokese wird darüber hinwegkommen. Oder auch nicht, wen kümmert's? Es gibt jede Menge tolle Typen ohne kriminelle Vergangenheit und du solltest dich nicht unter Wert verkaufen. Lass uns über das Hier und Jetzt reden – nämlich darüber, wo ich morgen Abend mit dir hingehe.«

Typisch Kendall – wenn du deine Feinde nicht besiegen kannst, lenke sie mit etwas Tollem ab.

»Und was heißt das genau?«, will ich wissen.

»Wir gehen auf eine Wahnsinnsparty. Eine Freundin einer Freundin von einem Mädchen, das ich bei der Modelsendung kennengelernt habe, geht auf die Washington Uni. Sie schmeißt eine große Willkommen-zurück-Party zum Ende der Ferien. College-Jungs, Lainey! Du wirst die ganzen fragwürdigen Typen vergessen, mit denen du dich diesen Sommer getroffen hast.«

»Das einzig Fragwürdige war, dass ich mich noch mal auf deinen Bruder eingelassen habe, nachdem er mich fallen gelassen hat«, sage ich. »Ist es nicht ein bisschen früh für die Wash-U-Leute, zurück zur Uni zu kommen?«

»Ich glaube, sie spielt Tennis oder so und muss früher zurück sein, um zu trainieren«, sagt Kendall. »Umso besser, dann werden nur Sportler auf der Party sein. Bitte sag, dass du mitkommst. Ich will nicht alleine gehen.«

»Ich denke schon«, sage ich. Aber eigentlich habe ich nicht die geringste Lust.

Am nächsten Tag bekomme ich bei der Arbeit eine SMS von Kendall.

Sie: **Bist du so weit?**

Ich: **Ich weiß nicht, K. Ich glaube, ich schaffe das nicht.**

Sie: **Vertrau mir. Die Party wird dein Leben verändern. Bist du um 7 fertig?**

Ich: **Yep.**

Sie: **Mein Jeep ist in der Werkstatt. Anscheinend hab ich das Getriebe geschrottet. Wenn Jay mich am Denali rauslässt, können wir dein Auto nehmen?**

Ich: **Okay.**

Ich bin einfach zu müde zum Streiten. Vielleicht hat sie recht und ich muss mal raus. Wahrscheinlich ist alles gut, was mich von Micah ablenkt. Zum Glück ist er heute früher gegangen, und ich musste es nur ein paar Stunden lang ertragen, von ihm wie eine Fremde behandelt zu werden.

Um sieben kommt Kendall durch die Eingangstür getänzelt. Ihr Sommerkleid ist so kurz, dass es fast nicht mehr legal ist, und ihre Plateauschuhe sind so hoch, dass sie kaum damit laufen kann. Sie sieht aus wie eine sexy Stelzenläuferin.

Ich beobachte, wie sie durch den Raum zu der Nische in der Ecke geht.

Sie zieht ihr Handy aus der Tasche und fängt an, SMS zu schreiben, während sie auf mich wartet. In der Schlange an der Theke stehen mehrere Leute. Während ich kassiere und Ebony helfe, Getränke zu machen, sieht Kendall immer wieder auf die Uhr an der Wand.

Als ich die Reihe abgearbeitet und mich ausgestempelt habe, gehe ich zu ihr und lasse mich ihr gegenüber auf einen Stuhl fallen. Sie sieht ziemlich genervt aus. »Das hat ja lange gedauert«, sagt sie. »Ich wollte eigentlich noch vor der Party was essen gehen.«

»Wo, in einem Café?« Ich sehe mich um.

»Nein. Ich meine *gutes* Essen.«

Da Kendalls tägliche Kalorienzufuhr selten vierstellig ist, frage ich mich, was sie unter gutem Essen versteht. Ich sehe auf meine ausgebeulte Caprihose und das Denali-T-Shirt herunter. »Ich muss auf jeden Fall noch kurz nach Hause und mich umziehen.«

»Sag mir nicht, dass du nichts zum Umziehen dabeihast.« Kendall atmet so tief ein, dass sich ihr unwahrscheinlich flacher Bauch etwas nach außen wölbt. Aber bevor sie ihren Monsterseufzer loslassen kann, fangen die Windspiele an der Tür an zu klimpern und Micahs kleine Schwester Trinity kommt hereingestolpert.

Die Haare kleben an ihrem schweißbedeckten Gesicht und ihre linke Wange ist mit Dreck verschmiert. Ihre Cargohose hat an einer Seite einen Riss – aber nicht so einen coolen Riss, den manche Kids in stundenlanger Arbeit mit einem Rasierer selber machen. Bei ihr sieht es aus, als wäre sie von einem Puma angegriffen worden, und man sieht ihre Unterwäsche.

Ich springe vom Tisch auf und laufe zu ihr hinüber. »Trinity, ist alles okay?«

»Ist mein Bruder hier?«, fragt sie etwas atemlos.

»Er ist schon um drei gegangen«, sage ich. Sie hat eine Beule in der Größe eines Golfballs auf der Stirn und anscheinend Blut zwischen den Vorderzähnen. »Was ist passiert?«

»Alles in Ordnung.« Trinity sieht auf die Uhr an der Wand. »Hat er gesagt, wohin er geht?«

Ich schüttle den Kopf.

Sie schaut auf ihr Handy. Ein großer Riss läuft wie ein Spinnennetz quer über den Bildschirm, aber das Display scheint noch zu funktionieren. »Er geht nicht ran. Hey, kannst du ihm sagen, dass er mich anrufen soll, falls er zurückkommt?«

»Ja, natürlich. Ich –«

Aber sie dreht sich auf dem Absatz um und verschwindet wieder nach draußen in die Hitze, ohne meine Antwort abzuwarten.

Kendall kommt aus der Ecke und klappert in ihren Sandalen über den Holzboden. »Fertig?«, fragt sie vergnügt. »Wir fahren an eurem Haus vorbei und holen schnell etwas zum Anziehen für dich. Du kannst dich ja dann –«

»Warte mal kurz.« Ich folge Trinity nach draußen. Sie kniet neben einem verbeulten Fahrrad, das auf dem Bürgersteig liegt. Das Vorderrad ist um 90 Grad verdreht. Sie hebt das Fahrrad auf und versucht es zu schieben, aber das Rad dreht sich nicht mehr. Sie zieht es ein paar Meter hinter sich her und gibt dann auf. Seufzend lässt sie den Metallhaufen fallen und geht in Richtung ihrer Wohnung.

»Trin, warte«, sage ich.

Sie dreht sich um und sieht mich nervös an. »Was denn?«

»Hat dich ein Auto angefahren?«, frage ich ungläubig. Ihr Fahrrad sieht aus, als wären mehrere Autos darübergefahren. Oder ein Bus.

»Es hat mich bloß gestreift. Keine große Sache.« Sie dreht sich um und läuft weiter.

Ich habe sie mit ein paar Schritten eingeholt. Das ist ganz leicht, denn sie ist viel kleiner als ich und sie humpelt. Vorsichtig fasse ich sie an der Schulter. »Du musst ins Krankenhaus. Kann ich deine Mom für dich anrufen?«

Trinity seufzt. Ich merke, dass sie mit den Tränen kämpft. »Ich habe es schon versucht, aber sie geht nicht ran. Jetzt sind viele Leute im Restaurant beim Abendessen. Sie wird bestimmt nicht vor neun ihr Handy kontrollieren.«

»Dann fahre ich dich.« Ich fasse es einfach nicht, dass sie von einem Auto angefahren wurde und nun so tut, als wäre es nicht weiter wichtig.

»Ich will dir nicht zur Last fallen. Außerdem glaube ich nicht, dass die Ärzte viel machen können, bis Micah oder meine Mutter kommen.«

»Kann schon sein«, antworte ich. »Aber du wärst wenigstens in Sicherheit, falls du ohnmächtig wirst.« Ich zeige auf die Beule, die inzwischen so groß wie ein Ei ist. »Vielleicht hast du eine Gehirnverletzung.«

»Mir geht es gut. Es tut nicht mal richtig weh.«

»Es könnte sein, dass du unter Schock stehst.« Ich beuge mich zu ihr herunter und sehe ihre Pupillen an. Wenn sie verschieden groß sind, ist das ein schlechtes Zeichen. Ihre sehen normal aus, aber mein Magen ballt sich wie eine Faust zusammen. »Hat der Typ wenigstens angehalten? Wo ist das passiert?«

»Ein paar Straßen weiter.« Sie sieht das Loch in ihrer Hose an und versucht, den Stoff über die Unterhose zu ziehen. »Er hat nicht angehalten, aber es war meine Schuld. Ich bin bei Rot gefahren.«

»Quatsch«, sage ich. »Das ist trotzdem ein Verbrechen.«

Kendall kommt durch die Tür nach draußen gestürmt. Sie wedelt mit den Armen und zeigt auf den Parkplatz. »Komm schon, lass das Straßenkind. Wir müssen los.«

Ich schnappe nach Luft. »Mein Gott, Kendall. Wie hart bist du denn drauf? Sie wurde von einem verdammten Auto angefahren.«

»Dann ruf den Krankenwagen«, fährt sie mich an.

»Vergiss sie«, sage ich zu Trinity. »Wir haben zwei Möglichkeiten. Entweder rufe ich den Krankenwagen oder ich fahre dich in die Notaufnahme.«

Trinity scheint darüber nachzudenken, aber dann schüttelt sie den Kopf. »Meine Mum kann die Arztrechnung nicht bezahlen.«

»Das macht nichts«, sage ich. »Kinder sind automatisch beim Staat versichert.«

»Ja, aber man muss trotzdem etwas bezahlen, oder?«

»Ich weiß es nicht genau, aber es ist sicher nicht viel. Hör zu, Trinity, du könntest eine Kopfverletzung haben. Das ist wirklich wichtig. Manche Sachen heilen nicht einfach von allein.«

Sie sieht nervös über die Schulter zu Kendall hin. Als sie den Kopf dreht, wimmert sie. »Und was ist mit ihr?«

»Sie hat sich auf jeden Fall den Kopf verknackst«, sage ich. »Warte mal kurz.«

Ich gehe zu Kendall, die am Fenster des Cafés lehnt. »Wir müssen sie in die Notaufnahme bringen.«

»Wirklich?«, seufzt Kendall. Sie will nicht, aber sie kann nicht ablehnen, weil sie kein Auto hat und sich nicht darauf verlassen kann, dass Jason sie abholt. Und wenn es eins gibt, was Kendall Chase nicht tut, dann ist es, mit öffentlichen Verkehrsmitteln zu fahren. »Warum musst du ausgerechnet heute die Heldin spielen? Warum rufst du nicht einfach den Notarzt?«

Vielleicht hat sie recht und ich sollte den Krankenwagen rufen. Aber dann müsste Trinity ganz allein ins Krankenhaus, und das hat niemand verdient. »Komm einfach mit, okay? Ich warte mit ihr auf den Arzt und du fährst mit dem Civic zu der Party. Ich nehme dann später die Metro bis Forest Park und komme nach.«

»Na schön.« Kendall hebt das Kinn. »Aber ich fasse es nicht, dass du mich wegen einer Mittelstufenschülerin versetzt.« Sie wirft Trinity einen vernichtenden Blick zu, dann sieht sie wieder zu mir. »Wer ist sie überhaupt?«

»Micahs Schwester«, sage ich. »Sie geht in die Neunte.«

»Ah, jetzt verstehe ich!« Kendall durchbohrt mich mit ihrem Blick. »Du verfolgst immer noch eine Strategie. Aber jetzt bist du hinter dem Irokesen-Typen her und nicht mehr hinter Jason.«

»Nein, Kendall. Nicht alles, was ich tue, gehört zu einem finsteren Plan, okay? Sie ist ein nettes Mädchen und sie hat Angst. Ich will sie nicht allein ins Krankenhaus gehen lassen«, sage ich. »Das ist alles.«

Zu dritt fahren wir zur Notaufnahme in der All-Saints-Klinik. Kendall muss mir dreimal versprechen, vorsichtig zu fahren, bevor ich ihr zögernd die Schlüssel zu Steves Auto übergebe. Dann gehe ich mit Trinity in die Klinik. Es stellt sich heraus, dass Trin recht hatte: Die Ärzte können sie ohne elterliche Zustimmung nicht behandeln, es sei denn, ihr Zustand verändert sich und wird lebensbedrohlich. Sie soll nichts essen und sofort jemandem am Empfang Bescheid sagen, wenn sie ihre Mutter erreicht hat. Wir versuchen es noch einmal auf dem Handy ihrer Mutter und hinterlassen außerdem eine Nachricht in dem Restaurant. Dann versuchen wir, es uns im Wartezimmer gemütlich zu machen. Keine Chance. Das Thermostat ist irgendwo zwischen Kühlschrank und Eislaufhalle eingestellt und alle gepolsterten Stühle sind besetzt.

Wir setzen uns nebeneinander auf eine harte Bank ohne Lehne. Hinter uns schwimmen zwei Kaiserfische träge in einem runden Aquarium herum. »Wie kommst du denn jetzt zu deiner Party?«, fragt Trinity besorgt. Ihr blasses Gesicht ist voller Schrammen. Mit zitterndem Finger fährt sie die Spur eines Fisches nach.

»Ich kann mit der Bahn fahren«, antworte ich. »Darüber mache ich mir keine Sorgen. Ich mache mir Sorgen um dich. Auf jeden Fall bleibe ich hier, bis deine Mutter oder dein Bruder auftaucht.«

Sie schüttelt den Kopf, und mir fällt auf, dass sie keine bunten Strähnen mehr hat. Ob sie sie nicht mehr mochte? Vielleicht sind sie auch bei dem Unfall abgerissen. »Ich würde mich besser fühlen, wenn ich nicht alle deine Pläne durchkreuze.« Sie sieht zu Boden. »Außerdem möchte ich nicht, dass mich das beliebteste Mädchen der Hazelton Highschool hasst, bevor ich überhaupt einen Fuß in die Schule gesetzt habe.«

Ich winke ab. »Kendall? Sie ist nicht so schlimm, wie sie immer tut.« Insgeheim glaube ich nicht eine Sekunde, dass Kendall sich in einem Monat, wenn die Schule anfängt, überhaupt noch an Trinity erinnern kann.

»Trotzdem. Die Schwestern passen schon auf mich auf. Du kannst ruhig gehen.«

»Willst du mich etwa loswerden?« Ich tue so, als wäre ich beleidigt. »Warte nur, bis ich das Micah erzähle.«

Bei dem bloßen Gedanken an ihren Bruder lächelt Trinity. »Was ist eigentlich mit euch passiert?«, will sie wissen.

Ich sehe zu Boden und die Haare fallen mir ins Gesicht. »Das ist eine lange Geschichte.«

»Micah hat mir erzählt, dass ihr nie richtig zusammen wart. Aber jetzt seid ihr nicht einmal mehr Freunde, oder?« Trinity zupft an einem losen Faden an ihrer Hose herum. »Er vermisst dich, weiß du das?«

Ich habe plötzlich einen Kloß im Hals. »Sehr unwahrscheinlich.«

»Du vermisst ihn auch, oder? Das sage ich ihm jedenfalls immer.«

»Wie kommst du darauf?« Ich hebe den Kopf. »Seit meinem ersten Date mit Micah haben wir beide uns doch gar nicht mehr gesehen.«

»Aber ich weiß, wie toll mein Bruder ist. Du wärst schön dumm, ihn nicht zu vermissen.« Sie lächelt ihr breites Lächeln, bei dem man alle Zähne sieht. »Ich glaube nicht, dass du dumm bist. Du solltest ihn anrufen.«

Ich drehe mich weg, zu dem Aquarium, und folge nun ebenfalls der Spur des Kaiserfisches mit dem Finger. »So einfach ist das nicht«, flüstere ich. »Vielleicht ist es vom Schicksal so vorherbestimmt. Warum sollte man die natürliche Ordnung der Dinge verändern?« Der Fisch verschwindet in einer Plastikhöhle. Aus dem Filter sprudeln Luftblasen.

»Ich schätze, weil manche Dinge es einfach wert sind.«

Ich reiße mich von dem Aquarium los und sehe wieder Trinity an. Ihre Wange hat sich inzwischen lila verfärbt und die Beule auf der Stirn ist noch größer geworden, aber auf ihren Lippen spielt ein Lächeln. Dann streckt sie die Hand aus und berührt meine blaue Strähne. »Unglaublich, dass du die immer noch hast.«

»Ja, das stimmt. Aber sie ist nicht mehr so schön. Du musst mir eine neue machen, bevor die Schule wieder anfängt.«

Sie strahlt. »Vielleicht in Rot und Schwarz? Das passt zu deinem Fußballtrikot.«

Ich nicke. »Super Idee.«

In diesem Moment öffnet sich die Tür und Micah stürmt herein. Sein Gesicht ist dunkel vor Sorge. In drei Schritten ist er bei uns und kniet sich vor Trinity hin. »Trin.« Er untersucht die Beule auf ihrer Stirn. »Ich habe gerade mit Mom telefoniert, sie ist auf dem Weg. Tut mir schrecklich leid, dass ich nicht früher gekommen bin.«

Er dreht sich zu mir, und mein Herz hüpft wie ein Stein, der auf dem Wasser springt. Aber als ich den Mund öffne, um etwas zu sagen, kommt Amber hereingelaufen, die Schlüssel von Micahs Auto in der Hand. Deshalb ist er also nicht ans Telefon gegangen. Anscheinend hat sie ihm die Szene im *Beat* vergeben.

Amber rennt zu Trinity hin und umarmt sie. Dann setzt sie sich auf der anderen Seite neben sie und tut so, als wäre ich nicht da. Ich springe auf, damit Micah sich auf meinen Platz setzen kann. »Jetzt bist du in guten Händen«, sage ich mit gepresster Stimme und lächle Trinity an, bevor ich fluchtartig Richtung Tür sprinte.

»Danke, Lainey«, sagt sie. »Wir reden bald über deine neuen Strähnen.«

»Machen wir.« Ich bin fast an der Tür.

»Lainey?« Als Micah meinen Namen sagt, verknotet sich mein Magen.

Ich stoppe abrupt. »Ja?« Ich drehe mich zu ihm um, sehe ihn aber nicht an. Stattdessen konzentriere ich mich auf einen braunen Fleck auf dem Linoleum-Fußboden.

»Hast du sie hergebracht?«

»Ja.«

»Danke.«

»Kein Problem«, würge ich heraus und drehe mich wieder zur Tür. Draußen begrüßt mich die beginnende Dämmerung. Ich will nur noch der Kälte der Notaufnahme entkommen – und dem Anblick von Micah und Amber.

39

»So muss im Krieg gemieden werden, was stark ist, und geschlagen werden, was schwach ist.«

Sun Tzu, Die Kunst des Krieges

Ich muss meine Mutter anrufen, damit sie mich abholt. Sobald ich sicher auf dem Beifahrersitz angeschnallt bin und sie sieht, dass es mir gut geht, fängt sie an, sich Sorgen um Steves Auto zu machen.

Sie fährt vorsichtig aus der Parklücke heraus und lässt eine ältere Frau mit einem Rollator hinter uns vorbeigehen. »Bist du sicher, dass du Kendall mit dem Auto vertrauen kannst?«

»Was hätte ich denn machen sollen?«, frage ich. »Ich habe ihr versprochen, sie mitzunehmen, und dann habe ich in letzter Minute abgesagt. Sie ist keine schlechte Fahrerin und sie hat hoch und heilig versprochen, vorsichtig zu sein.«

Meine Mutter stellt die Automatikschaltung auf FAHREN und sieht zu mir herüber. »Du hast deine Freundin sitzen lassen, weil es einen Unfall gab, Lainey. Du hättest Kendall einfach sagen können, dass es nicht geht.«

»Kendall ist es egal, *weshalb* ich sie sitzen lasse. Sie denkt nur daran, *dass* ich es tue.«

»Klingt so, als würde sie sich nur für sich selbst interessieren.« Mom fährt vom Krankenhausparkplatz. »Tut mir leid«, sagt sie sanft. »Sie ist deine Freundin, und ich weiß, dass sie es nicht leicht hat. Ich möchte nur nicht, dass jemand dich ausnutzt. Und außerdem, Kendall Chase mag zwar siebzehn sein und sich wie dreißig aufführen, aber ich weiß nicht, ob sie wirklich allein zu einer College-Party gehen sollte.«

Mist. Daran habe ich gar nicht gedacht. »Ich wollte eigentlich mit der Metro nachkommen.«

Meine Mom sieht in den Innen- und Außenspiegel, bevor sie die Spur wechselt. »Ich will nicht, dass du nachts allein mit der Metro fährst.«

»Mom, es ist erst acht Uhr«, sage ich empört. »Es ist noch hell.«

»Und was ist, wenn du sie nicht findest? Dann musst du alleine im Dunkeln zurück nach Hazelton fahren. Ständig werden Leute überfallen, Lainey. Ihr Kids dürft nicht immer denken, dass euch nichts passieren kann.«

Ich sinke tiefer in meinen Sitz. »Aber sie ist sauer auf mich. Sie wird noch viel wütender werden, wenn ich nicht auf der Party erscheine.«

»Das ist mir egal. Ruf sie an und sag ihr, dass du nicht kommst. Erzähl ihr meinetwegen, dass du Hausarrest hast, weil du ihr Steves Auto gegeben hast.«

Ich sehe meine Mutter von der Seite an. »Willst du, dass ich sie anlüge?«

Sie zwinkert mir zu. »Soll ich dir wirklich Hausarrest verpassen?«

Ich rufe Kendall an, aber sie hebt nicht ab. Ich spreche ihr eine Nachricht auf die Mailbox, dass ich es nicht mehr zu der Party schaffe und dass sie mich anrufen soll. Dann versuche ich es bei Jason.

Er geht sofort ran. »Lainey.« Er klingt, als wäre er überrascht, von mir zu hören. »Was ist los?«

»Deine Schwester ist mit Steves Auto zu einer Party an der Wash U gefahren«, sage ich. »Ich wollte mich dort mit ihr treffen, aber ich kann nicht und sie geht nicht ans Telefon. Sie ist sauer auf mich, vielleicht geht sie deshalb nicht ran, aber ich habe ein schlechtes Gefühl, wenn ich sie ganz alleine lasse.«

Jason flucht leise. »Seit Dad wieder in der Stadt ist, benimmt sie sich verrückt«, sagt er. »Sie will nicht mal über ihn reden. Weißt du, wo die Party ist?«

»Ich glaube, eine Straße vom Campus entfernt. Pershing Avenue oder so. Sie hat gesagt, die Freundin einer Freundin von jemandem aus der Modelsendung feiert.«

»Okay, das finde ich. Danke, dass du mich angerufen hast.«

»Kein Problem. Bitte sag ihr, dass es mir leidtut.«

»Mach ich. Hey, deinetwegen sind wir mit dem Fußballteam eine Runde weiter. Die nächsten zwei Samstage sind Spiele. Ruf mich an, wenn du mitmachen willst.«

»Auf jeden Fall will ich mitspielen«, sage ich. Vielleicht wird es ein bisschen komisch, mit Jason Fußball zu spielen, aber wenn er es versuchen will, kann ich es auch. »Lass mich auf meinem Denali-Dienstplan nachsehen, dann sage ich dir Bescheid.«

»Klingt gut. Ich passe auf, dass Kendall das Auto heil zurückbringt.«

»Danke, Jay. Tschüs.«

»Also bist du wieder mit Jason zusammen?«, fragt meine Mutter, nachdem ich aufgelegt habe. Ich merke, dass sie neugierig ist.

»Nein. Aber ich hoffe, wir können Freunde bleiben.« Ich fummle an der Schnalle des Sicherheitsgurtes herum.

Sie biegt in unsere Straße ein. »Aha.« Mehr sagt sie nicht.

Ich wette, es ist schwer für sie, nicht weiter nachzufragen, besonders weil sie sich für eine coole Mutter hält, mit der man reden kann, wenn man ein Problem hat. »Habe ich dir in letzter Zeit mal gesagt, wie toll du bist?«, frage ich.

Sie lacht. »In den letzten fünf Jahren nicht.«

»Ziemlich toll.« Durch das Autofenster sehe ich die Häuser der

Nachbarn vorbeifliegen. In einem Vorgarten springt ein Schäferhund herum. Es würde bestimmt Spaß machen, einen Hund zu haben. Wenn ich in Hazelton bleibe und hier ans College gehe, könnte ich vielleicht einen haben. Das wäre es wert, zu Hause zu wohnen.

Mom schwenkt in unsere Ausfahrt ein. Dad steht draußen und gießt seinen Kräutergarten. Er schwört, dass dort Petersilie, Basilikum, Koriander und Oregano wachsen, aber für mich sehen die grünen Blätter alle gleich aus.

»Woher wusstest du, dass Dad der Richtige für dich ist?«, platze ich heraus. Diese Geschichten will ich normalerweise nicht hören. Aber mir ist gerade aufgefallen, dass meine Eltern ziemlich unterschiedlich sind, auch wenn sie meistens so einig tun.

Mom kichert. Sie stellt den Motor ab, macht aber keine Anstalten auszusteigen. »Deine Großeltern waren nicht gerade begeistert von meiner Wahl«, fängt sie an. »Alle aus meiner Familie sind ans College gegangen. Dein Dad hatte bloß seinen Highschoolabschluss und hat im Laden seiner Familie gearbeitet.« Sie atmet tief aus. »Ich gebe zu, dass ich mir selbst manchmal Sorgen gemacht habe.«

Dad grinst uns verschmitzt an und zielt mit dem Schlauch auf das Auto. Ein harter Wasserstrahl trifft das Fenster an der Fahrerseite.

»Kann ich mir vorstellen«, kichere ich. »Und warum bist du bei ihm geblieben?«

Sie sieht mich an und ihre Lippen verziehen sich zu einem Lächeln. »Ich wünschte, ich könnte dir eine konkrete Antwort geben – zum Beispiel, dass ich eines Tages ins Denali gekommen bin und gesehen habe, wie dein Dad die Plastikringe der Sixpacks auseinanderschneidet, damit sich später keine Tiere darin verfangen können, und dass ich mich in diesem Moment in ihn verliebt habe.« Sie tätschelt mir das Knie. »Aber so war es nicht.

Ich war gerne mit ihm zusammen, aber es gab Dinge, die mich verunsichert haben. Und eines Tages waren sie plötzlich nicht mehr wichtig.«

Dad verschwindet in der Garage und Mom sieht mich an. »Es hat sich nichts verändert, und trotzdem war plötzlich alles anders.« Sie zuckt mit den Achseln. »Vielleicht habe *ich* mich verändert.«

Ich muss daran denken, wie ich mit Micah auf der Terrasse im *Beat* gesessen habe und wie in diesem Moment alle meine Ängste verschwunden waren. Nichts war wichtig, außer mit ihm zusammen zu sein. Vielleicht ist es dafür nun zu spät, aber es kann nicht zu spät sein, um Freunde zu bleiben. *Ich schätze, weil manche Dinge es wert sind*, hat Trinity gesagt. Wenn ich ihn das nächste Mal sehe, werde ich mit ihm reden, auch wenn ich Angst davor habe.

Ich steige aus dem Auto und schließe die Tür hinter mir. »Schneidet Dad wirklich die Sixpack-Ringe durch, um die Tiere zu retten?«

Mom schüttelt den Kopf. »Nein, das habe ich mal in einem Film gesehen. Aber hey, man wird doch wohl noch träumen dürfen.«

Kendall taucht mit Steves Auto (in einem Stück) gegen halb zwölf auf. Ich habe mich schon umgezogen und will gerade ins Bett gehen, als ich die Lichter des Autos durch das Fenster sehe. Ich gehe zu meiner Mutter ins Arbeitszimmer und sage ihr, dass Steves Auto heil ist und dass ich Kendall nach Hause fahren werde. Mom ist wie immer von ihren Büchern und Notizen umgeben. »Alles klar«, sagt sie. »Fahr vorsichtig.«

Ich fange Kendall auf dem Weg zur Veranda ab und gehe mit ihr zurück zum Auto. Schon bevor ich aus der Einfahrt bin, fängt sie an zu motzen. »Ich fasse es nicht, dass du Jason angerufen hast.« Sie spricht undeutlich, und selbst aus einiger Entfernung rieche ich Alkohol in ihrem Atem. »Er hat gesagt, wenn ich nicht um Mitternacht zu Hause bin, kommt er mich zusammen mit Dad abholen.«

»Ich hab mir Sorgen um dich gemacht, und anscheinend nicht unberechtigt. Ich kann es kaum glauben, dass du betrunken mit dem Auto meines Bruders gefahren bist.«

Sie schiebt den Beifahrersitz nach hinten, um mehr Platz für ihre langen Beine zu haben. »Ich bin nicht betrunken, Lainey. Ich hatte nur ein paar Shots. Kein Ding.«

»Kein Ding? Machst du Witze?« Ich fahre aus der Ausfahrt und biege in die Straße ein. »Und wenn dich die Polizei angehalten hätte? Oder wenn du einen Unfall gehabt und jemanden umgebracht hättest?«

Kendall wirft die Haare über die Schulter zurück. »Jetzt hör auf, so dramatisch zu sein!«

»Na schön.« Ich fahre aus unserem Wohngebiet hinaus Richtung Highway. »Du hättest auch einfach eine Beule in das Auto fahren können. Mein Bruder liebt den Civic wie ein Baby.«

»Die alte Schrottlaube ist wahrscheinlich noch nicht mal fünf Riesen wert. Er soll mal runterkommen.«

»Nein, du musst mal runterkommen«, sage ich. »Auch wenn dir fast alles egal ist, gilt das nicht für uns alle.«

Ihre Augen verengen sich, als sie mich ansieht. »Reden wir noch über das Auto?«

Ihre Worte treffen mich wie ein Peitschenhieb, aber jetzt geht es nicht um Micah, und ich werde nicht zulassen, dass sie davon anfängt. »Du weißt, wie die Polizisten hier sind. Trunkenheit am Steuer ist keine Ordnungswidrigkeit.« Ich fahre auf den Highway. »Willst du verhaftet werden? Ich weiß, dass du sauer auf deinen Dad bist, aber –«

»Spiel hier nicht die Psychologin«, sagt Kendall kühl. »Du weißt nicht das kleinste bisschen über meine Familie.«

Das kommt ausgerechnet von Kendall, die mir gerade einen Vortrag gehalten hat, dass beste Freunde sich alles erzählen sollten. Wie gesagt, mir erzählt sie nie etwas. Sie lässt niemanden an sich heran.

»Könnte ich aber«, sage ich leise. »Wenn du mit mir reden würdest. Ich versuche, deine Freundin zu sein, K.«

»Wenn du das wirklich versuchen würdest, wärst du heute mit mir zu der Party gekommen. Vielleicht hätte ich mit dir über Dad geredet, aber jetzt habe ich keine Lust mehr.« Kendall stellt das Radio an und verzieht das Gesicht, als sie die Musik hört.

Micahs Musik.

Ich stelle sie wieder ab. »Machst du Witze? Du hast mit mir kaum jemals über deine Mutter geredet, und mit der gibst du dich seit siebzehn Jahren ab. Du erzählst niemandem etwas, oder? Nicht mal Jay. Du musst ziemlich einsam sein.« Ich schüttle den Kopf. »Ich finde es traurig.«

Die Kombination der Wörter »einsam« und »traurig« macht Kendall wütend. »Du blöde Ziege«, sagt sie. »Sag mir nicht, was ich tun soll. *Du* wärst einsam und traurig, wenn ich nicht gewesen wäre. Niemand außer deiner fetten mexikanischen Freundin würde überhaupt deinen Namen kennen.«

»Sie ist nicht fett.« Ich fühle, wie ich auch wütend werde. »Und ich habe jede Menge eigene Freunde.«

»Oh ja. Ein ganzer Haufen Loser.«

Ich atme tief ein und beiße mir auf die Zunge. Kendall sagt das bestimmt nur, weil sie betrunken und sauer ist. Trotzdem, sie sollte nicht so über Leute sprechen, die mir wichtig sind. Und es war mehr als unverantwortlich, betrunken mit dem Auto meines Bruders zu fahren. Vielleicht hat Micah recht, und ich versuche immer, das miese Benehmen anderer Leute zu entschuldigen. Ich fahre vom Highway ab, schlucke und versuche Kendall zu sagen, dass sie sich danebenbenimmt. Aber sie ist noch nicht fertig.

»Wenn ich nicht gewesen wäre, wärst du ein Niemand. Ich habe dich den richtigen Leuten vorgestellt und zu den richtigen Partys mitgenommen. Ich habe dich zu dem gemacht, was du bist.«

Stimmt das? Als ich Kendall kennengelernt habe, enthielt mein Kleiderschrank nichts als Fußballshorts und T-Shirts und ich selbst bestand hauptsächlich aus Sommersprossen und einer Zahnspange. In meiner Freizeit schaute ich Fußball im Fernsehen oder hing mit meinem Bruder ab. Nachdem Kendall und ich die einzigen Neuntklässler waren, die es in das Fußballteam geschafft hatten, steckte Coach Halstead uns meistens zusammen, und es schien unvermeidlich, dass wir Freundinnen wurden. Aber bei Kendall ist nichts unvermeidlich. Alles ist kalkuliert und unter Kontrolle.

Ist sie dafür verantwortlich, dass ich beliebt wurde?

Vielleicht.

Aber ins Team habe ich es allein geschafft.

War es ihr Verdienst, dass ich in der zehnten und elften Klasse die soziale Leiter hochkletterte? Ich denke an ihre Modetipps, die Partys, daran, dass sie mich mit Jason zusammengebracht hat.

»Du hast recht«, gebe ich zu. »Du hast mich zu dem gemacht, was ich war. Aber falls du es noch nicht gemerkt hast, ich verändere mich gerade. Und ich mag mein neues Ich lieber als das alte.«

»Dein Glück.« Sie spuckt die Worte aus. »Denn ich werde dafür sorgen, dass niemand sonst es mag. Jedenfalls niemand, der wichtig ist.«

Noch vor wenigen Wochen hätte ihre Ankündigung mich zu Tode erschreckt, aber jetzt klingt sie schwach und armselig. Ich sehe sie an, während wir in ihr Wohnviertel einbiegen. »Ich verstehe dich schon«, sage ich. »Es tut mir leid, dass du ohne Vater und mit einer kontrollsüchtigen Mutter aufwachsen musstest. Aber das gibt dir nicht das Recht, zu sagen und zu tun, was du willst. Du könntest auch anders sein, das weiß ich.« Ich seufze. »Doch in letzter Zeit führst du dich auf wie deine Mutter.« Das ist hart, aber es ist die Wahrheit und ich kann mich nicht mehr zurückhalten.

»Nimm das zurück«, verlangt Kendall. »Nimm das sofort zurück, sonst ...«

Ich fahre in ihre Einfahrt und stelle das Auto auf PARKEN. Ein Teil von mir will die Worte zurücknehmen. Ein Teil von mir will sich entschuldigen und die gemeinen Dinge vergessen, die Kendall heute gesagt hat. Ich würde sie am liebsten ungesagt machen, denn ganz offensichtlich ist sie unglücklich, und ich will nicht, dass sie aus meinem Leben verschwindet. Doch ich habe nichts Falsches gesagt. Sie ist diejenige, die sich entschuldigen muss.

»Gute Nacht«, sage ich.

Kendall schnallt sich ab und steigt aus. Für einen Moment steht sie einfach da, während ich die Autotür zuziehe und rückwärts aus der Einfahrt fahre. Ihr Gesicht zeigt eine Mischung aus Wut und Entsetzen.

Während ich durch das Wohnviertel zurück zum Highway fahre, merke ich, dass ich zittere. Es ist fast so, als würde ich noch einmal von Jason weggehen. Ohne lange zu überlegen, biege ich Richtung Denali ab. Komisch, wie alle Straßen dort hinzuführen scheinen.

Kurz nach Mitternacht fahre ich auf den Parkplatz. Die Lichter sind noch an, aber durch das Fenster sehe ich, dass niemand mehr vorne im Café ist. Wahrscheinlich stempeln sich die Letzten gerade aus. Micahs Auto ist nicht da, aber dafür das von Bianca.

Auch Ebonys und Leos Autos stehen auf dem Parkplatz. Nach dem Streit mit Kendall will ich nur noch Bianca umarmen und ihr dafür danken, dass sie so eine wunderbare Freundin ist.

Ich sehe, wie die drei von hinten kommen und durch den Laden gehen. Die Tür öffnet sich und Bianca kommt heraus. Sie sieht fantastisch aus in ihrem Denali-T-Shirt und dem langen Rock. Der Wind bläst ihr die langen, glänzend schwarzen Haarsträhnen ins Gesicht. Ich will sie gerade rufen, doch dann öffnet sie den Mund, und ich sehe, dass sie lacht – auch wenn ich es nicht hören kann. Leo geht dicht hinter ihr. Er nimmt ihre Hand und sie lehnt sich an ihn. Auf keinen Fall kann ich sie jetzt stören.

Stattdessen warte ich, bis alle weg sind, dann fahre ich vom Parkplatz. Die Straßen sind verlassen. Nur das Flüstern des Windes und die Reflexionen der Fahrbahnmarkierungen leisten mir Gesellschaft. Ich weiß, wohin ich fahre, aber ich weiß nicht genau, warum. Micah wird kaum um Mitternacht draußen sitzen und auf mich warten.

Und natürlich ist kein Lebenszeichen zu sehen, als ich an seinem Haus vorbeifahre. Das Biest ist vor der Tür geparkt. Ich schimpfe mit mir selbst, weil ich ihn verfolge. Stimmt schon, ich muss mich entschuldigen und sehen, ob wir wenigstens Freunde bleiben können, aber nicht unbedingt hier und jetzt. Aber ich will auch nicht nach Hause.

Ich fahre wieder auf den verlassenen Parkplatz am Denali und parke dort, wo sonst immer Micah steht. Ein bisschen bescheuert, aber so fühle ich mich ihm etwas näher.

Als ich in meinem Sitz zusammensinke, stößt mein Fuß gegen etwas, das auf dem Boden liegt. Ich hebe es auf. Es ist Kendalls Flachmann – sie hat ihn öfter bei Partys dabei. Ich drehe ihn ein paar Mal hin und her, dann schraube ich die Flasche auf und nehme einen großen Schluck. Das Gebräu ist viel zu stark, aber es betäubt das ungute Gefühl in meinem Magen. Es reicht mir nicht, mit Micah gut befreundet zu sein. Ich hätte ihm einfach sagen sollen, was ich für ihn fühle. Es gab so viele Chancen – im *Devil's Doorstep,* im *Beat,* beim Fußballspiel, im Denali. So viele verpasste Gelegenheiten, weil ich nicht wusste, was ich wollte. Weil ich Angst hatte. Ich schließe die Augen und sehe uns auf der

Terrasse des *Beat,* meinen Kopf an seiner Schulter, seine Finger, die den spitzen Knochen an meinem Handgelenk streicheln. *Ich mag dich auch.* Warum hat er das gesagt, wenn er wieder mit Amber zusammenkommen wollte?

Ohne viel nachzudenken, nehme ich noch ein paar Schlucke aus Kendalls Flasche. Das Lenkrad verschwimmt vor meinen Augen. Mist. Was mache ich da? Gerade habe ich mit Kendall geschimpft, weil sie betrunken Auto gefahren ist. Und jetzt sitze ich hier fest, wenn ich nicht allein im Dunkeln nach Hause gehen will. *Schlau, Lainey. Wirklich schlau.*

Aber eigentlich ist es egal, denn ich habe es sowieso nicht eilig, nach Hause zu kommen. Stattdessen werde ich noch ein bisschen im Auto sitzen bleiben, bis mein Kopf wieder klar ist. Ich stelle den Sitz zurück und versuche, es mir gemütlich zu machen. Meine Augen fallen zu. Ich werde nur kurz die Augen schließen, bis sich die Welt nicht mehr dreht. Ich werde nicht schlafen.

Aber genau das tue ich.

Bis jemand die Autotür so heftig aufreißt, dass ich fast auf den Asphalt gekippt wäre.

40

»Oh, die göttliche Kunst der Geschicklichkeit und Verstohlenheit! Durch sie lernen wir, unsichtbar zu sein …«

Sun Tzu, Die Kunst des Krieges

Ich umklammere das Lenkrad, um nicht aus dem Auto zu fallen. Mein Herz hämmert gegen die Rippen. Der Himmel ist lilagrau, als würde die Sonne bald aufgehen. Micah schlägt meine Tür wieder zu und geht um den Civic herum, um sich auf die Beifahrerseite zu setzen. »Himmel, du hast wirklich Glück, dass dein Vater dich nicht gefunden hat, sonst hätte er sofort die 112 gewählt. Du sahst aus, als wärst du tot.«

Ich starre ihn fassungslos an, wie er in seinen schwarzen Klamotten neben mir sitzt. Was macht er in meinem Auto? Warum ist er überhaupt wach um – ich sehe auf die Uhr im Armaturenbrett: 5:31. Träume ich?

Er berührt mein Gesicht mit dem Handrücken, dann dreht er die Hand um und klopft mir sanft auf die Wange. »Bist du da drin? Oder muss ich doch den Krankenwagen rufen?«

Moment mal. 5:31? »Mist.« Ich ziehe mein Handy aus der Tasche und sehe nach, ob ich neue Nachrichten habe. Nichts. Aber wenn meine Mutter aufwacht und merkt, dass ich nicht nach Hause gekommen bin, wird sie ausrasten. »Eine Sekunde.« Ich tippe eine schnelle SMS, dass ich in Kendalls Haus beim Filmegucken eingeschlafen bin und dass ich demnächst nach Hause komme.

Dann drehe ich mich zu Micah um, hole tief Luft und sage endlich das, was ich schon seit fast zwei Wochen sagen will: »Das, was im *Beat* passiert ist, tut mir leid.«

Er fährt sich mit einer Hand durch die Haare. »Mir auch.«

»Ich hab es nicht so gemeint. Ich meine das, was ich auf der Terrasse gesagt habe.« Ich sehe mich im Rückspiegel und merke, dass ich kein Make-up trage und dass meine Haare sich durch die Feuchtigkeit in ein lockiges Chaos verwandelt haben. Egal. Mein wahres Ich kann ich jetzt sowieso nicht mehr verstecken. »In letzter Zeit hatte ich den Verdacht, dass zwischen uns mehr ist als chinesische Kriegstaktik. Und ich dachte, dir geht es genauso. Aber dann bist du hinter Amber hergelaufen wie ein gehorsames Hündchen.« Ich balle die Fäuste. Meine Fingernägel schneiden kleine Halbmonde in meine Handflächen ein.

»Ich weiß, wie es aussah, dass ich ihr hinterhergelaufen bin«, sagt Micah. »Ich hätte gar nicht ins *Beat* kommen sollen. Ich bin bloß hingegangen, weil ich wusste, dass du da bist.«

»Warte mal. Willst du mir erzählen, dass du mit ihr tanzen gegangen bist, um mich *eifersüchtig* zu machen?«, frage ich. »Du hast *Die Kunst des Krieges* bei mir ausprobiert?«

»So ähnlich«, gibt er zu. »Ich war sauer, dass du lieber alleine sein wolltest, als mit mir auszugehen. Und da dachte ich, wenn die Strategie bei Jason und Amber funktioniert hat, klappt es vielleicht auch bei dir. Doch nach dem chaotischen Abend habe ich dann beschlossen, dass du recht hast und dass man es mit einer neuen Beziehung nicht überstürzen sollte.«

Und was bedeutet das jetzt für uns?, würde ich gerne fragen, aber ich schaffe es nicht. Ich schiele zu ihm hinüber. »Unglaublich, dass du meine eigene Taktik gegen mich verwendet hast.«

Micah reibt die Narbe an seiner Schläfe. »Ich weiß, das war bescheuert von mir und weder dir noch Amber gegenüber fair. Ich habe euch beide mies behandelt.«

»Stimmt«, sage ich. »Und ausgerechnet du, der mir einen Vortrag gehalten hat, ich soll das miese Benehmen anderer Leute nicht immer entschuldigen.«

»Das musst du auch nicht. Ich habe mich bei Amber entschuldigt und nun entschuldige ich mich bei dir. Es tut mir leid, Lainey.« Er atmet tief aus.

Ich höre ihm kaum zu. Stattdessen starre ich seine halb geöffneten Lippen an. Ich weiß nicht, was es bedeutet, dass wir beide hier sind und dass er diese Dinge sagt. Ich weiß, was ich mir wünsche, aber ich will mir keine falschen Hoffnungen machen. »War das für dich alles nur gespielt?«, platze ich heraus. Ich sehe nach unten und dann wieder zu ihm. »Im *Beat* hast du gesagt, dass du mich magst. Gibt es ein *aber*? Ich meine, stimmt was mit mir nicht?«, flüstere ich.

Seine Lippen kräuseln sich leicht. »Ach Glinda Elaine, mit dir stimmt eine ganze Menge nicht. Ich weiß gar nicht, wo ich anfangen soll.«

Ich verziehe das Gesicht. Mein Kopf fühlt sich an, als würde der Drummer von *Arachne's Revenge* darin ein neues Solo proben. Eines, bei dem er dauernd das Becken schlägt. »Du erinnerst dich tatsächlich an meinen richtigen Namen?« Ich wühle in meiner Tasche auf der Suche nach einer Kopfschmerztablette.

»Ich bin mit dir fünf Jahre lang in die Grundschule gegangen. Du bist jedes Mal fast unter deinen Tisch gekrochen, wenn ein Lehrer deinen Namen aufgerufen hat.«

Ich schüttle die kleine weiße Flasche mit den Tabletten, aber ich bekomme den Deckel nicht auf. Hektisch packe ich noch fester zu und ziehe mit aller Kraft. »Das ist doch schon ewig her. Ich kann mich kaum noch erinnern, was ich gestern Abend gegessen habe.«

»Tja, diesen Namen vergisst man nicht so leicht«, stichelt Micah. Aber als er meinen Gesichtsausdruck sieht, nimmt er mir das Fläschchen aus der Hand und öffnet den Deckel. Er schüttelt zwei Tabletten in meine Handfläche. »Damals fand ich dich ziemlich cool. Als du noch Elaine Mitchell warst und nicht der Klon von Kendall Chase.«

Weil ich die Tabletten nicht trocken runterschlucken kann, muss ich wohl oder übel noch einen Schluck Whiskey nehmen.

Micah nimmt mir die Flasche weg und schraubt den Deckel zu. »Ich glaube, davon hast du genug getrunken.«

Der Whiskey brennt in meiner Kehle. »Ich bin nicht der Klon von Kendall Chase«, sage ich. »Jetzt nicht mehr.«

Aber ich war es. Sie hat mir gesagt, wer ich sein und was ich mögen soll, und ich habe es zugelassen. Und als ich dann beliebt war – tja, wer will schon freiwillig auf das Gefühl verzichten, dass alle anderen einen beneiden? Das Schlimmste ist: Wie ein echter Klon war ich eine minderwertige Kopie. Nicht ganz so hübsch, nicht ganz so beliebt, nicht ganz so gut im Fußball.

Micah scheint meine Gedanken an meinem Gesichtsausdruck ablesen zu können. »Das freut mich zu hören.«

Ich will mich über die Konsole beugen und ihn umarmen, aber ich traue mich nicht. »Ich habe alles verpatzt, oder?«

»Mit Kendall?«

»Nein, mit dir.«

Micah streicht mir eine Haarsträhne aus den Augen. Ich erschauere bei seiner Berührung und klemme mir schnell die zitternden Hände zwischen die Beine. »Du hast nichts verpatzt, Lainey. Ich bin froh, dass ich dich gefunden habe.«

»Was machst du überhaupt so früh hier?«

»Ich konnte nicht schlafen, deshalb bin ich etwas rumgefahren. Auf dem Rückweg habe ich dein Auto gesehen. Ich wollte mich sowieso noch bedanken, dass du dich um Trinity gekümmert hast. Sie hat mir gestern alles erzählt.«

»Geht es ihr gut? Unglaublich, dass sie mit einer Beule so groß wie ein Baseball nach Hause gehen wollte.«

»Mädchen haben einfach keinen Verstand.« Er lacht leise. »Sie musste bei der Polizei aussagen, das hat ihr ziemlich Angst gemacht. Aber die Röntgenbilder und das CT waren unauffällig, und nachdem sie ein Schmerzmittel bekommen hatte, meinte sie, sie würde sich bombig fühlen – was auch immer das heißen mag.«

Meine Unterlippe zittert. Ich beiße die Zähne zusammen und kämpfe mit den Tränen. »Das freut mich.«

»Mich auch.«

»Tut mir leid, dass ich aus dem Krankenhaus weggelaufen bin. Ich habe dich und Amber zusammen gesehen und bin einfach losgerannt.«

Micah runzelt die Stirn. »Aha. Wir wollten gerade was essen, nachdem ich beim Tierheim fertig war, da habe ich das von Trin gehört. Sie und Amber verstehen sich sehr gut, deshalb wollte sie mitkommen.« Er gähnt. »Aber ich wollte nicht über meine Schwester oder Amber reden. Ich wollte mich entschuldigen.«

»Das hast du doch schon«, erinnere ich ihn. In Gedanken wiederhole ich das, was er gerade gesagt hat, wieder und wieder. Heißt das, dass er und Amber nur gute Freunde sind? Ich sollte ihn fragen, aber ich kann es nicht. Ich könnte es nicht ertragen, wenn es anders wäre. Ich würde anfangen zu weinen, und das will ich ihm nicht noch einmal antun.

»Ich bin mit der Entschuldigung noch nicht fertig. Es gibt etwas, das ich dir zeigen möchte. Bestimmt findest du es« – er macht eine Pause und redet dann in dieser hohen, mädchenhaften Stimme weiter – »wahnsinnig cool.«

»Ach ja?«

»Yep.« Er schnüffelt. »Aber wir nehmen mein Auto. Deins riecht wie eine Schnapsbrennerei.«

»So viel habe ich gar nicht getrunken«, verteidige ich mich. »Ich glaube, ich habe ein bisschen was verschüttet.«

»Hast du nicht letzte Woche schon mal das Gleiche gesagt?« Er kichert. »Für deine Eltern solltest du dir aber eine bessere Ausrede einfallen lassen.«

»Nein, letzte Woche hat jemand Bier über mein Kleid geschüttet. Diesmal –«

»Egal.« Micah zwinkert mir zu. »Und nun beweg dein alkoholisiertes Selbst aus dem Auto.«

Als ich aus dem Auto meines Bruders aussteige und mich bei Micah auf den Beifahrersitz setze, fühle ich mich so leicht, als hätte ich fünfzig Pfund verloren. Wir reden wieder miteinander! Ich schwöre, wenn ich noch eine Chance bekomme, werde ich sie nicht verpassen. Mein Herz schlägt so schnell, dass es beinahe vibriert. *Reiß dich zusammen, Lainey.*

Micah fährt vom Denali-Parkplatz und hält das Lenkrad mit einer Hand, während er mit der anderen sein Handy aus der Mittelkonsole fischt. Er schließt es am Lautsprecher an und wischt blind darauf herum, um die Musik einzustellen.

»Lass mich mal.« Ich nehme das Telefon und öffne die Musikbibliothek. Er hat jede Menge Playlists. Ich lese die Titel vor: »Denali. Auto. Fitness.« Ich kichere. »Ernsthaft – Fitness?«

Er tut so, als wäre er beleidigt. »Ab und zu gehe ich ins Studio.«

»Ach ja?«

»Na schön. Ungefähr einmal im Jahr«, gibt er zu.

Ich lese weiter. »Lange Fahrten. Schlafen.« Dann mache ich eine Pause, denn die folgende Liste heißt »Dad«. Ich will ihn gerade fragen, ob das die Musik der Band seines Vaters ist, als ich die nächste Liste sehe.

Mein Hals fühlt sich an, als hätte ich gerade einen großen Löffel Sand hinuntergeschluckt. »Wieso hast du eine Playlist, die Lainey heißt?«, frage ich und versuche, meine Stimme leichthin klingen zu lassen.

Micah sieht mich nicht an. »Ich hab sie gemacht, nachdem wir bei *Mizz Creant's* waren. »Es sind Songs, von denen ich dachte, dass du sie magst. Ich dachte, weil wir uns ja noch öfter treffen wollten ...«

»Wow, das ist toll. Ich will sie hören.« Ich starte die Lainey-Playlist. Der erste Song ist von *Bottlegrate.* Ich summe mit und wünsche mir, ich wäre mit Micah zum Konzert gegangen anstatt zu Jasons Party. Wenn ich doch nicht so ahnungslos gewesen wäre! Micah und ich hätten an dem Abend zusammenkommen können, wenn ich eher erkannt hätte, was ich will. Und jetzt weiß ich nicht, wie es mit uns weitergehen soll.

Er schlängelt sich durch die Straßen von Hazelton und fährt dann auf den Schotterparkplatz hinter dem *Devil's Doorstep.* Eine blaue Spraydose rollt unter dem Sitz hervor. Ich huste bedeutungsvoll und zeige mit dem Fuß darauf. »Du bist mit dem Auto rumgefahren letzte Nacht?«

»Und?«, fragt er. »Du bist nicht die Einzige, die eine miese Zeit hatte, weißt du das?«

»Wohin gehen wir?« Ich sehe mich auf dem verlassenen Parkplatz um. »Sieht nicht so aus, als hätte der Club geöffnet.«

»Nö. Ab hier gehen wir zu Fuß.« Micah stellt den Motor ab und öffnet die Tür. »Es ist eine Überraschung.«

Ich folge ihm auf dem Weg hinter dem *Devil's Doorstep,* eine Gasse hinunter und über ein verlassenes Grundstück. Hinter dem Grundstück beginnt ein Wäldchen, das parallel zu dem ungenutzten Teil des Flughafens verläuft. Als ich nach oben sehe, kann ich die Lichtung entdecken, auf der Bianca und ich beim Joggen haltgemacht haben. Niemand ist dort. »Was ist das für eine Überraschung?«

Micah antwortet nicht. Hinter den Bäumen steht ein Zaun, ungefähr drei Meter hoch. An einem der Pfosten hängt ein schiefes »Zutritt verboten«-Schild. Ein Mückenschwarm summt um mein Gesicht herum.

»Kannst du gut über Zäune klettern?«, fragt Micah.

»Ganz gut. Mein Bruder und ich sind immer über unseren Gartenzaun gesprungen, als wir klein waren.«

Natürlich war der Gartenzaun nur ungefähr halb so hoch wie dieser, aber andererseits war ich auch nur halb so groß wie jetzt. »Willst du mit mir auf den Flughafen? Wozu? Um Graffiti zu sprühen, als Therapiemaßnahme?«

»Vielleicht.«

»Du bist immer noch auf Bewährung, oder?«

»Yep.« Er steckt die Fußspitze in eines der sechseckigen Löcher des Maschendrahtzaunes und beginnt zu klettern. Die Sonne geht auf und taucht den Himmel in ein helles Rosa.

Ich zeige auf das Schild. »Du weißt, dass das verboten ist, oder?«

»Ja. Ich war heute schon einmal hier. Vertrau mir, es ist das Risiko wert.« Micah springt in das hohe Gras auf der anderen Seite des Zaunes.

Ich klettere elegant über den Zaun und lande neben ihm. Plötzlich bin ich froh, dass ich meine Trainingshose trage und kein Kleid und Sandalen, wie ich es zu der Party angezogen hätte. »Ich glaube dir, aber ich bin auch nicht diejenige auf Bewährung.«

Micah legt mir die Arme um den Hals und tut so, als wollte er mich erwürgen. »Halt doch mal für fünf Minuten den Mund, okay?«

Er führt mich über eine verlassene Landebahn. Die Risse im Zement sind so tief, dass sie bis zum Mittelpunkt der Erde reichen könnten. Wir kommen an zwei Frachthallen an der Mauer des verlassenen Flughafens vorbei. Sieht aus, als hätte Micah heute schon gesprayt – zwei verblasste Galgenschlingen erstrahlen wieder leuchtend blau, dazwischen stehen die Worte *Hangman's Joke*.

»Micah«, sage ich leise. Warum macht er das wohl? Ist das seine Art, seinen Vater symbolisch am Leben zu erhalten?

Er schüttelt den Kopf. »Das wollte ich dir nicht zeigen. Sondern das.« Er duckt sich an der Wand des Terminals und wartet, dass ich es ihm nachmache. Wir tasten uns an dem kalten Metall entlang bis auf die andere Seite. Auf der nächsten Landebahn sind jede Menge Laster und Anhänger geparkt.

»Was zum –?« Doch plötzlich verstehe ich. Das sind Filmwagen. »*Helden der Lüfte*?« Ich kreische fast.

Micah legt mir schnell die Hand auf den Mund. »Pssst, sonst hören sie uns.«

Wir schleichen uns näher heran und ducken uns hinter einem Gepäcktransporter. Schwarz gekleidete Hollywood-Typen mit laminierten Schildern um den Hals laufen zwischen den silbernen Anhängern herum. Ein paar kahlköpfige Männer sind damit beschäftigt, große schwarze Kisten zu öffnen. Sie bauen ein merkwürdiges Gerüst aus Metallleitern auf und holen runde, flauschige Dinger heraus – wahrscheinlich Mikros. Ich schlucke. Es ist noch nicht einmal sieben Uhr, wahrscheinlich viel zu früh für einen Star wie Caleb Waters. Aber ich schwöre, wenn er jetzt aus einem dieser Anhänger kommt, werde ich auf der Stelle ohnmächtig.

»Ich fasse es nicht«, flüstere ich. »Unglaublich, dass du das entdeckt hast und mit mir hergekommen bist!«

»Na ja, es ist schon ein Risiko, das Mädchen, das ich mag, hierherzubringen, damit sie den über dreißigjährigen gescheiterten Sportler ihrer Träume sehen kann«, zieht Micah mich grinsend auf. »Aber ich dachte, wenn du uns nebeneinander siehst, wirst du schon sehen, wer toller ist.«

»Ernsthaft, Micah. Das hier ist grandios. Ich wünschte, Bianca wäre auch hier.« Ich ziehe mein Handy aus der Tasche. »Ich muss Fotos für sie machen.«

»Ich meine es auch ernst. Der Typ ist uralt.«

»Er ist gar nicht so –« Ich halte inne. »Hast du mich eben das ›Mädchen, das du magst‹ genannt?«

Micah verwuschelt meine ungekämmten, ungeglätteten Haare und Wärme durchströmt mich. »Darüber können wir später reden.«

Einerseits will ich sofort über dieses Mädchen reden, andererseits sind wir nur ein paar Meter von der Crew entfernt, und wenn sie näher kommen, könnten sie uns hören. Ich beuge mich zu Micah und streife seine Wange mit den Lippen. »Dieser Moment verändert mein Leben«, flüstere ich.

»Ich dachte mir schon, dass du das so siehst«, flüstert er zurück.

Ich erkenne ein paar Schauspieler, die kleinere Rollen in *Helden der Lüfte* spielen. Ein Laster zieht ein Flugzeug über die Landebahn – ein kleines Flugzeug mit zusammenklappbaren Stufen anstelle einer Fluggastbrücke. Ich fange an, von allem Fotos zu machen. Bee wird traurig sein, dass sie das hier verpasst hat, aber ich will ihr wenigstens so viel wie möglich zeigen. Die Schauspieler stellen sich auf der Flugzeugtreppe auf. Und dann sehe ich ihn.

Caleb Waters.

Er steigt in Fliegeruniform und mit Pilotenbrille aus dem Anhänger. Sofort richte ich meine Kamera auf ihn. Bianca wird ohnmächtig werden, wenn sie das sieht.

Der Wind fährt durch Calebs Haare, und jemand schreit, dass er seine Mütze aufsetzen soll. Eine Frau mit einer Katzenaugenbrille kommt angerannt und gibt ihm eine Pilotenmütze. Ein paar Meter entfernt wandern zwei große, bullige Kerle ohne Hals auf und ab. Bodyguards, jede Wette.

Ich zoome Caleb in seiner Pilotenuniform heran und mache ein Foto.

In diesem Moment klingelt mein Handy.

41

»Wenn es viel Unruhe gibt und die Soldaten sich in Reih und Glied aufstellen, bedeutet dies, dass der entscheidende Augenblick gekommen ist.«

Sun Tzu, Die Kunst des Krieges

Oh nein. Meine Mutter. Wie passend.

Mr Halslos Nummer eins und Mr Halslos Nummer zwei drehen sich gleichzeitig um.

»Scheiße. Komm.« Micahs drahtige Gestalt entfernt sich in Windeseile von dem Transportwagen und hastet zurück zum Zaun. Verdammt, ist der schnell – wie ein schwarzer Blitz. Ich renne hinter ihm her.

Jemand schreit. Als ich mich umdrehe, sehe ich, dass die gesamte Filmcrew uns anstarrt. Die halslosen Typen rennen hinter uns her. Sie sind nur noch ein paar Meter von mir entfernt. Micah ist schon fast am Zaun.

»Bleib sofort stehen«, ruft Mr Halslos Nummer eins. Oha, er scheint ernsthaft sauer zu sein. Ich sprinte auf den Zaun zu. Micah schaut über seine Schulter zurück.

»Lauf weiter!«, brülle ich. Ich bin froh, dass Bianca und ich diesen Sommer so viel gerannt sind. Ich fliege fast und schaffe es, die Distanz zu dem Sicherheitskerl zu vergrößern.

Micah hält am Zaun an und wartet auf mich. »Komm schon. Du schaffst das.«

Ich renne noch schneller. Ich sehe mich nicht um, sondern laufe einfach geradeaus, auf Micah zu. Richtung Freiheit. Er verschränkt die Finger und macht eine Räuberleiter für mich. Ich glaube, ich hätte es auch ohne geschafft, aber die Geste krampft mein Herz zusammen.

Wenn Micah auf verbotenem Gelände erwischt wird, verstößt er gegen seine Bewährungsauflagen. Er hat alles riskiert für meine dämliche Promi-Schwärmerei, und nun riskiert er wieder alles, damit ich nicht erwischt werde.

Mein rechter Fuß landet in Micahs Händen. Ich höre ihn ächzen, als ich mich abstoße. Ich bekomme den oberen Rand des Zaunes zu fassen, ziehe mich hinüber und falle auf der anderen Seite zu Boden. Micah ist halb über den Zaun, als die stämmigen Kerle uns einholen. Einer von ihnen packt Micah am Knöchel. Er tritt mit dem Fuß nach ihm.

»Lass ihn los!«, brülle ich. Ich schnappe mir einen Stock und pike Mr Halslos Nummer zwei, der Micah jetzt an der Hose gepackt hat. Der Typ flucht. Micah windet sich aus seinem Griff und landet neben mir auf dem Boden. Wir rennen los, zwischen den Bäumen hindurch und die Gasse entlang. Und dann den ganzen Weg zurück zum Parkplatz beim *Devil's Doorstep,* wo das Biest steht.

Vor dem Auto komme ich schlitternd zum Stehen. Ich atme rasend schnell, teils von dem Lauf und teils vor Schreck, fast erwischt worden zu sein.

»Ich dachte, sie nehmen uns fest«, keucht Micah. Seine Hände zittern so sehr, dass er kaum die Autotür öffnen kann. Wir setzen uns ins Auto und schließen alle Türen.

Ich ducke mich in meinen Sitz, obwohl der Parkplatz immer noch verlassen ist. »Ich dachte, sie schlagen uns kurz und klein! Die Typen sahen nicht so aus, als ob sie Spaß verstehen.«

»Wer zur Hölle hat dich denn so früh angerufen?«

»Meine Mutter natürlich. Wir Mitchells haben ein unfehlbares Timing.«

»Wird sie nicht sauer sein, dass du nicht rangegangen bist?«

»Kann schon sein, aber wen kümmert's? Ich habe verdammt noch mal Caleb Waters gesehen. Wie cool ist das denn?« Ich klicke mich durch die Fotos auf meinem Handy. »Und ich habe Fotos! Bianca wird ohnmächtig, wenn sie das sieht.«

»Ihr zwei habt vielleicht Probleme«, grinst Micah. »Aber ich bin froh, dass es dir gefallen hat, denn ich hätte fast einen Herzschlag bekommen.«

Ich lächle und bedeute ihm, kurz still zu sein, während ich die Nachricht meiner Mutter auf der Mailbox abhöre.

»Hi Lainey. Ich weiß, du hast gesagt, dass du bei Kendall bist, und wahrscheinlich bist du einfach wieder eingeschlafen, aber ich habe beim Frühstück für dich in den Teeblättern gelesen und gesehen, dass du in Gefahr sein könntest. Ich weiß, du glaubst das alles nicht, aber ich musste dich einfach noch mal anrufen. Bitte tu deiner Mom einen Gefallen und ruf an, wenn du das hier hörst.«

Ich rufe sie sofort zurück.

»Lainey!« Meine Mutter klingt außer Atem. »Ich bin so froh, dass es dir gut geht. Bist du immer noch bei Kendall?«

»Ähm, ehrlich gesagt habe ich Micah getroffen, als ich beim Denali vorbeigefahren bin. Wir sind zusammen und reden.« Ich fühle mich etwas schuldig, obwohl eigentlich alles stimmt, was ich gesagt habe. »Ich komme bald nach Hause.«

»Versprich mir, dass du vorsichtig bist.«

»Versprochen. Ich liebe dich.« Ich stecke mein Handy in die Tasche und drehe mich zu Micah um. »Du wirst es nicht glauben«, sage ich. »Hab ich dir schon mal erzählt, dass meine Mom in Teeblättern liest? Sie hat heute Morgen für mich gelesen, und die Teeblätter haben ihr gezeigt, dass ich in Gefahr bin.«

Seine Kinnlade fällt herunter. »Unheimlich.« Er steckt den

Schlüssel ins Zündschloss und stellt wieder die Lainey-Playlist an. Einer der *Bottlegrate*-Songs beginnt, die wir auf dem Konzert gehört haben. Der wilde Schlagzeugrhythmus passt perfekt zu meinem klopfenden Herzen.

»Ja, finde ich auch. Der Typ hatte dich richtig an der Hose gepackt, oder?« In meinem Kopf spiele ich das ganze Abenteuer noch einmal ab, als würde ich einen Film sehen. Einen fantastischen Film mit einem Hauptdarsteller, der zwar weder groß noch sonnengebräunt ist, aber trotzdem unglaublich sexy. Ich drehe mich zu Micah um. »Danke. Wahnsinn, dass du das für mich gemacht hast. Du hättest richtig Ärger kriegen können.«

Er zuckt die Schultern. »Wer nichts wagt, gewinnt auch nichts.«

Ich kann nicht aufhören, ihn anzustarren. Die aufgehende Sonne beleuchtet seine schmale Gestalt von hinten, und seine abstehenden Haare werfen komische Schatten auf das Armaturenbrett. Ohne zu überlegen, strecke ich meine Hand aus und fahre mit einem Finger die gepiercten Augenbrauen nach. Dann streiche ich mit dem Handrücken über seinen Kieferknochen. »Was wolltest du denn gewinnen?«, frage ich leise.

Micah nimmt meine Hand in seine. »Das hier reicht mir«, sagt er. Seine Stimme stockt. »Dass du so glücklich bist.«

Mein ganzer Körper fühlt sich schwach an. »Und wenn es mir nicht reicht?« Mit einer Hand umschließe ich sein Kinn, kurze Bartstoppeln kitzeln meine Finger. Ich beuge mich vor, bis unsere Gesichter auf einer Höhe sind. Meine Brust hebt und senkt sich mit jedem Atemzug.

Sein Körper strahlt Hitze aus. Obwohl Jason mich schon hundertmal geküsst hat, fühlt sich dieser Moment anders an – als hätte mich noch nie jemand berührt. Ich schließe die Augen. Ich weiß ganz genau, wie weit Micahs Gesicht von mir entfernt ist. Ich weiß genau, wie lange es dauern wird, bis sich unsere Lippen treffen.

Seine Stirn berührt meine. Der Song ist zu Ende und ein neuer beginnt. *Wake Up Dreaming,* das Lied, das Ambers Band in der Nacht gespielt hat, als ich ihn zum ersten Mal küssen wollte.

Micah streckt die Hand aus und dreht die Lautstärke herunter.

»Lass es an«, sage ich.

Er stellt es wieder etwas lauter. Die Geige verschmilzt mit der Gitarre. Mein Herz schlägt einen Salto.

»Ich muss dir was sagen.« Seine Worte vermischen sich mit meinem Atem.

»Ja?« Meine Augen sind immer noch geschlossen.

»Ich bin nicht wieder mit Amber zusammengekommen. Zuerst wollte ich es, aber dann ist mir klar geworden, dass ich den gleichen Gedanken hatte wie du – warum sollte man den Lauf der Welt ändern?«

»Trinity hat dir von unserem Gespräch erzählt, oder?« Ich lege meine Hand in seinen Nacken. Wir sind uns so nah. Die Musik wird lauter.

»Sie ist meine Schwester. Sie erzählt mir alles Mögliche.« Seine Wange streift meine und unsere Nasen berühren sich. »Außerdem wollte ich nicht gleich eine Ersatz-Beziehung anfangen.«

»Ich auch nicht.« Die Geige und die Gitarren schwellen zu einem Crescendo an. Bei jedem Schlag sehe ich ein Bild vor mir, wie Micah und ich uns küssen.

»Aber dann ist mir klar geworden, dass ich gar nichts überstürze. Ich will das hier schon seit Wochen.«

Mein Herz fühlt sich groß an. »Ich auch«, sage ich. »Schsch.«

»Sorry, ich wollte nur sicher sein, dass ich es nicht vermassele.«

Ich öffne kurz die Augen, lege Micah die Arme um den Hals und tue so, als würde ich ihn erwürgen. »Halt doch mal für fünf Minuten den Mund, ja?« Dann schließe ich die Augen wieder. Ohne auf seine Antwort zu warten, beuge ich mich zu ihm.

Ich fühle, wie Micah lächelt, als unsere Lippen sich endlich berühren. Weich. Warm. Er drückt sanft meine Finger, mit der anderen Hand spielt er in meinen Haaren. Ich zittere am ganzen Körper. Mein Atem geht schnell.

»Verdammt, Mädel«, flüstert er und packt mich fester. Seine Zunge tastet nach meinen Lippen und findet dann den Weg in meinen Mund.

Ich drücke mich an ihn und wünsche mir, dass er mich heftiger küsst. Er tut es. Die Gangschaltung bohrt sich in meine Rippen, aber das ist mir egal. Das Auto verschwimmt. Die ganze Welt versinkt im Nebel. Micah hebt mich über die Mittelkonsole, bis ich halb auf seinem Schoß sitze. Wir bleiben ineinander verschränkt sitzen, bis wir beide Luft holen müssen.

Er küsst meinen Kieferknochen entlang und kitzelt mein Ohrläppchen mit der Zunge. »Ich will ja nicht ungemütlich sein, aber wird deine Mutter nicht die Polizei rufen, wenn du nicht bald zu Hause bist?«

»Nein.« Ich lege ihm die Arme um den Hals und setze mich so zurecht, dass wir beide es bequem haben. »Ich schätze, wir haben ein paar Stunden, bevor sie wieder anfängt, sich Sorgen zu machen.«

»Mmmh.« Er fährt mit den Lippen an meinem Hals hinunter. »Das klingt gut. Aber bist du sicher, dass du keinen Hausarrest bekommst?«

»Wen interessiert das?« Ich vergrabe meine Finger in seinen Haaren. »Das ist es wert.«

»Du bist die größte Regelbrecherin aller Zeiten.« Micah schüttelt den Kopf und zieht mich wieder zu sich heran. Unsere Lippen fühlen sich heiß an, und seine Hände erforschen mein Gesicht, meine Haare, meinen Rücken. Ich weiß nicht, wie lange wir uns küssen, aber als wir uns schließlich voneinander lösen, ist die Musik vorbei, die Autofenster sind beschlagen und auf dem Dach ist das sanfte Trommeln eines Sommerregens zu hören.

Ich rutsche auf den Beifahrersitz hinüber und male mit dem

Finger ein Lachgesicht auf das beschlagene Fenster. Dann drehe ich mich wieder zu Micah um und berühre sein Gesicht, als wäre ich nicht sicher, ob er auch echt ist. Seine Augen leuchten grün und golden, wie ein Wald. »Deine Augen sind so schön«, sage ich.

»Ich weiß«, antwortet er. »Sie sind das Zweitbeste an mir.«

»Und was ist das Beste?«, frage ich, ohne nachzudenken.

Er sieht schnell auf seinen Schoß hinunter und zieht bedeutungsvoll die Augenbrauen hoch.

Ich lache laut auf. Typisch Junge. Gerade als ich dachte, das hier wäre der romantischste Moment meines Lebens. Na schön, dann kann ich genauso gut mitspielen. »Beweise es«, sage ich grinsend. Ich tue so, als wollte ich seinen Gürtel packen.

Micah schlägt spielerisch meine Hand weg. »Ich werde es dir zeigen. Eines Tages.« Er lacht und es ist der schönste Klang der Welt.

Einen Moment lang starren wir uns idiotisch grinsend an. Beide denken wir an eine Zukunft voller erschreckender und aufregender Möglichkeiten.

Aber immer der Reihe nach.

»Und jetzt?«, frage ich.

»Was meinst du?«

»Was sagen wir den Leuten? *Wie* sagen wir es den Leuten?«

»Ach so.« Er nickt. »Gibt es dafür keine chinesische Strategie?«

»Damit bin ich fertig. Der Krieg wird total überschätzt.« Ich strecke die Hand aus und verschränke meine Finger mit seinen. »Genauso wie das Kämpfen gegen Leute, die einem wichtig sind.«

Micah drückt meine Hand. »Du hast recht. Wir könnten ja einfach im Kühlraum rumknutschen, bis Ebony uns entdeckt. Dann kann sie es allen Leuten erzählen.«

Ich verziehe das Gesicht. »Komm schon, ich meine es ernst.«

»Ich auch.« Er streicht mir die Haare aus dem Gesicht. »Eigentlich haben wir ja schon den ganzen Sommer über so getan, als wären wir zusammen. Wir machen einfach so weiter und lassen die Leute denken, was sie wollen. Wenn sie es genauer wissen wollen, kannst du ihnen ja sagen, was du willst.«

»Aber was genau machen wir?«, frage ich. »Und was soll ich sagen?«

Micah lacht leise. »Aha, ich soll also derjenige sein?«

»Was meinst du?«

Er nimmt meine beiden Hände in seine und sieht mich direkt an. »Lainey Mitchell«, sagt er vollkommen ernst. »Willst du meine Freundin sein?«

Ich mache ein Geräusch, das wie ein Delfin klingt. Dann hole ich tief Luft und versuche es noch einmal. »Ja.«

»Ja, du willst meine Freundin sein, oder ja, ich soll derjenige sein?«, zieht Micah mich auf.

Ich löse meine rechte Hand aus seiner und balle sie zur Faust. »Pass auf, dass ich dir nicht wehtue.«

Er grinst. »Ich würde gerne eine Regel vorschlagen, die körperliche Gewalt in unserer Beziehung verbietet.«

»Vergiss es. Für Regeln ist es zu spät.« Ich fahre mit einem Finger das Trinity-Tattoo an seinem Hals nach.

Micah holt tief Luft und schließt kurz die Augen. Dann zieht er mich wieder an sich. »Ich kann kaum glauben, was alles passiert ist«, flüstert er und berührt meine Lippen sanft mit seinen.

»Ich auch nicht«, sage ich zwischen den Küssen. »Das war der wahnsinnigste Sommer aller Zeiten.«

Und das Beste ist, er ist noch nicht vorbei.

Danksagung

Diese Geschichte wäre nicht das, was sie ist, wenn ich nicht meine vier Schreibpartnerinnen gehabt hätte. Seit JAHREN warte ich darauf, ihnen danken zu können: Cathy Castelli, du hast immer an mich geglaubt – auch dann, wenn ich es selbst nicht getan habe. Danke für deine intelligenten Kommentare und deinen unerschütterlichen Optimismus. Jasmine Warga, ich danke dir für viele Jahre Feedback, den Erkenntnissen aus dem Creative-Writing-Studium und dafür, dass du immer über die Kokosnüsse geschimpft hast. Jessica Fonseca, danke für das Folterfrühstück und für dein Vorbild an Geduld und Entschlossenheit. Du hast herausgefunden, wie man schreibt, ohne sich selbst zu verlieren, und das wird dir auf deinem Weg immer nützlich sein. Marcy Beller Paul, du warst meine Lehrerin, Cheerleaderin, Vertraute, Therapeutin, Taxiruferin und wunderbare Freundin. Du, Chica, hast mich immer aufrechtgehalten. Ich werde mich jederzeit revanchieren, wenn du mich brauchst.

Außerdem danke ich:

Meiner Agentin Jennifer Laughran bei Andrea Brown Lit. Dass ich dort unterschrieben habe, war das Schlaueste, was ich je gemacht habe. Ich hätte auch noch ein drittes Buch geschrieben, um euch zu überzeugen. Meiner Lektorin Karen Chaplin, die die Leidenschaft hinter Laineys (und meinem) kratzbürstigen Äußeren gesehen hat und dazu gebracht hat, der Geschichte Leben einzuhauchen. Danke an jeden bei Harper Teen, vom Eckzimmer bis zum Großraumbüro, der an diesem Buch beteiligt war. Ihr habt geholfen, meinen Traum zu verwirklichen, und dafür werde ich immer dankbar sein.

Wie immer danke ich meinen Freunden und meiner Familie. Besonders Connie, die meine Bianca ist, und meiner Mutter, der besten Pressesprecherin überhaupt. Ohne deine Liebe, Geduld und deine essbaren Geschenke könnte ich nicht überleben. Danke an die anderen fantastischen Literatur-Leute, die meine Partner auf dieser Reise sind, wie die YA Valentines, Literaticult, die kidlit twittersphere, Antony John, Heather Anastasiu, Elizabeth Richards, Jessica Spotswood, Tara Kelly, Rachel Harris, Victoria Scott, Julie Heidebreder, Ai-Lynn Collins, Ken Howe, Christina Ahn Hickey und Jamie Krakover. Danke an Shelly und Craig Clemons von Darker Violet Designs für die Webseite und den großartigen technischen Support. Bestimmt habe ich noch jemanden vergessen [hier Namen eintragen].

Danke an die Stadt St. Louis, in der ich aufwachsen durfte, und an all die coolen Bands aus den 90ern, die mich vor dem Abgrund bewahrt haben – ich werde euch ewig lieben. Danke an alle von *Wiliker's Restaurant* für die Mehlschlachten, die verkohlte Quiche und viele lustige Begebenheiten, die ihren Weg in diese Seiten gefunden haben. An alle Indie-Rock-Jungs, die ich kennenlernen durfte, besonders an den, der mich mit den

Spoken Word-Songs von Henry Rollins bekannt gemacht hat, und den, der mir die Geschichte von Roky Erickson erzählt hat. An Adam, der »einfach ein Junge« war – und so weiter. An Evan und Jay, die die Messlatte für Jungen unglaublich hoch gesetzt haben. Wenn jemand sagt, Micah wäre zu gut, um wahr zu sein, werde ich ihm etwas über euch erzählen.

Und zum Schluss danke an die Leser. Immer und bis in alle Ewigkeit. Denn auf euch kommt es schließlich an.